Lockruf der Sehnsucht

Catherine Coulter

Lockruf der Sehnsucht

Deutsch
von
Alexandra von Reinhardt

Weltbild

Originaltitel: *The Hellion Bride*

Besuchen Sie uns im Internet:
www.weltbild.de

Die Autorin

Catherine Coulter ist seit langem eine überaus erfolgreiche Romanautorin. Neben einer ganzen Reihe von aufregenden Psychothrillern hat sie für eine große Leserinnengemeinde romantische Abenteuerromane mit starken Frauengestalten geschrieben. Ihre Bücher stürmen regelmäßig die Bestsellerlisten der New York Times. Die Autorin lebt in Nordkalifornien.

1

Montego Bay, Jamaika
Juni 1803

Es hieß, sie hätte drei Liebhaber. Den Gerüchten zufolge handelte es sich erstens um den blassen, schmalbrüstigen Anwalt Oliver Susson, einen der reichsten Männer in Montego Bay, ledig und im mittleren Alter, zweitens um den Pflanzer Charles Grammond, dessen große Zuckerplantage an Camille Hall – die Plantage, wo sie lebte – grenzte und der mit einer willensstarken Frau und vier enttäuschten Kindern gesegnet war, und drittens um einen Lord David Lochridge – jüngster Sohn des Herzogs von Gilford –, der nach Jamaika geschickt worden war, weil er sich innerhalb von drei Jahren dreimal duelliert und dabei zwei Männer getötet hatte. Außerdem hatte er versucht, das gesamte Vermögen seiner Großmutter, das er im zarten Alter von achtzehn Jahren geerbt hatte, durchzubringen, was ihm allerdings aufgrund seines phänomenalen Glücks im Kartenspiel nicht gelungen war. Lochridge war mittlerweile fünfundzwanzig – also genauso alt wie Ryder selbst –, ein großer, schlanker Mann mit dem Gesicht eines Engels und der gespaltenen Zunge einer Schlange.

Ryder hörte erstaunlich viel über diese Männer, aber kaum etwas über die berüchtigte Frau, deren Gunst sie sich offenbar teilten, als er an seinem allerersten Nachmittag in Montego Bay in einem beliebten Kaffeehaus einkehrte, im *Gold Doubloon,* einem langgestreckten Flachbau, der sich zu Ryders Verwunderung in unmittelbarer Nachbarschaft der Kirche befand. Der geschäftstüchtige Wirt hatte durch einen einfachen Trick die reichen Männer der Insel als Gäste gewonnen; seine schönen Töchter, Nichten und Kusinen bedienten die Kunden mit äußerster Zuvorkommenheit. Niemand fragte danach, ob all diese hübschen Mädchen tatsächlich Blutsverwandte des Wirtes waren. Ryder wurde herzlich willkommen geheißen und erhielt einen Becher des hiesigen dunklen, dickflüssigen Grogs, der ausgezeichnet schmeckte. Er entspannte sich, heilfroh, endlich wieder festen Boden unter den Füßen zu haben, und betrachtete die anwesenden Männer. Insgeheim fragte er sich wieder einmal, ob es tatsächlich notwendig gewesen war, daß er sein Heim in England verließ, um auf diese gottverdammte Insel zu fahren, nur weil der Verwalter ihrer Zuckerplantage, Samuel Grayson, seinem älteren Bruder Douglas, Earl of Northcliffe, einen fast hysterischen Brief geschrieben und alle möglichen übernatürlichen schlimmen Vorgänge in Kimberly Hall geschildert hatte. Natürlich waren diese haarsträubenden Ereignisse blanker Unsinn, aber Ryder hatte sich freiwillig erboten, nach dem Rechten zu sehen, weil Grayson vor Angst offenbar ganz aus dem Häuschen war und Douglas frisch vermählt war – mit einer jungen Dame, die er nicht selbst zu seiner Frau erkoren hatte. Deshalb brauchte der Graf nun Zeit, um sich an seine neue, gänzlich unerwartete Lage zu gewöhnen. Und so war es denn Ryder gewesen, der sieben Wochen auf hoher See verbracht hatte, bevor er hier in Montego Bay ankam, mitten im Sommer, bei einer mörderischen Hitze, die ihm den Atem verschlug. Zumindest aber war das, was hier vorging, ziemlich mysteriös, und Ryder liebte Geheimnisse. Er hörte, wie einer der Männer eine Bemerkung über dieses Mädchen mit den drei Liebhabern machte. Hatten die Kerle denn keine anderen Gesprächsthemen? Dann betrat einer ihrer Liebhaber, der Anwalt Oliver Susson, das Kaffeehaus, und einen Moment lang herrschte betretenes Schweigen, bis ein älterer Herr vernehmlich äußerte: »Ah, da ist ja der liebe Oliver, dem es nichts ausmacht, sein Mahl mit den anderen Brüdern zu teilen.« – »Aber nein, Alfred, nur den Nachtisch teilt er mit anderen.« – »Ei, ei, wirklich ein köstliches Früchtchen als Dessert«, sagte ein fetter Gentleman mit lüsternem Grinsen. »Wie es wohl schmecken mag? Was meinst du, Morgan?«

Ryder beugte sich interessiert auf seinem Rohrstuhl vor. Bisher hatte er geglaubt, daß auf dieser hinterwäldlerischen Insel sogar die Streitereien sterbenslangweilig sein würden.

Statt dessen mußte er jetzt grinsen. Wer zum Teufel war diese Frau, die im Schlafzimmer so geschickt mit drei Männern jonglierte?

»Ich bezweifle, daß es Kirschen sind, die er da nascht«, erwiderte der Mann namens Morgan, während er amüsiert mit seinem Stuhl wippte, »aber ich kann euch sagen, auch der junge Lord David leckt sich danach die Lippen.«

»Fragen wir doch Oliver. Er als Anwalt kann uns bestimmt eine qualifizierte Auskunft über dieses Naschwerk geben.«

Oliver Susson war ein sehr guter Rechtsanwalt. Er segnete den Tag vor etwa zwölf Jahren, als er in Montego Bay angekommen war, denn nun hatte er die Aufsicht über drei Zukkerplantagen, deren Besitzer in England lebten und nicht das geringste dagegen einzuwenden hatten, daß er auch die Konkurrenz vertrat. Jetzt seufzte er leise. Natürlich hatte er jede provozierende Bemerkung gehört, aber er zeigte wie immer keine Gefühlsregung und stellte statt dessen ein tolerantes Lächeln zur Schau.

»Meine sehr verehrten Herren«, sagte er mit träger Gutmütigkeit, »besagte Dame ist wirklich die Krönung aller Desserts, und es ist purer Neid, der eure Zungen zu groben Unverschämtheiten verleitet.« Er bestellte einen Brandy bei einer bezaubernden jungen Frau mit wilder roter Haarmähne, in einem Kleid, das ihre cremefarbenen Brüste offenherzig präsentierte. Dann schlug er eine englische Zeitung auf, schüttelte sie und versteckte sich dahinter.

Wie zum Teufel hieß diese Frau? Wer war sie?

Ryder hatte nicht die geringste Lust, das Kaffeehaus zu verlassen. Draußen brannte die Sonne unerbittlich, auf den Gehwegen häuften sich Abfälle aller Art, und bei jedem Schritt wirbelte dichter Staub auf. Aber er war müde und mußte noch nach Kimberly Hall, und außerdem mußte er die zerrütteten Nerven des braven Grayson beruhigen, der jetzt wahrscheinlich am Dock herumlief und sich wunderte, wo er abgeblieben war. Nun, über dieses köstliche Früchtchen würde er noch früh genug Näheres erfahren.

Er bezahlte seinen Grog, verabschiedete sich von seinen neuen Bekannten und trat in die brütende Hitze des Spätnachmittags hinaus. Sie erschlug ihn fast, und er fragte sich, wie man in diesem Inferno noch Lust auf Sex verspüren konnte. Sofort war er von zerlumpten schwarzen Kindern umringt. Jedes wollte irgend etwas für ihn tun, seine Stiefel mit einem schmutzigen Lumpen putzen oder gar den Weg vor ihm mit nichts als einigen zusammengebundenen Zweigen fegen. Alle schrien »Massa, Massa!«. Er warf einige Shillinge in die Luft und schlenderte zu den Docks zurück. Ihm war bekannt, daß es in Westindien freie Neger gab, doch obwohl sie frei waren, schienen sie ein genauso erbärmliches Dasein zu fristen wie ihre Sklavenbrüder.

Vom Gestank der vor sich hin faulenden Fische am kleinen Dock mußte er sich fast übergeben. Die Holzplanken knarrten unter seinen Stiefeln. Es herrschte hektische Betriebsamkeit, weil Sklaven ein soeben angekommenes Schiff entluden. Ein schwarzer und ein weißer Mann standen dabei; beide hatten Peitschen in der Hand und gaben fortwährend Befehle. Ryder entdeckte Samuel Grayson, den Verwalter und Anwalt der Sherbrookes, der hin und her lief und sich mit einem Taschentuch den Schweiß von der Stirn wischte. Der Mann sah älter aus, als er war, und bei Ryders Anblick schien ihm eine zentnerschwere Last von den Schultern zu fallen.

Ryder lächelte charmant und streckte seine Hand aus. »Samuel Grayson?«

»Ja, Mylord. Ich dachte schon, Sie wären nicht gekommen, bis ich zufällig den Kapitän sah. Er erzählte mir, Sie seien der angenehmste Passagier gewesen, den er je befördert hat.«

Ryder schmunzelte. Er hatte darauf verzichtet, mit der Frau des Kapitäns zu schlafen, einer jungen Dame, die ihren viel älteren Mann erstmals auf einer Reise begleitete. Sie hatte versucht, Ryder während eines Sturms auf der Kajütentreppe zu verführen, und offenbar hatte Kapitän Oxenburg Wind davon bekommen.

»O ja, ich bin hier, aber ich bin kein Lord, das ist nur mein älterer Bruder, der Earl of Northcliffe. Großer Gott, diese Hitze ist so brutal und die Luft so stickig, daß ich das Gefühl habe, ein unsichtbares Pferd auf den Schultern zu schleppen.«

»Gott sei Dank, daß Sie da sind. Ich war sehr verunsichert, wie ich ohne weiteres zugebe, Mylo... Master Ryder. Wir haben hier Probleme, große Probleme, und ich wußte nicht, was ich tun sollte. Aber nun sind Sie ja da, und was die Hitze anbelangt – nun, Sie werden sich bald daran gewöhnen und dann...«

Mr. Grayson verstummte abrupt und hielt den Atem an. Ryder folgte seiner Blickrichtung und glaubte einen Moment lang an eine Vision. Es war eine Frau, wirklich nur eine Frau, doch sogar aus dieser Entfernung wußte er sofort, wer sie war. O ja, das mußte jene Frau sein, die drei Männer nach ihrer Pfeife tanzen ließ. Dann schüttelte er den Kopf. Er war viel zu müde von den sieben Wochen an Bord des angenehm geräumigen Schoners *The Silver Tide*, um sich dafür zu interessieren, ob die Frau eine Schlangenbeschwörerin aus Indien oder einfach die Inselhure war, wie er fast annahm. Die Hitze laugte ihn völlig aus. Er hatte noch nie im Leben etwas Derartiges erlebt. Hoffentlich behielt Grayson recht, und er würde sich bald an dieses Klima gewöhnen; andernfalls würde er nur im Schatten liegen und dem Nichtstun frönen.

Er wandte sich wieder dem Verwalter zu, der die Frau noch

immer anstarrte und einem sabbernden Hund glich, der einen Knochen heiß begehrt, den er aber niemals bekommen wird, weil größere Hunde ihn sich bereits angeeignet haben.

»Mr. Grayson«, sagte Ryder, und endlich schenkte der Mann ihm wieder etwas Aufmerksamkeit, »ich würde jetzt ganz gern nach Kimberly Hall aufbrechen. Unterwegs können Sie mir Näheres über die Probleme erzählen.«

»Ja, Mylo ... Master Ryder ... sofort. Es ist nur ... das ist Sophie Stanton-Greville, müssen Sie wissen.« Er wischte sich die Stirn ab.

»Aha.« In Ryders Stimme schwang sowohl Ironie als auch Verachtung mit. »Vorwärts, Grayson, ziehen Sie die Zunge wieder ein, bevor sich Fliegen darauf niederlassen.«

Es gelang Samuel Grayson nur unter Aufbietung aller Willenskräfte, dieser Aufforderung Folge zu leisten, denn ein Weißer war der Dame gerade beim Absteigen von ihrer Stute behilflich, und dabei offenbarte sie einen seidenbestrumpften Knöchel. Daß der Anblick eines weiblichen Knöchels aus Männern sabbernde Idioten machte, war Ryder völlig unverständlich. Er hatte in seinem Leben schon so viele Knöchel, Waden und Schenkel gesehen, samt allen übrigen Reizen des weiblichen Geschlechts, daß ihm im Moment ein Sonnenschirm viel lieber gewesen wäre als alles, was diese Frau möglicherweise sonst noch zu bieten hatte.

»Und nennen Sie mich nicht Master. Einfach Ryder genügt auch.«

Grayson nickte, konnte seinen Blick aber noch immer nicht von der Vision losreißen. »Ich verstehe es nicht«, sagte er mehr zu sich selbst als zu Ryder, während er auf zwei Pferde zuging, die von zwei kleinen schwarzen Jungen gehalten wurden und mit gesenkten Köpfen dastanden. »Sie sehen sie, Sie sehen ihre außergewöhnliche Schönheit, und doch scheinen Sie nicht beeindruckt zu sein.«

»Sie ist eine Frau, Grayson, nicht mehr und nicht weniger. Auf geht's.«

Er hätte vor Freude fast geweint, als Grayson einen Hut für ihn hervorzauberte, aber er konnte sich trotzdem nicht vorstellen, in dieser Sonnenglut weit zu reiten. »Ist es hier immer so gnadenlos heiß?«

»Ja, zumindest im Sommer«, antwortete Grayson. »Wir reiten trotzdem immer, Ryder, denn die Straßen sind für Kutschen fast unpassierbar, wie Sie gleich sehen werden. Alle Herren reiten hier, und auch viele Damen.«

Ryder sah, daß Grayson ganz gemütlich im Sattel seines gedrungenen Grauen saß, während er selbst sich auf einen schwarzen Wallach schwang, ein riesiges Tier, das nicht gerade freundlich dreinblickte.

»Uns steht bis zur Plantage ein knapp einstündiger Ritt bevor. Aber der Weg führt am Wasser entlang, und dort weht immer eine leichte Brise. Und das Wohnhaus steht auf einer Anhöhe und bekommt deshalb jeden Windhauch ab, so daß es im Schatten immer einigermaßen erträglich ist.«

»Freut mich zu hören.« Ryder stülpte sich den breitkrempigen Lederhut auf. »Sie könnten mir nun vielleicht erzählen, was Sie so beunruhigt hat.«

Grayson redete und redete. Er erzählte von sonderbarem blauen und gelben Rauch, der sich zum Himmel emporschlängelte, von Feuer, das weiß und grünlich schillerte, von Seufzen und Stöhnen und von Gestank, der nur aus der Hölle stammen konnte – Schwefelgestank, der bestimmt die baldige Ankunft des Teufels ankündigte. Es war nur eine Frage der Zeit, wann der Höllenfürst zum direkten Angriff übergehen würde. Erst vergangene Woche war ein Schuppen neben dem Wohnhaus in Brand gesteckt worden. Sein Sohn Emile und die Haussklaven hatten das Feuer zum Glück löschen können, bevor es größeren Schaden anrichtete. Und vor drei Tagen war ein Baum umgestürzt und hätte fast das Dach der Terrasse getroffen. Dabei war es ein sehr massiver Baum gewesen.

»Und es gab keine Spuren einer Säge an dem Baum?« fragte Ryder.

»Nein«, erwiderte Mr. Grayson sehr bestimmt. »Mein Sohn hat ihn sich genau angeschaut. Es war ein Werk des Bösen. Sogar Emile konnte mir danach nicht mehr widersprechen.« Er atmete tief durch. »Einer der Sklaven schwor, er hätte die große grüne Schlange gesehen.«

»Wie bitte?«

»Die große grüne Schlange. Das Symbol ihrer wichtigsten Gottheit.«

»Wessen Gottheit?«

Grayson sah richtiggehend schockiert aus. »Ach ja, man vergißt, daß Engländer sich mit solchen Dingen nicht auskennen. Nun, ich spreche natürlich von Voodoo.«

»Aha, Sie glauben also, all dies sei auf übernatürliche Kräfte zurückzuführen?«

»Ich bin ein Weißer, aber ich lebe seit vielen Jahren auf Jamaika und habe Dinge gesehen, die in einer weißen Welt keinen Sinn ergeben würden, die in der Welt der Weißen gar nicht existieren würden. All die seltsamen Ereignisse geben einem eben doch zu denken, Sir.«

Ryder glaubte an das Übernatürliche genauso wenig wie an die Ehrlichkeit eines Spielhöllenbesitzers. Er runzelte die Stirn. »Entschuldigung, aber mir geben sie nicht zu denken. Man braucht nur bestimmte Chemikalien zu mischen, um diesen Rauch und diese ungewöhnlichen Flammen zu erzeugen. Hinter all dem steckt ein Mensch aus Fleisch und Blut, keine grüne Schlange. Die Frage, die sich stellt, heißt also: wer und warum? Ja, wer würde so etwas tun?«

Grayson war sichtlich nicht überzeugt. »Da ist noch etwas, Ryder. Nach der Französischen Revolution gab es auf Haiti eine Revolte, die von einem Mann namens Dessalines angeführt wurde. Er metzelte alle Weißen nieder und zwang viele Voodoopriester und -priesterinnen, Haiti zu verlassen. Diese Leute sind sehr mächtig. Sie haben sich überall in Westindien und sogar in Amerika niedergelassen und ihre Dämonen mitgebracht.«

Ryder hätte am liebsten laut gelacht, tat es aber nicht, denn es war offenkundig, daß Grayson an diesen Voodoo-Unsinn glaubte, und in einer Hinsicht hatte der Mann zweifellos recht: Ein Weißer konnte solche Dinge nicht für real halten, besonders dann nicht, wenn er sein ganzes bisheriges Leben in England verbracht hatte. »Ich nehme an, daß wir bald eine weitere Kostprobe bekommen werden«, sagte er. »Übrigens wußte ich gar nicht, daß Sie einen Sohn haben.«

Grayson plusterte sich wie ein stolzer Hahn auf und fummelte an seinen leichten grauen Handschuhen herum. »Er ist ein guter Junge, Sir, und er tut viel für mich – für die Sherbrookes. Ich selbst komme ja allmählich in die Jahre. Er wartet in Kimberly Hall auf uns, weil er das Haus nicht ungeschützt lassen wollte.«

Sie ritten an Dutzenden von Kindern vorüber. Alle waren zerlumpt, und alle waren schwarz, Kinder der Sklaven, die auf den Feldern arbeiteten. Sie gaben keinen Laut von sich, geschweige denn, daß sie die beiden weißen Herren mit irgendwelchen Angeboten belästigt hätten.

Grayson deutete nach links und rechts. »Wir befinden uns hier inmitten der Mangrove-Sümpfe. Passen Sie gut auf, wenn Sie hier entlangreiten, denn oft kommen Krokodile aus den Sümpfen hervor, und das sieht manchmal so aus, als würden dicke Balken auf der Straße liegen. Im allgemeinen meiden sie die Menschen, aber es hat Fälle gegeben, wo sie es nicht taten – sehr unangenehme Fälle.«

Krokodile! Ryder schüttelte ungläubig den Kopf, behielt die Straßenränder aber doch vorsichtshalber im Auge. Das Sumpfwasser stank bestialisch, und er trieb sein Pferd an. Kurz darauf erreichten sie eine Ebene: Zu ihrer Linken lag die Karibik, zu ihrer Rechten erstreckten sich Zuckerrohrfelder bis hin zu den fernen Hügeln. Ryder fielen die vielen Ziegen auf, die auf den niedrigen Steinmäuerchen saßen und an den Blumen knabberten. Es gab auch Silberreiher, die auf den Rücken von Rindern saßen, und Ryder wußte, daß sie das

Vieh von Zecken befreiten. Und es gab viele Schwarze. Die Männer waren groß, und ihre nackten Oberkörper glänzten vom Schweiß. Sie trugen bei der Arbeit in den Zuckerrohrfeldern nur strapazierfähige Baumwollhosen und schienen die Hitze überhaupt nicht zu bemerken. Jedenfalls war ihr Arbeitsrhythmus sehr gleichmäßig, ob sie nun die Felder pflügten, Unkraut jäteten oder Gräben zwischen den Pflanzenreihen aushoben. Und die Frauen in ihren großen bunten Kopftüchern schufteten im gleichen regelmäßigen Rhythmus wie die Männer. Nicht weit entfernt saß auf einem Pferd ein weißer Aufseher. Er hielt sich im Schatten eines einsamen Poincianabaumes auf, dessen farnartige Blätter in der Sonne schimmerten, und die Peitsche in seiner linken Hand gewährleistete offenbar, daß die Arbeit ohne Unterbrechung vor sich ging.

All dies war für Ryder sehr fremd, aber es war auch exotisch. Der schwere, süßliche Duft der roten Jasminbäume entlang der Straße und das wunderbare Blau des Wassers, das man hin und wieder unerwartet zu sehen bekam, entzückten ihn. Er war froh, während der Überfahrt viel gelesen zu haben. So hatte er jetzt wenigstens gewisse Kenntnisse über die hiesige Flora und Fauna. Von irgendwelchen verdammten Krokodilen war in den Büchern allerdings nicht die Rede gewesen.

»Wir nähern uns Camille Hall«, sagte Grayson plötzlich fast im Flüsterton.

Ryder hob eine Augenbraue.

»Dort lebt sie, Sir, Sophie Stanton-Greville, meine ich. Sie lebt bei ihrem Onkel, sie und ihr jüngerer Bruder. Es gibt noch eine Plantage zwischen Camille Hall und Kimberly Hall, aber soviel ich weiß, will ihr Onkel sie bald kaufen und dadurch seinen Besitz erheblich vergrößern.«

»Wer ist der Besitzer?«

»Charles Grammond. Manche Leute sagen, er wolle nach Virginia ziehen – das ist einer der Kolonialstaaten im Norden –, aber für mich hört sich das wenig plausibel an, denn er weiß nichts über die Kolonien und deren Bräuche oder Lebensweise. Er hat vier Söhne, auf die sein Vaterherz aber nicht besonders stolz sein kann, denn sie sind weder ehrgeizig, noch wollen sie arbeiten. Seine Frau soll schwierig sein, habe ich mir sagen lassen. Es ist schade, jammerschade.«

Ryder war sicher, den Namen im Kaffeehaus gehört zu haben. Er sagte behutsam: »Diese Frau, diese Sophie Stanton-Greville, soll doch zur Zeit mit drei Männern ins Bett gehen. Ich glaube mich zu erinnern, daß dieser Charles Grammond einer davon ist.«

Grayson errötete bis zu den Wurzeln seiner grauen Haare. »Sie sind doch erst angekommen, Sir.«

»Es war das erste, was mir zu Ohren gekommen ist – in der Taverne, *Gold Doubloon* heißt sie, glaube ich. Man redete dort sehr ausführlich über dieses Thema.«

»Nein, nein, Sir, sie ist eine Göttin, gut und rein. Es ist alles gelogen. Viele Männer hier sind keine Gentlemen.«

»Aber das Gerücht gibt es doch?«

»Ja, schon, aber Sie dürfen es nicht glauben, Ryder. Nein, es ist eine gemeine Lüge, weiter nichts. Verstehen Sie mich bitte nicht falsch. Hier herrschen andere Gepflogenheiten als in England. Alle weißen Männer haben schwarze Mätressen. Sie werden als Haushälterinnen bezeichnet, und das gilt als ehrbare Stellung. Ich habe schon viele Engländer erlebt, die hierher gekommen sind, um als Buchhalter auf den Plantagen zu arbeiten oder anderweitig ihr Glück zu versuchen. Einige sind tatsächlich reich geworden, aber ob sie hier nun zu Geld kommen oder nicht – die meisten verändern sich jedenfalls. Sie heiraten und legen sich nebenbei Mätressen zu. Ihre Moralvorstellungen ändern sich. Aber eine Dame bleibt stets eine Dame.«

»Hat sich Ihr Leben hier auch verändert, Grayson?«

»Ja, eine Zeitlang sicherlich. Ich war früher ein ziemlicher Draufgänger, aber meine Frau war Französin, und ich habe sie sehr geliebt. Erst nach ihrem Tod habe ich mich den hiesigen Bräuchen angepaßt und mir eine solche sogenannte Haushälterin genommen. Das Leben ist hier eben anders, Ryder, ganz anders.«

Ryder entspannte sich in dem bequemen spanischen Sattel, schloß für einen Augenblick die Augen und atmete die frische salzige Meeresluft tief ein. Jetzt verdeckten keine Mangroven mehr die Sicht auf die Küste. »Warum verkauft Grammond denn Ihrer Meinung nach?« fragte er schließlich.

»Da bin ich mir nicht sicher. Natürlich kursieren alle möglichen Gerüchte. Ich weiß nur, daß es ein plötzlicher Entschluß war. Angeblich sollen er und seine Familie schon nächste Woche wegziehen. Die Plantage ist durchaus rentabel, aber man behauptet, er hätte viel Geld an Lord David Lochridge verloren. Das ist ein Taugenichts, mit dem Sie auf keinen Fall Karten spielen dürfen. Es heißt, er hätte seine Seele dem Teufel verschrieben, und deshalb hätte er so unglaubliches Glück im Spiel.«

»Hier gibt es genauso viel Gerede wie in England«, murmelte Ryder nachdenklich. »Und ich dachte, ich würde mich langweilen. Vielleicht wird es als Willkommensgruß für mich gleich heute nacht sogar irgendwelche mysteriösen Ereignisse geben. Irgend so ein Geisterspektakel – das würde mir Spaß machen. Soll nicht auch dieser junge Lord David einer ihrer Liebhaber sein?«

Ryder dachte, daß Grayson gleich einen Schlaganfall bekommen würde. Er öffnete den Mund, verzichtete dann aber doch auf eine scharfe Erwiderung, weil ihm wahrscheinlich eingefallen war, daß es sich schließlich um seinen Brötchengeber handelte. Deshalb zwang er sich, halbwegs ruhig zu antworten: »Ich wiederhole, Ryder, das alles ist totaler Blödsinn. Ihr Onkel, Theodore Burgess, ist ein grundsolider Mann, wie wir hier auf Jamaika sagen. Er genießt einen ausgezeichneten Ruf, hat ein angenehmes Wesen, und seine Geschäftspraktiken sind ehrlich. Er liebt seine Nichte und seinen Neffen sehr, und ich kann mir gut vorstellen, wie schmerzhaft das ganze boshafte Gerede über seine Nichte für ihn ist. Natürlich spricht er nie darüber, denn er ist ein echter Gentleman. Sein Aufseher ist allerdings von ganz anderem Kaliber. Der Kerl heißt Eli Thomas und ist ein Rohling, der die Sklaven grausamer als nötig behandelt.«

»Wenn Onkel Burgess ein so feiner Mensch ist – warum hält er sich dann diesen Schurken von Aufseher?«

»Das weiß ich nicht. Manche sagen, er bräuchte diesen Thomas, weil die Plantage andernfalls nichts einbrächte. Wissen Sie, Burgess selbst geht zu weich mit den Sklaven um.«

»Und Charles Grammond verkauft seinen Besitz an den Onkel dieser Frau, an Theodore Burgess?«

»Ja. Vielleicht hat Burgess einfach Mitleid mit Grammond und kauft die Plantage, um ihm und seiner Familie zu helfen. Burgess ist übrigens der jüngere Bruder von Miss Sophies und Master Jeremys Mutter.«

»Wie kam es dazu, daß das Mädchen und der Junge hier auf Jamaika sind?«

»Ihre Eltern sind vor fünf Jahren ertrunken, und der Onkel wurde zu ihrem Vormund bestimmt.«

»Ich habe den Namen Stanton-Greville noch nie gehört. Sind sie Engländer?«

»Ja. Sie lebten in Fowey, in Cornwall. Ein Verwalter kümmert sich jetzt um Haus und Ländereien, bis der Junge alt genug ist, alles selbst in die Hand zu nehmen.«

Ryder dachte über all das nach, was er gehört hatte. Das Mädchen war also in Cornwall aufgewachsen. Und hier auf Jamaika war es zum Flittchen geworden. Seine Gedanken kehrten zu dem Punkt zurück, der ihn hergeführt hatte. Er bezweifelte sehr, daß die Probleme in Kimberly Hall irgendwelche übernatürlichen Ursachen hatten. O nein, Habgier war auf der ganzen Welt sehr weit verbreitet und gehörte offenbar auch zu den hiesigen Lastern. »Hatte Mr. Grammond irgendwelche Probleme, bevor er sich bereit erklärte, an diesen Burgess zu verkaufen?«

»Nicht daß ich wüßte. Oh, ich sehe, welche Richtung Ihre Gedanken einschlagen, aber ich kann Ihnen da nicht zustimmen. Burgess hat, wie gesagt, einen guten Ruf. Er ist ehrlich und spendet viel für wohltätige Zwecke. Nein, falls Grammond in finanziellen Schwierigkeiten steckt oder mit ähnlichen Problemen zu kämpfen hat wie wir in Kimberly, so steckt mit Sicherheit nicht Burgess dahinter.«

Ryder fragte sich unwillkürlich, ob Grayson sich auch über die Sherbrookes so positiv äußerte. Er hatte noch nie einen Mann gekannt, der solche Lobeshymnen tatsächlich verdient hätte. Nun, er würde sich bald ein eigenes Urteil bilden können. Die Insel war klein, und die vornehme Gesellschaft kam ständig zusammen. Er würde diesen edlen Mr. Burgess und dessen Nichte zweifellos demnächst kennenlernen.

Grayson ritt jetzt landeinwärts, weg von der wohltuenden Brise am Wasser. Die Luft war schmutzig und geschwängert von dem widerlichen süßen Geruch des Zuckerrohrs. Von einem Hügel blickte Ryder zurück auf die Karibik: leuchtendes Blau, so weit das Auge reichte, an seichteren Stellen topasfarben, und silbergekrönte Wellen rollten dem weißen Strand zu. Er wünschte sich nichts sehnlicher, als seine Kleider abzustreifen und im Meer zu schwimmen, bis er wie ein Stein untergehen würde.

»Dieses ganze Land ringsum gehört den Sherbrookes, Sir. Ah, schauen Sie nur mal dort hinauf, zu den roten Kassien.«

Er hörte, wie Ryder laut Atem holte, und lächelte. »Sie werden auch rosa Regenbäume genannt und sind gerade jetzt am schönsten. Es gibt auch goldene Regenbäume und Mangobäume und jede Menge Palmen. Direkt dahinter liegt das große Wohnhaus. Sie können es von hier aus nicht sehen, aber die Küste macht plötzlich eine scharfe Kurve und führt dicht an der Rückseite des Hauses vorbei.«

Ryder atmete noch einmal tief durch.

»Die meisten großen Plantagenhäuser auf Jamaika sind in der traditionellen Weise gebaut – drei Stockwerke und riesige dorische Säulen. Nur haben wir hier Terrassen und Balkone vor fast jedem Zimmer, um für frische Luft zu sorgen, verstehen Sie? Alle Schlafzimmer liegen nach hinten und sind mit Balkonen versehen, die auf das Meer hinausgehen. Der hintere Rasen fällt schräg zum Strand hin ab und ist sehr gepflegt. Sie werden sogar bei größter Hitze gut schlafen können, obwohl Sie mir das im Augenblick bestimmt nicht glauben werden.«

»Da haben Sie recht«, sagte Ryder, während er sich mit dem Handrücken den Schweiß von der Stirn wischte.

Es war fast Mitternacht. Ryder hatte sich eine gute Stunde im warmen Wasser der Karibik getummelt. Der Halbmond spendete weiches Licht, das sich in den Wellen widerspiegelte. Er fühlte sich erstmals wirklich wie im Paradies. An die schreckliche Nachmittagshitze wollte er lieber nicht denken.

Sie war so wunderschön, die schwarze Himmelskuppel über ihm, so still und gewaltig, übersät mit unzähligen Sternen, daß er spürte, wie ihn ein Gefühl des Friedens durchflutete.

Er war kein friedlicher Mensch. Deshalb war dieses Gefühl für ihn ungewohnt, aber alles andere als unangenehm. Er streckte sich nackt auf dem Rücken aus, obwohl er genau wußte, daß der Sand in Körperteile dringen würde, wo er sehr störte; aber im Moment war ihm das egal. Er rekelte sich, total entspannt, schloß die Augen und lauschte den Geräuschen, die er nie zuvor gehört hatte. Über den Koquito oder Baumfrosch hatte er viel gelesen und glaubte sein Gezirpe nun in der samtenen Dunkelheit zu hören, ebenso wie das Gurren einer Turteltaube. Er seufzte wohlig, denn jeder Laut trug zu seiner Entspannung, zu seinem Wohlbefinden bei.

Es ist schon verdammt exotisch, dachte er und reckte sich

wieder, mit dem Resultat, daß der Sand plötzlich schrecklich zu jucken begann. Er sprang auf, rannte laut platschend durch die Brandung, tauchte in die erste größere Welle und schwamm, bis er erschöpft war. Dann lief er langsam zum Strand zurück und merkte plötzlich, daß er einen wahren Heißhunger hatte. Beim Abendessen hatte er wegen der Hitze kaum etwas zu sich genommen, und auch das fremdartige Essen hatte seinen Appetit nicht gerade angeregt.

Am Rand des Strandes wuchsen Kokospalmen. Ryder grinste, denn er hatte zuvor einen Schwarzen beobachtet, der auf einen dieser Bäume geklettert war. Ihm lief schon das Wasser im Munde zusammen, doch bald mußte er feststellen, daß es nicht so einfach war, wie es aussah, und schließlich stand er da, rieb sich einen zerkratzten Oberschenkel und blickte haßerfüllt zu den Kokosnüssen empor, die unerreichbar schienen.

Dann fiel ihm jedoch ein, daß es für den Sohn eines englischen Grafen andere Möglichkeiten gab, an eine Kokosnuß zu kommen. Er fand einen Stein, zielte sorgfältig und wollte gerade werfen, als er etwas hörte.

Es war weder ein Koquito noch eine Turteltaube. Ryder stand still, ließ langsam den Stein sinken und spitzte die Ohren. Da war es wieder, dieses merkwürdige dumpfe Stöhnen, das nichts Menschliches an sich hatte.

Seine Füße waren zart, denn schließlich war er ein Engländer, aber es gelang ihm nichtsdestotrotz, sich zwischen den Palmen lautlos zu bewegen. Das Geräusch wurde lauter, als er sich dem Wohnhaus näherte. Er rannte leichtfüßig die Grasböschung hinauf und schlich seitlich um das Haus herum, bis er den vorderen Rasen überblicken konnte. Hinter einem Brotfruchtbaum versteckt, betrachtete er das wunderbar gepflegte Grundstück. Das Geräusch wiederholte sich, und dann sah er ein sonderbares Licht, das direkt aus dem Boden emporzusteigen schien. Es war ein schmaler blauer Lichtstreifen, der nach Schwefel roch, so, als käme er geradewegs aus der Hölle, und das Stöhnen hätte durchaus von den dort eingeschlossenen Seelen stammen können. Ryder spürte, daß er eine Gänsehaut bekam und daß sich seine Nackenhaare sträubten. Er schüttelte heftig den Kopf. Dies war mehr als absurd. Hatte er nicht Grayson erklärt, daß es sich einfach um eine chemische Mixtur handeln müsse? So war es auch zweifellos. Es mußte einfach stimmen.

In einem der Zimmer im zweiten Stock flackerte Kerzenlicht auf. Wahrscheinlich Grayson, der sich fast zu Tode ängstigte. Dann hörte er hinter sich ein Geräusch und drehte sich langsam um, den Stein wurfbereit in der Hand.

Es war Emile Grayson.

Ryder lächelte. Emile war ihm auf Anhieb sympathisch gewesen. Er mußte etwa in seinem Alter sein, ein intelligenter und ehrgeiziger junger Mann, kein bißchen abergläubisch, obwohl er seinem Vater während des Essens und der anschließenden Unterhaltung kein einziges Mal direkt widersprochen hatte.

»Was ist das?« flüsterte Ryder hinter vorgehaltener Hand.

»Ich weiß es nicht, möchte es aber unbedingt herausfinden. Gut, daß wir jetzt zu zweit sind. Ich habe versucht, einige Sklaven dazu zu bringen, mit mir Wache zu halten, aber sie rollen verzweifelt die Augen und fangen an zu jammern.«

Nach kurzem Schweigen fügte er hinzu: »Einer der Sklaven hat mir allerdings geholfen, ein Mann namens Josh. Wir hielten mehrere Nächte hintereinander zusammen Wache, doch dann wurde er eines Morgens tot aufgefunden, mit durchschnittener Kehle. Seitdem meldet sich natürlich niemand mehr freiwillig.«

»Also gut«, sagte Ryder. »Gehen Sie auf die andere Seite des verdammten Lichtes, und ich schleiche mich aus dieser Richtung an.«

Emile glitt wie ein Schatten von Baum zu Baum und arbeitete sich hinter dem dünnen Lichtstrahl vor. Eine gute Falle, dachte Ryder erfreut.

Sein Blut pulsierte wild. Erst jetzt kam ihm zu Bewußtsein, wie langweilig die Überfahrt im Grunde gewesen war, obwohl er sich die Zeit mit zwei charmanten Damen vertrieben hatte, nach dem Motto, daß man tagsüber der Lust frönen und nachts in den Armen einer Frau einschlafen sollte.

Sobald Emile seine Position eingenommen hatte, ging Ryder, den Stein noch immer in der rechten Hand, direkt auf das Licht zu. Er hörte einen unheimlichen Schrei. Der Lichtstrahl verwandelte sich in einen dünnen Rauchfaden von kräftigem Blau. Ein höllischer Gestank ging davon aus. Chemikalien, nichts weiter, dachte Ryder. Aber wer war für das Stöhnen verantwortlich?

Plötzlich schrie Emile, Ryder rannte los und sah eine Gestalt in weißen fließenden Gewändern, aus denen eine sehr menschliche Hand hervorragte – eine Hand, die eine Pistole hielt. War das nicht ein Kissenbezug, den der Mann sich über den Kopf gestülpt hatte? Die Hand hob sich, und ein Schuß wurde in Emiles Richtung abgefeuert.

»Verfluchter Bastard!« brüllte Ryder. »Wer zum Teufel bist du?«

Die Gestalt wirbelte herum und schoß nun auf ihn. Ryder spürte, wie die Kugel keine zehn Zentimeter von seinem Kopf entfernt vorbeisauste, und rannte auf den Schützen zu.

Der Kerl war sehr groß und wendig, aber Ryder war kräftiger und durchtrainiert, und der Abstand zwischen ihnen verringerte sich zusehends. Gleich würde er ihn schnappen. Er schnitt sich an einem Stein den Fuß auf, wurde dadurch aber nicht langsamer. Dann verspürte er plötzlich, ohne jede Vorwarnung, einen scharfen Schmerz am Oberarm. Er blieb wie erstarrt stehen und betrachtete den Pfeil, dessen Spitze in seinem Fleisch steckte.

Verdammt, der Kerl würde entkommen! Im nächsten Moment tauchte Emilie fluchend neben ihm auf.

»Woher ist dieser verfluchte Pfeil nur gekommen?« rief er

verständnislos. »Der Schuft muß einen Komplizen gehabt haben, verflixt und zugenäht!«

»Es ist nicht weiter schlimm. Schnappen Sie ihn, Emile!«

»Nein«, erwiderte Emile ruhig. »Er wird bestimmt zurückkommen.«

Ohne ein weiteres Wort zu verlieren, riß Emile einen Ärmel seines weißen Hemdes ab, packte den Pfeil und zog ihn mit einem Ruck heraus.

»Na also«, murmelte er und begann den Hemdsärmel um die Wunde zu wickeln, aus der Blut sickerte.

Ryder wurde es vorübergehend leicht schwindelig, aber er war froh, daß Emile ohne viel Federlesens gehandelt hatte.

»Der Dreckskerl ist uns durch die Lappen gegangen«, schimpfte er. »Der Teufel soll ihn holen! Alle beide soll der Teufel holen!« Er betrachtete seinen Arm. »Wenn Sie mit dem Verband fertig sind, schauen wir uns am besten mal das Licht und den Rauch oder was es auch immer sein mag, aus der Nähe an.«

Aber es war kein Rauch mehr da, auch kein bläulicher Lichtstreifen, nur ein leichter Schwefelgeruch und angesengtes Gras.

»Nun«, sagte Ryder grimmig, »wir sind jetzt zu zweit, und nächstes Mal erwischen wir diese Bastarde bestimmt.« Sein Oberarm brannte. »Aber warum? Das ist doch die große Frage, stimmt's?«

»Ich weiß es nicht«, gab Emile zu. »Ich habe immer wieder darüber nachgedacht und verstehe es einfach nicht. Niemand ist an meinen Vater herangetreten, daß er die Plantage verkaufen solle. Keine Menschenseele. Und es kursieren auch keine Gerüchte, nur daß irgendwelche Voodoopriester und -priesterinnen aus irgendwelchen unerfindlichen Gründen mit uns unzufrieden sein müssen. Bitte, Mr. Sherbrooke, kommen Sie ins Haus, weil ich die Wunde auswaschen möchte. Wir haben einen großen Vorrat an Medikamenten, und Basilikumpuder ist genau das, was wir jetzt brauchen.«

»Wollen wir uns nicht duzen? Ich heiße Ryder.« Emile grinste. »Unter den gegebenen Umständen dürfte das wohl in Ordnung gehen, Ryder.«

Ryder mußte plötzlich lachen. »Ich bin ein schöner Wachposten!« Er lachte noch mehr. »Wahrscheinlich habe ich unseren Bösewicht mehr verwirrt als erschreckt. Himmel, ich bin ja splitternackt!«

»Ja, aber ich wollte vorhin nicht darauf hinweisen, weil der Kerl ja ganz in der Nähe war.«

»Verstehe. Aber es ist zweifellos schwierig, einen Mann mit ›Mr. Sherbrooke‹ anzureden, der lediglich sein Adamskostüm trägt.«

2

Camille Hall

Er versetzte ihr einen so harten Fausthieb zwischen die Rippen, direkt unterhalb der rechten Brust, daß sie benommen rückwärts taumelte und gegen die Wand prallte, wobei ihr Kopf an die obere Kante der dicken Eichentäfelung stieß.

Halb betäubt glitt sie langsam zu Boden.

»Warum zum Teufel hast du es mir nicht gesagt, du dumme Gans?«

Sophie schüttelte den Kopf, um einen halbwegs klaren Gedanken fassen zu können. Sie hob die Hand und berührte mit den Fingerspitzen behutsam ihren Hinterkopf. Vor Schmerz wurde ihr schwindelig, und sie hatte einen Geschmack nach Galle im Mund.

»Beklag dich ja nicht darüber, daß ich dir weh getan habe. Es ist deine eigene Schuld.«

Natürlich war es ihre eigene Schuld, wie immer. Und er achtete immer darauf, so zuzuschlagen, daß niemand die blauen Flecke sehen konnte. Sie betastete ihre Rippen und schnappte vor Schmerz nach Luft, wodurch sie nur noch mehr litt. Daraufhin machte sie ganz kurze, flache Atemzüge, während sie inbrünstig hoffte, daß der Brechreiz bald nachlassen würde und keine Rippen gebrochen waren. Falls dies aber doch der Fall sein sollte, zweifelte sie nicht daran, daß ihrem Onkel eine plausible Erklärung einfallen würde. Bisher war er jedenfalls nie um eine verlegen gewesen.

Er beugte sich über sie, die Hände in die Hüften gestemmt. Seine Augen waren schmal vor Wut, und er war bleich im Gesicht. »Ich habe dich etwas gefragt. Warum hast du mir nicht gesagt, daß Ryder Sherbrooke in Montego Bay angekommen ist?«

Sie öffnete den Mund, um ihm eine Lüge aufzutischen, aber er kam ihr zuvor. »Wag ja nicht zu behaupten, daß du es nicht gewußt hast. Du warst heute in der Stadt. Ich habe dich mit eigenen Augen wegreiten sehen. Verdammt, ich habe dir selbst erlaubt hinzureiten.«

»Ich sage dir, ich habe es nicht...« Sie verstummte, weil sie ihre eigene Feigheit haßte, weil sie ihre eigene Stimme haßte, die genauso dünn war wie ihr Batistnachthemd. Einen Moment lang schwieg sie und nährte die rasende Wut, die allmählich ihre Angst verdrängte. Schließlich blickte sie direkt in das verhaßte Gesicht. »Ich wollte, daß er herkommt und dich erwischt. Ich habe darum gebetet, daß es so kommen möge. Ich wußte, daß er nicht an diesen ganzen Voodoo-Zauber glauben würde, daß er deinem Treiben ein Ende bereiten würde.«

Er hob die Faust, ließ sie aber langsam wieder sinken.

Dann lächelte er sie tatsächlich an, und sie sah flüchtig, was alle anderen Menschen sahen – einen Mann mit Humor und Geist, einen gütigen Mann, etwas schüchtern, gebildet und von vornehmer Herkunft. Im nächsten Augenblick zeigte er aber schon wieder sein wahres Gesicht, das nur sie allein kannte. »Wenn Thomas nicht mit dem Pfeil auf ihn geschossen hätte, wäre das Spiel für mich vielleicht wirklich aus gewesen. Auf so was war ich nicht gefaßt. Natürlich ist mir Graysons Sohn Emile seit langem ein Dorn im Auge, aber dieser unbekannte junge Mann, der nackt wie ein Satyr auf mich zuraste und aus Leibeskräften brüllte – der war eine totale Überraschung und hat mir einen Schock versetzt. Gott sei Dank hat Thomas ihn erwischt.«

Sophie erbleichte. »Ihr habt ihn umgebracht? Ihr habt den Plantagenbesitzer umgebracht?«

»O nein, Thomas hat ihn nur in den Oberarm geschossen. Er ist immer vorsichtig. Wirklich seltsam, daß Sherbrooke splitternackt war und einen Stein bei sich hatte. Und was sein Kriegsgeheul angeht, kann er es ohne weiteres mit jedem Kariben aufnehmen. Thomas vermutet, daß der Bursche sich gerade mit einer Sklavin vergnügte, als er vom Schwefelgestank und Rauch und von unserem mittlerweile perfekten Stöhnen aufgeschreckt wurde. Ich war sehr erleichtert, daß Emile Grayson sich um Sherbrooke kümmerte, anstatt mich zu verfolgen.«

Sie schwieg. Weil sie die Information für sich behalten hatte, hatte sie ein Menschenleben gefährdet. Ihr war überhaupt nicht in den Sinn gekommen, daß Ryder Sherbrooke wirklich in Gefahr schweben könnte. Und er hatte für ihre Dummheit bezahlen müssen. Nun ja, auch sie selbst hatte dafür bezahlt, aber das war nichts Neues. Zum Glück war er offenbar nicht schwer verletzt, und sie selbst auch nicht. Der Schmerz in ihren Rippen ließ allmählich ein wenig nach, so daß sie sich wieder tiefer zu atmen traute.

Onkel Theo entfernte sich von ihr, zog den Stuhl unter seinem kleinen Schreibtisch hervor, setzte sich und kreuzte die Beine an den Knöcheln. Die Arme auf dem flachen Bauch verschränkt, betrachtete er sie nachdenklich. »Dummheit paßt nicht zu dir, Sophie«, sagte er kopfschüttelnd. »Wie oft muß ich dir noch sagen, daß du gar keine andere Wahl hast als mir zu gehorchen? Loyalität mir gegenüber ist deine einzige Chance. Hast du dir überlegt, was aus dir und deinem heißgeliebten Jeremy geworden wäre, wenn man mich geschnappt hätte? Du bist minderjährig, und du bist die Inselhure; dir bliebe nichts anderes übrig, als deinen Körper auf der Straße zu verkaufen, und Jeremy würde in einem Armenhaus landen. Bestenfalls könnte er sein Leben vielleicht als Lehrling eines Buchhalters fristen und in einem Massenquartier hausen. Nein, mein Fräulein, du wirst mich nie wieder hereinlegen, oder ich schwöre dir ...« Er sprang auf und ging wieder auf sie zu. Unwillkürlich drückte sie sich an die Wand, als er neben ihr in die Hocke ging. Er packte sie am Kinn und riß ihren Kopf zu sich herum. »Ich schwöre dir, Sophie, ich bringe dich um, wenn du so etwas noch einmal versuchst. Hast du mich verstanden?«

Sie schwieg, aber er sah den Haß in ihren Augen und fuhr etwas sanfter fort: »Nein, ich werde nicht dich umbringen, sondern deinen armseligen Bruder. O ja, das ist es, was ich tun werde. Hast du mich jetzt verstanden?«

»Ja«, murmelte sie. »Ja, ich verstehe nur allzu gut.«

»Ausgezeichnet.« Er stand auf und streckte ihr eine Hand entgegen. Sie starrte seine langen, schmalen Finger mit den gepflegten Nägeln an, dann blickte sie ihm in die Augen und stand langsam allein auf. Er ließ seine Hand sinken.

»Du bist eigensinnig, aber das gefällt mir bei einer Frau ganz gut. Und dein Haß amüsiert mich. Wenn du meine Geliebte wärest, würde ich dich mit wahrer Wonne auspeitschen, bis dieser unverschämte Ausdruck aus deinen Augen verschwände! Geh jetzt wieder ins Bett. Ich muß Pläne schmieden. Endlich ist Ryder Sherbrooke hier. Mein Gott, ich habe lange darauf gewartet, daß Grayson den Earl of Northcliffe informieren und dieser jemanden herschicken würde. Und er hat seinen Bruder hergeschickt, genau wie ich gehofft hatte. Jetzt wird es Zeit, meinen Plan in die Tat umzusetzen. Ach ja, meine Liebe, nachdem du schon eine beträchtliche Anzahl nackter Männer gesehen hast, interessiert es dich vielleicht, daß der junge Sherbrooke wirklich gut gebaut ist. Ein Athlet, und sein Körper ist schlank und muskulös. O ja, du wirst feststellen, daß er ein stattliches Mannsbild ist.« Er starrte eine Weile vor sich hin. »Ich glaube, daß alles gut klappen wird, aber ich muß noch über einige Einzelheiten nachdenken. Dieser Mann ist kein Narr. Ich hatte mit einem zweiten Lord David gerechnet, aber Sherbrooke ist mit dem Tunichtgut nicht zu vergleichen. Morgen früh werde ich dir sagen, was du zu tun hast.«

Um acht Uhr am nächsten Morgen versuchte Sophie, die vorderen Knöpfe an ihrem Kleid zu schließen. Jede Bewegung tat grausam weh. Die Haut über ihren Rippen hatte sich während der Nacht gelb und purpurrot verfärbt, und sie krümmte sich wie eine alte Frau, weil der Schmerz ihr fast den Atem raubte. Ihr Dienstmädchen hatte sie weggeschickt; Millie durfte sie nicht in diesem Zustand sehen, denn sonst würde es unweigerlich Gerede geben, und das konnte sie nicht zulassen.

Wegen Jeremy konnte sie das nicht zulassen.

Als es leise an ihre Tür klopfte und gleich darauf der Kopf ihres Bruders auftauchte, lächelte sie trotz ihrer Schmerzen. Jeremy betrat ihr Schlafzimmer. »Möchtest du nicht frühstücken? Du weißt ja, wie Onkel Theo ist. Bis zum Mittagessen bekommst du dann nichts mehr.«

»Ja, ich weiß. Ich bin gleich mit diesen Knöpfen fertig.«

Jeremy schlenderte in ihrem Zimmer herum, neugierig wie immer, energiegeladen wie jeder Neunjährige. Er war ständig in Bewegung, rastlos auf der Suche nach Beschäftigung und durchaus bereit, so hart wie ein Sklave zu arbeiten – nur daß er es natürlich nicht konnte.

Sie hatte endlich den letzten Knopf geschlossen, stellte aber bei einem flüchtigen Blick in den Spiegel fest, daß sie ja noch nicht gekämmt war, ganz zu schweigen von ihrer Blässe und den dunklen Ringen unter ihren Augen. Eine schöne Hure war sie, so verführerisch wie eine zerbrochene Muschelschale. Oh, es tat so weh, die Haare zu bürsten! Bei jedem Bürstenstrich schien ein Dolch ihre Brust zu durchbohren.

»Jeremy, könntest du mir die Haare bürsten?«

Er legte verwirrt den Kopf zur Seite und warf ihr einen fragenden Blick zu. Als sie nur wortlos den Kopf schüttelte, näherte er sich mit gerunzelter Stirn. »Bist du müde oder so was, Sophie?«

»Ja, so was Ähnliches.« Sie gab ihm die Bürste und setzte sich. Er stellte sich nicht gerade geschickt an, aber sie lobte sein Werk und schaffte es sodann mit Mühe, die kastanienbraune Haarflut mit einem schwarzen Samtband im Nacken zusammenzubinden.

»So, Master Jeremy, und jetzt wird gefrühstückt!« sagte sie dann mit gezwungener Fröhlichkeit.

»Du bist krank, Sophie, stimmt's?«

Es war im Grunde keine Frage, sondern eine Feststellung. Sie strich ihm leicht über die Wange, denn sie konnte an seinen Augen ablesen, daß er sich ernsthaft Sorgen machte. »Nein, mir fehlt nichts. Nur ein bißchen Bauchweh, sonst nichts, ich schwör's dir. Ein paar von Tildas köstlichen Brötchen, und mir geht's wieder blendend.«

Beruhigt hüpfte Jeremy vor ihr her. Zumindest bezeichnete sie seine Bewegungen, die anderen vielleicht unbeholfen und unkoordiniert vorkommen mochten, als fröhliches Hüpfen. Er war ein glücklicher kleiner Junge, der sich erstaunlich gut entwickelte. Sie liebte ihn mehr als alles auf der Welt, und sie war für ihn verantwortlich.

Onkel Theo saß im Frühstückszimmer. Die Verandatüren waren weit geöffnet, und eine leichte Brise sorgte für angenehme Kühle. In der Ferne funkelte das Meer in der strahlenden Morgensonne. Es duftete nach Hochsommer, nach Rosen, Jasmin, Hibiskus, Bougainvillea, Kassie, Mandeln und Rhododendron. In der größten Mittagshitze waren diese Gerüche fast überwältigend. Doch jetzt, am frühen Morgen, war es ein Paradies von Düften. Trotzdem hatte Sophie keine Freude daran. Sie konnte sich überhaupt kaum noch an Schönheit irgendwelcher Art erfreuen. Schon lange nicht mehr. Seit einem Jahr. Nein, seit fast dreizehn Monaten.

Seit fast dreizehn Monaten war sie nun schon eine Hure. Seit dreizehn Monaten wurde sie von den Frauen anderer Plantagenbesitzer geschnitten, wenn man sich beim Einkaufen in Montego Bay zufällig begegnete. Hier in Camille Hall wurde sie von ihnen natürlich nicht geschnitten, weil die Damen ihren lieben Onkel viel zu sehr bewunderten, um ihm so etwas anzutun. Nein, hier behandelten sie sie mit kalter Höflichkeit.

»Es gibt keine Brötchen, Sophie«, rief Jeremy. »Soll ich Tilda danach fragen?«

»Nein, nein, mein Lieber. Ich esse frisches Brot, das schmeckt genauso gut. Setz dich hin und frühstücke.«

Das brauchte man Jeremy nie zweimal zu sagen.

Theodore Burgess blickte von seiner Zeitung auf, einer nur sieben Wochen alten Londoner *Gazette,* denn die englischen Schiffe kamen pünktlich auf Jamaika an.

Er musterte Sophie, nahm zufrieden zur Kenntnis, daß ihre Augen auf anhaltende Schmerzen hindeuteten, und verkündete: »Wir beide werden uns unterhalten, sobald du gegessen hast, meine Liebe. Es gibt einiges zu besprechen, und ich weiß ja, wieviel dir daran liegt, immer meinen Wünschen zu entsprechen. Ah, iß doch noch etwas. Ich weiß, daß die Hitze einem den Appetit verschlägt, aber du wirst mir noch viel zu dünn.«

Jeremy achtete nicht auf das Gespräch, vollauf damit beschäftigt, seine geröstete Yamswurzel dick mit Butter zu bestreichen.

»Ja, Onkel«, sagte Sophie. »In deinem Arbeitszimmer. Nach dem Frühstück.«

»So ist es, meine Liebe. Und was dich betrifft, mein guter Junge, so wirst du mich heute in die Brennerei begleiten. Ich möchte, daß du einige Arbeitsprozesse lernst. Es wird dort heiß wie im Höllenfeuer sein, aber wir bleiben nur solange, bis du einigermaßen verstehst, wie Rum erzeugt wird, und welche Maßnahmen Mr. Thomas ergreift, um die Sklaven daran zu hindern, uns zu bestehlen und unsere Gewinne zu versaufen.«

Die Freude in Jeremys Augen verstärkte Sophies Schmerzen nur noch mehr.

Samuel Grayson hatte beobachtet, daß Ryders weißes Hemd ihm am Rücken klebte, daß sein dichtes hellbraunes Haar vom Schweiß dunkel glänzte und sein Gesicht von der Sonne gerötet war, als er mittags nach Hause kam, nachdem er den ganzen Morgen über mit Emile zu Pferde die Plantage besichtigt hatte. Wahrscheinlich hatte er sich jetzt an irgendeinen kühlen Ort verkrochen. Und tatsächlich fand Grayson ihn auf der Veranda vor dem Billardzimmer. Er saß mit geschlossenen Augen im tiefsten Schatten, an der einzigen Stelle, wo immer eine Brise spürbar war. »Ryder, es geht um eine Einladung«, sagte Samuel leise, für den Fall, daß der junge Mann eingeschlafen war. »Eine Einladung von Theodore Burgess. Am Freitag soll in Camille Hall ein Ball stattfinden, und Sie sind der Ehrengast.«

»Ein Ball!« Ryder riß die Augen weit auf. »Mein Gott, Samuel, ich kann mir beim besten Willen nicht vorstellen, bei dieser infernalischen Hitze zu tanzen. Das kann dieser Burgess doch nicht ernst meinen.«

»Sklaven werden die ganze Zeit über mit Palmenwedeln fächeln, um die Luft zu bewegen. Außerdem ist der Ballsaal von Camille Hall, genau wie der hiesige, mit riesigen Türen vom Boden bis zur Decke ausgestattet. Ich verspreche Ihnen, daß es ganz angenehm sein wird.«

Ryder schwieg einen Moment lang. Er dachte über die Frau nach, die mit drei Männern schlief, und verspürte Lust, sie kennenzulernen.

»Ein Junge wartet auf Ihre Antwort, Sir.«

Ryder schenkte ihm ein mattes Lächeln. »Selbstverständlich gehen wir hin.«

Grayson zog sich zurück, um die Einladung schriftlich anzunehmen, und Ryder schloß wieder die Augen. Er scheute jede Bewegung in dieser Hitze. Schwimmen war nicht möglich, solange die Sonne ihre volle sengende Glut entfachte; er hatte an Gesicht und Armen ohnehin schon einen leichten Sonnenbrand. Deshalb saß er ruhig da, und bald schlief er ein.

Als er aufwachte, waren die Nachmittagsschatten schon ziemlich lang, und Emile saß mit weit von sich gestreckten Beinen neben ihm.

»Dein Vater hat gesagt, daß ich mich an die Hitze gewöhnen würde«, knurrte Ryder, »aber ich glaube inzwischen, er schwindelt.«

»Ein bißchen gewöhnt man sich daran«, erwiderte Emile. »Aber die Sommer sind mörderisch.«

»Es muß doch sogar für Sex viel zu heiß sein, oder?«

Emile lachte. »So ist es. Wie ich gehört habe, sind wir am Freitagabend zu einem Ball in Camille Hall eingeladen.«

»Ja, ich soll geehrt werden. Allerdings würde ich viel lieber schwimmen oder wieder versuchen, eine Kokospalme zu erklimmen; ja, ich würde sogar lieber einen in Laken gehüllten Schurken jagen.«

Emile grinste. »Es wird bestimmt ganz amüsant, Ryder. Du wirst alle Pflanzer und Kaufleute von Montego Bay sowie deren Gemahlinnen kennenlernen, und du wirst soviel Klatsch zu hören bekommen, daß dir die Ohren dröhnen werden. Weißt du, es gibt hier kaum etwas anderes zu tun, es sei denn, man ergötzt sich am Rum, wozu die meisten bedauerlicherweise neigen. Außerdem ist Vater begeistert von Sophie Stanton-Greville, und sie ist Burgess' Nichte und die Gastgeberin beim Ball. Ich zweifle nicht daran, daß Vater jeden Mann zum Duell fordern würde, der es wagte, in seiner Gegenwart etwas Abfälliges über seine Göttin zu äußern.«

»Und dabei soll sie doch eine Hure sein ...«

»Ja«, sagte Emile, ohne Ryder anzusehen, »das ist die allgemeine Meinung.«

»Dir mißfällt das offenbar. Du kennst sie wohl schon lange?«

»Ihre Eltern sind vor vier Jahren auf der Rückreise von Amerika nach England bei einem Sturm ertrunken. Sophie und ihr Bruder Jeremy kamen unter die Vormundschaft von Theodore Burgess, dem jüngeren Bruder ihrer Mutter. Als Sophie herkam, war sie fünfzehn. Jetzt ist sie neunzehn, fast zwanzig, und vor etwas über einem Jahr fingen diese Männergeschichten an. Du hast recht – mir mißfällt das. Vor allem aber bin ich sehr enttäuscht. Ich hatte sie gern. Sie war ein lebhaftes, geistreiches Mädchen, ausgelassen, ohne Falsch und Eitelkeit. Ich dachte sogar, wir könnten eines Tages… aber das ist jetzt nicht mehr wichtig.«

»Du weißt also genau, daß diese Gerüchte stimmen?«

»Sie trifft ihre Liebhaber in einer kleinen Hütte am Strand. Ich war einmal zufällig dort, nachdem sie die Nacht mit Lord David Lochridge verbracht hatte. David war noch da, nackt, und der Ort roch durchdringend nach Sex. Er trank einen Rumpunsch und schien sehr zufrieden mit sich zu sein. Allerdings war er ziemlich betrunken, was mich wunderte, weil es erst neun Uhr morgens war. Er erzählte sehr offen von ihr, von ihren weiblichen Attributen, ihren Liebeskünsten, ihrer kühnen Nichtbeachtung aller Konventionen.«

»Die Frau war aber nicht da?«

»Nein. Offenbar verläßt sie ihre Männer immer, wenn sie schlafen, so daß sie beim Aufwachen allein sind. Jedenfalls hat David das gesagt. Es sind aber Sklavinnen da, die sich um die Männer kümmern, und keiner ihrer Liebhaber scheint sich an Sophies Gewohnheiten zu stören.«

»Hast du diesem Lochridge geglaubt?«

Emiles Stimme war ausdruckslos, aber er mied nach wie vor Ryders Blick. »Wie gesagt, es roch unverkennbar nach Sex. Und der Bursche war viel zu betrunken, um etwas einfach zu erfinden. Ich mag ihn nicht besonders, aber er hatte keinen Grund, mich zu belügen. Und die Hütte befindet sich auf Burgess' Land.«

Ryder zerquetschte ein Moskito und murmelte nachdenklich: »Sie wird also achtzehn und beschließt plötzlich, mit den Konventionen zu brechen. Das ergibt für mich nicht viel Sinn, Emile. Bestimmt würde sie jetzt niemand mehr heiraten. Was glaubst du, warum sie angefangen hat herumzuhuren?«

»Ich weiß es nicht. Sie war von jeher ein sehr willensstarkes Mädchen, auch lebhaft, wie schon gesagt, und sie will unbedingt ihren kleinen Bruder beschützen. Einer der Pflanzer hat sie einmal einen Satansbraten genannt, weil sie so wütend auf seinen Aufseher war, daß sie eine Kokosnuß auf seinem Schädel zerschmettert hat. Der Mann lag eine Woche im Bett. Er hatte Sophies Bruder irgendwie beleidigt. Das war vor etwa zwei Jahren. Damals hätte sie jeden Junggesellen auf der Insel heiraten können, weil allgemein bekannt war, daß sie eine große Mitgift bekommt. Ich habe immer wieder gehört, daß Frauen sich nicht soviel aus Sex machen wie wir Männer. Wie ist es da nur möglich, daß sie dafür alles aufgegeben hat, was Frauen im allgemeinen wollen, worauf ihre ganze Erziehung abzielt?«

»Es gibt für alles einen Grund«, sagte Ryder, während er aufstand und sich streckte. »Gott sei Dank, es scheint ein bißchen abzukühlen.«

Emile grinste ihm zu. »Ich habe gehört, daß Vater dem Koch aufgetragen hat, dir etwas Kühles zum Abendessen zu machen – vielleicht frischen Obstsalat und eisgekühlte Shrimps. Jedenfalls keine gebackenen Yamswurzeln oder heiße Fischpastete. Er möchte nicht, daß du uns hier verhungerst.«

Ryder zerquetschte wieder ein Moskito. Er blickte über die in der Sonne flimmernden Zuckerrohrfelder hinweg zur blauen Karibik hinüber, die so wunderschön war, so ganz anders als das Meer, das er bisher gekannt hatte. »Wie gesagt, es gibt immer etwas, das Männer und Frauen veranlaßt, sich so zu verhalten, wie sie es tun. Soviel ich weiß, hat sie zur Zeit drei Liebhaber, und davor gab es vermutlich schon andere. Natürlich hat sie irgendein Motiv, und weißt du was, Emile? Ich glaube, ich werde mir einen Spaß daraus machen herauszufinden, warum dieser Satansbraten für so viele Männer die Beine breit macht.«

»Es ist deprimierend«, seufzte Emile.

Am Freitagabend glaubte Ryder tatsächlich, daß er sich vielleicht halbwegs an die drückende Hitze gewöhnen könnte, obwohl er nach wie vor manchmal bei jedem Atemzug innerlich zu verdorren schien. Er war am Nachmittag sogar geschwommen, allerdings nicht lange, weil er sich keinen Sonnenbrand holen wollte. Zu seiner großen Enttäuschung hatte es nach dem Zwischenfall in der ersten Nacht keine weiteren seltsamen Vorkommnisse mehr gegeben. Keinen brennenden Schwefel, keine in flatternde Gewänder gehüllte Gestalt, kein schreckliches Stöhnen, keine Pistolen, keine Pfeile.

Es war überhaupt nichts Außergewöhnliches vorgefallen. Er hatte Samuel Graysons »Haushälterin« kennengelernt, eine junge braune Frau namens Mary mit fröhlichen Augen, molligem Körper und warmem Lächeln. Sie lebte in Graysons Zimmer und arbeitete tagsüber im Haus. Auch Emile hatte eine solche »Haushälterin«, ein schmales Mädchen, das Coco hieß. Sie hielt in Ryders Gegenwart stets die Augen gesenkt, und er hörte nie ein Wort von ihr. Älter als fünfzehn konnte sie nicht sein. Emile beachtete sie überhaupt nicht – das tat er, wie Ryder vermutete, nur nachts, wenn er mit ihr ins Bett ging. Sie kümmerte sich um seine Kleidung, hielt sein Zimmer in Ordnung und war hundertprozentig gefügig. Ryder amüsierte sich über diesen Brauch, der auf Jamaika von allen Betroffenen als durchaus respektabel angesehen wurde, aber er fand ihn auch etwas abstoßend. Grayson hatte ihm natürlich ebenfalls eine Frau angeboten, aber Ryder hatte dankend abgelehnt – zum erstenmal in seinem Leben verzichtete er freiwillig auf Sex, weil ein derartiges Arrangement ihm einfach zu kaltblütig, zu konstruiert vorkam. Er hatte einfach keine Lust, sich erwartungsgemäß zu verhalten, obwohl er über seine eigene Eitelkeit lachen mußte.

Die drei Männer ritten am Freitagabend um neun nach Camille Hall. Die Dunkelheit brach gerade herein, der Mond stand strahlend am Himmel, und die Sternenpracht überwältigte Ryder noch genauso wie in der ersten Nacht.

Die Lichter von Camille Hall waren schon von weitem zu sehen. Trotz des katastrophalen Zustands der Hauptstraße waren manche Gäste in Kutschen gekommen; ferner wurden mindestens drei Dutzend Pferde von einem Dutzend kleiner Jungen in der Nähe des Herrenhauses bewacht, wo alle Verandatüren weit geöffnet waren.

Ryder sah sie sofort. Sie stand neben einem älteren Herrn am Eingang, in einem jungfräulich weißen Kleid, das ihre Schultern frei ließ, die kastanienbraunen Haare hochgesteckt, bis auf zwei dicke Strähnen, die über ihre nackten Schultern fielen. Ryder betrachtete sie und schmunzelte gerade vor sich hin, als sie aufschaute. Er sah, daß sie sich versteifte, und ihm kam zu Bewußtsein, daß es wohl ein ziemlich verächtliches Lächeln war. Sofort setzte er eine neutrale Miene auf und entspannte sich. Schließlich konnte es ihm völlig egal sein, ob sie mit jedem Mann auf der Insel schlief. Es spielte überhaupt keine Rolle.

Er ging neben einem völlig hingerissenen Samuel Grayson auf sie zu. Bei genauerer Betrachtung stellte er fest, daß sie nicht die göttliche Schönheit war, für die Grayson sie hielt. Sie sah viel älter als neunzehn aus, hatte schöne klare graue Augen und eine sehr helle Haut. Aber sie war viel stärker geschminkt, als es sich für ein Mädchen ihres Alters gehörte. Man hätte sie eher für eine Londoner Schauspielerin oder Opernsängerin halten können als für eine junge Dame der Gesellschaft bei einem Ball in ihrem eigenen Heim. Ihre Lippen waren tiefrot, die Augen mit Khol umrandet und die Brauen mit Khol nachgezogen; hinzu kam noch Rouge auf den Wangen und eine dicke Schicht weißen Puders. Warum ließ ihr Onkel es zu, daß sie in seinem eigenen Haus wie eine Hure aussah? Und dieses verdammte jungfräulich weiße Kleid setzte allem die Krone auf. Fast könnte man glauben, daß sie sich über ihren Onkel, über alle Gäste, ja vielleicht sogar über sich selbst lustig machen wollte.

Ryder ließ die Vorstellung über sich ergehen und griff nach ihrer Hand, drehte sie um und berührte mit den Lippen ihr Handgelenk. Sie zuckte zusammen, und er ließ ihre Hand langsam, ganz langsam wieder los.

Theodore Burgess war von ganz anderem Schlag. Groß und sehr hager, mit freundlichem Gesicht, aber energischem Kinn, machte er einen ungewöhnlich gehemmten Eindruck. Die unpassende Aufmachung seiner neunzehnjährigen Nichte schien er überhaupt nicht zu bemerken. Sein Händedruck war ziemlich kraftlos, aber er begrüßte Ryder überaus herzlich. »Es ist mir ein Vergnügen, Sir, ein großes Vergnügen. Mr. Grayson hat oft von den Sherbrookes gesprochen, von seiner hohen Wertschätzung für Ihre Familie. Sie sind uns hier mehr als willkommen, Sir. Gewiß werden Sie mit meiner reizenden Nichte tanzen wollen?«

War der Kerl ein totaler Schwachkopf? Oder war er blind?

Die reizende Nichte sah wie eine bemalte Nutte aus. Trotzdem wandte Ryder sich ihr höflich zu. »Möchten Sie dieses Menuett tanzen, Miss Stanton-Greville?«

Sie nickte wortlos, ohne zu lächeln, und legte ihre Hand auf seinen Unterarm.

Ihm fiel auf, daß sie Emile völlig ignoriert hatte, und dieses eigenartige Benehmen stachelte seine Neugier nur noch weiter an. Dieses mysteriöse Geschöpf faszinierte ihn.

»Ich habe gehört, daß Sie und Emile seit Jahren gut miteinander bekannt sind«, sagte er, bevor die vorgeschriebenen Schritte des Menuetts sie voneinander trennten.

Als sie wieder zusammenkamen, sagte sie »Ja«. Nichts weiter, nur dieses kurze, ausdruckslose »Ja«.

»Man wundert sich«, stichelte er, »warum jemand einen alten Freund plötzlich einfach ignoriert. Wirklich seltsam.«

Es dauerte einige Minuten, bis er ihre Hand wieder umfaßte, und auch da äußerte sie nur: »Wundern kann man sich vermutlich über viele Dinge.« Das war alles. Verfluchte Göre!

Das Menuett endete, und Ryder stellte erleichtert fest, daß er nicht schwitzte. Grayson hatte die Wahrheit gesagt. Der Ballsaal erstrahlte zwar im Lichte unzähliger Kandelaber, war aber nichtsdestotrotz angenehm kühl, denn die vielen offenen Türen ließen die frische Meeresbrise ungehindert ein, und zusätzlich schwenkten barfüßige kleine Jungen in weißen Hemden und weißen Hosen große Palmwedel.

Ryder brachte Sophie schweigend zu ihrem Onkel zurück, und danach übernahm es Grayson, ihn mit allen anderen Pflanzen bekannt zu machen. Als Ryder einmal flüchtig zu ihr hinüberschaute, stand sie sehr steif da, während ihr Onkel mit gerunzelter Stirn auf sie einredete. Ob er ihr vielleicht Vorhaltungen wegen des übertriebenen Make-ups machte? Ryder hoffte es, bezweifelte es aber. Er selbst würde, wenn er ihr Onkel wäre, ihr Gesicht in einen Eimer Wasser tunken und es mit Kernseife tüchtig schrubben.

Er tanzte mit den Töchtern sämtlicher Kaufleute von Montego Bay und sämtlicher Pflanzer im Umkreis von fünfzig Meilen, wurde umschmeichelt und mit Komplimenten überhäuft, ob es sich nun um seine auf Hochglanz polierten Stiefel oder um seine herrlichen blauen Augen handelte – von letzteren war eine Siebzehnjährige ganz hingerissen, die vor Aufregung ständig kicherte.

Diese ganze Anhimmelei langweilte ihn so, daß er am liebsten laut gegähnt hätte. Außerdem schmerzten seine Füße. Er wollte sich irgendwo hinsetzen und sich mindestens eine Stunde nicht bewegen. Kurz vor Mitternacht gelang es ihm endlich, Grayson zu entkommen, der drei Pflanzer samt Frauen und heiratsfähigen Töchtern im Schlepptau hatte.

Von der Veranda führten Steinstufen in einen schönen Garten hinab. Es duftete betörend nach Rosen, Hibiskus, Rhododendron und allen möglichen anderen prächtigen Blumen, die Ryder nicht kannte. Er atmete tief ein, betrat diesen märchenhaften Garten, entdeckte eine Steinbank und lehnte sich mit geschlossenen Augen an eine rosa Kassie.

»Ich habe Sie hierhergehen sehen.«

Er wäre vor Überraschung fast aufgesprungen. Sophie Stanton-Greville stand dicht vor ihm.

»Ich wollte mich ein wenig ausruhen«, erwiderte er lässig.

»Ich habe mich noch nicht an diese Hitze gewöhnt, und in diesem verfluchten Ballsaal wollte jedes Mädchen unbedingt tanzen.«

»Ja, das ist bei Bällen allgemein üblich.«

Sie hörte sich sehr kalt an, geradezu feindselig, so, als sei er ihr denkbar unsympathisch. Aber warum war sie ihm dann in den Garten gefolgt? Das ergab keinen Sinn.

Er machte es sich auf der Bank noch gemütlicher, streckte die Beine weit von sich, kreuzte sie an den Knöcheln und verschränkte die Arme vor der Brust. Noch nie hatte er sich, seit er erwachsen war, in Gegenwart einer Frau so flegelhaft benommen. Und die Kälte seiner Stimme konnte es mit der ihren durchaus aufnehmen, als er fragte: »Was wollen Sie von mir, Miss Stanton-Greville? Vielleicht einen weiteren Tanz, nachdem dies ja ein Ball ist, wie Sie soeben dezent betont haben?«

Sie versteifte sich sichtlich, und er fragte sich wieder, warum zum Teufel sie überhaupt hier war. In die Dunkelheit starrend, murmelte sie schließlich: »Sie benehmen sich nicht wie die meisten anderen Männer, Mr. Sherbrooke.«

»Ah, damit meinen Sie wohl, daß ich nicht mit hechelnder Zunge um Sie herumscharwenzle? Daß ich weder Ihren sehr roten Mund noch Ihre unbestreitbar reizvollen Brüste anstarre?«

»Nein!«

»Was ist es dann?«

Sie wandte sich ab, und er sah, daß sie an den weichen Falten ihres Musselinkleides herumnestelte. Sie war sehr schlank, und er zweifelte nicht daran, daß sie eine Wespentaille hatte, obwohl das bei der neuesten Damenmode, die sich an Josephines Geschmack orientierte, schwer zu sagen war. Unwillkürlich beschäftigten sich seine Gedanken auch mit ihren Beinen und Hüften.

Ein leichtes Lächeln spielte um ihre Lippen, als sie sich ihm wieder zuwandte. »Sie sind unverschämt, Sir. Bestimmt bedienen sich Gentlemen nicht einmal in England einer so drastischen Ausdrucksweise.«

»Nicht einmal im Gespräch mit angemalten Flittchen?«

Sie atmete tief, und er hätte schwören können, daß sie buchstäblich taumelte, wie von einem scharfen Hieb. Unwillkürlich hob sie die Hand und begann an der Puderschicht auf ihrer Wange zu reiben.

Gleich darauf faßte sie sich aber wieder und ließ die Hand sinken. Sie bedachte ihn mit einem herausfordernd kühlen Lächeln.

»Nein«, sagte sie ruhig, »nicht einmal im Gespräch mit angemalten Flittchen. Ich hatte gehört, daß Sie ein kultivierter und geistreicher Mann sind, aber auf das Gerede der Leute darf man sich eben niemals verlassen. Sie sind nichts anderes als ein ungehobelter Bauer.«

Er erhob sich zu seiner vollen Größe, aber sie wich nicht vor ihm zurück.

»Aha, jetzt kreuzen Sie die Klingen!« stellte er befriedigt fest. »Und gar nicht mal so schlecht. Besonders gekonnt allerdings auch nicht.«

Er zog ein Taschentuch aus der Tasche und wischte damit schnell über ihren roten Mund. Sie warf den Kopf zurück, aber er packte sie am Nacken und wischte ihre Lippen noch einmal kräftig ab, bevor er das Tuch auf den Boden warf.

»Jetzt«, sagte er, beugte sich über sie und preßte seine Lippen auf ihren Mund.

Es wurde ein sehr langer Kuß, und sie stellte fest, daß er viel erfahrener im Küssen war als alle Männer, die sie kannte. Sein Mund liebkoste den ihren, und seine Zunge suchte spielerisch Einlaß, ohne Gewalt anzuwenden. Sie ließ ihn gewähren, ohne irgendeine Reaktion zu zeigen.

Plötzlich wölbte er seine Hände um ihre Brüste, und unwillkürlich zuckte sie zusammen.

»Pssst«, flüsterte er, und sein warmer Atem roch nach dem

Rumpunsch, den er getrunken hatte. »Ich möchte fühlen, ob Ihre Haut wirklich so weich und warm ist, wie ich glaube.« Seine Hände glitten unter ihr Mieder und umfaßten ihre nackten Brüste. Dann hob er den Kopf und blickte spöttisch auf sie hinab. »Sie hatten Herzklopfen, aber es war nicht stark genug, finde ich. Sie haben schöne Brüste, Miss Stanton-Greville. Sind Sie mir deshalb gefolgt? Wollten Sie von mir liebkost werden? Oder wollten Sie vielleicht sogar, daß ich Sie gleich hier im Garten nehme? Vielleicht unter dieser herrlichen Kassie? Sie duftet so kräftig, daß sie möglicherweise die sexuellen Gerüche überdecken würde.«

Sie sagte kein Wort, stand regungslos da und ließ ihn ihre Brüste streicheln. Dann küßte er sie wieder, diesmal intensiver, seine Hand auf ihr Herz gepreßt. Ihr Herzschlag beschleunigte sich ein wenig, und er lächelte an ihrem Mund.

»Ist es das? Wollen Sie mich mit Ihren anderen Männern vergleichen? Sie werden keine Gelegenheit dazu haben, glauben Sie mir.«

Sein Atem war sehr warm, und seine Zunge spielte sanft mit der ihren. Aber sie erwiderte seinen Kuß nicht, blieb völlig passiv.

Er verstand sie nicht. Bei Gott, er würde sie schon dazu bringen, irgendwie zu reagieren.

Er zog seine Hände aus ihrem Mieder heraus und schob das Oberteil ihres Kleides bis zur Taille hinunter. Im blassen Mondlicht schimmerten ihre weißen Brüste verführerisch. Sie waren nicht groß, aber sehr schön geformt, rund und hoch angesetzt, mit hellrosa Brustwarzen.

Er bückte sich und begann das warme Fleisch zu küssen. Sie lachte plötzlich, schalkhaft und spöttisch. Vor Überraschung richtete er sich auf und starrte sie verwirrt an.

Anmutig wie eine Tänzerin entfernte sie sich ein wenig von ihm, machte aber keine Anstalten, ihre Blöße zu verhüllen.

»Sie sind als Mann nicht übel«, sagte sie mit samtiger, lockender Stimme. »Nein wirklich, gar nicht übel. Sie sind kühn und arrogant, ein Mann, der nicht erst auf die Einladung der Dame wartet. Vielleicht sollten Sie etwas mehr Zurückhaltung üben, Sir. Oder haben Sie nur nicht die Geduld, auf eine Einladung zu warten?«

»Vielleicht«, erwiderte er. »Aber ich teile nicht, Miss Stanton-Greville. Wenn ich eine Frau nehme, bin ich der einzige Mann. Es wird keine Vergleichsmöglichkeiten geben, zumindest keine direkten.«

»Ich verstehe«, flüsterte sie gedehnt, und ihre Stimme klang jetzt verführerischer als die aller Frauen, die er je gekannt hatte. »Einen Augenblick dürfen Sie mich noch bewundern, Sir.«

Unwillkürlich starrte er auf ihre Brüste, während sie aufreizend langsam ihr Kleid wieder hochzog und zurechtrückte.

Als nichts mehr daran erinnerte, daß sie soeben noch halb nackt gewesen war, sagte sie: »Nein, Mr. Sherbrooke, Sie sind wirklich viel zu weit vorgeprescht, und Ihre Unmäßigkeit mißfällt mir. Sie bitten nicht, Sie fordern. Andererseits gefällt mir Ihre Arroganz ganz gut, weil sie erfrischend ist. Sie nehmen kein Blatt vor den Mund, sondern sagen, was Sie denken. Ich werde über Sie nachdenken, Mr. Sherbrooke, und ich habe beschlossen, daß ich morgen früh mit Ihnen ausreiten werde. Holen Sie mich um acht Uhr ab, aber verspäten Sie sich nicht. Ich warte nicht gern auf Männer.«

Er wollte ihr sagen, daß sie sich mitsamt ihrem Reitkostüm, ihrem Pferd und ihren Befehlen zum Teufel scheren solle, aber er tat es nicht, denn ihr Mund war ohne die verdammte rote Schminke wirklich schön, und außerdem war sie nach wie vor mysteriös, und er konnte Geheimnissen nun einmal nicht widerstehen.

Deshalb strich er mit den Fingerspitzen leicht über ihr Kinn und lächelte ihr zu.

»Auch ich gebe Ihnen eine Anweisung. Schminken Sie sich nicht. Ich finde das gräßlich. Und jetzt entschuldigen Sie mich bitte, Miss Stanton-Greville.«

Er schlenderte pfeifend davon, ohne sich noch einmal umzudrehen.

Sophie blickte ihm regungslos nach, bis er in der Dunkelheit verschwand. Sie hatte Herzklopfen und fühlte sich leicht benommen. Dieser Mann machte ihr Angst. Sie hatte nicht gelogen, als sie ihm sagte, er sei anders als die anderen. Erschöpft ließ sie sich auf die Bank fallen und vergrub ihr Gesicht in den Händen. Was sollte sie nur tun?

3

Ryder lächelte, als er einen Blick auf die Bronzeuhr im großen Salon von Kimberly Hall warf. Es war genau acht Uhr morgens. Sie würde jetzt nach ihm Ausschau halten und jede Minute damit rechnen, daß er angeritten kam, wie Ihre Königliche Hoheit befohlen hatte.

Aber sie würde vergeblich warten.

Um halb neun stand er auf, reckte sich genüßlich und ging in den kleinen Frühstücksraum, von dem aus man in einen seitlichen Garten gelangen konnte. Emile und sein Vater saßen am Tisch und wurden von zwei Sklaven – einem männlichen und einem weiblichen – bedient. Die Frau war Samuels Haushälterin Mary, und sie lächelte Ryder fröhlich zu und deutete auf einen Stuhl, so als wäre er ihr Gast.

Ryder ließ sich frisches Brot und Obst von dem großen Schwarzen namens James bringen, der keine Schuhe trug – auf Jamaika trug kein Schwarzer, egal ob Mann, Frau oder Kind, Schuhe. Ryder hatte sich an diese Unsitte noch immer nicht gewöhnt. Er trank den aromatischen schwarzen Kaffee, dachte an Sophie Stanton-Greville und versuchte sich ihren Gesichtsausdruck vorzustellen, nachdem sie ja inzwischen gemerkt haben mußte, daß er nicht kommen würde. Er lächelte wieder, während er ein Stück Brot kaute.

»Ich habe gestern abend gehört, daß Sie heute morgen mit Miss Stanton-Greville ausreiten würden.«

Ryder schaute lieber nicht zu Samuel Grayson hinüber, weil er befürchtete, daß er sonst wie ein Sünder grinsen würde, denn Samuel hörte sich eifersüchtig an. Wie viele Männer mochten in das verdammte Mädchen verknallt sein? Und wie zum Teufel konnte jemand etwas von den Plänen wissen, die er und Miss Stanton-Greville gemacht hatten? Oder, besser gesagt, von ihrem selbstbewußten Befehl?

»Ich würde sagen, daß es sich offenbar um eine Fehlinformation gehandelt haben muß, denn hier sitze ich und genieße mein Frühstück. James, bitte sag Cora, daß das frische Brot sehr gut ist.«

»Ihr Onkel hat es mir erzählt«, sagte Samuel. »Er wollte von mir wissen, ob Sie vertrauenswürdig sind. Er liebt seine Nichte sehr und will verhindern, daß irgendein Mann sich ihr gegenüber Freiheiten herausnimmt.«

Emile verschluckte sich an seinem Kaffee.

Ryder klopfte ihm kräftig auf den Rücken. »Alles in Ordnung?«

»Ich dulde das nicht, Emile«, fuhr sein Vater ihn barsch an. »Du wirst nichts Schlechtes über sie sagen, hast du mich verstanden?«

»Ich habe doch kein Wort gesagt, sondern mich nur verschluckt!«

»Verdammt, Junge, ich werde keine Unverschämtheiten dulden!«

»Samuel«, versuchte Ryder den Streit zu schlichten, »Sie wissen doch selbst, daß es über Miss Stanton-Grevilles Tugend verschiedene Meinungen gibt.«

»Das ist mir egal«, beharrte Grayson. »Ich kenne die Wahrheit.«

»Sprechen wir lieber von etwas anderem. Es hat keine neuen Höllenspektakel gegeben, was mich einerseits enttäuscht und andererseits auf die Frage bringt, warum sie nach meiner Ankunft so abrupt aufgehört haben.«

»Das stimmt«, sagte Emile langsam. »Nachdem du dich ja einige Stunden in Montego Bay aufgehalten hattest, bevor Vater dich nach Kimberly brachte, muß jeder oder so gut wie jeder innerhalb von vierundzwanzig Stunden von deiner Ankunft erfahren haben.«

»Und falls die Vorkommnisse nach meiner Ankunft aufhören sollten«, fuhr Ryder nachdenklich fort, »so bedeutet das, daß die dafür verantwortliche Person an jenem ersten Abend noch nicht wußte, daß ich hier eingetroffen war.«

»So ist es«, bestätigte Emile.

»Ich bin immer noch nicht davon überzeugt, daß ein Mensch hinter all dem steckt«, widersprach Samuel. »Es hat keine natürlichen Ursachen. Sie haben doch selbst gesagt, Ryder, daß keine Spuren von dem Feuer zu sehen waren. Vielleicht war es gar kein Mensch in weißen Gewändern, sondern eine dämonische Geistererscheinung.«

»Es war ein Mann aus Fleisch und Blut«, erklärte Ryder energisch. »Und auch der Pfeil, der meinen Arm traf, wurde von einer sehr realen Person abgeschossen. In jener ersten Nacht haben zwei menschliche Unholde hier ihr Unwesen getrieben. Eine Frage, Samuel – kennen Sie hier in der Gegend einen besonders guten Bogenschützen?«

»Großer Gott«, rief Emile bestürzt, »warum habe ich mir nicht schon längst diese Frage gestellt? Ja, Vater, laß uns mal darüber nachdenken.«

Während die beiden Männer überlegten, aß Ryder das eisgekühlte frische Obst und das knusprige frische Brot und dachte an Sophie Stanton-Greville. Sowohl diese Gedanken als auch das Brot waren köstlich.

Schließlich sagte Samuel: »Ja, ich kenne jemanden, der ein hervorragender Bogenschütze ist.«

»Wer?« fragten Emile und Ryder wie aus einem Munde.

Samuel winkte ab. »Nein, nein, das ergibt keinen Sinn. Ich dachte an Eli Thomas, Burgess' Aufseher. Er ist für seine Schießkünste bekannt, aber das ergibt einfach keinen Sinn. Warum sollte er hierherkommen und Ryder anschießen? David Lochridge ist ebenfalls ein Anhänger dieser Sportart, ferner ein Mr. Jenkins, Kaufmann in Montego Bay. Zweifellos gibt es in der Umgebung auch noch andere. Bestimmt zu viele, um irgendwelche sinnvollen Schlußfolgerungen ziehen zu können.«

Ryder lächelte. Ein weiteres Puzzleteilchen lag jetzt auf

dem Tisch, und wieder bestand eine Verbindung zu der verdammten kleinen Nutte von Camille Hall, die ihn gehänselt und sich trotzdem nicht gegen seine Liebkosungen gewehrt hatte, obwohl gut hundert Gäste ganz in der Nähe waren. Er spielte mit einer Orangenscheibe. »Da die Männer, die uns in jener ersten Nacht nach meiner Ankunft einen Besuch abstatteten, offensichtlich nicht wußten, daß ich eingetroffen war, scheiden einige aus dem Kreis der Verdächtigen aus, denn an jenem ersten Nachmittag im *Gold Doubloon* habe ich viele Gentlemen kennengelernt.«

Emile holte ein Blatt Papier und einen Bleistift. Er notierten alle Namen, an die Ryder sich erinnern konnte.

»Es bleiben immer noch zuviel Angreifer übrig, die theoretisch in Frage kämen«, seufzte Emile.

»Beispielsweise zwei ihrer Liebhaber«, bemerkte Ryder leichthin. »Oliver Susson können wir streichen.«

»Ja«, sagte Emile, und sein Vater warf die Serviette auf den Tisch und verließ den Raum.

Ryder blickte ihm stirnrunzelnd nach. »Warum verschließt er die Augen davor, was dieses Mädchen ist?«

Emile starrte das Ölgemälde an der gegenüberliegenden Wand an, das ein Zuckerrohrfeld als Motiv hatte. »Er hatte sich in den Kopf gesetzt, daß ich sie heiraten sollte, und er hat diese Idee bis heute nicht aufgegeben. Ich glaube außerdem, daß er selbst in sie verliebt ist. Ihm gefällt ihre Mutwilligkeit. Dir ist bestimmt schon aufgefallen, daß seine Haushälterin Mary auch ein keckes Geschöpf ist, und er hat sie sehr gern. Ich sage dir, Ryder, er würde Sophie auch noch verteidigen, wenn sie ihn in die Schar ihrer Liebhaber aufnehmen würde. Du darfst dir seinen Ärger nicht zu Herzen nehmen. Er ist mein Vater, und er meint es gut.«

Ryder nickte und aß weiter. Emile fragte nach kurzem Schweigen: »Du hättest wirklich mit ihr ausreiten sollen, stimmt's?«

Ryder grinste. »Ja, aber ich werde einer Frau nie erlauben,

mir Befehle zu erteilen. Ich werde ihr sagen, was ich von ihr will, und wann ich es will. Sie wird lernen müssen, daß ich das Sagen habe und mich nicht herumkommandieren lasse.«

»Das dürfte interessant werden.«

»Ich hoffe es.« Ryder leerte seine Kaffeetasse. »Weißt du, wie spät es ist, Emile?«

»Fast halb zehn.«

»Ich glaube, ich werde jetzt ein bißchen reiten.«

Emile lächelte etwas gequält. »Gute Jagd!«

»Danke, ich werd's gebrauchen können«, erwiderte Ryder.

»Wo ist er?«

Sophie drehte sich nach ihrem Onkel um. »Ich weiß es nicht. Ich dachte, er würde um acht hier sein. Er hat nicht gesagt, daß er nicht kommen würde.«

»Verdammt, du hast ihn irgendwie verärgert!« Er hob die Faust, ließ sie aber wieder sinken, weil einer der Haussklaven die Veranda betrat.

Er senkte auch die Stimme, aber sein Zorn war trotzdem nicht zu übersehen. »Du hast ihn vergrault! Du hast ihn nicht um den Finger gewickelt, Sophie. Ich bin sehr unzufrieden mit dir. Muß ich denn die ganze Planung allein machen? Nein, sag nichts. Ich werde entscheiden, wie wir jetzt vorgehen. Du hast alles verpatzt, und ich frage mich, ob du es absichtlich getan hast.«

Er begann auf der Veranda hin und her zu laufen. Sophie beobachtete ihn schweigend und ohne großes Interesse. Sie hoffte inbrünstig, daß Ryder Sherbrooke vernünftig genug sein würde, sich von Camille Hall und von ihr fernzuhalten.

Burgess ließ sich in einen Rohrstuhl neben ihr fallen. »Du hast Lord David letzte Nacht in die Hütte mitgenommen, nicht wahr?«

Sie nickte.

»Ist alles gut gegangen?«

»Ja, aber er war eifersüchtig auf Ryder Sherbrooke. David

hat keinen festen Charakter. Er ist kindisch und allzusehr von sich überzeugt. Sobald er genügend getrunken hat, bereitet er mir keine Schwierigkeiten, aber vergangene Nacht war seine Eifersucht… na ja, das ist jetzt nicht weiter wichtig. Zum Schluß ist alles gut gegangen.«

»Du bist mit ihm fertig geworden?«

»Ja.«

»Grammond reist nächste Woche ab.«

»Ja.«

»Du kannst jetzt mit Lord David Schluß machen. Er ist nutzlos geworden.«

»Er wird sich nicht so leicht abwimmeln lassen«, entgegnete Sophie. »Er ist jung und arrogant und hält sich für einen tollen Hengst. Er wird mir einfach nicht abnehmen, daß ich ihn nicht mehr begehre.«

»Dir wird schon irgend etwas einfallen.« Theo Burgess erhob sich und ging ins Haus. Sie blieb mit ihren nutzlosen Gedanken allein, die sich immer im Kreise drehten.

Als Ryder Sherbrooke etwa zehn Minuten später angeritten kam, hätte sie ihm am liebsten zugerufen, daß er verschwinden solle. Der Teufel sollte seinen männlichen Eigensinn holen! Sie kannte die Männer und wußte genau, daß er ihr eine Lektion erteilen wollte. Natürlich mußte er ihr unbedingt demonstrieren, daß er sich von einer Frau nicht herumkommandieren ließ. Er wollte sie bestrafen und demütigen. Nun, sollte er es ruhig versuchen. Er würde staunen, wenn er wüßte, daß sie nur wünschte, ihn nie wiedersehen zu müssen, daß sie fast alles darum geben würde, wenn er mit dem nächsten Schiff nach England zurückführe. Sie rührte sich nicht von der Stelle, während sie beobachtete, wie er abstieg und seinen Hengst an einem Verandapfosten ganz in ihrer Nähe anband.

Er schlenderte gemächlich auf sie zu, lehnte sich ans Geländer und rief: »Guten Morgen.«

Dann runzelte er jedoch die Stirn, denn sie war wieder stark geschminkt, und in der Morgensonne sah das besonders grell und flittchenartig aus.

»Ich sagte Ihnen doch, daß Sie Ihr Gesicht waschen sollten. Sie sehen absurd aus. Sie mögen eine Hure sein, aber das braucht doch nicht jeder auf eine Meile Entfernung zu sehen.«

Sophie stand langsam auf und betrachtete ihn sehr lange, ohne ein Wort zu sagen. Schließlich fragte sie spöttisch: »Wollen Sie mit mir ausreiten oder mir Bedingungen für eine Kapitulation diktieren?«

»Kapitulation«, wiederholte er. »Das hört sich ganz hübsch an, besonders in bezug auf Sie, schönes Fräulein. Waschen Sie sich zunächst einmal das Gesicht, und dann werde ich mit Ihnen ausreiten.«

»Sie haben sich um fast zwei Stunden verspätet, Sir!«

»Tatsächlich? O Gott, das ist unverzeihlich! Andererseits hatte ich vor zwei Stunden noch keine Lust zum Reiten. Jetzt schon. Waschen Sie sich das Gesicht. Ich gebe Ihnen zehn Minuten Zeit, nicht länger.«

»Verdammt, verschwinden Sie von hier! Fahren Sie nach England zurück! Vielleicht können Sie sich dort wie ein ungehobelter Bauer aufführen!«

»Ah, Mr. Sherbrooke! Wie schön, Sie zu sehen, Sir. Meine Nichte hat erwähnt, daß Sie sie vielleicht zum Ausreiten abholen würden. Sophie, wohin gehst du, meine Liebe? Mr. Sherbrooke möchte deine charmante Gesellschaft bestimmt nicht entbehren.«

Es amüsierte Ryder, daß sie jetzt in der Falle saß.

»Ich will mich nur ein bißchen frisch machen, Onkel.«

»Ausgezeichnet, dann werden Mr. Sherbrooke und ich gemütlich plaudern, bis du zurückkommst. Wirklich ein reizendes Geschöpf, meine Nichte. Setzen Sie sich doch, Mr. Sherbrooke, bitte setzen Sie sich. Möchten Sie vielleicht einen Rumpunsch?«

»Um diese Uhrzeit? Nein, danke, Mr. Burgess.«

»Ach, nennen Sie mich doch Theo. So alt bin ich nun auch wieder nicht.«

»Dann müssen Sie mich Ryder nennen.«

»Wenn ich richtig verstanden habe, ist Ihr Bruder der Earl of Northcliffe?«

»So ist es. Er wäre selbst hergekommen, aber er ist jung verheiratet.«

»Ah! Und Sie haben die Absicht, länger hier auf Jamaika zu bleiben?«

»Nur solange, bis wir diese Geistererscheinungen aufgeklärt haben, unter denen Kimberly Hall in den letzten vier Monaten zu leiden hatte.«

»Mr. Grayson hat mir davon erzählt. Es ist allgemein bekannt, daß es auf Jamaika unheimliche Zeremonien und böse Voodoopriester gibt, die vor nichts zurückschrecken.«

»Aber diese Vorfälle haben plötzlich aufgehört.«

»Tatsächlich? Ich bin sehr erleichtert, Ryder, aber ich frage mich, warum.«

»Ich auch.« Ryder hätte ihn gern nach seinem Aufseher und dessen Künsten im Bogenschießen befragt, wußte aber, daß es dafür noch zu früh war. Er wollte die Oberhand behalten, und deshalb lehnte er sich in seinem Stuhl zurück und bedachte Mr. Burgess mit einem arglosen Lächeln.

Ein Haussklave servierte auf Burgess' Befehl hin köstliche Limonade. Ryder stellte fest, daß Sophie ihre zehn Minuten schon weit überschritten hatte. Er leerte sein Glas, stellte es behutsam auf dem Mahagonitisch ab, erhob sich und streckte Theo Burgess die Hand entgegen.

»Ich befürchte, daß es ein bißchen spät wird. Ihre Nichte hat offenbar Wichtigeres zu tun, als mit mir auszureiten. Auf Wiedersehen!«

Er schlenderte lässig pfeifend davon.

Burgess starrte ihm nach und brüllte sodann: »Sophie!«

Ryder ging, ohne sich umzudrehen, auf sein Pferd zu.

Als er über sich ein Geräusch hörte, blickte er neugierig

hinauf. Sie stand auf dem Balkon im ersten Stock, einen Eimer in der Hand. Er sprang zurück, aber nicht schnell genug. Ein dicker Wasserstrahl ergoß sich auf seinen Kopf.

Er hörte sie lachen, doch im nächsten Moment rief sie: »O Gott, was habe ich gemacht? Oh, Mr. Sherbrooke, wie konnte ich nur so unachtsam sein? Ich hätte wirklich erst schauen müssen. Bitte verzeihen Sie mir, Sir. Kommen Sie herein, dann gebe ich Ihnen ein Handtuch. O Gott, o Gott!«

Er schwor sich, ihr diesen Streich heimzuzahlen.

»Danke, Miss Stanton-Greville«, rief er fröhlich hoch. »Eine kalte Dusche ist bei dieser Hitze durchaus angenehm.«

»Ich komme sofort mit einem Handtuch hinunter, Sir.« Und dann fügte sie mit einer so falschen lieblichen Sanftmut hinzu, daß er unwillkürlich grinsen mußte: »Und nennen Sie mich doch bitte Sophie.«

Er drehte sich zur Veranda um und sah etwas völlig Unerwartetes: Theo Burgess' Gesicht war zu einer häßlichen Grimasse verzerrt, und seine hellbraunen Augen hatten einen Ausdruck, der Ryder einen kalten Schauder über den Rücken jagte. Im nächsten Moment lief der Mann aber mit sehr besorgter, aufgeregter Miene auf ihn zu und rang sogar seine Hände. »Kommen Sie hierher, Mr. Sherbrooke, und setzen Sie sich. Ach, meine Nichte war wirklich sehr unvorsichtig, aber sie wird es bestimmt wiedergutmachen.«

»Ich zweifle nicht daran, daß sie es versuchen wird«, sagte Ryder.

Dieses unverschämte Weibsbild!

Sophie hatte nur das grellste Make-up abgewaschen. Dafür war Ryders Gesicht tropfnaß. Sie lächelte ihm zu, und ihre Augen funkelten triumphierend, obwohl ihre Worte einer bußfertigen Nonne zur Ehre gereicht hätten. Sie plapperte lauter Blödsinn daher, wollte ihm Limonade einschenken, bot ihm vier weitere Handtücher an, vielleicht sogar fünf, weil er ja so naß war, bot ihm sogar einen Kamm an, erbot sich sogar, ihn zu kämmen.

»Nein, danke, Sophie«, wehrte Ryder schließlich ab. »Ich fühle mich ganz trocken und brauche wirklich nichts mehr. Allerdings hoffe ich sehr, daß es wirklich nur reines Wasser war, mit dem Sie mich versehentlich gebadet haben.«

Sie senkte die Lider, erbleichte, errötete und setzte sodann eine Miene tiefer Zerknirschung auf. »Du meine Güte ... ich glaube schon ... doch, Dorsey muß den Eimer schon gründlich ausgewaschen haben ... aber andererseits ist sie manchmal sehr faul ... warten Sie, Sir, ich werde sie fragen ... ach nein, das hätte wenig Sinn, denn Dorsey würde es natürlich nie zugeben, wenn sie ihn noch nicht gesäubert hätte ... wir werden es also nie wissen ... du meine Güte!« Sie sprang auf und schnüffelte vernehmlich, als sie an ihm vorbeiging.

Eine schlechte Schauspielerin war sie wirklich nicht!

Er stand ebenfalls auf. »Schnüffeln Sie ruhig noch einmal, Sophie. Irgendwelche unangenehmen Gerüche? Nein? Großartig. Wie ich sehe, muß Ihr Gesicht jetzt um einiges weniger wiegen als vorhin. Sie sind zwar immer noch geschminkt, aber nicht mehr so stark, daß ich Sie zurückschicken müßte. Außerdem hätten Sie ja sowieso kein Wasser mehr, um das restliche Make-up zu entfernen, stimmt's? Habe ich jetzt vielleicht Ihren Puder auf dem Kopf? Kommen Sie, reiten wir los, bevor es zu heiß wird.«

Ein Junge führte eine herrliche braune Stute herbei, die an Sophies Schulter knabberte. Sie lachte und streichelte den Kopf des Pferdes. »Ungezogenes Mädchen! Ah, du bist wohl auf einen Galopp aus, was?«

Ryder runzelte die Stirn. Eine ganz andere Stimme und ein bezauberndes leises Lachen.

Er half ihr nicht beim Aufsitzen, obwohl er sah, daß sie das erwartete. Statt dessen schwang er sich selbst in den Sattel, ohne sie auch nur eines Blickes zu würdigen.

Der Junge half ihr, und dann sah sie Ryder mit jener sanften Miene an, die seine Schwester Sinjun aufsetzte, wenn es ihr gelungen war, ihn beim Schachspiel zu besiegen.

»Wohin möchten Sie reiten, Mr. Sherbrooke?« fragte sie in aller Seelenruhe.

»Nachdem ich Sie ja Sophie nennen soll, können Sie mich ruhig mit Ryder anreden.«

»Ausgezeichnet. Wohin möchten Sie reiten, Ryder?«

»Zum Strand, zu der gemütlichen kleinen Hütte, von der ich schon so viel gehört habe.«

Sie verlor nicht die Fassung, aber er hätte schwören können, daß ihre Augen sich sekundenlang erschrocken weiteten. Dann sagte sie sehr kühl: »Das ist keine gute Idee.« Sie lächelte verführerisch und warf den Kopf zurück. Ihr Reitkostüm war hellblau, der Hut einen Ton dunkler, mit einer hübschen Feder, die ihr Gesicht umrahmte. Dadurch war das Zurückwerfen des Kopfes besonders wirkungsvoll. »Außerdem könnte die Hütte zur Zeit noch belegt sein. Mein Onkel vermietet sie, müssen Sie wissen. Ja, man weiß nie, wer sich dort gerade aufhalten könnte.«

»Oh, Ihr Onkel macht das?«

Sophie trieb ihre Stute Opal zu einem leichten Galopp an, und sie ritten die lange Auffahrt von Camille Hall hin ab.

Er überließ ihr bereitwillig die Führung. Nach einem knappen Kilometer auf der Landstraße bog sie zum Meer hin ab. Als sie den dünnen Streifen von Mangobäumen hinter sich hatten, zog Ryder laut den Atem ein. Nie zuvor hatte er etwas so Schönes gesehen.

Vor ihm lag ein blendend weißer Sandstrand mit Wasser von hellem Türkis. Kokospalmen säumten den Strand. Die Ebbe setzte gerade erst ein, und die verschiedenen Schattierungen von Sand und Wasser waren von überwältigender Schönheit.

»Das ist unglaublich!« rief er impulsiv. »Einfach umwerfend!«

»Ich weiß. Es ist meine Lieblingsstelle. Hier schwimme ich oft.«

Er bedauerte bereits, seine Begeisterung so offen gezeigt

zu haben, und versuchte diesen Fehler rasch wettzumachen. »Möchten Sie auch jetzt schwimmen?«

»Ich schwimme immer in einem Sarong, und den habe ich jetzt nicht bei mir.«

»Das macht nichts. Ich würde Sie wirklich gern nackt sehen. Daß Ihre Brüste durchaus akzeptabel sind, weiß ich ja schon. Nicht sehr groß, aber ansonsten sehr hübsch. Kein Mann, den ich kenne, würde sich über ihre Größe, ihre Form oder Festigkeit beklagen. Aber da ist schließlich noch alles andere – Hüften, Bauch, Beine und die intimeren Stellen. Ich finde, man sollte nie die Katze im Sack kaufen.«

Sie drehte den Kopf zur Seite, aber nur sekundenlang.

»Oh? Und wie steht es mit der Frau? Was meinen Sie – soll sie den Kater im Sack kaufen, Sir?«

»Sie sollten mich wirklich Ryder nennen, weil wir uns ja wahrscheinlich bald sehr nahekommen werden. Nun, selbstverständlich gestehe ich Frauen dieselben Rechte wie den Männern zu. Möchten Sie mich nackt sehen, Sophie? Jetzt gleich?«

Er glaubte, sie jetzt in der Falle zu haben, mußte aber im nächsten Moment feststellen, daß er sich gründlich getäuscht hatte. Sie schenkte ihm das aufreizendste Lächeln, das er je gesehen hatte, fuhr sich mit der Zunge über die Unterlippe und beugte ihren Oberkörper vor. »Das wäre ganz nett, Ryder. Vielleicht könnten Sie für mich posieren. Ich könnte mich dort drüben unter eine Palme setzen und Ihnen sagen, wie Sie sich hinstellen und drehen sollen, damit ich Sie aus jeder Perspektive bewundern kann. Wissen Sie, die straffen Pobacken eines Mannes sind manchmal sehr reizvoll, wenn er sich etwas vorbeugt.«

Allmächtiger Gott, dachte Ryder, der das Bild lebhaft vor seinem geistigen Auge hatte.

Er errötete bis zu den Haarwurzeln.

Sophie sah das und zeigte ganz unverhohlen ihre Zufriedenheit darüber, ihn in Verlegenheit gebracht zu haben. »Es ist immer unklug, Mr. Sherbrooke, einen Angelhaken auszuwerfen, wenn man nicht weiß, was man fangen wird.« Es war nicht leicht gewesen, aber sie hatte fürs erste gewonnen, hatte ihn tatsächlich zum Erröten gebracht. Das war mit Sicherheit noch keiner anderen Frau gelungen, denn dieser Engländer mit den strahlend blauen Augen war mit allen Wassern gewaschen, zynisch und sehr selbstsicher. Aber sie hatte genau gewußt, was sie sagte, denn als sie Lord David zum erstenmal in die Hütte mitgenommen hatte, war er schon ziemlich betrunken gewesen. Er hatte sich hastig ausgezogen, weil er ihr zeigen wollte, daß sein Körper straff und muskulös war, viel attraktiver als der des alten Oliver Susson, und weil er hoffte, daß sie daraufhin allen anderen Männern den Laufpaß geben würde. Er hatte für sie posiert und ihr sogar den Rücken zugewandt und in gebückter Haltung seinen straffen Hintern präsentiert. Ihn hatte sie vor sich gesehen, als sie Ryder Sherbrooke so schamlos provozierte.

Ryder war wütend auf sich selbst, so wütend, daß er sich hätte ohrfeigen mögen. Sie hatte die Oberhand gewonnen, und das war unerträglich. Eine Frau, noch dazu eine verdammte Nutte, hatte ihn schachmatt gesetzt! Das konnte er sich einfach nicht gefallen lassen.

»Ich gehe gern Risiken ein, Sophie«, sagte er, als er sich wieder einigermaßen unter Kontrolle hatte. »Einen Hai oder Piranha habe ich noch nie gefangen. Vielleicht habe ich jetzt einen Meerengel an der Angel, und weiß der Himmel, die sind köstlich.« Er lächelte ihr zu, aber sie hob nur die Brauen, und Ryder hätte schwören können, daß sie keine Ahnung hatte, wovon er sprach. Nein, unmöglich, sie spielte nur wieder mit ihm, diesmal als Unschuld vom Lande.

Da, sie lachte! »Vielleicht sollte ich Ihnen eine Hahnenschwanzmuschel zeigen. Sie sind wunderschön, aber ziemlich gefährlich. Man kann sich an ihnen schneiden, wenn man am wenigsten damit rechnet. Und dann gibt es noch den Trompetenfisch, der den anderen Fischen viel zu laut ist, weshalb sie ihn meiden. Alles in allem ein ziemlich ungehobelter Kerl, finde ich.«

»Bei dieser Runde bin ich ausgesprochen im Nachteil«, sagte Ryder. »Sie könnten zweifellos endlos so weitermachen, während meine Kenntnisse der Meerestiere bereits erschöpft sind.«

»Wie schon gesagt, es ist unklug, den Angelhaken auszuwerfen…«

»Ja, ich weiß, und ich möchte auch keinen zarten Mund verletzen. Aber manche Fische haben ganz schön zähe Mäuler und sind auch ansonsten sehr zäh. Ich glaube kaum, daß sie gut schmecken. Vielleicht sind sie sogar giftig. Jedenfalls bestimmt nicht süß und saftig.«

»Ihre Vergleiche sind ziemlich weit hergeholt. Kommen Sie, galoppieren wir am Strand entlang. Hinter der Biegung dort vorne gibt es in den Felsen einige interessante Höhlen.«

Er folgte ihr, froh über die Meeresbrise, die ihn abkühlte. Sein Ärger galt nicht ihr, sondern sich selbst. Sie war, was sie war. Das Problem bestand nur darin, daß er nicht genau wußte, was sie nun eigentlich war.

Sie stieg ab, schüttelte ihre Röcke zurecht und führte ihn einen schmalen Pfad empor, vorbei an gezackten Felsen, engen Spalten und verkrüppelten Büschen. Sie keuchten beide vor Hitze, als Sophie schließlich stehenblieb und auf eine schmale Öffnung im Hügel vor ihnen deutete. Ryder machte einige Schritte in die Dunkelheit hinein, kam aber gleich wieder heraus. »Es gibt hier also tatsächlich Höhlen. Haben Sie diese hier bereits erforscht?«

»Ja, sie ist tief und scheint keinen zweiten Ausgang zu haben. Jedenfalls konnte ich keinen finden.«

»Haben Sie dort Vorräte gelagert?«

»Was meinen Sie damit?«

»Nun ja, Decken, vielleicht auch ein Laken, ein, zwei Flaschen Rum, all so was. Champagner, um eine erfolgreiche Vereinigung zu feiern…«

»Verstehe. Sie möchten wissen, ob ich gelegentlich mit anderen Männern herkomme.« Sie machte ein nachdenkliches Gesicht. »Nein, bisher hatte ich hier noch nie ein Rendezvous, aber vielleicht ist es gar keine schlechte Idee. Wie schon gesagt, es ist durchaus möglich, daß die Hütte ausgerechnet jetzt belegt ist. Eine Alternative zu haben, wäre ganz hübsch, finden Sie nicht auch?«

»Wenn Sie mich fragen, würde sich nur ein Verrückter in einer kalten, feuchten Höhle vergnügen, auch wenn seine Gespielin noch so phantastisch sein mag.«

»Im Gegenteil. Ich habe die Erfahrung gemacht, daß die Herren der Schöpfung sich zumindest in einer Hinsicht nicht voneinander unterscheiden – sie neigen allesamt dazu, sich völlig zu vergessen. Sie könnten auf dem Mond sein und würden es als unwichtig abtun, wenn sie anderweitig beschäftigt sind.«

Ryder erinnerte sich plötzlich daran, daß er seinem Bruder einmal gestanden hatte, daß er sogar seinen eigenen Namen vergesse, sobald er eine Frau in Besitz nehme, daß er vor Lust schlichtweg *alles* vergesse. Er errötete wieder, diesmal allerdings nicht so stark. Falls sie es trotzdem bemerkt haben sollte, gab sie jedenfalls keinen Kommentar ab, diese verdammte Frauensperson.

»Ihre Theorie hat durchaus etwas für sich«, sagte er. »Wie könnte man sich sonst erklären, daß Ihre vielen Männer offenbar ganz zufrieden sind, obwohl sie voneinander wissen.«

»Ist das eine Kapitulation, Mr. Sherbrooke?«

»Nein, ich konstatiere nur Tatsachen. Man muß schon sehr töricht sein, wenn man Tatsachen leugnet. Übrigens heiße ich Ryder. Ich finde es schrecklich, wenn Sie bei Ihrem ersten Orgasmus mit mir plötzlich ›Mr. Sherbrooke‹ schreien würden.«

Sie sah kein bißchen verlegen aus, nur wütend und sarkastisch. Er lächelte ihr zu. »Sollen wir zu den Pferden zurückgehen? Wissen Sie eigentlich, ob Pferde einen Sonnenbrand bekommen können?«

Sie lachte fröhlich.

Am Spätnachmittag saß Sophie in ihrem Zimmer, wegen der drückenden Schwüle nur mit einem leichten Hemd bekleidet. Sie saß regungslos in einem Korbsessel vor der offenen Balkontür und starrte aufs Meer hinaus, mit dem Gefühl, eine totale Niederlage erlitten zu haben.

Sie würde mit Ryder Sherbrooke niemals fettig werden. Er war nicht wie all die anderen Männer, die sie kannte, die sie nach Belieben manipulieren und verführen konnte. Gewiß, sie hatte ihn in die Enge getrieben, aber nur, weil er noch nie einer Frau mit einem solch frechen Mundwerk begegnet war. Und mittlerweile gewöhnte er sich schon daran.

Was tun?

Sie wußte, daß ihr Onkel im Zimmer stand, obwohl sie das Öffnen der Tür nicht gehört hatte.

»Erzähl mir, was passiert ist.«

Ohne sich ihm zuzuwenden, berichtete sie mit tonloser Stimme: »Wir sind geritten. Ich habe ihm Penelope's Beach und eine der Höhlen gezeigt. Er ist zwar ein Mann, Onkel, aber er ist anders als die anderen. Er hat nicht versucht, mich zu küssen oder sonst etwas in dieser Richtung zu unternehmen, aber er hat ganz freimütig über sexuelle Dinge gesprochen.«

»Du wirst ihn verführen. Vielleicht schon morgen abend.«

Sie drehte sich jetzt doch nach ihm um. Er saß auf ihrem Bett, ans Kopfende gelehnt, das Gesicht vom Moskitonetz umrahmt, und in diesem Moment sah er gütig, freundlich und sanft aus, schien die Maske, die er der ganzen Welt präsentierte, mit seinem wahren Gesicht übereinzustimmen.

»Du verstehst nicht, Onkel. Er tut, was er tun will. Er wird mir sagen, wann er mit mir schlafen will, nicht umgekehrt. Wahrscheinlich könnte ich ihn nackt umkreisen, und er würde lächeln, eine unverschämte Bemerkung machen und einfach weggehen, solange er nicht das Gefühl hat, die Situation und mich völlig unter Kontrolle zu haben. Er würde sich nicht einmal umdrehen, um meine Reaktion zu sehen.«

Theo Burgess runzelte die Stirn. Sie hatte recht. Er hatte sich morgens lange genug mit Ryder Sherbrooke unterhalten, um genau zu verstehen, was sie meinte. Und es störte ihn gewaltig.

»Also gut.« Er stand auf. »Wir werden ihn schon auf irgendeine Weise in die Hütte bringen.«

Sie schwieg. Ihr war plötzlich kalt, sehr kalt, und sie fühlte sich unendlich müde.

»Hat er seinen verletzten Arm erwähnt?«

Sie schüttelte den Kopf.

»Er ist kein Dummkopf. Wahrscheinlich hat er Erkundigungen eingezogen, wer hier in der Gegend gut mit Pfeil und Bogen umgehen kann. Er spielt mit uns, aber du und ich, Sophie, du und ich sind die einzigen, die die Spielregeln kennen.«

Sie haßte diese Spielregeln. Es waren *seine* Regeln, nicht die ihren.

Noch an diesem Abend mußte sie Lord David klarmachen, daß sie nichts mehr mit ihm zu tun haben wollte, und sie hatte nicht die leiseste Ahnung, wie sie das anstellen sollte, denn er war jung und sehr von sich überzeugt, und er würde einfach nicht glauben können, daß jemand einen so wunderbaren Mann wie ihn nicht mehr begehrte.

Theo Burgess fand eine Lösung, und zum erstenmal seit sehr langer Zeit lachte Sophie herzhaft.

Es war sehr spät, als Sophie die Hütte erreichte. Davids Pferd war draußen angebunden. Als sie eintrat, prostete er ihr mit einem Rumpunsch zu. Offenbar war er aber noch nicht allzu betrunken. Das würde die Sache vermutlich einfacher machen.

Er sprang auf und wollte sie sofort umarmen, doch sie wehrte ihn mit beiden Händen ab und tänzelte lachend zurück. »Nein, David, zuerst müssen wir miteinander reden.«

»Reden?« wiederholte er erstaunt. »Was für seltsame Einfälle du plötzlich hast. Worüber sollen wir denn reden?«

»Ich muß dir etwas sagen. Es wäre unfair, dir die Wahrheit zu verschweigen, denn ich habe dich sehr gern, und ich will nicht, daß du krank oder vielleicht sogar verrückt wirst, was angeblich oft passiert.«

Lord David trank seinen Rumpunsch aus. »Das ist ein sehr merkwürdiges Gerede«, sagte er. »Was meinst du damit, Sophie?«

»Ich habe die Syphilis.«

Er wurde leichenblaß. »Nein!«

»Doch«, sagte sie mit leiser, trauriger Stimme. »Die Syphilis. Es besteht kein Zweifel mehr daran!«

»Verdammt, von mir hast du sie nicht bekommen!«

»O nein, bestimmt nicht, sonst müßte ich dich ja auch nicht warnen.«

»O Gott!« stöhnte er. »Und wenn du mich nun angesteckt hast?«

»Ich glaube nicht, daß das bisher möglich gewesen ist. Aber leider wäre es wohl unklug, wenn wir weiterhin ein Liebespaar blieben.«

Er sah sich in wilder Panik in der kleinen Hütte um, wo er in den vergangenen zwei Monaten ein ganzes Dutzend Nächte verbracht hatte. Dann betrachtete er Sophie und dachte an die seltsamen Phantasien und Traumfetzen, die ihm manchmal zu schaffen machten, wenn er nüchtern genug war, um einen halbwegs klaren Gedanken fassen zu können. Aber jetzt war alles völlig unwichtig geworden. O Gott, die Syphilis!

»Ich gehe jetzt, Sophie. Tut mir wirklich leid. Leb wohl.«

»Leb wohl, David. Mach dir keine Sorgen. Ich habe dich bestimmt noch nicht angesteckt.«

Sie beobachtete, wie er hastig nach seinem Hut griff, ihn aufstülpte, aus der Hütte rannte und davongaloppierte, so als wäre die große grüne Schlange hinter ihm her. In diesem Fall hatte Onkel Theo tatsächlich recht gehabt.

Sie fragte sich, ob er auch Davids Reaktion richtig einschätzte, sobald dieser sich beruhigt haben würde.

»Er wird keiner Menschenseele auch nur ein Sterbenswort sagen. Darüber brauchen wir uns keine Sorgen zu machen. Nein, er hat viel zuviel Angst, sich der Lächerlichkeit preiszugeben. Wenn er feststellt, daß er sich nicht angesteckt hat, wird er die anderen Männer betrachten und insgeheim hämisch grinsen und ihnen das Schlimmste wünschen. Das entspricht seinem Charakter, das kannst du mir glauben.«

Sophie schätzte Lord David genauso ein wie ihr Onkel.

Bevor sie in dieser Nacht einschlief, fragte sie sich unwillkürlich, wie Ryder Sherbrooke wohl reagiert hätte, wenn sie ihm das Märchen von der Syphilis aufgetischt hätte. Wahrscheinlich hätte er versucht, die Wahrheit an ihrem Gesicht abzulesen, und dann hätte er darauf bestanden, sie höchstpersönlich zu untersuchen.

Das würde jedenfalls *seinem* Charakter entsprechen.

4

Emile erzählte Ryder nach seiner Rückkehr aus Montego Bay am späten Vormittag, daß Lord David Lochridge nicht mehr einer der Liebhaber Sophies war.

Ryder blinzelte. »Allmächtiger Himmel, sie hat sehr schnell reagiert. Erstaunlich, würde ich sagen, aber schwer zu glauben. Hast du mir nicht erzählt, daß er noch vor zwei Nächten in der Hütte war?«

Emile setzte sich grinsend. »Du glaubst also nicht, daß sie das ganze Strandgut deinetwegen beseitigt?«

Ryder dachte lange nach, bevor er sehr entschieden sagte: »Auf den ersten Blick könnte man versucht sein, das zu glauben. Aber ich kann mir einfach nicht vorstellen, daß sie so direkt vorgehen würde. Sie kann, wenn es ihr angebracht scheint, durchaus subtil vorgehen, und – was noch wichtiger ist – sie ist keineswegs dumm. Sie mag vieles sein, aber dumm ist sie auf gar keinen Fall.«

»Vielleicht liegst du völlig falsch, Ryder, und sie will einfach mit dir ins Bett gehen. Vielleicht bewundert sie dich und begehrt dich, schlicht und einfach. Ohne Hintergedanken. Schließlich bist du kein häßlicher Gnom.«

»An Miss Stanton-Greville ist nichts Schlichtes oder Einfaches. So gern ich mir auch etwas auf meine Männlichkeit und unwiderstehliche Anziehungskraft einbilden würde, wäre ich ein kompletter Narr, wenn ich es täte. Nein, Emile, falls sie mich tatsächlich in die Schar ihrer Liebhaber aufnehmen möchte, hat sie dafür irgendeinen triftigen Grund.«

»Nun gut, aber warum sollte sie dann Lord David verstoßen?«

Ryder rieb sich das Kinn. »Vielleicht ist er einfach zu nichts mehr nütze.« Aber er erinnerte sich wider Willen daran, daß er ihr erklärt hatte, er würde nicht einer von vielen, sondern der einzige Mann in ihrem Bett sein. Er schüttelte über sich selbst den Kopf. Nein, dieser Selbsttäuschung würde er nicht erliegen. Die Sache war im Grunde ganz interessant.

»Was meinst du damit?« fragte Emile.

»Ich meine, daß jeder Mensch für sein Verhalten gute Gründe hat. Wenn sie Lord David den Laufpaß gegeben hat, wird sie sehr gute Gründe dafür gehabt haben. Erinnerst du dich noch daran, daß wir über Motive gesprochen haben? Lord David ist jung, attraktiv, ein durchaus einleuchtender Kandidat, wenn eine Frau einen Liebhaber sucht. Aber Oliver Susson? Charles Grammond? Sie sind mittleren Alters, haben Übergewicht bzw. gebeugte Schultern – nein, nein, Emile, diese Auswahl ist alles andere als zufällig.«

»Lord David behauptet natürlich, er hätte sie satt bekommen, aber das glaubt ihm kein Mensch.«

»Kann ich mir vorstellen.«

»Ich habe einen Abstecher zur Plantage der Grammonds gemacht, um mich von der Familie zu verabschieden. Sie reisen Ende der Woche ab. Charles und ich haben Rum getrunken, und dabei habe ich etwas Interessantes erfahren – allerdings erst, nachdem seine Xanthippe von Frau den Salon verlassen hatte. Die Gerüchte stimmen – er hat tatsächlich einen schönen Batzen Geld verspielt. Hat mein Vater dir von Lord Davids phänomenalem Glück im Spiel erzählt?«

»Ja, und auch einige andere Männer haben mich davor gewarnt, mit ihm Karten zu spielen. Das ist wirklich interessant, Emile. Er verliert beim Kartenspiel mit Lord David viel Geld und muß deshalb seine Plantage verkaufen und Jamaika verlassen – und zufällig grenzt diese Plantage an Camille Hall, und Mr. Theo Burgess kauft sie, weil er ein so feiner, mitleidiger Gentleman ist. Ich frage mich, wieviel er Grammond dafür bezahlt hat...«

»Das könnte ich herausbringen«, sagte Emile. »Ich hätte

ihn vorhin danach fragen sollen, aber es ist mir nicht eingefallen, und außerdem ist seine Frau bald zurückgekommen, und sie jagt mir immer Angst ein.«

»Macht nichts, Jeden Tag fügen sich neue Puzzleteilchen ineinander. Mein Gott, ist das wieder heiß!«

Emile grinste boshaft. »Es ist noch nicht einmal Mittag, Ryder. Ich wollte dich fragen, ob du mich in die Brennerei begleitest.«

»Nur als Leiche. Dieser Ort entspricht nämlich genau meinen Vorstellungen von der Hölle. Eine von Menschen aus Fleisch und Blut ersonnene Hölle – grauenhaft. Ich frage mich nur, wie die Sklaven es dort aushalten.«

»Sie sind daran gewöhnt. Außerdem kommen sie alle aus Afrika, einem noch ungastlicheren Land als Jamaika.«

»Trotzdem.« Ryder machte eine Kopfbewegung zur Tür hin, wo Emiles Haushälterin Coco schüchtern um die Ecke lugte.

Emile drehte sich um und runzelte die Stirn. »Was gibt's, Coco?«

Das Mädchen machte einen kleinen Schritt nach vorne, starrte nun aber auf seine nackten Füße hinab. »Ich… ich muß mit Ihnen sprechen. Es tut mir leid, aber es ist sehr wichtig.«

Emile wandte sich an Ryder. »Sie macht normalerweise nie den Mund auf, folglich muß es wirklich etwas Wichtiges sein. Entschuldige mich einen Moment.«

Ryder fragte sich, was Emiles Haushälterin wohl auf dem Herzen haben mochte, doch dann hatte er das beklemmende Gefühl, von der Hitze versengt zu werden, und er dachte nur noch daran, wie herrlich es wäre, auf dem Gipfel des Ben Nevis nackt im Schnee zu liegen und sich darin zu wälzen, bis er fast erfror. Er dachte sehnsüchtig an dichte weiße Nebelschwaden auf der St. James' Street, die durch jede Kleidung drangen, bis man sich wie ein Eiszapfen fühlte. Ja, sogar ein kalter Londoner Nieselregen, der einem in den Nacken tropfte, kam ihm im Augenblick außerordentlich reizvoll vor.

Dann kehrten seine Gedanken zu Sophie Stanton-Greville zurück. Warum hatte sie Lord David Lochridge den Laufpaß gegeben? Er glaubte zu wissen, warum sie ihn anfangs zu ihrem Liebhaber erkoren hatte, aber er fragte sich, wie zum Teufel er Beweise für seine Theorie finden sollte. Vor allem fragte er sich aber, warum sie ausgerechnet ihn zu ihrem nächsten Liebhaber erwählt hatte. Er konnte sich beim besten Willen nicht vorstellen, was jemand davon haben könnte, wenn er mit ihr schlief.

Theo Burgess war bleich vor Zorn, als er in ihr Zimmer trat. »Deine Trägheit ist einfach himmelschreiend. Er hat sich seit zwei Tagen nicht mehr blicken lassen.«

»Ich weiß«, erwiderte sie, während sie sich ihm langsam zuwandte. »Er spielt mit mir.«

»Spiel hin, Spiel her – ich will, daß du nach Kimberly Hall reitest und tust, was ich von dir erwarte. Ich will ihn bald in der Hütte haben, verstehst du, Sophie?«

Er vergewisserte sich mit einem schnellen Blick, daß niemand in Sichtweite war, und schlug ihr ins Gesicht. Sie taumelte rückwärts, fiel in einen Stuhl und stürzte dann zu Boden, wo sie regungslos liegenblieb.

»Steh auf. Ich bin nicht sicher, ob du verstehst, wie ernst es mir mit dieser Sache ist.«

»Ich verstehe es durchaus.«

»Verdammt, steh sofort auf, sonst lasse ich deinen Bruder holen und stelle einmal seine Schmerzempfindlichkeit auf die Probe.«

Sophie stand auf. Obwohl sie diesmal auf den Schlag vorbereitet war, ging sie von dem Fausthieb in die Rippen in die Knie. Neue blaue Flecke, und die letzten waren soeben erst ein bißchen verblaßt. Sie zitterte vor Wut und Schmerz.

»Ich nehme an, daß du mich jetzt wirklich verstanden hast. Zieh dich an und schmink dich. Du siehst blaß und angegriffen aus. Und deck die mögliche Hautverfärbung von meiner leichten Ohrfeige sorgfältig ab. Beeil dich gefälligst.«

»Ryder Sherbrooke sieht es nicht gern, wenn ich geschminkt bin.«

»Dann paß dich seinem Geschmack eben weitgehend an. Aber lieg nicht hier herum wie eine lahme Ente.«

Anderthalb Stunden später, als die drei Männer sich gerade an den Mittagstisch setzten, kündigte James die Ankunft von Miss Sophie Stanton-Greville an.

Emile warf Ryder einen ironischen Blick zu, aber Ryder runzelte die Stirn. Er hätte nicht gedacht, daß sie hierherkommen würde. Es sah ihr so gar nicht ähnlich, einem Mann nachzulaufen. Entweder hatte sich etwas Besonderes ereignet, oder aber jemand hatte ihr die Sporen gegeben, um sie zum Handeln zu zwingen.

Samuel Grayson bedachte James mit einem breiten Lächeln und rieb sich sogar die Hände. »Führ sie doch herein.«

Als sie das Eßzimmer in einem hellgelben Reitkostüm betrat, nur leicht geschminkt, bot sie einen zauberhaften Anblick. Ryders Augen funkelten. Er wußte, daß sie nicht auf jedes Make-up verzichten würde, denn das hieße ja, seinen Wünschen zu entsprechen. Mochte sie vielleicht auch eine einzelne Schlacht verloren haben, so doch gewiß nicht den Krieg.

Sie bot ihren ganzen Charme auf, war witzig und fröhlich, lachte und wickelte Samuel Grayson mühelos um den kleinen Finger. Ryder warf sie gelegentlich verführerische Seitenblicke zu, während sie Emile wieder weitgehend ignorierte, der allerdings seinerseits einen zerstreuten Eindruck machte. Erstaunlicherweise nahm sie sogar Samuels Einladung zum Mittagessen sofort an.

Ryder begnügte sich vorerst damit, ihr Spiel zu beobachten. In den Kampf eingreifen würde er erst, wenn er mit ihr allein war. Und er wollte mit ihr allein sein.

Gegen Ende des Essens strahlte Sophie ihn kokett an. »Ich bin eigentlich hergekommen«, erklärte sie, »um Mr. Sherbrooke einzuladen, mit mir eine faszinierende Höhle zu besichtigen, die einer unserer Feldsklaven soeben erst entdeckt hat. Sie ist viel größer als jene, die ich ihm am Penelope's Beach gezeigt habe, und sie ist auch nicht so kalt und feucht, weil der Eingang breiter ist und dadurch mehr Sonne einfallen kann.«

»Sie sind bestimmt eine überaus charmante Führerin«, sagte Samuel mit so verliebter Stimme, daß es Ryder fast übel wurde. »Ryder meidet nach Möglichkeit während der Mittagszeit die Sonne. Wissen Sie, er ist diese Gluthitze eben noch nicht gewöhnt.«

»Oh, aber vielleicht würde Mr. Sherbrooke ausnahmsweise doch den Mut und die Willenskraft aufbringen, sich der Sonne auszusetzen, wenn diese hübsche Höhle als Belohnung winkt.«

Ryder schmunzelte insgeheim über den Köder, den sie so geschickt auswarf. Ach ja, man brauchte bei einem Mann nur an die Männlichkeit zu appellieren, und schon biß er ganz automatisch an.

»Ach, ich weiß nicht so recht«, sagte er langsam. »Vielleicht ein andermal, Miss Stanton-Greville. Ich bin heute wirklich müde.«

»Sophie«, korrigierte sie leicht verdrossen.

»Ach ja, Sophie. Wissen Sie, ich bin nicht allzu kräftig, und mein Unternehmungsgeist hat gerade einen Tiefstand erreicht. O ja, ich bin ein schwacher Mann, der auf seine Gesundheit achten muß.«

»Aber einen einfachen Ritt zum Strand werden Sie doch wohl noch überleben!«

»Haben Sie einen Sonnenschirm, den ich unterwegs über mich halten könnte?«

»Ein Hut müßte eigentlich genügen.«

»Ich bin auch um mein Pferd besorgt«, sagte er. »Es spielt gern den Teufelskerl, aber im Grunde ist es genauso schwach und schlapp wie ich.«

Sie atmete schwer. Der Kerl war wirklich aalglatt. Dann lächelte sie. »Wie Sie wollen. Ich mache mich jetzt auf den Weg zur Höhle. Auf Wiedersehen, Mr. Grayson, und vielen Dank für das köstliche Mittagessen.«

»Aber Sie haben ja kaum etwas angerührt«, rief Grayson ihr nach.

Emile begann zu lachen, und sein Vater drehte sich auf dem Absatz um und eilte Miss Stanton-Greville nach.

»Du springst ja wirklich toll mit ihr um, Ryder. Ich wette, so etwas ist ihr noch nie passiert.«

»Ja, aber nun ist es genug, scheint mir. Ich werde ihr wohl nachreiten müssen. Sie hat gerade eine wichtige Lektion gelernt, und jetzt wird es Zeit für einen Frontalangriff.«

»Keine Flanke? Kein Hinterhalt?«

»Du wirst unverschämt, Emile.« Ryder grinste von einem Ohr zum anderen und entfernte sich.

Sophie wußte nicht, was sie tun sollte. Ein kleiner Sklave half ihr beim Aufsteigen, und dann saß sie einfach da und starrte vor sich hin.

Sie konnte nicht nach Camille Hall zurückreiten, weil Onkel Theo sonst sofort wüßte, daß sie versagt hatte. Beim Gedanken an die Konsequenz erschauderte sie und berührte unwillkürlich mit den Fingerspitzen ihre Wange. Sie war leicht geschwollen. Der Puder verdeckte die Spuren seines Schlages, aber die Erinnerung an den Schmerz und die Demütigung waren nicht so leicht zu verwinden. Sie hätte diesem eingebildeten Laffen von Ryder Sherbrooke am liebsten laut ins Gesicht geschrien, daß sie sich keineswegs schminkte, um wie eine Hure auszusehen. Sie tat es, damit die blauen Flecke nicht zu sehen waren; zumindest war das anfangs der einzige Grund gewesen, doch dann hatte Onkel Theo erklärt, daß das Make-up ihr ein erwachseneres, verführerischeres Aussehen verleihe. Natürlich war ihm auch klar, daß er sie häufiger ins Gesicht schlagen konnte, wenn sie eine dicke Schicht Kosmetika auftrug.

Ihr blieb keine andere Wahl, als zum Strand zu reiten und sich eine Weile dort aufzuhalten, bevor sie nach Hause zurückkehrte. Dann konnte sie Onkel Theo Lügen auftischen. Sie würde ihm erzählen, daß Ryder sie geküßt und ihr gesagt hatte, daß er sie begehrte. Aber wie sollte sie dann erklären, daß er noch kein Rendezvous in der Hütte vereinbart hatte? Nach Ansicht ihres Onkels dachte ein Mann beim ersten Kuß sofort ans Bett, und ihre eigene Erfahrung bestätigte das. Sie verdrängte diese trüben Gedanken. Wenn es soweit war, würde sie versuchen, irgendeine einleuchtende Ausrede zu finden.

Nachdem sie ihren Entschluß gefaßt hatte, ritt sie zu dem Strandabschnitt namens Monmouth Beach, eine Meile östlich von Penelope's Beach. Die vielen gezackten Felsformationen, an denen sich bei Flut die Wellen brachen, sorgten dafür, daß der Sand hier nicht weiß, sondern schmutzigbraun war. Die Höhle gab es tatsächlich. Ein Sklave hatte sie am Vortag entdeckt. Die Stute Opal suchte sich vorsichtig und geschickt einen Weg durch die Felsen.

Sophie hatte nicht die geringste Lust, die verdammte Höhle zu besichtigen. Sie stieg ab, sah sich um, und wenige Minuten später breitete sie die Satteldecke unter einer Kokospalme aus, ließ sich im Schatten nieder und schaute auf das glitzernde blaue Meer hinaus. Sie dachte an ihre Eltern, die sie vor nunmehr vier Jahren zuletzt gesehen hatte.

Ihre Mutter Corinna war eine außergewöhnlich willensstarke Frau gewesen, mit einem schönen Gesicht und üppiger Figur, und sie hatte ihre Kinder sehr geliebt, so sehr, daß sie sie nicht auf die Reise nach Amerika mitnehmen wollte, die ihrer Ansicht nach zu viele Gefahren in sich barg. Sophies Vater hatte das als Blödsinn abgetan, aber ihm fehlte Corinnas Charakterstärke, und deshalb waren Sophie und Jeremy, nachdem ihre Eltern ertrunken waren, von Onkel Theo in Fowey, Cornwall, abgeholt und nach Jamaika gebracht worden. Sie konnte sich noch lebhaft an ihre Trauer erinnern, aber auch daran, wie dankbar sie ihrem Onkel gewesen war. Damals hatte sie ihn geliebt.

Sie betete, daß ihre Eltern einen schnellen Tod gehabt hatten. Sogar jetzt, nach vier Jahren, wiederholte sie dieses Gebet. Irgendwie wußte sie, daß ihre Mutter ganz zum Schluß ihren Vater bestimmt gestärkt und getröstet hatte. So war Corinna nun mal gewesen. Sie schloß die Augen und genoß die kühle Meeresbrise auf ihrem Gesicht. Dann zog sie ihre Reitjacke aus und öffnete die oberen Knöpfe ihrer Leinenbluse, nahm ihren Hut ab und legte ihn behutsam auf die Jacke.

Minuten später schlief sie fest.

Als Ryder ihre Stute sah, grinste er. Sie war also wirklich hierhergekommen. Dann existierte vielleicht auch diese angeblich so interessante Höhle. Plötzlich sah er die Schläferin, an eine Kokospalme gelehnt.

Trotz der feuchten Schwüle war es hier am Strand und im Schatten angenehm kühl. Er stieg ein gutes Stück von ihr entfernt ab und band seinen Hengst an einer Stelle an, wo er sich am Seegras laben konnte.

Leise näherte er sich Sophie und betrachtete ihr Gesicht, das im Schlaf trotz des Make-ups sehr jung aussah, so jung, daß er sich unwillkürlich wieder fragte, warum sie mit all den Männern ins Bett gegangen war.

Und jetzt wollte sie ihn.

Er kniete geräuschlos neben ihr nieder und begann langsam und vorsichtig die restlichen Blusenknöpfe zu öffnen. Darunter trug sie ein einfaches Batisthemd. Keine Rüschen, keine Spitzen. Seltsam!

Er konnte ihr die Bluse nicht ausziehen, weil das verdammte Ding unter dem Rock steckte und er nicht wollte, daß sie zu früh erwachte. So zog er die Bluse nur so weit wie möglich auseinander, holte ein Messer aus der Tasche und schnitt das Unterhemd in der Mitte bis unter die Brüste auf. Ah, dachte er, während er den dünnen Stoff beiseite schob, schöne Brüste hat sie wirklich! Sie bewegte sich, schlief aber weiter.

Er wartete einige Minuten und legte sie sodann ganz behutsam flach auf den Rücken. Sie drehte sich auf die Seite, stöhnte leise und kehrte in die Rückenlage zurück. Lächelnd schob Ryder nun ihren Rock hoch, bis er die schlichten Strumpfbänder sehen konnte. Sehr hübsche Beine, stellte er fest, lang und geschmeidig.

Er setzte sich neben sie und wartete darauf, daß sie aufwachen würde. Natürlich wußte er nicht genau, wie sie dann reagieren würde, aber er stellte sich vor, daß sie zu ihm aufblicken und die Arme nach ihm ausstrecken würde, schon leicht erregt. Er malte sich aus, daß seine Hand zwischen ihre Schenkel gleiten und sie an ihrer empfindlichsten Stelle berühren würde, und daß sie ihn anflehen würde, sie gleich hier zu nehmen.

Im nächsten Moment wachte sie auf, und ihrem bezaubernden Mund entrang sich ein regelrechter Schrei, laut, verlegen, entsetzt, der allmählich verklang und keuchenden Atemzügen Platz machte, während ihr Blick von ihm zu ihren nackten Brüsten und dem hochgeschobenen Rock schweifte.

»Verdammt, was haben Sie gemacht?«

»Ich habe Ihre Brüste geküßt, und Sie haben gestöhnt und den Rücken gewölbt, so daß ich gezwungen war, Ihr Unterhemd aufzuschneiden, um Sie besser befriedigen zu können. Aber Sie sind eine lüsterne Frau und wollten noch mehr. Sie haben sich auf den Rücken gleiten lassen und Ihre Hüften gehoben, und ich habe Ihnen geholfen, indem ich Ihren Rock hochschob.«

»Nein, nein, das ist eine Lüge!«

Ihr Gesicht war hochrot, und ihre Stimme überschlug sich fast. Er runzelte die Stirn, denn mit einer solchen Reaktion hatte er nun wirklich nicht gerechnet. Wo war das verführerische Lächeln, wo waren die gewagten sexuellen Bemerkungen geblieben? Er beobachtete sie aufmerksam, während sie mühsam ihre Fassung zurückerlangte.

Sophies einziger Gedanke war: Hat er die blauen Flecke auf meinen Rippen gesehen? Bitte nicht, lieber Gott, nur das nicht!

Seit langem an eiserne Selbstdisziplin gewöhnt, hatte sie sich relativ schnell wieder voll unter Kontrolle. Sie brachte sogar ein Lächeln zustande, während sie das Unterhemd über ihre Brüste zog und die Bluse zuzuknöpfen begann, ihre Beine noch immer seinen Blicken ausgesetzt.

Als sie fertig war, stand sie langsam auf, strich ihren Rock glatt, stemmte die Hände in die Hüften und blickte auf ihn hinab.

»Sie verdammter Bastard!« Sie wunderte sich selbst über ihre ruhige Stimme. »Sie sind also doch noch gekommen.«

»Ja, denn Ihre unverhohlene Verachtung hat meinen männlichen Stolz verletzt.«

»Sie sind genau wie alle anderen Männer.«

»Wahrscheinlich.«

»Sie hatten kein Recht, so etwas mit mir zu machen.«

»Ich wollte Sie überrumpeln, denn jedesmal, wenn mir das gelingt, reagieren Sie völlig unerwartet. Vorhin haben Sie so entsetzt gequiekt wie eine alte Jungfer. Einfach köstlich. Diese Unberechenbarkeit macht Sie in meinen Augen besonders reizvoll. Ich frage mich, wie viele neue Seiten ich noch an Ihnen entdecken werde, wenn ich schnell genug bin.«

»Sie haben Ihren Spaß gehabt, Ryder«

»Oh, ich habe noch nicht einmal richtig angefangen, wie Sie bald feststellen werden. Aber zuvor habe ich eine Frage an Sie, Sophie. Warum haben Sie Lord David Lochridge aus Ihrem Harem verbannt?«

»Harem? Ich glaube, Sie verwechseln die Geschlechter.«

»Es ist das gleiche Konzept. Warum, Sophie?«

Sie wandte sich achselzuckend von ihm ab und blickte aufs

Meer hinaus. Nach langem Schweigen drehte sie sich wieder um, ganz das kokette Weibchen. »Er hat mich gelangweilt, denn er ist ein unreifer Junge in einem Männerkörper. Ihm ging es immer nur um sein eigenes Vergnügen, und das bekam ich einfach satt.«

»Sie lügen.«

»Oh? Wie kommen Sie dazu, so etwas zu behaupten?«

»Sie wollen mir weismachen, daß Sie ihm den Laufpaß gegeben haben, weil Sie jetzt mich begehren und sich daran erinnert haben, daß ich darauf bestehe, der einzige Mann in Ihrem Bett zu sein.«

»Ja, ich erinnere mich an Ihre Forderung.«

»Und was ist mit Oliver Susson? Werden Sie auch ihm den Laufpaß geben?«

Sie zuckte wortlos mit den Schultern.

»Vorher werde ich bestimmt nicht Ihr Liebhaber werden.«

»Sie sind wirklich etwas maßlos in Ihren Forderungen, Ryder. Kein Mann kann erwarten, daß eine Frau alles tut, um ihre Reize zu steigern. Ich bin auch so reizvoll genug. Eigentlich müßten Sie um mich herumscharwenzeln und mich auf Knien bitten, Sie in mein Bett zu lassen.«

Er lachte schallend. »Sophie, ich will Ihnen mal was sagen. Sie sind hübsch, sogar mit dieser absurden Schminke im Gesicht, aber ich habe mit vielen Frauen geschlafen, die so schön waren, daß Sie dagegen nur guter Durchschnitt sind, keineswegs etwas Besonderes. Was ich bisher von Ihrem Körper gesehen habe, gefällt mir ganz gut, aber verstehen Sie mich richtig – ich mache Ihre Spielchen nicht mit. Ich werde nicht geduldig in den Kulissen warten, während Sie für jeden Mann in der näheren Umgebung Ihre Beine spreizen. Ich bin kein geiler Junge, der jede Frau, die ihm über den Weg läuft, beackern muß. Ich bin ein Mann, Sophie, und im Laufe der Jahre habe ich ein gewisses Niveau erreicht.«

»Jahre! Wie alt sind Sie – fünfundzwanzig, sechsundzwanzig?«

»Ich hatte mit dreizehn mein erstes sexuelles Erlebnis. Und Sie?«

Er sah, daß sie wütend auf ihn war, daß sie vor Wut kochte und mit sich kämpfte, ob sie ihm etwas auf den Schädel schlagen sollte oder nicht. Doch gleich darauf lächelte sie ihn wieder an, mit jenem aufreizenden Lächeln, das ihn fast um den Verstand brachte.

»Kurz gesagt, Miss Stanton-Greville, werden Sie die anderen Männer los – alle! –, oder ich werde nie mit Ihnen schlafen. Mein Interesse läßt schon jetzt sehr stark nach.«

»Also gut«, gab sie nach. »Ich werde Oliver aufgeben. Kommen Sie heute abend in die Hütte? Um neun?«

»Gibt es noch andere Männer?«

»Nein.«

»Aha, Charles Grammond haben Sie also schon den Laufpaß gegeben, dem armen Burschen, der sein ganzes Geld an Lord David verloren hat.«

»So ist es.«

Ryder wußte, daß seine Versuche, mehr über sie zu erfahren, erfolglos bleiben würden. Sie war ständig auf der Hut, und nur, wenn er sie wie vorhin total überrumpelte, gewährte sie ihm unfreiwillig Einblick in ihr kompliziertes Innenleben.

Er stand auf, packte sie an den Oberarmen und zog sie an sich heran.

»Vielleicht will ich mich aber nicht in demselben Bett wälzen wie all die anderen Männer. Vielleicht möchte ich hier und jetzt ausprobieren, was Sie zu bieten haben.«

Er küßte sie, aber sie wandte ihr Gesicht zur Seite, so daß seine Lippen nur auf ihrer Wange landeten.

Lächelnd verschränkte er die Arme unter ihren Hüften, hob sie hoch und preßte ihren Bauch an seinen Unterleib, damit sie spüren konnte, wie erregt er war.

»Lassen Sie mich runter, Ryder.«

Ihre Stimme war ruhig und beherrscht. Er lächelte noch immer. »Andererseits«, murmelte er dicht an ihrem Mund,

»möchte ich Sie jetzt vielleicht doch nicht nehmen. Vielleicht möchte ich Ihnen nur einiges heimzahlen. Sie ein bißchen bestrafen. Ja, das ist es, wozu ich jetzt Lust verspüre.«

Er trug sie zum Wasser. Sie erkannte seine Absicht und versuchte sich zu befreien. Lachend watete er ins Meer hinein, und es war ihm völlig gleichgültig, daß er dadurch seine weichen Lederstiefel ruinierte. Er blieb erst stehen, als das Wasser ihm bis zu den Schenkeln reichte.

Sie trommelte schreiend mit den Fäusten gegen seine Brust, seine Arme und Schultern.

Er hob sie hoch und schleuderte sie einen guten Meter weit ins tiefere Wasser. Sie landete auf dem Rücken, paddelte wild mit den Armen und ging wie ein Stein unter.

»So, Satansbraten!« rief er, als ihr Kopf wieder zum Vorschein kam. Die kastanienbraunen Haare hingen ihr wirr ins Gesicht und über die Schultern, und sie bot ein Bild des Jammers. »Greifen Sie mich nicht wieder an, es sei denn, Sie wollen weitere Reparationen zahlen.«

Lachend ging er auf sein Pferd zu. »Es ist mein voller Ernst, Sophie. Meistens bin ich ein Gentleman, es sei denn, daß die Umstände mich zu einem anderen Benehmen zwingen. Ich werde von nun an jeden Hieb parieren.«

Ihre Röcke zogen sie im Wasser zuerst nach einer, dann nach der anderen Seite, und schließlich blieb ihre Stiefelette in einer Vertiefung stecken, und sie fiel aufs Gesicht. Als sie wieder aufrecht stand, drohte sie ihm mit der Faust, aber er ritt schon den Strand entlang, noch immer laut lachend.

Dann hielt er sein Pferd kurz an und schrie über die Schulter hinweg: »Heute abend um neun. Nicht verspäten! Und sorgen Sie dafür, daß die Hütte gut gelüftet ist!«

Sophie lief nervös in der Hütte auf und ab, obwohl sie wußte, daß ihr Onkel sie aus dem Augenwinkel heraus beobachtete. Schließlich gestand sie: »Ich fürchte mich vor ihm.«

»Sei keine Närrin«, sagte Theo Burgess. »Er ist doch nur

ein Mann, ein junger Mann, der bestimmt keine allzu große Erfahrung hat.«

»Du irrst dich. Ich habe den Eindruck, daß er mit mehr Frauen geschlafen hat, als es auf Jamaika überhaupt gibt. Dieser Kerl mit seinen verdammten Ansprüchen!«

Theo zuckte die Achseln. »Du mußt ihn eben betrunken machen. Darin hast du ja Erfahrung. Es ist fast Zeit. Ich bleibe in der Nähe. Du weißt, was du zu tun hast.«

»Ja«, flüsterte sie und wünschte nur, sie könnte auf der Stelle tot umfallen.

Aber dann wäre Jeremy ganz allein.

Sie straffte ihre Schultern, aber die Angst wich nicht von ihr. Sie wußte genau, daß sie ihn manipulieren mußte, und sie besaß dazu nicht nur die nötige Intelligenz, sondern hatte auch weiß Gott genügend Übung darin.

Um Punkt neun klopfte es leise an der Tür.

Sophie öffnete, und er lächelte ihr träge zu.

Während er die Hütte betrat, sagte er: »Ihre verführerische Robe ist gar nicht mal so schlecht, obwohl dieses ordinäre Rot wirklich nicht Ihre Farbe ist. Hellgrün würde Ihnen viel besser stehen, glaube ich. Auf jeden Fall sollten Sie Weiß meiden, wenn Sie sich nicht zum Gespött der Leute machen wollen. Und dieses Fischbeinzeug, das Ihre Brüste hochschiebt, ist mir ein Greuel. Eine Frau hat entweder Brüste, oder sie hat keine. Ein Frauenkenner läßt sich nicht täuschen. Aber Sie werden es schon noch lernen. Kommen Sie hierher ins Licht, damit ich Ihr Gesicht sehen kann.«

Sophie folgte ihm stumm. Sie hatte zu Recht Angst vor ihm.

Er nahm ihr Kinn zwischen seine schlanken Finger und hob ihr Gesicht ins volle Kerzenlicht. »Ah, kein Make-up, jedenfalls fast keines. Ich freue mich, daß Sie meinen Wünschen zu entsprechen versuchen. Nun, möchten Sie sich gleich für mich ausziehen, oder sollen wir uns erst noch ein Weilchen unterhalten? Wer sind beispielsweise Ihre Lieblingsphilosophen? Ah, Ihre Miene verrät mir, daß Sie die Geistesriesen aller Jahrhunderte gelesen haben. Ja, wahrscheinlich sind Sie mit sehr vielen bestens vertraut. Beschränken wir uns also auf die zweite Hälfte des letzten Jahrhunderts, auf die Franzosen.«

Sie entfernte sich etwas von ihm und blieb hinter einem Korbstuhl stehen. »Ich liebe Rousseau.«

»Tatsächlich? Lesen Sie ihn auf französisch oder auf englisch?«

»Beides.« Sie schenkte ihm rasch ein Glas Rumpunsch ein und reichte es ihm. »Es ist ein warmer Abend. Möchten Sie sich nicht etwas erfrischen, während wir uns über Rousseau unterhalten?«

»Ich mag Rousseau nicht. Seine Gedankengänge sind schrecklich ungenau, und die Erwartungen, die er in eine mögliche Vervollkommnung der Erde setzt – natürlich vorausgesetzt, daß man seine absurden Methoden anwendet –, sind meiner Meinung nach einfach töricht.«

Ryder hob sein Glas und prostete ihr zu. Das Getränk war herb, kalt und köstlich. Er hatte gar nicht bemerkt, wie durstig er war. Im allgemeinen machte er sich nicht viel aus Rum, aber dieses Zeug schmeckte kaum nach Rum. Er leerte sein Glas und ließ es sich von ihr wieder füllen, so gut schmeckte es ihm.

»Ich halte Rousseau für einen gütigen Mann, der sowohl für Männer als auch für Frauen das Beste will. Er glaubt, daß wir der Niedertracht und Dekadenz der Welt von heute den Rücken kehren und zu einem einfacheren Leben zurückfinden sollten, zurück zur Natur.«

»Wenn ich mich recht entsinne, definiert er nie genau, was er unter Natur versteht.«

Ryder trank den zweiten Punsch und glaubte, noch nie im Leben ein köstlicheres Getränk gekostet zu haben. Sie füllte sein Glas zum drittenmal.

»Wie gesagt, der Mann ist ein Narr«, erklärte er im Brustton der Überzeugung. »Er hätte lieber predigen sollen, daß Männer nie die Herrschaft über Frauen verlieren dürfen, weil sie andernfalls bald überhaupt nicht mehr wissen, was und wer sie eigentlich sind, denn Frauen können Männer durch Liebeskünste beherrschen. Je erfahrener eine Frau ist, desto gefährlicher kann sie dem Mann werden. Beispielsweise Sie, Sophie. Ich frage mich, was Sie von mir wollen. Ich frage mich, was ich besitzen könnte, das Sie so sehr begehren – von meinem Körper einmal abgesehen. Natürlich bin ich ein Sherbrooke, und die Plantage gehört meiner Familie, aber …« Ryder verstummte. Ihm war plötzlich ganz warm; er fühlte sich einfach großartig, völlig entspannt, und doch begehrte er sie immer mehr. Sie sah so süß und anschmiegsam aus, so willig, so ängstlich bemüht, ihm zu gefallen. Sie streckte ihre Arme nach ihm aus und sagte etwas, aber er konnte ihre Worte nicht verstehen, was zwar etwas seltsam war, ihn aber überhaupt nicht störte. Er schluckte den restlichen Punsch, stand auf und ging auf sie zu, nahm sie in die Arme und begann sie zu küssen. Ihr Atem war warm und süß, und sie öffnete ihm ihre Lippen, und er nahm von ihrem Mund Besitz. Seine Hände glitten an ihrem Rücken entlang und legten sich auf ihre Pobacken. Wie am Nachmittag, so hob er sie auch jetzt etwas hoch, preßte sie an sich und stöhnte vor Lust.

Dann ließ er sie los und versuchte, ihr das Kleid von den Schultern zu ziehen.

Sie lachte leise, unglaublich verführerisch, und klopfte ihm sanft auf die Finget »Nein, Ryder, Sie werden es noch zerreißen, und es war teuer. Ich habe es mir extra für Sie anfertigen lassen. Schade, daß Ihnen die Farbe nicht gefällt. Ich werde mir ein anderes in dem Grünton schneidern lassen, der mir Ihrer Ansicht nach besonders gut stehen müßte. Lassen Sie es mich selbst ausziehen. Ich möchte, daß Sie mich nackt sehen. Ja, setzen Sie sich hin und schauen Sie mir zu. Sagen Sie es mir, wenn Sie irgendwelche Wünsche haben. Hier, trinken Sie noch einen Rumpunsch zur Abkühlung, während Sie mir zuschauen.«

Ryder trank einen Schluck, lehnte den Kopf ans Stuhlkissen und starrte sie aus schmalen Augen an, während sie an den Knöpfen ihrer roten Robe herumnestelte.

Das war das Letzte, woran er sich erinnern konnte.

»Er ist bewußtlos.«

»Ausgezeichnet.« Onkel Theo betrat händereibend den Raum und beugte sich über Ryder »Ja, das ist wirklich ausgezeichnet. Nein, Sophie, geh noch nicht. Ich möchte, daß du ihn nackt siehst. Es ist durchaus möglich, daß ein Mann wie er dir irgendwelche Fragen stellt, und darauf mußt du vorbereitet sein. Wenn er ein Muttermal auf dem Oberschenkel hat, mußt du darüber eine Bemerkung machen können.«

Sie trat zurück, während ihr Onkel den jungen Mann zu dem breiten Bett mit Satinlaken schleppte und rasch auszog. Er hatte darin inzwischen große Erfahrung. Als Ryder nackt auf dem Rücken lag, lachte Theo. »Mein Gott, er ist immer noch erregt. Schau dir das mal an, Sophie. Habe ich dir nicht gesagt, daß er ein Prachtexemplar ist?«

Wider Willen betrachtete sie ihn. Er war schlank und muskulös, hatte hellbraune Haare auf der Brust, die zum Unterleib hin dünner wurden, und mußte wohl als durchaus attraktiv bezeichnet werden. Aber sie fand ihn furchterregend, besonders sein Geschlechtsorgan, das dick und steif war. Onkel Theo drehte ihn auf den Bauch. Er hatte eine glatte Haut und eine kräftige Rückenmuskulatur. Muttermale waren nirgends zu sehen.

Onkel Theo rollte ihn wieder auf den Rücken. »Ah, er ist bereit, denn im Geiste glaubt er, daß er mit *dir* schlafen wird.« Er rief laut: »Dahlia! Komm herein, Mädchen.«

Ein sehr schönes junges Mädchen betrat die Hütte. Es war höchstens siebzehn, hatte eine hellbraune Haut und braune Augen, und es betrachtete fasziniert den nackten Mann auf dem Bett.

»Der wird ein Genuß sein.« Dahlia schenkte Theo Burgess ein strahlendes Lächeln, während ihre Fingerspitzen über Ryders Unterleib glitten.

»Ausgezeichnet, dann brauche ich dir ja nichts zu bezahlen.«

»So ein großer Genuß auch wieder nicht.« Sie schlüpfte aus ihrem Kleid, unter dem sie nackt war. Ihre Brüste waren sehr groß, ihre Hüften wohlgerundet. Sophie wandte sich ab, doch Onkel Theo packte sie am Arm. »Du solltest zuschauen, Sophie. Ich wiederhole, er könnte Fragen stellen, Kommentare abgeben und ...«

»Nein!« schrie sie ihm ins Gesicht, riß sich los und rannte aus der Hütte.

Sie hörte Dahlia leise lachen und überglücklich rufen: »Ah, sehen Sie nur, um wieviel größer er wird, und dabei berühre ich ihn nur mit den Fingern! O ja, dieser hübsche Junge wird ein Genuß!«

Sophie fiel auf die Knie. Sie verspürte einen heftigen Brechreiz, aber sie wußte, daß sie sich nicht übergeben würde. Jetzt nicht mehr. Sie hatte in den letzten Monaten zu viel gesehen, war das alles schon gewöhnt. Die Arme um sich selbst geschlungen, wiegte sie sich vor und zurück.

Sie hörte Dahlia in der Hütte aufschreien, hörte sie lachen und stöhnen, hörte sie Ryder ermutigen, ihre Brüste zu streicheln. Sophie fragte sich, ob Onkel Theo daneben stand und alles beobachtete. Sie wußte, daß er das manchmal machte. Und sie fragte sich, ob er selbst gelegentlich mit Dahlia schlief. Sie hörte Ryder stöhnen, hörte ihn schreien. O Gott, das war einfach zuviel.

Sie kroch davon.

5

Ryder wachte langsam auf und registrierte ungläubig, daß er sich leicht betrunken, völlig entspannt und zugleich seltsam schwebend fühlte. Noch nie im Leben war er morgens beim Aufwachen betrunken gewesen. So etwas war einfach unmöglich.

Er setzte sich im Bett auf, faßte sich mit beiden Händen an den Kopf und versuchte zu verstehen, was los war. Dann stellte er fest, daß er nackt war, und plötzlich fiel ihm ein, wo er war und was er den größten Teil der Nacht über in diesem Bett getrieben hatte. Eigentlich müßte er völlig erschöpft sein, aber das war er nicht.

Er hatte die Nacht mit Sophie Stanton-Greville verbracht.

Allmächtiger Himmel, sie war einfach unglaublich gewesen! Er hatte noch nie mit einer Frau geschlafen, die solche Liebeskünste beherrschte. Während er langsam aufstand, schüttelte er kräftig den Kopf, in der Hoffnung, dadurch etwas klarer denken zu können. Die Tür öffnete sich, und eine alte Sklavin trat ein, verzog ihren zahnlosen Mund zu einem breiten Lächeln und sagte fast kichernd: »Guten Morgen, Herr. Gut fühlen Sie sich heute morgen, nicht wahr?« Er wollte irgendwie seine Blöße verhüllen, aber sie wehrte kopfschüttelnd ab. Dieser alten Frau schien es völlig egal zu sein, ob ein Mann morgens einen korrekten Cut trug oder aber so nackt wie die griechischen Statuen im Park der Sherbrookes war, die er und seine Brüder fasziniert betrachtet hatten, als sie kleine Jungen gewesen waren.

Sie bot ihm ein Bad und Frühstück an.

Sophie hatte ihn, wie es ihre Angewohnheit war, allein gelassen.

Er war für sie nur einer von vielen. Ihr lag nichts daran, bei ihm zu bleiben. Seltsamerweise ärgerte ihn das nicht nur, sondern es versetzte ihm auch einen schmerzhaften Stich. Für sie war er ein Mann wie jeder andere, und sie machte sich nicht das geringste aus ihm.

Er setzte sich in die Badewanne und versuchte sich an alle Einzelheiten der Nacht zu erinnern. Es wollte ihm aber beim besten Willen nicht gelingen, und das war äußerst merkwürdig. Er wußte, daß er sie ganz am Anfang geküßt hatte, und später hatte sie ihn mit dem Mund befriedigt, so phantastisch gekonnt, daß allein schon die Erinnerung daran ihm einen heißen Schauder über den Rücken jagte. Er erinnerte sich auch daran, daß sie ihn geritten hatte, hart und schnell, und daß er dabei ihre großen Brüste gestreichelt und geknetet und schließlich auf dem Gipfel der Lust einen wilden Schrei ausgestoßen hatte.

Auch sie hatte geschrien. Und sie hatte mit ihm gesprochen, ihn angefeuert, ihm gesagt, was für ein toller Mann er sei. Er erinnerte sich ganz deutlich an ihre weiche, tiefe Stimme, und er spürte noch förmlich ihre Brüste in seinen Händen.

Allerdings konnte er sich nicht daran erinnern, sie seinerseits stimuliert zu haben, und das war seltsam, denn er hatte sie nicht belogen: Er war ein ausgezeichneter Liebhaber, der eine Frau niemals unbefriedigt ließ. Aber er hatte sie nicht mit dem Mund liebkost, wie sie ihn. Er konnte sich nicht einmal daran erinnern, sie geküßt zu haben, nur ganz am Anfang, und das war nun wirklich mehr als seltsam, denn er liebte es, eine Frau zu küssen und ihre Lust gleichzeitig noch mehr zu steigern, indem er mit den Händen ihren ganzen Körper streichelte.

Warum hatte er sie nicht geküßt? War sie so erregt gewesen, daß sie ohne jede zusätzliche Stimulierung zum Höhepunkt gelangte? Er hatte nicht einmal seine Finger eingesetzt, zumindest konnte er sich nicht daran erinnern. Er schüttelte wieder den Kopf, um die Benommenheit zu vertreiben. Das Gefühl, leicht betrunken und nicht ganz bei sich zu sein, störte ihn gewaltig.

Er stieg aus der Wanne, und die alte Sklavin reichte ihm ein Handtuch, ohne das geringste Interesse an seinem Körper zu zeigen. Nein, dachte er wütend, sie ist so daran gewöhnt, hier nackte Männer – Sophies Männer – zu sehen, daß sie nicht einmal mehr hinschaut.

Er zog seine frisch gebügelten Kleider an – allmächtiger Gott, dachte dieses verdammte Weibsstück eigentlich an alles? – und aß frisches Obst und warmes Brot. Den angebotenen Rumpunsch lehnte er allerdings ab, und sobald die Alte sich unbeobachtet glaubte, leerte sie das Glas selbst. Der Alkoholkonsum ging hierzulande wirklich über jedes Maß und Ziel hinaus! Hatte er nicht selbst am vergangenen Abend um einiges zuviel getrunken?

Als er die Hütte einige Minuten später verließ, drehte er sich auf der Schwelle noch einmal um. Die Sklavin hatte inzwischen das Bett gemacht, aber im Raum roch es noch nach Sex.

Er haßte sich dafür, daß er ihr erlaubt hatte, alles mögliche mit ihm zu treiben, während sie offenbar nie die Kontrolle über sich verloren hatte. Wieder fiel ihm ihr Lustschrei ein, und er fragte sich, ob sie ihm nur etwas vorgespielt hatte. Er war sich nicht sicher, und irgend etwas stimmte daran nicht, denn er war ein Frauenkenner, und es war normalerweise unmöglich, ihn zu täuschen. Doch diesmal hätte er beim besten Willen nicht sagen können, ob sie wirklich einen Orgasmus gehabt hatte oder nicht. Er dachte an die vielen Gläser Punsch, die er nach seiner Ankunft in der Hütte getrunken hatte. Das Zeug war so köstlich gewesen, so kühl und erfrischend, und danach war ihm plötzlich so warm geworden, und die Begierde hatte ihn schier überwältigt, und dann war jener unglaubliche Sex gefolgt, bis er schließlich wie ein tapferer Soldat in der Schlacht gefällt wurde.

Er ging zu seinem Pferd. Unter einem Mangobaum saß Emile mit weit zurückgeschobenem Hut und kaute an einem Grashalm.

»Na«, sagte er nur, während er aufstand und seine Reithose abklopfte, »bist du jetzt bereit, nach Hause zu reiten?«

»Ja«, knurrte Ryder, »mehr als bereit.«

Emile stellte keine Fragen. Ryder war inzwischen völlig nüchtern, sein Kopf völlig klar. Doch je mehr er versuchte, die Nacht in allen Einzelheiten zu rekonstruieren, desto weniger wollte es ihm gelingen. Er wußte nur, daß er sich einmal in ihren Mund ergossen hatte, und daß sie später auf ihm geritten war, und daß es beide Male ein explosionsartiger Orgasmus gewesen war.

Etwas stimmte einfach nicht. Als Emile und er die lange Auffahrt von Kimberly Hall entlangritten, war seine Stirn noch immer gerunzelt, während er mit halbem Ohr dem rhythmischen Summen und Singen der Sklaven lauschte, die auf den Feldern arbeiteten.

»Emile«, fragte er schließlich, »hast du in den Mangrove-Sümpfen jemals ein Krokodil mitten auf der Straße gesehen?«

»Ja. Es ist ein furchterregender Anblick.«

»Etwas ist ganz und gar nicht in Ordnung«, sagte Ryder.

»Was meinst du damit?«

Emile wußte nicht so recht, wie er sich verhalten sollte. Er wollte Sophie nicht eine Hure nennen, denn möglicherweise war Ryder ja mittlerweile ganz verrückt nach ihr. Deshalb beschloß er, lieber diplomatisch zu sein.

Von einer Sekunde zur anderen erkannte Ryder die Wahrheit. Sie traf ihn mit der Wucht eines Hammerschlags. Ihre Brüste! Er hatte Sophies Brüste zweimal liebkost. Er kannte ihre Größe, er wußte genau, wie sie sich angefühlt hatten, und er hätte noch jetzt mit den Händen ihre Form nachbilden können.

Die Frau, die ihn nachts zweimal genommen hatte, war

nicht Sophie gewesen. Und wenn er nicht mit Sophie, sondern mit einer anderen Frau geschlafen und das nicht bemerkt hatte, so gab es dafür nur eine einzige Erklärung, und die ließ ihn plötzlich vor Wut kochen. Sobald er sich ein wenig beruhigt hatte, sagte er: »Sie hatte etwas in den Punsch gemischt, den sie mir gestern abend zu trinken gab.« So, nun hatte er es laut ausgesprochen, und er zweifelte nicht daran, daß es stimmte. Aber er konnte Emile nicht erzählen, daß seine Theorie nur auf der Größe und Form von Brüsten basierte.

Emile starrte ihn ungläubig an. »Willst du damit sagen, daß sie dich betäubt hat? Großer Gott, wozu denn?«

»Ich bin allein aufgewacht, wie du es mir prophezeit hattest. Seltsam war, daß ich mich noch immer betrunken fühlte. Noch seltsamer ist aber, daß ich mich zwar an einige Dinge erinnern kann, aber an keine Einzelheiten.« Er schüttelte den Kopf, denn seine Theorie schien eine Schwachstelle zu haben. »Wenn etwas nicht stimmt, wenn sie tatsächlich Betäubungsmittel in die Drinks ihrer Männer mixt – warum hat keiner ihrer Liebhaber das bisher bemerkt und sie darauf angesprochen?«

»Ich würde sagen, daß keiner der anderen Männer deine große Erfahrung hatte. Vielleicht haben die anderen sich einfach an die Genüsse erinnert und keinen Gedanken an andere Dinge verloren.«

»Vielleicht«, murmelte Ryder. »Schon möglich.« Er hielt es für sehr wahrscheinlich, daß keiner der anderen Männer jemals so wie er Sophies Brüste gestreichelt hatte. Sie kannten nur die Brüste jener anderen Frau, und deshalb war ihnen der Unterschied nicht aufgefallen. Vielleicht wäre es auch ihm an ihrer Stelle so ergangen, zumindest anfangs.

Er lachte laut. Das ganze Komplott war nur wegen Sophies Brüsten aufgeflogen.

Um fünf Uhr nachmittags fiel Ryder ein, daß auch ein Mann in der Hütte gewesen war. Er hörte sogar seine Stimme, konnte sich an seine Worte aber nicht erinnern. Ergab das einen Sinn? O ja, durchaus. Wer hatte ihn ausgezogen? Er hatte sich bestimmt nicht selbst entkleidet, und er hatte auch Sophie nicht entkleidet.

Sie hatte ihn aufgegeilt und betäubt, und dann hatte eine andere Frau mit ihm geschlafen. Das stand für ihn fest. Ach ja, und Onkel Theo hatte ihn freundlicherweise ausgezogen. Es mußte Burgess gewesen sein; ein anderer kam nicht in Frage.

Ein grimmiges Lächeln spielte um Ryders Mund. Er badete und zog sich sorgfältig an, beflügelt von kalter Wut. Ein Besuch in Camille Hall war mehr als angebracht. Er zweifelte nicht daran, daß man ihn zum Abendessen einladen würde.

Sophie wollte in ihrem Zimmer essen, aber Jeremy kam besorgt hereingestürzt. »Was ist los, Sophie?«

Er befürchtete immer, daß sie krank werden und sterben könnte wie die Eltern. Sie beruhigte ihn. »Mir geht es ausgezeichnet, Liebling. Ich habe es mir anders überlegt und werde doch nicht hier essen, sondern unten. Warte, ich kämme mich nur kurz.«

Während sie ihre Haare bürstete, plapperte Jeremy munter drauflos.

»... Onkel Theo hat Thomas befohlen, mich heute auf das nördliche Feld mitzunehmen, aber nur für zwei Stunden, wegen der Hitze. Es war faszinierend, Sophie, aber Thomas hat mehrmals Sklaven mit seiner Peitsche geschlagen. Meiner Meinung nach war das nicht nötig, aber Thomas hat gesagt, er müsse sie schlagen, weil sie faul seien. Die Peitsche würde sie daran erinnern, was passieren würde, wenn sie nicht fleißig arbeiteten. Er hat sie dauernd Faulpelze genannt.«

Thomas war ein grausames Ungeheuer. Sophie haßte ihn. Sie band ihr Haar im Nacken mit einem schwarzen Samtband zusammen und betrachtete sich im Spiegel. In dem alten hellgelben Musselinkleid sah sie wie sechzehn aus. Nur die Schwellung auf ihrer linken Wange störte etwas, aber sie war nur noch ganz leicht grünlich verfärbt, und sie hatte keine Lust, sie zu überpudern. Im schwachen Abendlicht würde es niemandem auffallen, und falls Onkel Theo es doch bemerkte, würde es ihm wahrscheinlich große Befriedigung verschaffen.

Sie sagte über die Schulter hinweg: »Wenn du hier der Herr wärst, Jeremy, würdest du Thomas als Aufseher behalten? Oder einen anderen Mann wie ihn, der die Sklaven auspeitscht?«

Jeremy kaute an der Unterlippe und dachte angestrengt nach, was ihn aber nicht daran hinderte, seine überschüssige Energie durch kräftiges Wippen mit den Beinen abzureagieren.

»Ich weiß nicht«, sagte er schließlich. »Onkel Theo scheint Thomas für einen ausgezeichneten Mann zu halten. Er vertraut ihm und läßt ihm freie Hand. Es ist nur ...«

»Was?«

Jeremy sprang achselzuckend auf. »Na ja, ich kenne die meisten Sklaven, seit wir vor über vier Jahren hergekommen sind. Sie sind meine Freunde. Ich mag sie, und sie mögen mich. Ich verstehe nicht, warum man jemanden schlagen soll, den man gern hat. Und es ist so heiß auf den Feldern, Sophie. Ich wollte nach einer Weile ausruhen, aber sie dürfen nie ausruhen.«

Sie fuhr ihm zärtlich durch die Haare und küßte ihn auf die Stirn, obwohl sie wußte, daß ein Neunjähriger eine so mütterliche Geste nicht schätzte. Jeremy entwand sich ihr denn auch und rannte aus dem Zimmer. »Komm jetzt, Sophie!«

Sie blieb auf der untersten Treppenstufe stehen und bekam rasendes Herzklopfen. In der großen offenen Halle stand Ryder Sherbrooke, und er sah vom Scheitel bis zur Sohle wie ein englischer Gentleman aus dem Bilderbuch aus.

Onkel Theo hatte ihn soeben hereingebeten. Ryder zwinkerte mehrmals, als er sie sah. Das Flittchen in der roten Robe vom Vorabend hatte keine Ähnlichkeit mit diesem jungen Mädchen, das ihn mit offenem Munde anstarrte, so als wäre er der Teufel höchstpersönlich, der sie in den vierten Kreis der Hölle zu bringen gedachte.

Theo Burgess drehte sich in diesem Moment um und schnitt unwillkürlich eine Grimasse. Verdammt, das Mädchen sah ja wie eine fünfzehnjährige Jungfrau aus. Am liebsten hätte er sie auf der Stelle verprügelt, weil sie nicht seinen Wünschen entsprechend zurechtgemacht war. Daß Ryder Sherbrooke völlig unerwartet aufgetaucht war, ließ er in seiner Wut völlig außer acht.

»Hallo, Sophie«, sagte Ryder ganz gelassen. »Ihr Onkel hat mich soeben zum Abendessen eingeladen. Ah, und wer ist das hier?«

»Ich bin Jeremy, Sir, Sophies Bruder.«

Er humpelte mit ausgestreckter Hand auf Ryder zu.

Ryder schüttelte ihm lächelnd die Hand. »Guten Abend, Jeremy. Ich wußte gar nicht, daß Sophie einen so großen jüngeren Bruder hat.«

»Sophie sagt, ich würde schneller als Sumpfgras wachsen. Ich bin neun Jahre alt, Sir.«

»Er ist ein guter Junge«, sagte Theo mürrisch.

Sophie stand immer noch wie angewurzelt da. Würde Ryder voller Mitleid oder Verachtung auf Jeremy herabsehen? Sie kannte beide Reaktionen, und beide waren gleichermaßen schrecklich. Bisher hatte Ryder sich wie ein vollendeter Gentleman benommen, aber sie traute ihm nicht über den Weg. Vielleicht war ihm noch nicht aufgefallen, daß Jeremy nie so perfekt aussehen würde wie er selbst.

Jeremy strahlte den Mann an, in dem er auf den ersten Blick einen Gentleman erkannt hatte. Er war jung, sah gut aus und war gut gekleidet, und er hatte ein sehr sympathisches Lächeln, das auch seine Augen mit einschloß. Jeremy begriff auch, daß der Besucher wegen Sophie hier war, und er drehte sich nach seiner Schwester um und rief: »Er bleibt zum Abendessen, Sophie. Ist das nicht herrlich?«

»Ja.« Sophie rang sich ein gespenstisches Lächeln ab. »Es ist herrlich.«

Die Ähnlichkeit der Geschwister fiel Ryder genauso auf wie die Tatsache, daß der Junge ein lahmes linkes Bein hatte, wahrscheinlich einen Klumpfuß. Das war natürlich ein Jammer, aber es schien ihm nicht viel auszumachen. Auf dem Weg ins Eßzimmer plauderte er angeregt mit Ryder, der ihn amüsant und intelligent fand. Jeremy erinnerte ihn sehr an Oliver. Ah, wie er Oliver und die anderen Kinder vermißte!

Theo Burgess versuchte Jeremy zur Ruhe zu bringen, aber es gelang ihm nicht. Allem Anschein nach hatte er den Jungen wirklich gern, denn er befahl ihm nicht, still zu sein, sondern schüttelte nur den Kopf und lächelte Ryder zu, so als wollte er sagen: Was soll ich machen?

Sophie sagte kein Wort.

»Meine Schwester ist die beste Reiterin in der ganzen Gegend«, berichtete Jeremy stolz. »Vielleicht sogar von ganz Jamaika, aber ich bin noch nie in Kingston gewesen, und deshalb weiß ich das nicht genau.«

»Danke, Jeremy.« Sophie lächelte ihrem Ritter zu, und Ryder hielt unwillkürlich den Atem an, als er dieses wunderschöne, ganz natürliche Lächeln sah. Es brachte ihr Gesicht zum Leuchten und ließ es ungemein liebreizend erscheinen.

Ihm ging durch den Kopf, daß dies das erste nicht aufgesetzte Lächeln gewesen war, das er von ihr gesehen hatte, und es war verwirrend.

Was zum Teufel ging hier eigentlich vor?

Er betrachtete die köstlichen Garnelen mit Ananas auf seinem Teller, spießte eine auf und kaute nachdenklich. Der Junge erzählte gerade, was er mit Thomas auf den Feldern erlebt hatte.

Sophie fiel auf, daß Jeremy diesmal nichts vom Auspeitschen der Sklaven erwähnte.

Als Dessert gab es eine Mangotorte mit warmer Sahne, und der aromatische schwarze Kaffee schmeckte wie immer einfach herrlich.

Ryder ließ sich Zeit. Er hatte seine Freude an dem Jungen und schüttelte ihm herzlich die Hand, als er ins Bett geschickt wurde. Theo Burgess fragte, ob sie sich nicht auf die Veranda setzen sollten, wo es viel kühler sei, und Ryder stimmte bereitwillig zu. Jeder Mann, den er bisher auf Jamaika kennengelernt hatte, trank abends Rum. Nun würde er seinen vorgefaßten Plan in die Tat umsetzen können.

Es wunderte ihn nicht, daß Sophie sich entschuldigte und Jeremy nach oben folgte, und es wunderte ihn genauso wenig, daß Theo ihr nachrief: »Du wirst dich zu uns gesellen, sobald du nach deinem Bruder gerufen hast. Vergiß es nicht, Sophie.«

»Ich vergesse es bestimmt nicht, Onkel«, erwiderte sie mit einem seltsamen Unterton, den Ryder sich nicht erklären konnte. »Ich komme gleich zurück.«

Ryder gab sich indes alle Mühe, ein unterhaltsamer Gesprächspartner zu sein. Er erzählte erstklassige Anekdoten und brachte sodann Theo Burgess mühelos zum Reden, so daß er selbst über die nächsten Schritte nachdenken konnte.

Als Sophie auf die Veranda kam, trug sie ein Tablett mit drei Gläsern Rumpunsch, genau, wie Ryder es erwartet hatte.

»Wunderbar!« rief Theo. »Ich freue mich, daß du daran gedacht hast, Sophie. Sie trinken abends doch hoffentlich gern Rumpunsch, Ryder?«

»O ja, sehr gern, Sir.«

Sophie reichte ihm ein Glas, und ihm schien, als zitterte ihre Hand ein wenig. Aber nein, das mußte er sich eingebildet haben.

Auf Theos Anregung hin stießen sie miteinander an, und Ryder tat so, als würde er trinken. Dann stand er mit dem

Glas in der Hand auf, stützte sich mit dem Ellbogen auf das Holzgeländer und blickte aufs Meer hinaus, das im Licht des Halbmondes schillerte. Es war ein überwältigender Anblick, aber Ryder nahm ihn kaum wahr. Er wandte sich Sophie und Theo zu, brachte einen Toast auf diese herrliche Szenerie aus und tat wieder so, als würde er trinken. Dann drehte er sich um und goß den Rumpunsch in die rosa Blüten des Hibiskusbusches unterhalb der Veranda, wobei er hoffte, die Pflanze damit nicht umgebracht zu haben.

Nun wurde es Zeit zu handeln. Mit breitem Lächeln schwenkte er sein leeres Glas und fragte: »Wollen wir nicht einen kleinen Spaziergang machen, Sophie?«

Sie wollte nicht mit ihm spazierengehen. Er sollte von hier verschwinden. Sie wollte nicht, daß er wieder nackt auf dem Bett lag, daß Dahlia sich über ihn beugte und mit ihm schlief. Sie wollte ihn nicht wieder vor Lust stöhnen und schreien hören.

»Ja, Sophie, geh ruhig, meine Liebe.«

»Könnten Sie uns allen vielleicht vorher noch ein Glas von diesem köstlichen Punsch bringen?«

»Eine ausgezeichnete Idee«, sagte Theo, der insgeheim triumphierte.

Sophie hatte sich total geirrt, was Sherbrooke betraf. Er war nur ein junger Mann, weder besonders intelligent noch schlau, durchaus leicht zu manipulieren. In gewisser Weise war es sogar enttäuschend. Der Bursche stellte keine Herausforderung dar.

Sophie brachte neuen Punsch, und wieder nahm Ryder bereitwillig das Glas an, das sie ihm reichte. Dann bot er ihr seinen Arm. »Gehen wir ein bißchen herum. Es ist ein so herrlicher Abend, und Sie können mir dabei etwas über die Geschichte dieser Insel erzählen.«

»O ja.«

Er führte sie in den Garten auf der Ostseite des Hauses. Hier war es dunkler, aber der Blumenduft war stärker, geradezu berauschend. Außer ihnen hielt sich niemand hier auf, und sie schlenderten umher, jeder sein Glas Punsch in der Hand.

»Heute abend sehen Sie gar nicht wie eine Hure aus«, sagte er unvermittelt.

»Nein.«

»Aber die letzte Nacht war wirklich sensationell, nicht wahr? Obwohl ich mich an manches nicht genau erinnern kann, muß sie sehr erinnernswert gewesen sein.«

»Das war sie auch. Sie schienen alles sehr zu genießen.«

»Eigentlich sollten wir uns nach dieser Nacht duzen, einverstanden? Hast auch du alles so sehr genossen, Sophie?«

Sie lief einfach weiter, und er konnte nur ihr Profil sehen. »Natürlich. Ich hätte nicht mit Ihnen ... mit dir schlafen wollen, wenn ich mir keinen Genuß davon versprochen hätte. Du bist ein guter Liebhaber.«

»Du hast auf dem Gipfel der Lust laut geschrien.«

Sie schwieg.

»Ich fand deine Liebeskünste auch sehr zufriedenstellend. Hat es dir Spaß gemacht, mich in den Mund zu nehmen?«

»Ich finde, über solche Themen sollten wir nur in der Hütte sprechen, Ryder.«

»Bleiben wir doch einen Augenblick stehen. Was ist das für ein Busch, der dort drüben? Ja, der mit den wuscheligen gelben Blättern?«

Er nahm ihr das Glas aus der Hand und sah, daß sie sich versteifte und erst wieder entspannte, als er beide Gläser auf einer Steinbank abstellte. Zweifellos prägte sie sich genau ein, daß das linke ihres war. Nun, das würde keine Rolle spielen. Sobald sie ihm den Rücken zukehrte, holte er rasch ein Tütchen aus seiner Tasche, schüttete das Pulver in ihr Glas und rührte mit dem Finger um.

»Es ist ein gelber Pouibaum, nur ist er noch sehr klein.« Sie winkte ihn zu sich heran. »Siehst du, die Blüten wachsen in Büscheln. Sie sind sehr zart und werden schnell verblüht sein, vielleicht schon in einer Woche.«

Er bewunderte den gelben Baum. Als er sich wieder umdrehte, hatte sie ihr Glas schon in der Hand. Offenbar wollte sie kein Risiko eingehen. Wie er Emile versichert hatte, war sie alles andere als dumm.

Auch er griff nach seinem Glas und prostete ihr zu. »Auf unseren Abend. Du hast mir große Lust beschert. Ich hoffe, daß wir sehr bald wieder in der Hütte sein werden.«

»Ja.« Sie stieß mit ihm an, nippte an ihrem Punsch, fand ihn besonders köstlich und trank einen großen Schluck.

»Trink aus, Sophie, und wenn es dir recht ist, schlendern wir dann noch ein bißchen herum.«

Er goß seinen Rumpunsch auf die Erde, während sie ihr Glas bis auf den letzten Tropfen leerte.

»Du hast schöne Brüste«, sagte Ryder, »aber das habe ich dir ja schon gesagt. Letzte Nacht sind sie mir aber sogar noch größer vorgekommen. Ist das nicht komisch? Wahrscheinlich hat meine Lust, mein unglaubliches Verlangen nach dir mir etwas vorgegaukelt.«

»Vielleicht.«

»Warum sagst du vielleicht?«

»Du hattest ein bißchen zuviel getrunken, aber es schien dir so gut zu schmecken, daß ich es nicht übers Herz brachte, dich darauf hinzuweisen.«

»Das war sehr nett von dir.«

Sie lief einfach weiter. Warum brach er nicht endlich zusammen? Er hatte zwei Glas geleert, und Onkel Theo hatte das Zeug heute stärker gemacht. Aber der Kerl zwitscherte so vergnügt wie ein Eichelhäher, und sein Gang war leicht und elastisch.

Sie haßte ihn und sich selbst. Wenn Jeremy nicht wäre, würde sie… sie wußte nicht genau, was sie dann tun würde.

Ryder blieb plötzlich stehen. »Ich möchte dich küssen, Sophie. Seltsam, aber ich kann mich gar nicht daran erinnern, dich vergangene Nacht geküßt zu haben, nur ganz am Anfang, bevor du dich vor mir ausgezogen hast. Dabei küsse ich so gern. Warum haben wir uns nicht geküßt, Sophie?«

»Du wolltest mich möglichst schnell in Besitz nehmen. Wahnsinniges Verlangen, wie du selbst gesagt hast. Da blieb zum Küssen keine Zeit.«

»Aber jetzt haben wir Zeit.« Er küßte sie, und sie ließ ihn gewähren, brachte es aber einfach nicht über sich, seinen Kuß zu erwidern. Sie war eine Betrügerin, und sie fürchtete sich vor diesem Mann.

Es entging Ryder natürlich nicht, daß sie nicht reagierte, daß sie seinen Kuß nur duldete, und das ärgerte ihn, aber er hatte im Grunde nichts anderes erwartet, und sein Ärger verflog rasch.

Er schob sie ein wenig von sich weg, ohne sie loszulassen. »Wie fühlen Sie sich, Miss Stanton-Greville?«

Sie blickte zu ihm auf. »Warum plötzlich so formell, Ryder? Du bist jetzt schließlich mein Liebhaber, und du bist der einzige, und du willst doch auch mein Geliebter bleiben, oder?«

»O ja. Du bist märchenhaft. Wenn ich die Augen schließe, sehe ich immer noch, wie du mich in den Mund genommen hast, fühle deine Zunge, deine Wärme. Ja, du hast mir große Lust beschert. Sag, Sophie, gibt es etwas, das ich dir schenken könnte? Was hättest du gern? Ich wollte dir irgendein Schmuckstück mitbringen, aber ich hatte keine Zeit, nach Montego Bay zu reiten. Was möchtest du haben, mein Liebling?«

Ja, dachte sie voller Bitterkeit, natürlich muß man eine Hure bezahlen. Sie wünschte, sie könnte ihn zu Dahlia schikken, die das Geschenk wenigstens verdient hätte. Aber das ging ja nicht.

»Nun«, sagte sie gedehnt, mit betörendem Lächeln, »es gibt etwas, worüber ich mich vielleicht freuen würde.«

»Ja? Sag es mir, was es ist, und es gehört dir. Vielleicht ein Ring? Ein Diamant oder Rubin? Natürlich möchte ich dich heute nacht wieder haben.«

Sie konnte es ihm nicht mehr sagen. Sie seufzte leise und sank bewußtlos an seine Brust.

Verdammt, dachte Ryder, während er sie auffing, das ist ja viel schneller gegangen, als ich gedacht habe. Er legte sie sanft zwischen Jasminbüsche, wo sie nicht zu sehen war, und salutierte ironisch.

Während er rasch zur Veranda zurückging, schwor er sich: Jetzt bist du an der Reihe, lieber Onkel Theo, und ich vermute, daß ich bei dir leichtes Spiel haben werde, du alter Dreckskerl.

Und Theo Burgess bereitete ihm tatsächlich keine große Mühe. Nur ein alter Sklave sah Ryder, als er den bewußtlosen Mann, wie einen Sack geschultert, ins Bett trug.

Sophie wachte langsam auf. Sie fühlte sich leicht benommen, konnte keinen klaren Gedanken fassen, glaubte fast zu schweben. Es war heller Morgen, und die Sonne schien durchs Fenster.

Aber das war doch gar nicht möglich. Die Morgensonne schien nicht in ihr Zimmer.

Sie setzte sich mühsam im Bett auf, schüttelte den Kopf und wunderte sich über ihren Zustand. Schließlich konnte sie nicht betrunken sein, auch wenn sie sich so fühlte.

Sie schwang ihre Beine aus dem Bett, stellte fest, daß das nicht ihr Bett war, und stellte im nächsten Moment fest, daß sie völlig nackt war.

Sie schrie auf und sah sich erschrocken in dem Raum um. Sie war in der Hütte, ganz allein. Absurderweise hüllte sie sich trotzdem in das Laken, saß dann einfach da und starrte die Wand an. Was war nur geschehen?

Natürlich – Ryder Sherbrooke! Irgendwie hatte er herausgefunden, was sie und Onkel Theo ihm angetan hatten, und er hatte sich gerächt.

Sie fragte sich, ob er sie wohl genommen hatte, so wie Dahlia ihn in der Nacht zuvor genommen hatte. Wie sollte sie das wissen? Sie stand langsam auf und ließ das Laken fallen. Es war warm im Zimmer, aber sie schwitzte nicht nur von der Hitze, sondern auch vor Angst.

Was hatte er mit ihr gemacht? Sie blickte an sich hinab und stellte fest, daß sie völlig unverändert aussah. Onkel Theo hatte vor langer Zeit versichert, daß sie eine Jungfrau bleiben würde. Aber woher konnte jemand wissen, ob ein Mädchen noch Jungfrau war oder nicht? Sie hatte ihn damals nicht gefragt und wußte es bis heute nicht.

Was sollte sie nur tun?

Sophie sah, daß ihre Kleidungsstücke ordentlich über einer Stuhllehne hingen. Es waren die Sachen, die sie vergangenen Abend getragen hatte. Ryder hatte sie hierher in die Hütte gebracht und ausgezogen. Das war allein schon schlimm genug, aber sie mußte wissen, ob er ihr sonst noch etwas angetan hatte. Sie mußte auch herausfinden, was er wußte. Sie dachte an Onkel Theo und erbleichte. Dann begriff sie jedoch, was passiert sein mußte. Ryder hatte zuerst sie und dann Onkel Theo betäubt. Er hatte es ihnen beiden heimgezahlt.

Sie zog sich rasch an, kämmte ihre Haare und band sie im Nacken mit demselben Band wie am Vorabend zusammen. Dann betrachtete sie sich im Spiegel. Sah sie irgendwie verändert aus? Konnte man am Aussehen erkennen, daß man keine Jungfrau mehr war?

Sie sah sehr blaß aus, aber das war das einzige, was ihr auffiel. Sie mußte es wissen. Eiligen Schrittes begab sie sich nach Camille Hall.

Onkel Theo war nirgends zu sehen, und ein Sklave sagte ihr, der Herr sei noch nicht heruntergekommen.

Es war ja auch erst sieben Uhr morgens. Aber sie konnte einfach nicht warten und ließ deshalb Opal satteln.

6

Ryder saß allein auf der vorderen Veranda und trank Kaffee. Es war noch sehr früh, aber er wußte intuitiv, daß sie bald kommen würde. Sie würde wissen wollen, was er ihr angetan hatte, und er konnte es kaum erwarten, ihr das zu erzählen.

Als er Opal die Auffahrt entlanggaloppieren sah, lächelte er erwartungsvoll, lehnte sich zurück und beobachtete ihren wilden Ritt.

Sophie stieg ab und band ihre Stute an einen der schwarz gestrichenen Eisenpfosten. Sie zitterte wie Espenlaub, bemerkte es, wischte ihre Hände am Rock ab, straffte ihre Schultern und zwang sich zu einem aufrechten Gang.

Auf der Veranda blieb sie vor ihm stehen und blickte wortlos auf ihn herab. Erwartungsgemäß stand er nicht auf, wie es sich für einen Herrn in Gegenwart einer Dame eigentlich gehörte. Aber schließlich war sie auch alles andere als eine Dame.

Ryder lächelte sie an, und es war ein sehr boshaftes, hämisches Grinsen. »Guten Morgen, Sophie. Du hast dich nicht umgezogen, wie ich sehe. Konntest du es nicht erwarten, mich wiederzusehen? Möchtest du vielleicht frühstücken? Eine Tasse Kaffee? Du mußt doch bei Kräften bleiben, besonders nach den Anstrengungen der letzten Nacht.«

Er wollte mit ihr spielen. Nun gut, sie war im Umgang mit Männern kein unerfahrenes Ding. Während des letzten Jahres hatte sie sehr viel über die wunderlichen Vorstellungen der Männer gelernt, über ihre Launen und Eitelkeiten, über ihr zwanghaftes Bedürfnis, zu dominieren, zu herrschen. Sie warf lächelnd den Kopf zurück.

»Eine Tasse Kaffee wäre nicht schlecht, danke.« Sie wartete auf seine Reaktion.

»Setz dich.« Während er den Kaffee holte, überlegte sie fieberhaft, wie sie vorgehen sollte, aber ihr fiel nichts Vernünftiges ein. Als er ihr die Tasse reichte, trank sie langsam und beobachtete ihn über den Rand hinweg. Er nahm in dem Korbstuhl ihr gegenüber Platz, lehnte sich gemütlich zurück und verschränkte die Arme. Offenbar fühlte er sich so wohl wie eine Eidechse in der Sonne. Dann kippte er den Stuhl auch noch weit nach hinten, und sie wünschte von ganzem Herzen, daß er damit umfallen und sich das Genick brechen würde.

»Es ist sehr früh für einen Besuch«, stellte er fest, scheinbar an die Glyzinen gewandt, die sich am Verandageländer emporrankten.

»Ja«, stimmte sie zu, »es ist wirklich noch sehr früh, aber du bist schon auf und korrekt angezogen, fast so, als hättest du jemanden erwartet. Es wird heute sehr heiß werden.«

»Hier ist es jeden Tag sehr heiß. Wolltest du über etwas Bestimmtes mit mir sprechen? Oder wolltest du vielleicht Samuel sehen, der so vernarrt in dich ist, daß er mir mit seinen endlosen Lobeshymnen beträchtlich auf die Nerven geht? Oder vielleicht deinen Jugendfreund Emile, den du jetzt ignorierst?«

»Dich.«

Er nickte leicht, und dann breitete sich ein ungemütliches Schweigen aus.

»Nun?« fragte er schließlich. »Nicht daß ich etwas Dringendes zu tun hätte, aber mir wird es immer schnell langweilig. Du strapazierst meine Geduld, Sophie.«

»Was hast du mir angetan?«

»Wie bitte?« Er hob eine Braue und freute sich darüber, wie aufrichtig verwirrt seine Stimme klang.

»Verdammt, hör auf, mit mir zu spielen! Hast du mich in die Hütte gebracht?«

»Ja.«

»Hast du mich ausgezogen?«

»Ja, aber ich habe deine Kleidungsstücke völlig korrekt zusammengelegt. Ich bin nämlich ein sehr ordentlicher Mensch.«

»Hast du ... ich meine ... bist du mit mir intim geworden?«

»Du meinst, ob ich mit dir intim geworden bin, bevor ich deine Kleider ordentlich zusammengelegt habe, oder erst danach?«

Sie starrte ihn wortlos an. Er zuckte die Achseln, betrachtete ihre Brüste und lächelte. »Intim geworden, Miss Stanton-Greville? Warum in aller Welt hätte ich dich nicht nehmen oder – wie du so altmodisch sagst – nicht intim werden sollen? Ist das nicht die eigentliche Aufgabe eines Liebhabers? Dein Körper gehört mir, das hast du mir doch klipp und klar gesagt. Ich schätze es im allgemeinen nicht besonders, mit Frauen ins Bett zu gehen, die so gut wie bewußtlos sind, aber deine Beine zu spreizen und in dich einzudringen entsprach trotzdem einigermaßen meinen Vorstellungen vom Sinn einer Geliebten. Du hast ein bißchen den Rücken gewölbt. Nein, leider glaube ich nicht, daß du einen Genuß davon hattest, obwohl du ein- oder zweimal gestöhnt hast.« Er setzte eine nachdenkliche Miene auf. »Warte mal, du hast gestöhnt, als ich deine Brüste küßte, oder war es, als ich deinen Po gestreichelt und dich auf den Bauch drehte? Aber geschrien wie in der Nacht zuvor hast du auf gar keinen Fall! Natürlich warst du nicht in der Verfassung, mich zu reiten, deshalb habe ich die aktive Rolle übernommen. Du bist sehr weich, Sophie, und sehr hingebungsvoll, und du hast mir durchaus Lust beschert. Natürlich hatte ich letzte Nacht alle Sinne beisammen und konnte deshalb alle Gefühle auskosten.« Er war bei seinem herrlichen Monolog gerade so richtig in Schwung gekommen, als sie aufsprang und ihn anschrie: »Verdammt, hör auf! Hör endlich auf! Du hast mich vergewaltigt! Du bist ein verkommenes Miststück!«

»Dich vergewaltigt? Ein Miststück? Ganz bestimmt nicht, Sophie. Ich bin doch dein Liebhaber.«

»Du hast mich betäubt! Du hast mich genommen, als ich bewußtlos war! Du bist kein Liebhaber, sondern ein heimtükkischer Bastard! Ich hasse dich!«

Er lachte, und dieses volle, tiefe, melodische Lachen brachte das Faß zum Überlaufen. Sie wollte ihn schlagen, ihm etwas Schweres an den Kopf werfen, ihn mit Füßen treten. Mit geballten Fäusten stürzte sie sich auf ihn und stieß mit aller Kraft seinen Stuhl nach hinten, so daß er zu Boden krachte. Leider sprang sie aber nicht schnell genug zurück, und Ryder packte sie an den Handgelenken und riß sie mit sich.

Sein Blick schweifte von ihrem zornroten Gesicht zu ihren Brüsten, die sich hoben und senkten, und er murmelte vergnügt: »Wie leidenschaftlich du bist, Sophie. Vielleicht wirst du nächstes Mal bei unseren Liebesspielen auch bei vollem Bewußtsein sein, und dann können wir uns zwischendurch unterhalten. Es wird für uns beide den Genuß erhöhen, obwohl ich mich im Grunde nicht beklagen kann.«

Sie versuchte sich zu befreien, und in ihrer Rage bemerkte sie überhaupt nicht, daß ihr Unterleib an den seinen gepreßt war, während sie zappelte und strampelte. Zweifellos registrierte sie auch nicht, daß er eine Erektion hatte. Er wollte sie erst loslassen, wenn sie eingesehen hatte, daß sie ihm nicht weh tun konnte, aber sie kämpfte noch gut drei Minuten, bevor sie rief: »Verdammt, laß mich los!«

»Weißt du, Sophie, mich hat noch nie eine Frau in böser Absicht angegriffen. Lachend und mit sexuellen Hintergedanken – selbstverständlich, denn ich liebe verspielte, ausgelassene Frauen, und viele von ihnen haben dafür ein Gespür. Aber diese Gewalttätigkeit? Hier bin ich mit den Regeln nicht vertraut. Soll ich dich noch fünf Minuten festhalten, um ganz sicher zu sein, daß du wirklich gezähmt bist?«

In ihre Wut mischte sich jetzt Furcht. Tränen brannten in ihren Augen, und sie konnte nur wortlos den Kopf schütteln.

Ryder sah die Tränen, aber er wußte, daß sie ihnen nicht

freien Lauf lassen würde. »Wirst du wieder versuchen, mich anzugreifen, wenn ich dich loslasse?«

Sie schüttelte wieder den Kopf, und er wußte, daß er sie schachmatt gesetzt hatte, was sie mehr als verdiente. Er ließ ihre Handgelenke los, sie rollte zur Seite und sprang behende auf.

Er erhob sich langsam, stellte seinen Stuhl auf und bedeutete auch ihr, sich wieder zu setzen.

So als wäre überhaupt nichts geschehen, nahm er den Gesprächsfaden wieder auf. »Dich betäubt? Das hast du doch vorhin gesagt, nicht wahr? Was für eine absurde, geradezu groteske Idee. Wem könnte eine solche Gemeinheit einfallen? Das würde ja gegen jeden Anstand, gegen jede Ehre verstoßen. Für solche Scherze ist es eigentlich noch zu früh am Tag, aber da ich, wie schon gesagt, nichts Dringenderes zu tun habe und mich jetzt auch nicht mehr langweile, kannst du mir ruhig noch ein paar solcher Märchen erzählen.«

»Ich war eine Jung...« Sie verstummte hastig. Großer Gott, wenn sie ihm erzählte, daß sie noch Jungfrau gewesen war, würde er sich vor Lachen biegen. Sie schüttelte den Kopf und versuchte sich wieder unter Kontrolle zu bringen. Wie sie vermutet hatte, wußte er über die Betäubung genau Bescheid. »Du hast mich betäubt. Du mußt etwas in meinen Rumpunsch getan haben. Und dann hast du mich benutzt.« Ihr fiel beim besten Willen nichts Besseres ein, obwohl sie genau wußte, daß sie sich wie eine geschändete Jungfrau anhörte und daß er, wenn sie so weitermachte, nur noch mehr über sie lachen würde.

»Habe ich dir erzählt, daß ich an meinem allerersten Nachmittag in Montego Bay gehört habe, daß du drei Liebhaber hättest? Die betreffenden Männer wurden sogar ziemlich genau geschildert, und einer, Oliver Susson, kam ins Kaffeehaus und wurde deinetwegen gnadenlos gehänselt – natürlich aus purem Neid. Nun, wenn du mit diesen Herren nicht auf sehr seltsame und exotische Weise geschlafen hast, kannst du bei diesem Treiben nicht lange eine Jungfrau geblieben sein. Schau mich nicht so überrascht an, Sophie, und bitte protestiere nicht. Ich kenne nicht viele Wörter, die mit ›Jung…‹ anfangen, und ich bin nur froh, daß du diese lächerliche Lüge schließlich doch nicht über die Lippen gebracht hast. Jungfrau! Ein weiteres unvorstellbares Betrugsmanöver!«

»Nein«, murmelte sie besiegt. »Ich werde nicht mehr lügen.« Aber gleichzeitig ging ihr durch den Kopf: Ich habe mich heute morgen nicht anders als sonst gefühlt. Ich habe mich sogar im Spiegel betrachtet und völlig unverändert ausgesehen. Und doch sagt er, daß er mich genommen und genau gewußt hat, daß ich keine Jungfrau war.

Offenbar konnte ein Mann nicht erkennen, ob eine Frau noch unberührt war oder nicht. Er mußte sich auf ihr Ehrenwort verlassen. Und in Anbetracht ihres Rufes wären ihre Beteuerungen natürlich völlig wertlos, wie die irgendeiner Nutte in Montego Bay. Sie sah, daß er grinste – triumphierend, selbstzufrieden und mit einem guten Schuß Bosheit.

»Bitte, Ryder, bitte sag mir die Wahrheit. Was weißt du? Wie hast du es herausgefunden? Was willst du? Ich gebe zu, daß das Spiel jetzt aus ist, ich weiß das, auch wenn Onkel Theo es vielleicht noch nicht einsieht, aber bitte, o Gott, bitte…« Sie verstummte wieder. Worum hatte sie ihn bitten wollen? Sie konnte jetzt nichts mehr tun, um ihn davon abzuhalten, ganz nach seinem eigenen Belieben zu handeln. Und sie konnte sich sein Gelächter lebhaft vorstellen, wenn sie versuchen würde, ihm von Jeremy zu erzählen. Langsam, wie betäubt, stand sie auf, starrte ihn blind an, drehte sich auf dem Absatz um, hob ihre Röcke an und rannte die Verandastufen hinab.

Er rief ihr laut nach: »Es waren Ihre Brüste, die Sie verraten haben, Miss Stanton-Greville. Daraus habe ich den Schluß gezogen, daß Sie mich betäubt haben mußten. Wie Sie sehen, war es nicht etwa meine überragende Intelligenz, die

Ihnen einen Strich durch die Rechnung gemacht hat. Ja, die Brüste einer Frau gehören eben nur ihr und können nicht an jemand anderen verpfändet werden. Die Brüste der anderen Frau waren wirklich hübsch, aber viel zu groß. Ich bevorzuge Ihre.«

Ryder unternahm keinen Versuch, sie aufzuhalten oder ihr zu folgen. Über ihre Behauptung, sie wäre noch Jungfrau gewesen, konnte er nur den Kopf schütteln. Totaler Blödsinn! Obwohl er inzwischen wußte, daß er nicht mit ihr, sondern mit einer anderen Frau geschlafen hatte, bezweifelte er doch sehr stark, daß Sophie so unschuldig war, wie sie jetzt und auch am vergangenen Abend ausgesehen hatte, in dem kindlichen Musselinkleidchen und ungeschminkt. Nein, das war mehr als unwahrscheinlich. Sie hatte ihn ermutigt, ihn herausgefordert und gewagte Reden geführt, sie hatte ihn ihre Brüste begrapschen lassen wie eine erfahrene Kurtisane, sie hatte die Gangart bestimmt, bis es ihm gelungen war, sie zu überrumpeln.

Er beobachtete, wie sie auf ihrer Stute die Auffahrt hinabgaloppierte, und er blickte ihr nach, bis sie nicht mehr zu sehen war. Dann stand er auf und streckte seine Glieder. Er mußte entscheiden, was er als nächstes tun würde. Ein Jammer, daß er noch nicht herausgefunden hatte, was mit diesem Spiel bezweckt worden war, aber er zweifelte keine Sekunde daran, daß ihm auch das bald gelingen würde.

Onkel Theo wartete in seinem Arbeitszimmer auf sie. Er war blaß, seine Hände zitterten leicht, und er bemühte sich nicht einmal mehr, die Maske des freundlichen, fürsorglichen Beschützers zur Schau zu tragen. Sie hatte Angst und blieb vorsichtshalber dicht an der Tür stehen, während er langsam aufstand.

»Wo zum Teufel bist du gewesen?«

Auf diese Frage war sie gut vorbereitet, und sie betete leise herunter: »Ich bin in der Hütte aufgewacht, nackt im Bett, ganz allein. Ich mußte wissen, was passiert war, deshalb bin ich nach Kimberly Hall geritten. Ryder sagte, er hätte mich genommen, da er ja schließlich mein Liebhaber sei, und er könne meine Aufregung nicht verstehen. Ich beschuldigte ihn, mich betäubt zu haben, und ich war nahe daran, ihm zu gestehen, daß ich noch Jungfrau gewesen bin, aber ich wußte, daß er mir sowieso nicht glauben würde.«

»Er hat uns beide betäubt, dieser verführerische Dreckskerl!«

Trotz allem, was Ryder ihr angetan hatte, verspürte Sophie plötzlich eine wilde Freude, weil sie wußte, daß nun endlich alles vorbei war.

»Verdammt! Woher hat er es gewußt? Keiner von den anderen hat jemals etwas gemerkt.«

»Ich weiß es auch nicht.« Aber er sah, daß sie log, und da sie wußte, daß keine Hoffnung bestand, erklärte sie ruhig: »Also gut, er hat gesagt, er hätte gemerkt, daß die Brüste der Frau in jener Nacht nicht die meinen gewesen seien. Er hatte meine Brüste zuvor zweimal gestreichelt, gesehen, gefühlt. Dadurch ist er uns auf die Schliche gekommen. Er sagt, daß alle Frauen sich voneinander unterscheiden.«

»Das ist doch absurd! Er will gewußt haben, daß Dahlias Brüste nicht die deinen sind?« Er brüllte und verhaspelte sich manchmal vor Wut. »Lächerlich! Verdammt, du lügst, Sophie!«

Theo Burgess wirbelte auf dem Absatz herum und starrte seine Nichte an. »Bei Gott«, sagte er, plötzlich gefährlich ruhig, »du hast es ihm erzählt, nicht wahr? Du bist zu ihm gegangen und hast ihm alles erzählt, weil du auf seinen Charme und seinen attraktiven Körper hereingefallen bist.«

»Nein! Ich verabscheue alle Männer, und er ist wie die anderen!«

»Du haßt mich, und deshalb hast du ihn benutzt, um dich an mir zu rächen. Aber deine Rechnung geht nicht auf. Ich werde mir etwas ausdenken, und du wirst tun, was ich dir sage. O nein, Sophie, es ist nicht vorbei. Es wird erst vorbei sein, wenn ich es will.«

»Es ist vorbei. Er weiß Bescheid. Nicht über alles, aber er weiß genug. Er wird etwas unternehmen, und du kannst ihn nicht daran hindern.«

»Er weiß Bescheid, weil du ihn aufgeklärt hast. Lüg mich nicht weiter an, du verdammtes kleines Luder!«

Sie sah, daß seine Augen sich verdunkelten, und wußte genau, was jetzt kommen würde. Im nächsten Moment schlug er so hart zu, daß sie gegen den Türrahmen prallte. Sie hielt sich am Knauf fest, um nicht hinzufallen, und wünschte gleich darauf, sie hätte das nicht getan, denn er schlug wieder zu. Wilder Zorn stieg plötzlich in ihr auf und erfüllte sie mit einer Kraft, von der sie bisher selbst nichts geahnt hatte. In ihrer Rage spürte sie den Schmerz nicht mehr. Sie schlüpfte an ihm vorbei, packte eine Tischlampe und schleuderte sie nach ihm. Sie traf ihn am Arm,

Er brüllte jetzt, verwünschte sie, und sie wußte, daß er sie wahrscheinlich totschlagen würde, wenn er wieder an sie herankam.

Am Verandafenster tauchte das Gesicht eines Sklaven auf, verschwand aber sofort wieder. Sie rannte hinter den großen Schreibtisch, griff nach Büchern und bewarf ihn damit, aber er kam trotzdem immer näher, mit geballten Fäusten, an denen die Knöchel weiß hervortraten, und mit wutverzerrtem, brutalem Gesicht.

Ihr Blick fiel auf den Brieföffner. Sie überlegte nicht, darüber war sie hinaus. Sie packte die Waffe und stürzte damit auf ihren Onkel zu.

»Du wirst mich nicht mehr schlagen! Nie wieder! Ich hasse dich!« Sie stieß so fest zu, wie sie nur konnte, und spürte, daß die Klinge erschreckend mühelos in seine Schulter eindrang.

Vor Tränen war sie fast blind, der Perlmuttgriff verschwamm vor ihren Augen, aber sie sah, daß sein Blick völlig fassungslos von ihr zu dem Brieföffner schweifte.

»Du hast mich angegriffen«, murmelte er langsam, und dann starrte er sie an und brüllte: »Du verdammtes Luder, dir werd' ich's jetzt geben! Und um dich habe ich mich gekümmert, um dich und um den erbärmlichen kleinen Krüppel! Das ist also der Dank für alles, was ich getan habe.«

Er packte sie am Arm und verrenkte ihn, bis sie glaubte, daß er jeden Moment brechen würde, und dann schleuderte er sie gegen die Wand. Sie war in einer Ecke gefangen, und er stürzte sich auf sie und schlug zu, immer und immer wieder… ins Gesicht und in die Rippen, immer und immer wieder.

Bis sie bewußtlos auf die Seite fiel.

Als sie zu sich kam, lag sie noch immer auf dem Boden. Der Schmerz machte es ihr unmöglich, auch nur einen klaren Gedanken zu fassen. Ihr Körper zitterte und krümmte sich, und sie konnte ein Stöhnen einfach nicht unterdrücken. Immerhin hatte er sie aber nicht umgebracht. Und auch ihr Arm war nicht gebrochen. Zum Schlimmsten war es nicht gekommen.

Einige Minuten lag sie völlig reglos da und atmete kaum. Sie hatte gelernt, mit Schmerzen zu leben, aber diesmal war es schlimmer als sonst. Er hatte alle Hemmungen verloren, und er hatte sie hier in seinem Arbeitszimmer geschlagen, in einem Raum, den die Sklaven jederzeit betreten konnten. Bisher war er immer vorsichtig gewesen und hatte gewartet, bis sie im Bett lag, denn in ihrem Zimmer konnte sie nicht gesehen werden.

Hatte er sie so mißhandelt, weil er nun nicht mehr die Absicht hatte, nach außen hin den gütigen Onkel zu spielen? Hatte er endlich begriffen, daß das Spiel aus war? Auch wenn sie nicht mit dem Brieföffner zugestochen hätte, wäre sie von ihm sehr hart geschlagen worden.

Vielleicht war er tot. Dann wäre sie eine Mörderin.

Sophie versuchte sich aufzurichten, und es gelang ihr trotz der rasenden Schmerzen. Sie konnte nicht hierbleiben. Wenn ein Sklave hereinkam und sie in diesem Zustand sah, würde die Wahrheit sogleich ans Licht kommen, und dann würde auch Jeremy davon erfahren. Das durfte nicht geschehen, denn er würde versuchen, sie zu beschützen. Er würde Onkel Theo angreifen. Sie sah Jeremy und sich selbst mit ihren wenigen Habseligkeiten schon im Straßenschmutz von Montego Bay sitzen. O nein, nicht Jeremy, nicht ihr geliebter kleiner Bruder, für den sie seit nunmehr vier Jahren verantwortlich war. Und das würde auch bis zu ihrem Tod so bleiben.

Nein, wahrscheinlich irrte sie sich. Onkel Theo würde nicht sofort etwas unternehmen. Immerhin hatte sie ihn verwundet, und er würde vorerst zu schwach sein, um etwas zu unternehmen. Außerdem hatte er ja geschworen, daß es noch nicht vorbei sei. Er hatte sie geschlagen, weil er so wütend auf Ryder Sherbrooke gewesen war. O nein, er würde versuchen, die Fiktion aufrechtzuerhalten.

Sie holte tief Luft und zog sich an der Schreibtischkante hoch. Ihr war schwindelig und übel, aber beides ließ sich aushalten. Sie mußte von hier verschwinden, bis der Schmerz so weit abebbte, daß sie nicht bei jeder Bewegung aufschrie oder stöhnte. Und später würde sie eine besonders dicke Schicht Make-up benötigen, um die Spuren der Mißhandlung zu verbergen.

Sie kam an einem Spiegel vorbei, warf aber lieber keinen Blick hinein. Durch die Seitentür des Arbeitszimmers gelangte sie ins Freie. Die Hände auf die Rippen gepreßt, zusammengekrümmt wie eine gebrechliche Greisin, legte sie keuchend die knapp anderthalb Kilometer bis zur Hütte zurück.

Es war einfach zuviel. Diesmal mußte sie etwas unternehmen. Die Sache mußte ein Ende nehmen. Entweder sie unternahm selbst etwas, oder Ryder Sherbrooke würde handeln. Aber im Moment war sie völlig außerstande, irgend etwas zu tun. Die Schmerzen waren so grausam, daß sie sich fragte, ob sie sterben würde. Sie dachte an Ryder. Er war wütend und sann auf Rache. Was er ihr angetan hatte, war erst der Anfang, und das gab ihr Hoffnung.

Als sie die Hütte endlich erreichte, begann sie zu weinen, und sie versuchte nicht einmal, sich zu beherrschen.

Die Tränen brannten auf ihren geschwollenen Wangen.

Sie schwankte in die Hütte, legte mühsam die kurze Strecke bis zum Bett zurück, legte sich hin und überließ sich den unerbittlichen Wellen des Schmerzes.

Ryder wollte weitere Antworten. Auf irgendwelche Spiele würde er sich nicht mehr einlassen. Er ritt nach Camille Hall. Sophie war nicht da. Der Haussklave wußte nicht, wo sie sein könnte. Die Sklaven, die er sah, benahmen sich merkwürdig, wollten aber nicht mit der Sprache herausrücken. Auch Onkel Theo war nicht da, und das war Ryder ganz recht, denn noch war die Zeit für eine Auseinandersetzung mit dem Mann nicht gekommen.

Am Ende der langen Auffahrt überlegte er kurz, wohin Sophie geritten sein könnte, nachdem sie Kimberly Hall verlassen hatte. Dann lenkte er sein Pferd zur Hütte. Entweder sie war dort, oder aber an ihrem Lieblingsstrand.

Zuerst glaubte er, sich geirrt zu haben, denn ihre Stute war nirgends zu sehen. Dann betrat er die Hütte. Sie lag auf dem Bett, voll angekleidet, die Beine angezogen, und schien fest zu schlafen.

Ryder ging leise auf das Bett zu, blickte auf sie herab, griff nach ihrem Arm und zog sie vorsichtig auf den Rücken. Dann schnappte er ungläubig nach Luft und vergaß schlagartig alle weiteren Rachepläne. Fassungslos starrte er ihr Gesicht an. Um Gottes willen, was war ihr zugestoßen? Aber er wußte es genau: Onkel Theo hatte sie geschlagen.

Keine Schminke der Welt würde diese Schwellungen abdecken können. Er stellte fest, daß er vor rasendem Zorn die Fäuste geballt hatte. Sie stöhnte und griff sich an die Brust.

So sanft er nur konnte, entkleidete er sie. Sie schien nicht einfach zu schlafen, sondern fast bewußtlos zu sein. Er zog ihr das Kleid, Schuhe und Strümpfe aus, und das Unterhemd schnitt er, wie schon einmal, einfach mit dem Messer auf. Der Anblick, der sich ihm daraufhin bot, ließ ihn die Luft anhalten. Von den Brüsten bis zum Bauch war sie grün und blau. Onkel Theo mußte sehr oft zugeschlagen haben, völlig gnadenlos. Plötzlich fiel Ryder ein, daß es möglicherweise auch in der vergangenen Nacht, als er sie ausgezogen hatte, Spuren von blauen Flecken auf ihren Rippen gegeben hatte. Aber er war sich nicht ganz sicher, denn das Licht war schwach gewesen. Jetzt könnte jedoch sogar ein Blinder sehen, daß sie schwer mißhandelt worden war.

Allmächtiger, dieser Mann war ein Rohling sondergleichen! Behutsam berührte Ryder mit den Fingerspitzen die schlimmste Verletzung, dicht unter der linken Brust. Sie stöhnte leise und warf einen Arm hoch, ließ ihn aber sofort wieder fallen. Wie ein verwundetes Tier hatte sie sich hier in der Hütte verkrochen, ging ihm durch den Kopf.

Er richtete sich auf und überlegte. Was er jetzt am dringendsten brauchte, war Laudanum. Erklärungen konnten bis später warten. Wenn sie aufwachte, würde sie unerträgliche Schmerzen haben. Er würde sie wohl allein lassen müssen, um die Medizin zu holen. Oder aber er nahm sie einfach mit nach Kimberly Hall.

Sie begann zu weinen, und dieses leise, bittere Schluchzen rührte ihn zutiefst. Tränen kamen unter ihren Wimpern hervor. Sie war bewußtlos, und doch weinte sie vor Schmerzen. Oder weinte sie auch aus vielen anderen Gründen? Weinte sie über all die Täuschungsmanöver der letzten Monate?

Ryder zögerte nicht mehr. Er hüllte sie behutsam in eine Decke und trug sie aus der Hütte. Mit ihr auf den Armen sein Pferd zu besteigen, war nicht leicht; schließlich gelang es ihm aber doch. Er hoffte von ganzem Herzen, daß sie nicht zu sich kommen würde, bevor er Kimberly erreicht hatte.

Emile stand auf der Freitreppe und wollte gerade Handschuhe anziehen, als Ryder angeritten kam. »Verdammt, was ist passiert?« rief er mit großen Augen.

»Komm mit, dann werde ich dir alles, was ich weiß, erklären. Aber hol zuerst Laudanum, Wasser, Verbandszeug, Creme und was sonst da ist. Wenn ich mich nicht sehr irre, hat ihr lieber Onkel Theo sie brutal zusammengeschlagen.«

»O Gott!« Emile eilte ins Haus.

Ryder trug Sophie in sein Schlafzimmer. Nachdem er das Moskitonetz zur Seite geschoben hatte, legte er sie vorsichtig auf den Rücken und deckte sie zu. Er wollte nicht, daß Emile sie nackt sah.

»Mein Vater möchte wissen, was los ist«, sagte Emile, als er die gewünschten Sachen brachte. »Ich habe ihn erst einmal abgewimmelt, aber du solltest ihm später erzählen, was du für angebracht hältst.«

»Danke, Emile. Ich werde mich um Sophie kümmern.«

Emile zögerte zu gehen. »Soll ich dir Mary oder Coco schicken, damit sie dir helfen?«

Ryder schüttelte den Kopf. »Nein, ich mache das lieber allein. So etwas Wundervolles wie richtiges Eis wird es hier wohl nicht geben?«

»Doch, selbstverständlich. Ah, ich verstehe, du willst es für ihr Gesicht, damit die Schwellungen zurückgehen. Ich hole gleich welches.«

Emile schloß leise die Tür hinter sich, und Ryder machte sich an die Arbeit. Als erstes vergewisserte er sich, daß keine Rippe gebrochen war, und dann verband er sie mit den Baumwollstreifen, die Emile gebracht hatte. Als er fertig war, hatte sie das Bewußtsein noch immer nicht zurückerlangt.

Sobald sie zu sich kam, würde er ihr ein Glas Wasser mit Laudanum einflößen. Während er wartete, betrachtete er ihr Gesicht, und dann strich er mit den Fingerspitzen sanft über ihre Stirn, ihre Nase und ihr Kinn. Er schob einen Finger zwischen ihre Lippen und drückte gegen ihre Zähne. Gott sei Dank waren sie unversehrt.

Sophie wollte nicht aufwachen. Sie wußte, daß es unangenehm sein würde aufzuwachen, und tatsächlich brach der Schmerz mit solcher Wucht über sie herein, daß sie nach Luft rang.

Seine Stimme drang wie aus weiter Ferne an ihre Ohren. Er sagte immer und immer wieder, daß nun alles gut würde, daß er dafür sorgen würde, daß Onkel Theo ihr nie wieder etwas zuleide täte.

»Vertrau mir«, wiederholte er immer wieder.

Sie öffnete die Augen und starrte Ryder Sherbrooke an. »Dir vertrauen?« flüsterte sie, und sogar, diese zwei einfachen Wörter ließen sie vor Schmerz erschaudern.

»Ja, bitte, Sophie. Vertrau mir. Ich sorge dafür, daß alles in Ordnung kommt. Hier, trink das.«

Ryder sah neben dem Schmerz auch das Mißtrauen in ihren Augen, und er konnte ihr daraus keinen Vorwurf machen, aber er durfte darauf im Moment keine Rücksicht nehmen. Vorsichtig hob er ihren Kopf an und zwang sie, das mit Laudanum versetzte Wasser zu trinken, bevor er sie wieder auf das Kissen bettete.

»Nein, versuch jetzt nicht zu sprechen. Wir werden uns später darüber unterhalten, was geschehen ist. Hör mir im Augenblick nur zu. Es scheint nichts gebrochen zu sein. Ich habe deine Rippen verbunden. Und dein Gesicht werde ich mit Eis kühlen, einverstanden? Hoffen wir, daß die Schwellung davon zurückgeht.«

Ihre Augen waren geschlossen, als es leise an der Tür klopfte. Emile brachte einen Eimer mit Eisstücken und Tücher.

»Danke«, sagte Ryder. »Ruf mich, falls Theo Burgess hier auftauchen sollte.«

Als er wieder mit ihr allein war, wickelte Ryder das Eis in Tücher und legte sie auf ihre Augen und auf das ganze Gesicht. Sie zuckte zusammen, aber er beruhigte sie. »Halt still,

Sophie. Die Kälte wird den Schmerz ein wenig betäuben, und ebenso das Laudanum, das ich dir zu trinken gegeben habe. Bitte mach dir keine Sorgen.«

Sie versuchte, etwas zu sagen. »Jeremy«, flüsterte sie, aber sie wußte, daß er die gehauchten Silben nicht verstehen konnte. Sie spürte die Wirkung des Laudanums und nahm alle Kraft zusammen. »Jeremy.«

Ryder hatte sein Ohr dicht an ihren Mund gehalten. Als er den Namen ihres Bruders hörte, überlief ihn ein Frösteln. Was würde Onkel Theo dem Jungen antun, wenn er Sophie so zugerichtet hatte?

»Onkel Theo«, brachte sie kaum verständlich hervor. »Ich habe ihn ... verwundet ... mit einem Brieföffner ... wird nicht herkommen ... jedenfalls nicht heute ...«

»Du hast – was?«

»Ich ...«

Ihr Kopf sank zur Seite.

Ryder fand Emile in der Eingangshalle im Erdgeschoß, wo der junge Mann nervös auf und ab lief. »Sag Coco, daß sie bei Sophie bleiben soll. Sie ist von dem Laudanum eingeschlafen. Und James soll niemanden von Camille Hall einlassen. Niemanden. Und was deinen Vater betrifft, so sag ihm, was du für richtig hältst.«

Emile nickte und verschwand, und nun lief Ryder in der Halle hin und her, bis Emile zurückkam und fragte: »Und was jetzt?«

»Jetzt, mein Freund, werden wir uns in die Höhle des Löwen begeben. Hoffentlich ist der gottverdammte Löwe nicht tot. Unterwegs werde ich dir alles erzählen.«

Sophie knirschte mit den Zähnen. Der Schmerz durchflutete sie in mächtigen Wellen, und immer, wenn sie glaubte, ihn nicht mehr ertragen zu können, ebbte er ein klein wenig ab, aber sie wußte, daß er gleich zurückkehren würde, immer und immer wieder, und sie war ihm wehrlos ausgesetzt. Sie war allein, und sie saß in der Falle des Schmerzes. Sie hatte versagt, und dafür mußte sie nun mit diesen Qualen büßen, geschweige denn, daß sie jetzt noch jemandem helfen könnte.

»Bitte, Sophie, weine nicht, bitte. Hier, trink ein bißchen Wasser. Ryder hat gesagt, daß du wahrscheinlich Durst haben würdest.«

Sie schlürfte das Wasser und erstickte fast daran. Dann erst kam ihr zu Bewußtsein, daß es Jeremy war, der mit ihr gesprochen hatte, Jeremy, ihr kleiner Bruder. Sie hob eine Hand und schob das Tuch über ihren Augen beiseite. Offenbar war die Schwellung etwas zurückgegangen, denn sie konnte die Augen ohne allzu große Mühe öffnen. Sie sah, daß Jeremy neben ihr stand, und sie sah die Angst und Sorge in seinem geliebten Gesicht.

»Mir fehlt nichts, Jeremy«, flüsterte sie. »Wahrscheinlich sehe ich viel schlimmer aus, als es mir in Wirklichkeit geht.«

»Pssst«, sagte Jeremy. »Ryder hat gesagt, daß du bestimmt versuchen würdest, mit mir zu sprechen, und er hat gesagt, daß ich dir befehlen müsse, still zu sein. Aber er meinte, daß ich dir erzählen könne, was passiert ist. In Ordnung?«

»Ja.«

»Du mußt aber ganz still liegen. Ryder hat gesagt, daß nichts gebrochen ist, aber du hast schlimme Prellungen. Er hat gesagt, daß du ganz ruhig liegenbleiben mußt.«

»Ja.«

»Onkel Theo hat sich plötzlich verändert«, berichtete Jeremy langsam, mit gerunzelter Stirn, und ihr war klar, daß er das nicht begreifen konnte, aber sie sagte nichts. »Er hat mich mit Thomas ins Haus kommen sehen, und plötzlich hat er losgebrüllt. Er hielt sich die Schulter, und da war Blut zwischen seinen Fingern. Er hat mich angeschrien, er sei fertig mit uns beiden.«

»Hat er dich geschlagen?«

»Nein, er hat Thomas befohlen, mich in meinem Schlafzimmer einzuschließen. Er hat gesagt, er würde sich später um mich kümmern. Er hat mich nicht verletzt, so wie dich. Aber er war sehr wütend, und er hat geschrien, du wärest eine Lügnerin und eine Nutte und ein Flittchen, und er hat noch andere Wörter benutzt, die ich nicht verstanden habe. Er hat gesagt, ich wäre nichts weiter als ein verkrüppelter Bastard, und er würde schon dafür sorgen, daß ich niemals Camille Hall erbe und niemals unser Haus in Fowey bekomme. Und er hat gesagt, er würde dich in die Hölle schicken, wo du hingehörtest.«

O Gott, dachte Sophie und wünschte sich sehnlichst, daß sie sich aufrichten und Jeremy in die Arme schließen könnte. Er hörte sich so ruhig an, so gleichmütig, und das ängstigte sie noch mehr, als wenn er geweint hätte.

»Ich wollte gerade an dem Spalier von meinem Balkon runterklettern, als die Tür plötzlich aufflog und Ryder hereinstürzte. Er sagte, du seist hier in Kimberly Hall, und er würde mich zu dir bringen. Er sagte, alles würde wieder in Ordnung kommen!«

»Und Onkel Theo?«

»Er war nicht da. Ich glaube, er ist mit Thomas weggegangen, wegen seiner Schulter. Hast du ihn verletzt, Sophie?«

»Ja, ich habe mit einem Brieföffner zugestochen.«

Er schien das für ganz natürlich zu halten. »Ich hatte Angst«, gestand er nach kurzem Schweigen. »Ich hatte Angst, Sophie, daß er Thomas zu mir schicken würde, und daß Thomas mich auspeitschen würde wie die Sklaven. Und ich wußte nicht, wo du bist, was er dir angetan hat.«

Vor grenzenloser Erleichterung vergaß sie einen Moment lang sogar ihre Schmerzen. Sie hörte nicht, daß die Tür geöffnet wurde, aber Jeremy drehte sich plötzlich um, und sein Gesicht hellte sich auf.

»Ist sie aufgewacht?«

»Ja, Sir. Ich habe ihr gesagt, daß sie still sein und nur mich reden lassen müsse, wie Sie es mir aufgetragen haben. Sie hat ihre Sache wirklich gut gemacht, Sir. Sie hat versucht, ihn zu erstechen.«

»Ja, ich weiß. Nun, mein Junge, hättest du vielleicht Appetit auf Ananastorte? Die Köchin sagt, daß jeder junge Mann, den sie auf der Insel kennt, ihre Ananastorte liebt.«

Jeremy warf einen Blick auf seine Schwester.

»Mach dir keine Sorgen«, sagte Ryder. »Ich bleibe bei ihr. Weg mit dir, Jeremy.«

Er schwieg, bis sich die Tür hinter dem Jungen geschlossen hatte.

»Komm, trink noch etwas Laudanum.«

»Bitte nicht. Ich kann dann nicht richtig denken.«

»Das brauchst du auch nicht. Benommenheit ist allemal besser als der Schmerz. Jeremy ist in Sicherheit, und ich schwöre dir, daß ich ihn beschützen werde. Es gibt keinen Grund für dich, die Märtyrerin zu spielen. Hier, trink das, Sophie.«

Sie gehorchte, und wenige Minuten später fielen ihr die Augen zu, und sie atmete tief.

Er legte frische Eisbeutel auf ihr Gesicht und machte es sich sodann mit weit von sich gestreckten Beinen auf einem Stuhl bequem. Ohne sie aus den Augen zu lassen, kratzte er sich am Kinn. Was zum Teufel sollte er jetzt machen?

Er dachte sehnsüchtig an Zuhause, an seine Brüder und an seine Schwester Sinjun. Er dachte an die Frau seines Bruders, Alexandra, und fragte sich, wie sie inzwischen wohl mit dem Grafen, einem sehr eigensinnigen Mann, auskommen mochte.

Wenn Samuel Grayson nicht all dieses wirre Zeug über seltsame Ereignisse in Kimberly Hall geschrieben hätte, wäre er, Ryder, jetzt gemütlich in England, würde sich an seinen Kindern und an seinen Geliebten erfreuen und mit windzerzausten Haaren über die Klippen reiten, ohne irgendwelche Sorgen zu kennen.

Jetzt hingegen mußte er sich um zwei Menschen große Sorgen machen. Ihm kam zu Bewußtsein, daß sein Leben bisher ganz nach seinen eigenen Wünschen verlaufen war. Er hatte immer gemacht, was er wollte, weil die Vorsehung ihn als zweitältesten Sohn davor bewahrt hatte, Earl of Northcliff zu werden. Außerdem war ihm das Glück beschieden gewesen, von seinem Onkel Brandon ein riesiges Vermögen zu erben. Mit einem Anflug von Selbstverachtung erkannte er, daß er mit seinem Leben herumgespielt und sich stets genommen hatte, was er begehrte, ohne sich ernsthaft Gedanken über die Konsequenzen zu machen. Die meisten Menschen mochten ihn. Er war charmant und fröhlich, und er verhielt sich stets ehrenhaft. Nun sah er sich plötzlich in einem anderen Licht. Wenn er ein Ehrenmann war, so hauptsächlich deshalb, weil es für ihn nie einen Grund gegeben hatte, es nicht zu sein. Seine Ehrenhaftigkeit, seine Integrität war nie wirklich auf die Probe gestellt worden. Vielleicht könnte man ihn wegen der Kinder loben, aber das war etwas ganz anderes, etwas, das er einfach tun *mußte*. Aber auch das bereitete ihm Freude und stellte für ihn keinerlei Belastung dar.

Nun aber hatte er plötzlich jede Kontrolle über die Geschehnisse verloren. Er wollte nicht in diese verdammte Geschichte hineingezogen werden, aber jetzt steckte er bereits mittendrin. Er betrachtete das mißhandelte Mädchen auf seinem Bett, das es geschafft hatte, diesen Schweinehund zu verwunden. An Mut fehlte es Sophie zweifellos nicht. Er konnte sie jetzt nicht einfach ihrem Schicksal überlassen, weder sie noch ihren Bruder, auch wenn er insgeheim noch so sehr fluchen mochte.

7

Sonnenlicht fiel ins Schlafzimmer und wärmte Sophies Gesicht. Sie schlug die Augen auf und befragte ihren Körper. Die Schmerzen hatten seit gestern nachgelassen. Seit zwei Tagen lag sie nun schon hier und fragte sich, was wohl als nächstes geschehen würde. Sie haßte ihre Hilflosigkeit. Sie mußte aufstehen, sie mußte etwas tun, wenn sie auch noch nicht wußte, was; der erste Schritt bestand jedenfalls darin, ihre Füße auf den Boden zu bekommen. Sie schaffte es, sich aufzusetzen, stöhnte und fiel keuchend wieder zurück, weil der Schmerz in den Rippen unerträglich war. Sie schloß die Augen und zählte langsam bis zehn. Wenigstens konnte sie schmerzfrei die Augen schließen und sogar blinzeln. Das Eis, das Ryder immer wieder aufgelegt hatte, hatte die Schwellungen merklich zurückgehen lassen. Ah, aber ihre Rippen! Sie schmeckte Blut und wußte, daß sie sich in die Unterlippe gebissen hatte. Aber das spielte keine Rolle. Endlich ließ der Schmerz ein wenig nach, aber sie hatte Angst, sich zu bewegen. Als sie endlich die Augen wieder öffnete, stand Ryder neben dem Bett und blickte auf sie herab.

»Gut, daß du wach bist. Ich habe dein Frühstück mitgebracht. Jeremy wird dich besuchen, sobald ich sicher bin, daß deine Verfassung ihm keinen allzu großen Schrecken mehr einjagt. Jenes erste Mal mußte ich ihn zu dir lassen, weil er nicht glauben wollte, daß du noch am Leben bist. Aber dein Anblick war ein Schock für ihn, obwohl er sich tapfer gehalten hat. Ich bin stolz auf ihn, und du solltest es auch sein.« Er lächelte ihr zu, sprach aber betont nüchtern mit ihr, weil er wußte, daß sie überströmendes Mitleid jetzt am allerwenigsten gebrauchen konnte.

»Ich habe getan, was ich für das Beste hielt – für ihn und auch für dich. Nein, beweg dich nicht. Ich werde dich anheben. Versuch nicht, etwas allein zu machen.«

Als sie gegen die Kissen gelehnt dasaß, stellte er das Tablett auf ihre Beine. »Vielleicht mußt du ein Bedürfnis verrichten, bevor du frühstückst?«

»Nein«, murmelte Sophie, den Blick auf die Gabel neben ihrem Teller gerichtet.

»Das braucht dir doch nicht peinlich zu sein. So etwas paßt wirklich nicht zu dir. Bestimmt kannst du mit jeder Unverschämtheit aus dem Munde eines Mannes fertig werden. Nun komm schon, nach der langen Nacht mußt du ...«

»Also gut, ja! Würdest du bitte das Tablett wegnehmen und mich in Ruhe lassen!«

Er grinste, erfreut über ihren Ärger, der etwas Farbe in ihr Gesicht zauberte. Dann rief er: »Coco, komm herein und hilf Miss Stanton-Greville.«

An Sophie gewandt, fügte er hinzu: »Ich nehme an, daß es dir lieber ist, wenn ich mich entferne?«

»Das ist doch wohl das mindeste, was man erwarten kann.«

»Ah, es gefällt mir, daß du deine messerscharfe Zunge an meinem armen Männerkopf wetzen kannst.«

Sie erbleichte, und das brachte ihn in Wut. Er beugte sich zu ihr hinab. »Verdammt, Sophie, denk nicht an deinen Onkel! Herrgott, wäre ich dort gewesen, hätte ich ihm nicht nur einen Brieföffner in die Schulter gebohrt, sondern ihm den räudigen Hals umgedreht.«

»Du verstehst nicht ...«

»Ich verstehe sehr viel mehr, als du glaubst.«

Sie hatte Angst, ihn zu fragen, was er damit meinte. »Danke, daß du Jeremy vor ihm beschützt.«

Er nickte nur und verließ das Schlafzimmer.

Als er zurückkam, aß Sophie ihr Frühstück. Nein, bei näherem Hinschauen stellte er fest, daß sie die weichen gebackenen Yamswurzeln nur auf dem Teller herumschob. Ihr Gesicht sah nicht mehr ganz so schrecklich wie vor zwei Tagen aus. Er mußte ihre Rippen untersuchen, aber das hatte noch ein wenig Zeit.

»Iß. Ich rühre mich nicht von der Stelle, bevor du alles aufgegessen hast. Tut das Kauen und Schlucken noch weh? Ich habe es vermutet, und deshalb gibt es wieder dieses weiche Zeug. Aber ich habe der Köchin gesagt, daß sie es mit braunem Zucker bestreuen soll.«

»Danke. Es schmeckt ganz gut, wirklich. Ich habe nur keinen Hunger.«

»Du machst dir Sorgen, obwohl ich dir gesagt habe, daß es keinen Grund mehr dafür gibt. Iß!«

»Warum bist du so zu mir?«

Er starrte die geöffneten Holztüren an, die auf den Balkon führten. »Wie?«

Sie machte eine Geste mit der Gabel, zuckte vor Schmerz zusammen und aß schweigend weiter.

»Nun, in deiner gegenwärtigen Verfassung ist es völlig ausgeschlossen, mit dir zu schlafen. Nein, bitte wirf nicht mit den Yamswurzeln nach mir, das würde dir nur weh tun. Ich werde dir etwas sagen; sogar die blauen Flecke in ihrer ganzen Farbenpracht sind mir lieber als die Schminke.«

»Mein Onkel hat verlangt, daß ich mich schminke. Er sagte, dann würde ich erwachsener und erfahrener aussehen.«

»Ja, und ich kann mir vorstellen, daß du damit außerdem Schwellungen abdecken konntest.«

»Bald wird es mir gut genug gehen, um reisen zu können.«

»Oh? Wohin willst du denn reisen? Ein junges Mädchen mit einem kleinen Jungen und ohne Geld?«

Er bedauerte seinen Sarkasmus sofort, obwohl sie ihn verdient hatte, und fuhr deshalb rasch fort: »Sobald du wieder gesund bist, werde ich entscheiden, was zu tun ist. Du sollst dir über nichts den Kopf zerbrechen. Wie schon gesagt – Jeremy geht es ausgezeichnet, und wir passen gut auf ihn auf. Es ist immer jemand bei ihm – entweder ich oder Emile oder Samuel. Einverstanden?«

»Warum bist du plötzlich so nett zu mir?«

»Ist das ein Schock für dich? Ich nehme an, du bist nette Männer wirklich nicht gewöhnt.«

»Nein.«

»Iß dein Frühstück auf, und dann werden wir uns unterhalten. Es ist höchste Zeit, findest du nicht auch? Ich kann nicht weiterhin gegen Schatten kämpfen. Ich muß die Wahrheit wissen.«

»Du bist so schlau, daß ich dachte, du hättest schon alles erraten. Hast du mir nicht gerade erklärt, du verstündest mehr, als ich glaube?«

Nein, dachte Ryder, er würde sich ihre Rippen jetzt noch nicht ansehen.

»Mir gefällt deine befehlshaberische Art nicht, Ryder. Es tut mir leid, du bist wirklich nett zu Jeremy und mir, aber sobald es mir wieder gutgeht, werde ich mich selbst um uns beide kümmern. Du bist nicht für uns verantwortlich, und...«

»Halt den Mund, Sophie. Du bist wirklich eine Nervensäge.«

»Geh zum Teufel!«

Er grinste. »Wer war es noch, der mir erzählt hat, du seist ein regelrechter Satansbraten?«

»Zweifellos irgendein idiotischer Mann. Satansbraten – so ein Blödsinn! Keiner von euch kann den Gedanken ertragen, daß eine Frau selbst Entscheidungen trifft, daß sie für sich selbst verantwortlich ist. Ihr müßt immer herrschen und Befehle erteilen, die euch zugute kommen, das nennt ihr dann: eine Frau beschützen. Merk dir eines, ich werde das nicht zulassen, was auch immer du...«

»Halt den Mund, Sophie. Wenn du schon Gift und Galle spucken willst, können wir deine Wut vielleicht wenigstens umdirigieren. Reden wir über Onkel Theo.«

»Lebt er? Bist du sicher?« – »Ja, ich bin ganz sicher. Du hast nicht gut gezielt.«

»Es ist auch nicht gut, die eigene Nichte zu mißhandeln.«

Sie seufzte, lehnte den Kopf zurück und schloß die Augen. Er betrachtete sie schweigend. Ihr Haar war lose geflochten und hing stumpf über ihre rechte Schulter.

»Möchtest du vielleicht baden? Deine Haare waschen lassen?«

Sie riß die Augen weit auf, und er las darin so viel Hoffnung und freudige Erregung, daß er lachen mußte. »Gut, wenn du dein Frühstück aufißt, kümmere ich mich darum.«

Sie leerte sofort ihren Teller und schlief gleich darauf ein. Ryder stellte das Tablett beiseite und setzte sich auf den Stuhl neben ihrem Bett. Was für ein schrecklicher Schlamassel! Ihm war klar, daß er bis zum Hals mit drinsteckte, aber er wußte noch nicht, was er tun sollte. Er betrachtete Sophie – ja, sie sah jetzt wirklich wie eine Sophie aus, jung und weich und verletzlich. Trotz der häßlichen Hautverfärbungen waren ihre schönen hohen Backenknochen deutlich zu erkennen, und sie hatte eine schmale, gerade Nase, hübsch geschwungene Augenbrauen und dichte Wimpern. Vielleicht hätte er sie unter anderen Umständen zu seiner Geliebten gemacht und ihr gezeigt, daß Männer ganz nützlich sein und eine Frau wirklich glücklich machen können. Aber hier und jetzt waren die Umstände einfach katastrophal. Er betrachtete sie weiterhin und stellte mit einiger Verwunderung fest, daß er sie durchaus reizvoll fand. Ihr Kinn war nicht rund und weich, sondern fest und störrisch wie die ganze Kieferpartie. Er konnte sich lebhaft vorstellen, daß sie schon als kleines Mädchen ein richtiger Satansbraten gewesen war. Ah, aber sie war sehr zuverlässig und treu. Für Jeremy würde sie alles tun. Wirklich alles.

Aber was konnte sie jetzt machen?

Er ließ die große Kupferwanne mit heißem Wasser füllen und beschloß, ihre Rippen zu untersuchen. Langsam zog er das Laken herunter und begann, ihr Nachthemd aufzuknöpfen – ein Männernachthemd von Samuel. Sie riß plötzlich die Augen auf und starrte ihn entgeistert an.

»Was machst du da?«

»Ich will mir deine Rippen anschauen. Die Verbände müssen sowieso abgenommen werden, wenn du baden möchtest.«

»Nein.«

»Sophie, ich kenne deinen Körper sehr gut, genauso wie du den meinen. Ich gebe zu, daß die Umstände jetzt etwas anders sind, aber ich bin der einzige hier im Haus, der dich nackt gesehen hat. Du wirst jetzt stillhalten, damit ich dich untersuchen kann. Wenn du weiterhin so störrisch bist, werde ich dich fesseln.«

»Nein, verdammt!«

»Du darfst dann eben nicht baden.«

»Nein!«

»Wie viele Männer haben außer mir schon deinen Körper gesehen? Bestimmt mehr als die drei, die es bei meiner Ankunft gab. Da kannst du doch nicht mehr allzu schamhaft sein.«

Sie wandte ihr Gesicht ab, und er zog ihr das Nachthemd aus und begann die Verbände zu lösen, ohne ihren Brüsten und ihrem Unterleib die geringste Beachtung zu schenken. Er starrte nur die mißhandelte Rippenpartie an und hätte Onkel Theo mit bloßen Händen erwürgen können.

Mit den Fingerspitzen tastete er behutsam jede Rippe ab. »Sag mir, wie stark die Schmerzen sind«, forderte er sie auf, aber sie schwieg, und nur ihre flachen Atemzüge verrieten sie. Als seine Hand versehentlich ihre linke Brust berührte, erschauderte sie.

»In Ordnung. Es geht dir schon viel besser. So, und jetzt werde ich dir in die Wanne helfen.«

Warum nicht, dachte sie. Es spielte keine Rolle. Er hatte völlig recht. In jener Nacht, als er sie betäubt und genommen hatte, hatte er sich an ihr satt sehen können. Sie wehrte sich deshalb nicht, als er ihr half aufzustehen. Ihre Knie gaben sofort nach, und sie wäre gestürzt, wenn er sie nicht festgehalten hätte.

Sie spürte seinen warmen Atem an ihrer Schläfe und hätte bestimmt versucht, sich von ihm zu lösen, wenn sie nicht so schwach gewesen wäre und nicht solche Schmerzen gehabt hätte.

»Tut es sehr weh?« fragte der verdammte Kerl, der alles zu wissen schien.

»Nein, ich bin nur etwas schwach, das ist alles. Ryder, ich schaff's allein, bestimmt. Würdest du mich jetzt bitte allein lassen?«

»Sei still, Sophie.«

Er setzte sie in die Wanne, und sie seufzte vor Wohlbehaben, und er grinste ihr zu, bevor er ihren Zopf löste und die Kämme entfernte.

Sie schaffte es, sich selbst zu waschen, und er wusch ihre Haare. Es nahm viel Zeit in Anspruch, und sie war weiß im Gesicht und zitterte vor Erschöpfung, als sie endlich fertig waren. Wahrscheinlich auch vor Schmerzen, dachte er, während er sie abtrocknete. Sie mußte zugeben, daß er dabei so sachlich vorging, als wäre sie ein verschwitztes Pferd, und unwillkürlich huschte bei diesem Gedanken ein Lächeln über ihr Gesicht, das ihm nicht entging, während er ihre Haare in ein zweites Handtuch wickelte.

Er trug sie zu einem Schaukelstuhl in der Nähe der offenen Balkontür und setzte sich mit ihr auf dem Schoß. »Wir beide haben uns eine kleine Ruhepause verdient. Du hast soviel Haare, daß ich jetzt hundemüde bin. Lehn deinen Kopf an meine Schulter. Ja, so ist's gut.«

»Ich bedeute dir nichts.«

»Was soll das heißen?«

»Ich bin nackt, und du hast mich gesehen und genommen, und doch machst du dir nichts aus mir. Ich bedeute dir nicht das geringste.«

Er drückte sie etwas fester an sich, lockerte seinen Griff aber sogleich wieder, als sie zusammenzuckte.

»Wäre es dir denn lieber, wenn ich dich begrapschen und deine Brüste lüstern anstarren würde?«

»Nein, das hast du ja schon getan, und es war für dich ein völlig bedeutungsloses Spiel. Es ist nur ...«

»Ja?«

»Ich verstehe dich nicht.«

»Manchmal verstehe ich mich selbst nicht«, gab er zu, während er sie behutsam zu schaukeln begann. Zwei Minuten später schlief sie.

Nein, dachte er, ich verstehe mich selbst nicht, und das macht mich verrückt.

Er trug sie ins Bett und legte sie auf den Rücken. Vorsichtig wickelte er ihre Haare aus dem Handtuch und breitete sie zum Trocknen auf dem Kissen aus. Er beschloß, ihr keinen neuen Verband anzulegen. Unwillkürlich schweifte sein Blick zu ihrem flachen Bauch und den Schamhaaren. Sie war wirklich ganz reizvoll, dachte er, während er sie mit einem Laken zudeckte, und sie kannte Männer nur in einer einzigen Hinsicht. Sie hatten alle nur ihren Körper begehrt, weiter nichts. Nun, sie hatte zweifellos einen sehr hübschen Körper, aber ihn erregte er nicht.

Er hatte auch nicht die Absicht, sich von dieser Frau erregen zu lassen. Die Lage war ohnehin kompliziert genug.

Als er mit Samuel, Emile und Jeremy beim Mittagessen saß, kam James ins Eßzimmer und verkündete: »Mr. Thomas ist hier, Mr. Sherbrooke. Er will Sie sprechen.«

Jeremy ließ vor Schreck seine Gabel fallen und wurde schneeweiß im Gesicht. Ryder nickte James zu. »Führ ihn in den Salon. Ich komme gleich. Jeremy, komm, iß weiter. Diese Garnelen sind wirklich köstlich. Ich habe deine Schwester gebeten, mir zu vertrauen, und das gleiche erwarte ich auch von dir. Wenn nicht bald wieder Farbe in deine Wangen kommt, werde ich dich gefesselt und geknebelt in die Sonne legen. Du irrst dich gewaltig, wenn du glaubst, daß ich Thomas oder jemand anderen in deine Nähe lasse. Verstanden, junger Mann?«

»Ja, Sir«, murmelte Jeremy, aber Ryder sah die Furcht und Unsicherheit in seinen Augen. Innerlich tief bewegt, klopfte er dem Jungen im Vorbeigehen auf die Schulter. »Emile will dir heute nachmittag alles über Rum beibringen.«

»Darüber weiß ich schon eine ganze Menge.«

»Emile wird dir aber Dinge zeigen, die du bestimmt noch nicht gesehen hast, stimmt's, Emile?«

»O ja.«

»Iß jetzt. Du wirst deine Kräfte brauchen.«

Als Ryder das Eßzimmer verließ, hörte er Jeremy fragen: »Peitschen Sie die Sklaven, Sir?«

»Nein«, erwiderte Emile sachlich. »Sie sind unsere Arbeiter, und ohne sie würden wir nicht viel Zucker erzeugen. Wir sind von ihnen abhängig. Wenn ich sie verletzen würde, könnten sie nicht mehr gut arbeiten, und das wäre für uns ein großer Nachteil.«

»Thomas schlägt die Sklaven immer.«

»Thomas ist ein Dummkopf. Ryder wird sich jetzt zweifellos um seine Erziehung kümmern.«

Ryder grinste vor Vorfreude. Er wünschte, er hätte von Sophie schon Näheres erfahren, aber er hatte sie nicht wecken wollen. Nun, zweifellos war Thomas hier, weil Onkel Theo sich noch immer nicht wohl fühlte. Ausgezeichnet! Sophie schien mit dem Brieföffner ordentlich zugestochen zu haben.

Sophie erwachte kurz vor Sonnenuntergang, als der Himmel in den verschiedensten Rosa- und Rottönen erstrahlte. Sie war allein, und sie fühlte sich viel kräftiger.

Es gelang ihr aufzustehen, ein Bedürfnis zu verrichten und das Männernachthemd überzustreifen. Natürlich hatte sie noch Schmerzen, aber sie waren mittlerweile halbwegs erträglich.

Sie ging langsam zum Balkon und hob ihr Gesicht in die stille Abendluft empor. Bald würde es ihr gut genug gehen, um Kimberly Hall verlassen zu können. Bald würden Jeremy und sie diesen gastlichen Ort verlassen müssen. Aber wohin sollten sie dann gehen?

Ryder hatte recht. Sie besaß kein Geld, sie besaß überhaupt nichts, und sie stand in dem Ruf, eine Hure zu sein.

Sie starrte in das rosa und goldfarbene Zwielicht hinaus und lauschte den Turteltauben, Fröschen, Grillen und unzähligen anderen Nachtgeschöpfen, die sie normalerweise gar nicht mehr hörte, weil sie so an sie gewöhnt war.

Ryder verharrte auf der Schwelle, als er sie in dem lächerlich weiten Nachthemd auf dem Balkon stehen sah. Ihr dichtes Haar fiel weich über ihren Rücken, und sie sah wie sechzehn aus. Aber er wußte, daß ihre Augen einen mißtrauischen und zynischen Ausdruck haben würden.

»Geh wieder ins Bett«, sagte er leise, um sie nicht zu erschrecken.

Sie drehte sich langsam um, nun nicht mehr schwach und hilflos, sondern eine erwachsene Frau, die fest entschlossen war, sich von niemandem mehr Befehle erteilen zu lassen. Sie sagte ruhig: »Ich habe dieses Bett satt und möchte noch eine Weile stehenbleiben. Du hast gesagt, daß du mit mir sprechen willst. Also?«

Sie war wieder die alte, und das gefiel ihm außerordentlich. »Wie du willst«, sagte er. »Thomas hat uns einen Besuch abgestattet.«

Hatte er erwartet, daß sie nach Luft schnappen würde? Daß sie wie Espenlaub zittern, sich an seine Brust werfen und ihn anflehen würde, sie zu beschützen? Sie tat nichts dergleichen. Ihr Gesichtsausdruck veränderte sich nicht. Sie wirkte ganz ruhig und gelassen. Ihre Selbstbeherrschung und Tapferkeit verlangten ihm großen Respekt ab. Er ging auf sie zu, blieb dicht vor ihr stehen und berührte mit den Fingerspitzen ihre Nase, ihr Kinn und ihre Brauen. »Die blauen Flecke verblassen allmählich. Morgen wirst du kein totales Schreckgespenst mehr sein.«

Sie bewegte sich nicht. »Dann werde ich erst übermorgen um einen Spiegel bitten.«

»Wie gesagt – Thomas war hier.«

»Ich nehme an, du hast ihm Saures gegeben?«

Er grinste. »Nein, ich habe ihn angefleht, dir zu erlauben, noch ein Weilchen hierzubleiben. Er hat mich fast k.o. geschlagen, aber beschlossen, dich hier zu lassen – vorerst. Er sagte, er würde wiederkommen und …«

Sie zuckte zusammen. Es war eine kaum merkliche Bewegung, aber er hatte Sophie während der letzten Tage so gut kennengelernt, daß er nun auch kleinste Reaktionen registrierte.

»Nun mal ganz im Ernst«, beruhigte er sie. »Es war eine wenig spektakuläre Begegnung. Himmel, der Mann ist ein völlig gewissenloser Schurke. Ich habe ihn im Salon empfangen. Wußtest du, daß James, unser Lakai, eine ausgesprochene Abneigung gegen Thomas hat? Du hättest seine Augen sehen müssen, als er den Namen des Mannes aussprach.«

»Thomas ist ein brutaler Kerl. James hat einen Bruder, der meinem Onkel gehört. Mr. Grayson hat versucht, ihn zu kaufen, aber mein Onkel hat abgelehnt. Ja, Thomas ist ein Schwein.«

»Du hast völlig recht. Und jetzt werde ich dir von unserer ziemlich langweiligen Unterhaltung erzählen.«

Ryder hatte den Salon in allerbester Stimmung betreten und hätte sich am liebsten die Hände gerieben. Er blieb lächelnd stehen und sagte: »Sie heißen Thomas, glaube ich? Es freut mich, Sie ohne Pfeil und Bogen hier in Kimberly Hall begrüßen zu dürfen, auch ohne das hübsche weiße Gewand, das Sie und Ihr Herr so gern tragen. Mir persönlich haben die weißen Kapuzen aus Kissenbezügen besonders gut gefallen. Ah, aber wo bleiben meine Umgangsformen? Möchten Sie einen Kaffee?«

»Ich möchte Mr. Burgess' Nichte und Neffen abholen.« Ryder lächelte den Aufseher freundlich an, einen großen und sehr mageren Mann, bis auf seinen Bauch, der über der Reithose hing. Er hatte sehr kurzes graues Haar und Bartstoppeln am Kinn und sah aus, als hätte er seit Tagen kaum geschlafen und auch keine Zeit gehabt zu baden oder sich umzuziehen. Seine Augen waren eiskalt, und Ryder bezweifelte sehr, daß er jemals für irgend jemanden freundliche Gefühle gehegt hatte.

»Ich hätte mit Ihnen eigentlich noch ein Hühnchen zu rupfen – wegen des Pfeils, den Sie mir in den Arm gejagt haben.«

»Ich weiß beim besten Willen nicht, wovon Sie reden«, erwiderte Thomas. »Mr. Burgess kann es wirklich kaum erwarten, seine Nichte und seinen Neffen wiederzusehen. Er ist sehr besorgt um ihr Wohlergehen, wie Sie bestimmt verstehen werden, Mr. Sherbrooke.«

»Ah, selbstverständlich habe ich dafür vollstes Verständnis. Wer könnte an seinen Gefühlen zweifeln? Aber wie kommt er nur auf die Idee, daß sie hier sein könnten?«

»Es gibt viel Gerede. Es sind Gerüchte im Umlauf, daß Miss Stanton-Greville hier ganz offen als Ihre Geliebte lebt, und daß Sie auch den Jungen aufgenommen haben, sozusagen als Dank für die Gunst der jungen Dame. Das verstört Mr. Burgess sehr. Bringen Sie die beiden jetzt her, und sie werden Sie nicht mehr belästigen.«

»Warum nehmen Sie nicht Platz, Thomas?«

»Verdammt, Sherbrooke, Sie haben kein Recht ...«

»Kein Recht wozu? Einem Mädchen zu helfen, das bewußtlos geschlagen wurde? Einen kleinen Jungen aus einem verschlossenen Zimmer zu holen?«

»Himmelherrgott noch mal, einer ihrer Liebhaber hat sie verprügelt! Und ich habe den Jungen in seinem Zimmer eingeschlossen, um ihn zu beschützen!«

»Ach so, einer von ihren Liebhabern hat sie verprügelt«, wiederholte Ryder langsam. »Ich frage mich nur, welcher.

Oliver Susson? Nun, er ist zweifellos ein Rohling, nicht wahr? Aber ich glaube, Sie müssen sich irren, denn er hatte schon den Laufpaß erhalten, und meinen Informationsquellen zufolge schien ihm das nichts auszumachen. Wen hätten wir denn sonst? Vielleicht Charles Grammond? Ich habe gehört, daß seine Frau eine Xanthippe sein soll. Vielleicht hat sie es getan?«

»Verdammt, Sherbrooke, holen Sie die beiden!«

Ryder lächelte. »Sie werden mir jetzt gut zuhören, Thomas. Ich halte Sie für einen völlig gewissenlosen Bastard, und ich will mit Ihnen nichts mehr zu tun haben. Das gilt allerdings nicht für Ihren Herrn und Meister. Sagen Sie ihm, daß er bald von mir hören wird. Sollten Sie versuchen, mit einigen Ihrer Kumpane nach Kimberly Hall zu kommen und hier Unruhe zu stiften, werde ich Sie umbringen, und zwar ganz langsam. Haben Sie mich verstanden?«

Thomas wußte nicht, was er tun sollte. Er hatte Mr. Burgess erklärt, daß dieser Mann anders sei als die Männer hier in Montego Bay, daß er hart und gerissen sei. »Wie schon gesagt, Sherbrooke«, unternahm er noch einen Versuch, »es war einer von Sophies Liebhabern, der sie verprügelt hat. Ihr Onkel wollte ihm Einhalt gebieten. Wenn sie Ihnen etwas anderes erzählt hat, so deshalb, weil sie sich ihres Rufes schämt. Seien Sie doch vernünftig – wozu wollen Sie sich einen kleinen Krüppel und eine Hure aufhalsen?«

Thomas konnte seine Ansprache nicht fortsetzen, denn Ryder versetzte ihm einen erstklassigen Kinnhaken, holte dann noch einmal weit aus und schmetterte seine rechte Faust in den Bauch des Mannes, der laut aufbrüllte und wie ein Stein zu Boden fiel.

»James! Ah, ich bin froh, daß du hier bist. Du hattest dich wohl nicht allzu weit entfernt, stimmt's? Nun, ich brauche jetzt deine Hilfe. Such dir einen kräftigen zweiten Mann und schafft diesen Dreckskerl nach Camille Hall. Schmeißt ihn dort mit dem Gesicht nach unten in den Dreck.«

»Ja, Herr«, sagte James mit strahlendem Lächeln. »Dieser Mann ein Bastard, ein ganz schlimmer Bastard. Sieht gut aus, wie so flach am Boden liegt. Nein, kein Bastard, er ist Giftschlange.«

»Na, seine Giftzähne werden jetzt bestimmt wackeln«, kommentierte Ryder, während er seine Knöchel vorsichtig massierte und Thomas betrachtete. »Er hat einen dicken Bauch. Das ist nicht gut für einen Mann. Nein, gar nicht gesund.«

Er rieb auch jetzt wieder seine Knöchel, als er seine Erzählung beendete und sich daran erinnerte, wie gut es ihm getan hatte, seine Wut an diesem räudigen Hund etwas abreagieren zu können. Er grinste Sophie an. »Das war schon alles. James und ein zweiter Mann haben ihn weggebracht.«

»Es freut mich, daß du ihn geschlagen hast«, sagte Sophie. »Hoffentlich waren es sehr kräftige Boxhiebe. Ich hatte so oft das Bedürfnis, ihm den Schädel einzuschlagen. Er ist ein schrecklicher Kerl. Und du hast es offenbar genossen.«

»Vielleicht«, gab Ryder schmunzelnd zu. »Er ist wirklich ein Lump sondergleichen.« Nach kurzem Schweigen warf er ihr einen fragenden Blick zu. »Wie hast du es nur fertiggebracht, in so einen Schlamassel zu geraten?«

»Was meinen Sie damit, Sir? Ah, Sie fragen sich wohl, warum ich aus freien Stücken eine Hure geworden bin? Oder wollen Sie wissen, warum Jeremy beschlossen hat, ein Krüppel zu werden? Vielleicht könnten Sie Ihre Fragen etwas deutlicher formulieren, werter Herr.«

»Du warst viel umgänglicher, als du noch im Bett lagst. Jetzt hast du wieder sämtliche Stacheln aufgestellt.«

»Wirklich ein Jammer, denn so schwach wirst du mich nie wieder erleben.«

»Nicht einmal, wenn wir wieder miteinander schlafen?«

Wieder zuckte sie fast unmerklich zusammen. O ja, er lernte sie immer besser kennen.

»Setz dich, Sophie. Ich komme dir bestimmt nicht zu nahe. Ich will dir keine Angst einjagen.«

Das hatte auf sie die erhoffte Wirkung, und Ryder grinste erfreut, als sie sagte: »Du machst mir keine Angst. Ich fürchte mich vor keinem Mann.«

»Im Prinzip nehme ich dir das durchaus ab. Du bist im Umgang mit Männern wirklich ganz geschickt. Aber ich bin kein Mann wie jeder andere, und deshalb jage ich dir doch etwas Angst ein. Irgendwann wirst du es zugeben, und dann wirst du hoffentlich auch deine scharfe Zunge besser hüten. Und jetzt setz dich endlich, bevor ich dich hochhebe und auf deinen Allerwertesten setze.«

Sie gehorchte und zog das Nachthemd über ihren Beinen zurecht. Plötzlich kam ihr in den Sinn, wie merkwürdig es war, daß sie hier in einem Schlafzimmer mit einem Mann zusammensaß und nur ein Männernachthemd trug, und sie lächelte unwillkürlich.

Ohne Einleitung sagte sie sodann: »Kimberly Hall gehört dir, nicht deinem Bruder, dem Earl of Northcliffe.«

Ryder starrte sie mit offenem Mund an. »Was hast du da gesagt? Nein, das ist absurd, das ist totaler Blödsinn! Wie bist du nur auf eine solche Idee gekommen?«

»Sei still und hör zu. Kimberly Hall hat deinem Onkel Brandon gehört. Als er starb, hast du sein Vermögen geerbt. Oliver Susson hat es allerdings versäumt, dem Testament, das er eurer Familie schickte, die spezifischen Angaben über diese Plantage beizufügen. Damals war es wirklich nur ein Versehen. Zu jener Zeit war, soviel ich weiß, dein Vater gerade gestorben, und es herrschte ein gewisses Durcheinander, weil der neue Graf noch in der Armee diente. Und nun glauben alle, daß Kimberly der Familie gehört, das heißt, deinem älteren Bruder und nicht dir.«

»Mein Gott«, murmelte Ryder fassungslos.

»Bist du für einen zweitgeborenen Sohn nicht ziemlich reich?«

»Ja.«

»Nun, jetzt bist du noch um einiges reicher, denn diese Plantage gehört dir.«

»Langsam geht mir ein Licht auf, warum Oliver Susson einer deiner Liebhaber war.«

»Natürlich.«

»Ich habe Emile gleich gesagt, daß es immer Motive gibt. Besonders, wenn du im Spiel bist, Sophie. Ohne sehr starke Motive wärst du nie eine Nutte geworden.«

»Versteh mich richtig, Ryder. Mir wäre es ganz egal, auch wenn ganz Jamaika dir gehörte. Mein Onkel wollte diese Plantage haben, und er glaubte, sie mit Hilfe meiner Talente bekommen zu können. Ich sollte den Boden für ihn vorbereiten. Er hielt es für ausgeschlossen, daß du Lust verspüren würdest, hier zu leben oder dich mit den unsicheren Zuckererträgen herumzuschlagen. Er dachte, du würdest die Plantage gern an ihn verkaufen, das Geld in deine aristokratischen Taschen stopfen und glücklich und zufrieden nach England zurückkehren.«

»Zu einem günstigen Zeitpunkt hätte mir Mr. Susson wohl mitgeteilt, daß Kimberly Hall mir gehört?«

»Ja.

»Und da du mir als Geliebte soviel Genuß beschert hattest – natürlich in Zusammenarbeit mit der vollbusigen Frau –, würde ich mit Freuden an deinen lieben Onkel verkaufen. Ich verstehe... Hatte er vor, dich mit mir nach England zu schikken? Als meine Mätresse?«

»Ich weiß nicht, welche Pläne er in bezug auf mich hatte.«

»Und warum hast du mitgemacht?«

Ihr Blick wurde hart und kalt. »Stell keine absurden Fragen. Du bist doch ein solcher Meister im Aufspüren von Motiven, und in diesem Fall versagt dein Scharfsinn? Wenn ich mit ihm zusammenarbeite, sollte Jeremy ihn beerben. Wenn ich mich weigerte, drohte er, uns beide auf die Straße zu setzen. Jeremy hat ein lahmes Bein; er würde hier nie seinen Weg machen können.«

»Du würdest das natürlich schaffen!« Ihre einzige Reaktion bestand in einem sehr kühlen: »Höchstwahrscheinlich.«

»Lord David wurde dein Liebhaber, weil er Charles Grammond plündern sollte?«

»Ja, und er hat hervorragende Arbeit geleistet.«

»Und Charles Grammond war dein Liebhaber, um ihn geneigt zu machen, seine Plantage an deinen Onkel zu verkaufen.«

»Ja.«

»Wie ist es dir gelungen, Lord David wieder loszuwerden?«

Sie lächelte. Es war ein schelmisches Lächeln, ein junges Lächeln, das erste wirklich heitere Lächeln, das er je von ihr gesehen hatte. »Ich habe ihm gesagt, ich hätte Syphilis.«

»Allmächtiger, das ist wirklich köstlich!«

»Wahrscheinlich hätte ich dir dasselbe weisgemacht, nachdem du Kimberly Hall an meinen Onkel verkauft hättest.«

»Ah, aber mit dem Unterschied, daß ich dir nicht so ohne weiteres geglaubt hätte.«

»Genau das habe ich meinem Onkel gesagt. Ich habe ihm gesagt, du seist nicht wie die anderen Männer. Ich habe ihm gesagt, du seist nicht dumm. Ich habe ihm gesagt, daß er bei dir sehr vorsichtig sein müsse, daß er dich vielleicht sogar fürchten müsse. Aber er wollte nicht auf mich hören.«

»Diese Sache mit der Furcht paßt zwar nicht ganz zu deinen Äußerungen von vorhin, aber das spielt im Augenblick keine Rolle. Er hat jedenfalls nicht auf dich gehört. Und er hält mich für völlig ungefährlich.«

»Ja. Er mißt alle Männer an sich selbst. Er hatte gehört, du seist ein Weiberheld, ein junger Wüstling mit der Moral eines Katers. Er dachte, alles würde wunderbar klappen.«

»Ich bin kein ...« Er verstummte mitten im Satz und starrte mit gerunzelter Stirn auf seine schmerzenden Knöchel. Du lieber Himmel, was für eine widerwärtige Vorstellung! Sein

Verstand scheute energisch davor zurück. Er schluckte, zuckte die Achseln und stellte betont lässig fest: »Nun, er hat sich geirrt, nicht wahr?«

»Daß du ein Weiberheld und Kater bist? Nein, bestimmt nicht. Wenn du es nicht wärst, wenn du wie all die anderen Männer wärst, hättest du nie bemerkt, daß du dich nicht mit mir vergnügtest.«

»Willst du damit sagen, daß du mit keinem von ihnen geschlafen hast? Daß es immer diese andere Frau war?«

Sie blickte ihm fest in die Augen. »Würdest du mir glauben, wenn ich das bejahen würde?«

»Wahrscheinlich nicht.« Er hob die Hand, um ihre Einwände abzuwehren. »Nein, hör mich zuerst an, Sophie. Ich habe noch nie eine Frau getroffen, die ein solches Repertoire an weiblichen Tricks auf Lager gehabt hätte wie du, und du kannst mir glauben, daß ich immer bestens bedient wurde. Ich wünschte, ich wüßte Bezeichnungen für das weibliche Gegenstück eines Wüstlings oder Katers. Sie würden auf dich bestimmt zutreffen. Für eine so junge Frau sind deine Verführungskünste wirklich bemerkenswert. Nun, genug davon. Es ist nicht wichtig. Zurück zu deinem lieben Onkel. Ich kann immer noch nicht fassen, daß Kimberly Hall mir gehören soll.«

»Es stimmt aber.«

»Aber wenn nun nicht ich, sondern mein Bruder gekommen wäre?«

»Das hielt Onkel Theo für unwahrscheinlich. Er weiß über deine Familie genau Bescheid. Er hat sogar in England einen Mann angeheuert, der alles über die Sherbrookes herausfinden sollte, speziell über dich. Der Mann teilte ihm in Briefen alle möglichen Einzelheiten mit.«

»Hat er das alles gemacht, bevor er und Thomas mit ihrer Einschüchterungskampagne begannen?«

»O ja. Alles war gut geplant. Onkel Theo wußte, daß Samuel Grayson abergläubisch ist und manipuliert werden kann.

Er wußte, daß Samuel deinem Bruder schreiben und um Hilfe bitten würde, wenn man ihm gehörig Angst einjagte. Und so war es dann schließlich auch. Samuel erzählte meinem Onkel sogar, daß er den Sherbrookes schreiben wolle, und mein Onkel ermutigte ihn natürlich dazu und heizte auch seinen Aberglauben geschickt an.«

»Ich glaube allmählich immer mehr, daß ich Onkel Theo den Hals umdrehen sollte. Verdient hätte er es.«

»Der Mann, den mein Onkel angeheuert hatte, schrieb ihm, daß dein Bruder sehr viele Aufgaben und Pflichten habe, und daß es deshalb sehr unwahrscheinlich sei, daß er selbst nach Jamaika reisen würde. Dein jüngerer Bruder studiert in Oxford Theologie. Folglich blieben nur du und deine fünfzehnjährige Schwester übrig, die selbstverständlich nicht in Frage kam. Natürlich warst du es, der die weite Reise angetreten hat. Alles verlief ganz nach Onkels Plänen, nur daß er dich falsch eingeschätzt hat. Er glaubte, du würdest ein zweiter Lord David sein: frivol, narzißtisch, ziemlich dumm, erfüllt von dem einzigen Wunsch, mit mir zu schlafen. Und er wollte einfach nicht einsehen, daß er sich geirrt hatte, daß seine herrlichen Pläne nicht realisierbar waren. Du hast nicht eine Sekunde lang geglaubt, daß es sich um übernatürliche Phänomene handelte, oder?«

»Natürlich nicht«, erwiderte Ryder sichtlich zerstreut.

»Und du wolltest auch nie mein Liebhaber werden.«

»Nein. Doch. Ich weiß es nicht. Wie gesagt, ich teile nicht gern.«

»Was wirst du jetzt tun?«

»Oliver Susson hat zugestimmt, weder mir noch meinem Bruder etwas zu verraten, bis dein Onkel den Zeitpunkt für günstig halten würde?«

Sie nickte.

»Wußte Jeremy etwas von all dem?«

»Nein, ich versuchte ihn zu beschützen, so gut ich konnte. Und Onkel Theo war immer sehr vorsichtig und hat ihn gut behandelt, nicht nur in der Öffentlichkeit, sondern auch, wenn wir unter uns waren. Alle Leute glauben bis heute, daß Jeremy und ich sehr glücklich sein müssen. Wahrscheinlich heißt es allgemein, daß Onkel Theo viel zu liebevoll, viel zu sentimental ist, um einzusehen, daß seine Nichte eine Hure ist.«

»Ja, diese Version ist auch mir schon zu Ohren gekommen. Du bist müde und mußt dich ausruhen, und ich muß nachdenken, denn ich will diesem heillosen Durcheinander bald ein Ende setzen.«

Sie konnte aber nicht einschlafen, aus dem einfachen Grunde, weil sie viel zuviel Angst vor der Zukunft hatte. Drei Stunden lag sie wach, während sich ihre Gedanken im Kreise drehten.

8

Sophie ging leise den Korridor entlang, zu Jeremys Zimmer in Kimberly Hall. Sie wollte mit ihrem Bruder sprechen, ihn beruhigen, ihm Versprechen machen, von denen sie inbrünstig hoffte, daß sie auch tatsächlich in Erfüllung gehen würden.

Sie öffnete lautlos die Tür und trat ein. Das Zimmer war klein, hatte aber – wie alle Räume – Balkontüren vom Boden bis zur Decke, und diese Türen waren weit geöffnet. Sie lächelte. In Camille Hall hatte Jeremy oft auf dem Balkon geschlafen. Wahrscheinlich tat er das auch hier. Die Moskitos störten ihn nie.

Er lag nicht in seinem Bett. Sie lächelte immer noch, während sie langsam auf den Balkon zuging. Dann erstarb ihr Lächeln jäh, denn Jeremy war nicht da.

O Gott!

Sie hatte ihn heute kurz gesehen, und er war sehr ruhig gewesen, viel zu ruhig. Er hatte sie lange betrachtet, und sie hatte gewußt, daß er sich Sorgen machte und Angst hatte, aber sie hatte nichts gesagt, weil Ryder hereingekommen war. Deshalb wollte sie ihn jetzt trösten.

Aber er war verschwunden.

Sie wußte natürlich, wo er war. Zweifellos wollte er in Camille Hall Onkel Theo zur Rede stellen, weil dieser sie geschlagen hatte.

Onkel Theo könnte ihn schwer verletzen, vielleicht sogar töten, denn nun hatte er ja keinen Grund mehr, Freundlichkeit und Zuneigung zu heucheln, weder Jeremy noch ihr gegenüber. Der plötzliche heftige Schmerz in ihren Rippen ließ sie nur stoßweise und keuchend atmen. Sie beugte sich vor und schlang die Arme um sich.

Auch als der Schmerz abnahm, blieb sie regungslos stehen und starrte auf die herrliche Szenerie hinaus, nahm die schimmernden Wellen unter dem fast vollen Mond aber kaum wahr. Die Sterne waren kalte weiße Punkte am wolkenlosen Himmel. Langsam drehte sie sich um und kehrte in ihr eigenes Zimmer zurück. Ihr Kleid lag ganz unten im Schrank. Es war zerrissen und schmutzig, aber das war ihr im Moment völlig egal. Auch daß sie weder ihre Unterröcke noch ihre Unterwäsche finden konnte, störte sie. Sie zog das Kleid an, ohne auf die ziehenden Schmerzen in den Rippen zu achten, fest entschlossen zu handeln.

Ihre Schuhe waren ebenfalls unauffindbar. Nun, dann mußte sie eben barfuß laufen. Leise und verstohlen wie eine Diebin schlich sie die Treppe hinab, in die Bibliothek. Dort gab es einen Waffenschrank mit Glastüren, zum Glück nicht abgeschlossen. Sie kannte sich mit Pistolen aus und wählte eine kleine Derringer. Wenn sie Jeremy beschützen mußte, würde sie jeden, aber auch wirklich jeden aus nächster Nähe erschießen, um ihn nur ja nicht zu verfehlen.

Fünf Minuten später verließ sie Kimberly Hall und eilte die Kiesauffahrt hinab, ohne auch nur zu bemerken, daß die Steinchen sich in ihre Fußsohlen bohrten, froh über die Abendbrise, die in ihren Haaren spielte.

Es war eine schöne stille Nacht. Ihr Herz schlug langsam und gleichmäßig. Wenn sie nur wüßte, wie lange Jeremy schon fort war. Sie hatte zwar Angst, war aber ganz ruhig. Es war höchste Zeit, daß sie selbst die Verantwortung für Jeremy und sich übernahm. Lieber Gott, betete sie, laß mich nicht zu spät kommen!

Sie brauchte nur zwanzig Minuten, um Camille Hall zu erreichen, weil sie Abkürzungen durch die Zuckerrohrfelder wählte, wobei sie sich die Füße zerschnitt; sie ignorierte sowohl den brennenden Schmerz als auch das Blut, das sie kalt und klebrig an ihren Fußsohlen spürte.

Mehrere Fenster waren noch hell, aber sie konnte niemanden sehen, weder Thomas noch ihren Onkel noch einen der Dienstboten. Wo zum Teufel war Jeremy?

Sie rannte geduckt von Busch zu Busch, immer näher an das große Haus heran, und dann schlich sie sich auf die seitliche Veranda, die zum Arbeitszimmer ihres Onkels führte. Dort hörte sie die Stimmen.

Onkel Theo hörte sich amüsiert an, aber auch ziemlich betrunken. »Du kleiner Bastard hast also beschlossen, hierher zurückzukommen und mich auszupeitschen, wie?«

»Ja, aber ich bin kein Bastard. Meine Mutter war deine Schwester, und sie war mit meinem Vater verheiratet. Ich bin hier, weil ich nicht zulassen kann, daß du meine Schwester verletzt. Du hast sie *geschlagen!*«

»Sie hat es verdient, und sobald ich sie wieder in die Hände bekomme, werde ich sie peitschen, bis sie um Gnade winselt.«

»Das werde ich nicht dulden. Und Ryder wird es auch nicht dulden.«

Ryder Sherbrooke, der junge Mann, den Theo mit wahrem Hochgenuß umgebracht hätte. Ah, aber jetzt hatte er wenigstens den Jungen, diesen nutzlosen kleinen Krüppel. Er grinste auf Jeremy herab. »Und wie willst du mich von etwas abhalten, Bürschchen? Du konntest ja nicht einmal deine Peitsche behalten. Ich habe sie jetzt.«

»Mir wird schon etwas einfallen.«

Die Peitsche pfiff plötzlich durch die Luft, und Sophie hörte einen lauten Schrei. Es war Jeremy. Onkel Theo hatte ihn mit der Peitsche geschlagen.

Sophie hatte geglaubt, alle Wut, derer sie überhaupt fähig war, schon lange ausgeschöpft zu haben, aber sie hatte sich geirrt. Die Rage, in der sie sich jetzt befand, ließ sich mit nichts Vorangegangenem vergleichen. Sie schlüpfte lautlos durch die geöffnete Holztür und sah Onkel Theo in einem Morgenrock, die Schulter dick verbunden, mit hocherhobener Peitsche in der rechten Hand.

»Ich werde dir eine weitere Kostprobe geben, Master Jeremy, nur um dir zu zeigen, wie mächtig du bist.«

»Wenn du das tust, du erbärmlicher Mistkerl, jage ich dir eine Kugel in den Bauch. Ich möchte nicht, daß du schnell stirbst. O nein, ich will, daß du dich auf dem Boden wälzt, dir den Bauch hältst und spürst, wie deine Gedärme von innen heraus verfaulen, während du dir die Seele aus dem Leib brüllst!«

Theo Burgess erstarrte, aber nur eine Sekunde lang. Langsam, ganz langsam ließ er die Peitsche sinken und wandte sich seiner Nichte zu.

»Aha, du hast also festgestellt, daß der kleine Krüppel verschwunden ist, und bist herbeigeeilt, um ihn zu retten.«

Sie ignorierte ihn. »Komm her, Jeremy, aber halte Abstand von ihm. So ist's recht, und jetzt komm zu mir herüber.«

Jeremys Gesicht war weiß vor Schmerz, und in seinen Augen stand Scham über sein Versagen geschrieben. Beide Gefühle konnte sie nur zu gut verstehen. »Alles in Ordnung«, beruhigte sie ihn. »Diesmal haben wir gewonnen. Es war sehr mutig von dir hierherzukommen. Ja, so ist's gut, komm her zu mir, und bald verlassen wir diesen Ort.«

»Das glaubst auch nur du, Hure! Ich brauche nur zu rufen, und sofort werden mindestens zehn Sklaven zur Stelle sein, um meine Befehle auszuführen.«

»Das macht nichts, weil du bis dahin schon einen Bauchschuß haben wirst. Na los, Onkel, schrei so laut, wie du willst, denn es wird der letzte Laut sein, den du machen kannst, ohne Todesqualen zu leiden. Mein Wunsch, dich zu töten, ist schier übermächtig. Du bist ein Feigling, weil du Jeremy mit der Peitsche geschlagen hast, obwohl er nur halb so groß ist wie du. Deine totale Gefühllosigkeit hat sogar mich überrascht, aber nur ganz kurz.«

Theo Burgess wußte nicht, was er tun sollte. Er schüttelte den Kopf, weil er nach dem vielen Rum, den er wegen der Schmerzen in seiner Schulter getrunken hatte, keinen klaren

Gedanken mehr fassen konnte. Er glaubte Sophie. Schließlich hatte sie auch zugestochen, ohne zu zögern. Herrgott, er hätte weiter auf sie einschlagen sollen, bis sie tot gewesen wäre, aber er hatte aufhören müssen, weil er sich von dem Stich schwindelig und benommen gefühlt hatte. Während er seine Nichte jetzt anstarrte, spürte er wieder den Schmerz in seiner Schulter, trotz der großen Menge Rum, und er erinnerte sich lebhaft an die Qualen, die der verdammte Brieföffner ihm verursacht hatte. Als Thomas das Ding herausgezogen hatte, war es ihm beim besten Willen nicht gelungen, einen Aufschrei zu unterdrücken. Und danach war ihm nicht einmal eine segensreiche Ohnmacht vergönnt gewesen – nein, er hatte die grausamen Schmerzen bei vollem Bewußtsein ertragen müssen, und er hatte sich geschworen, daß Sophie das büßen würde. Auch jetzt hatte er nur den einen Wunsch, es ihr heimzuzahlen.

Er war sehr zufrieden, daß es ihm schließlich gelang, halbwegs gleichmütig zu sagen: »Weißt du, meine Liebe, wenn du mich umbringst, wirst du völlig mittellos dastehen.«

»Der Rum hat deinen Verstand verwirrt, Onkel. Jeremy ist dein Erbe. Er bekommt deinen ganzen Besitz.«

»O nein. Er ist nicht mein Erbe, aus dem ganz einfachen Grund, weil ich kein Testament gemacht habe.«

»Testament hin, Testament her – wir sind deine nächsten Verwandten, und deshalb wird Jeremy auf jeden Fall Camille Hall erben. Und unser Elternhaus in Fowey gehört natürlich auch ihm.«

»Hat der liebe Oliver Susson dir das erzählt, während er dich bumste?«

»Daß du mittlerweile an deine eigenen Erfindungen glaubst, ist ein schlechtes Zeichen für deinen Verstand, Onkel. Ich habe zwei Kugeln in dieser Derringer. Jeremy, laß mich sehen, wie stark er dich verletzt hat.«

Ihr Bruder drehte ihr den Rücken zu. Der Peitschenhieb hatte sein Hemd zerrissen. Die Haut war zum Glück nicht aufgeplatzt, aber der lange diagonale Striemen war rot und häßlich und schwoll rasch an. Sie zog scharf den Atem ein. »Du bist wirklich ein Ungeheuer. Nun, ich habe – wie schon gesagt – zwei Kugeln. Wenn ich auf Jeremys Rücken auch nur einen Tropfen Blut entdeckt hätte, wäre dir ein Bauchschuß sicher gewesen. Aber du hast Glück, lieber Onkel. Ich werde dich diesmal nicht erschießen. Ich kehre mit Jeremy einfach nach Kimberly Hall zurück, und du wirst uns von nun an in Ruhe lassen, hast du mich verstanden? Du wirst dich weder selbst dort blicken lassen noch Thomas hinschicken. Wir gehen jetzt. Rühr dich ja nicht von der Stelle!«

»Und was willst du machen, wenn Ryder Sherbrooke dich und den Krüppel rausschmeißt?«

»Das braucht nicht deine Sorge zu sein.«

»Thomas hat mir erzählt, daß du in Sherbrookes Schlafzimmer untergebracht bist. Alle wissen jetzt, daß du seine Geliebte bist. Dein Ruf ist …«

Sie lachte. »Schau dir mein Gesicht an. Kannst du dir vorstellen, daß ein geistig normaler Mann daran interessiert sein könnte, jetzt mit mir zu schlafen? Und meine Rippen sind noch viel schlimmer grün und blau verfärbt. Glaub mir, selbst wenn wir beide ganz versessen darauf gewesen wären, miteinander ins Bett zu gehen, hätte ich es nicht gekonnt. Dafür hast du gesorgt. Und jetzt, lieber Onkel, verlasse ich dich mit Jeremy.«

»Und kehrst zu dem verfluchten Engländer zurück?«

»Du bist selbst ein verfluchter Engländer, hast du das vergessen?«

»Wie gesagt, er wird dich sehr schnell rausschmeißen. Ich habe gehört, daß er sich sehr schnell langweilt, daß keine Frau ihn auf Dauer halten kann. Mein Verbindungsmann in England hat geschrieben, daß die Weiber sozusagen Schlange stehen, um mit ihm ins Bett zu gehen. Nein, du häßliche kleine Nutte, du könntest ihn höchstens eine Nacht lang halten.«

»Ich will ihn überhaupt nicht halten. Ich will nicht einmal im selben Raum sein wie er. Von mir aus kann er Dutzende von Geliebten haben. Aber er scheint ein Ehrenmann zu sein, und das ist für mich eine ganz neue Erfahrung. Er hat Jeremy beschützt. Ich habe dieses ganze Gerede jetzt aber wirklich satt. Jeremy, geh nach draußen. Ich komme sofort nach.«

»Aber, Sophie…«

»Geh!«

Der Junge wich zurück, mit bleichem, angespanntem Gesicht.

Sie richtete die Pistole auf das linke Knie ihres Onkels.

»Vielleicht«, sagte sie sehr leise und sehr drohend, »vielleicht ändere ich meine Meinung doch noch. Es wäre ganz schön zu wissen, daß du für den Rest deines Lebens herumhumpelst, ein Krüppel, ein nutzloser Krüppel.«

Theo Burgess kreischte: »Nein, Herrgott noch mal, nein!« Mit den Armen wild um sich schlagend, stürzte er auf sie zu.

Plötzlich krachte der Kandelaber zu Boden, und das Zimmer versank in Dunkelheit.

Sophies Finger drückte versehentlich auf den Abzug, ein Schuß löste sich und verursachte in dem kleinen Raum einen Höllenlärm. Sie hörte einen Schmerzensschrei. Jemand schlug gegen ihren Arm, aber es gelang ihr, die Pistole festzuhalten, und diesmal feuerte sie mit voller Absicht. Dann wurde sie von einem Schlag an der Schläfe getroffen und fiel zu Boden. Sie hörte Jeremy schreien und nahm einen beißenden Geruch wahr, der ihr irgendwie bekannt vorkam. Mühsam öffnete sie die Augen, sah aber in der Dunkelheit nur ein seltsames orangefarbenes Licht. Und dazu die Geräusche – ein Zischen, Knistern und Prasseln. Die leichten Musselinvorhänge brannten lichterloh, und die Flammen griffen rasch auf alles andere über. Es wurde unerträglich heiß.

»Jeremy«, flüsterte sie, »du mußt wegrennen, bitte. Geh zu Ryder, er wird sich um dich kümmern. Du kannst ihm vertrauen.«

Sie glaubte am Rauch zu ersticken, während ihre Augen zufielen und ihr Kopf auf den Holzboden sank.

Sie kam mit rauher und brennender Kehle wieder zu sich. Irgend jemand hielt sie in den Armen, und Männerhände rieben ihr den Rücken, während sie hustete und keuchte. Sie hörte seine Stimme: »Es ist vorbei, Sophie. Jeremy ist in Sicherheit. Pssst, mach dir jetzt keine Sorgen und versuch nicht zu sprechen.«

Ryder! Seine Stimme, seine Hände auf ihrem Rücken. Sie lehnte sich an ihn und versuchte, nicht zu schlucken, weil ihre rauhe Kehle so weh tat.

»Wo ist Jeremy? Ist er wirklich wohlauf?«

»Sei still, dann werde ich dir alles erzählen. Wir sind hier in Camille Hall. Jeremy hatte es fast geschafft, dich allein aus dem Zimmer zu ziehen, als Emile und ich hier eintrafen. Das Feuer ist gelöscht, und es hat keinen allzu großen Schaden angerichtet. Nur das Arbeitszimmer ist fast zerstört, und die Veranda ist ein bißchen angesengt. Natürlich stinkt es im ganzen Haus erbärmlich nach Rauch. Und Onkel Theo ist mausetot.«

Es war sehr schmerzhaft, auch nur ein Wort hervorzubringen, aber sie brachte doch krächzend hervor: »Ich muß ihn getötet haben. Meine Derringer ging los, und ich hörte ihn schreien.«

»Nun, das hast du gut gemacht. Trotzdem werde ich dir, sobald du wieder halbwegs bei Kräften bist, den Hintern versohlen müssen. Wenn Coco nicht zufällig gesehen hätte, wie du barfuß die Auffahrt hinabgerannt bist, wärst du höchstwahrscheinlich ums Leben gekommen, und Jeremy ebenfalls, denn der Junge hätte dich bestimmt nicht allein gelassen.«

»Mr. Sherman Cole, der Richter, wird mich an den Galgen bringen.«

»Ich sehe beim besten Willen keinen Grund dafür.«

Sie versuchte sich aus seinen Armen zu lösen, aber er hielt sie fest.

»Doch, er wird alles daran setzen. Er wollte mein Liebhaber werden, aber weil Onkel Theo keinen Vorteil darin sah, durfte ich ihm eine Abfuhr erteilen. Er hat das sehr übelgenommen und mir gedroht. Onkel Theo fand das sehr amüsant und meinte, im Notfall würde er Cole schon zur Räson bringen. Er sagte aber auch, ich solle mit Cole gelegentlich flirten, damit er – falls Onkel Theo ihn doch einmal brauchen sollte – sofort angerannt käme, wenn ich ihm zulächelte.«

»Und das hast du nicht getan?«

»Nein, ich habe ihn geohrfeigt und ihm einen Tritt gegen das Schienbein versetzt, als er versucht hat, mich zu küssen. Er ist widerlich. Das ist jetzt etwa drei Monate her.«

»Ich verstehe. Nun, mein liebes Mädchen, dann muß wohl ich Theo Burgess erschossen haben, um dich und Jeremy zu retten. Aber warum? Schließlich war Burgess allgemein nur als liebevoller Onkel bekannt. Ich muß darüber nachdenken. Vielleicht gibt es irgendeine andere Lösung. Ja, laß mich in Ruhe darüber nachdenken.«

»Wo ist Thomas?«

»Das weiß ich nicht. Ich habe ihn nicht gesehen. Ich werde fragen.«

»Ich wollte Onkel Theo ins Knie schießen, damit er ein Krüppel wie Jeremy sein sollte, damit er wie Jeremy sein Leben lang hinken müßte, weil er nicht davor zurückgeschreckt ist, Jeremy einen Peitschenhieb zu versetzen. Aber ich schwöre dir, ich habe nicht absichtlich abgedrückt. Der Kandelaber ist plötzlich zu Boden gekracht, und alles war dunkel, und da habe ich versehentlich auf den Abzug gedrückt. Dann hat mich jemand auf den Arm geschlagen, und da habe ich noch einmal geschossen, um mich zu verteidigen.«

»Erzähl mir alles und laß nichts aus. Aber beeil dich, denn ich weiß nicht, wieviel Zeit uns bleibt.«

Als sie ihren Bericht beendet hatte, war ihre Kehle so rauh, daß sie nur noch ein heiseres Flüstern hervorbrachte.

»Ich werde dich jetzt Samuels Obhut übergeben, dich und Jeremy. Er bringt euch nach Kimberly Hall zurück. Und ich will jetzt nichts mehr von dir hören, keine Einwände, keine Beteuerungen, daß du allein zurechtkommst. Du wirst genau das tun, was ich dir sage. Und mein erster Befehl lautet: Du darfst mindestens vierundzwanzig Stunden nicht sprechen.«

»Mein Kopf tut weh.«

Ryder betrachtete sie mit gerunzelter Stirn und berührte mit den Fingerspitzen die Beule an ihrer Schläfe. »Großer Gott, du hast mir nicht gesagt, daß jemand dir einen Schlag auf den Kopf versetzt hat.«

»Also gut, erzähl. Aber schnell.« Als sie fertig war, machte er eine finstere Miene. Sie öffnete den Mund, aber er legte ihr eine Hand auf die Lippen. »Nein, sei jetzt still. Da ist Jeremy. Emile hat sich um ihn gekümmert, während ich mit dir geredet habe.«

Der Junge kniete sich neben sie und streichelte ihr schmutziges Gesicht und ihre Hände. »Oh, Sophie, deine Füße! Was ist passiert? Was hast du gemacht?«

Sie hatte ihre Füße total vergessen.

Ryder rief nach einer Laterne, und als ein Sklave sie brachte, betrachtete er in ihrem Schein schweigend Sophies Füße. Schließlich sagte er: »Du hast es fertiggebracht, von Kopf bis Fuß verletzt zu sein. Sophie, deine Füße sehen einfach schrecklich aus. Coco soll sie baden, sobald du in Kimberly bist.«

Ryder trug Sophie zur Kutsche, und Samuel fuhr mit ihr und Jeremy davon. Ryder schwitzte und war rauchgeschwärzt, und er wußte, daß er in einen heillosen Schlamassel verwickelt war, was seine Laune nicht gerade hob.

Wo zum Teufel steckte dieser Bastard von Thomas? Der Kerl war noch gefährlicher als Burgess, denn der gute Onkel Theo hatte zumindest nach außen hin einen gewissen Schein wahren müssen, während Thomas von solchen Problemen unbelastet war. Ryder zweifelte nicht daran, daß es der Aufseher gewesen war, der Sophie angegriffen und den Kandelaber zu Boden geschmettert hatte.

Ryder ließ Emile in Camille Hall zurück und kehrte nach Kimberly zurück, um wenigstens einige Stunden zu schlafen. Als er aufwachte, wurde ihm berichtet, daß Miß Stanton-Greville noch schlafe. Er runzelte die Stirn, sagte aber nichts. Beim Gedanken an ihre blutigen Füße fluchte er insgeheim über ihre Sturheit. Kaum hatte er gefrühstückt, traf Mr. Sherman Cole aus Montego Bay ein.

Cole hatte Ähnlichkeit mit dem Vater einer von Ryders Geliebten, einem Tuchhändler in Rye, der habgierig und verschlagen war. Der Richter war sehr fett, sein Doppelkinn schwabbelte über dem Kragen, er hatte einen grauen Haarkranz, sehr scharfe Augen und wulstige Lippen. Bei dem Gedanken, daß dieser Kerl versucht hatte, Sophie zu küssen, wurde Ryder fast übel.

Trotzdem schüttelte er dem Mann die Hand und bot ihm Kaffee an. Mr. Cole wollte nicht nur Kaffee, sondern auch süße Rosinenbrötchen, die er lüsterner betrachtete als Ryder jemals eine schöne nackte Frau.

Ryder nahm ihm gegenüber Platz, schaute aber nach Möglichkeit woanders hin, weil er diese Visage einfach nicht ertragen konnte. Trotzdem hörte er aufmerksam zu, was der Mann, oft mit vollem Mund und entsprechend undeutlich, zu sagen hatte.

»Ja, Mr. Sherbrooke, wie Sie wissen, bin ich der Richter, zuständig für alle Verstöße gegen das Zivil- und Strafrecht. Ich vertrete hier auf der Insel das Gesetz, und es hat mich sehr gewundert, ja geradezu schockiert, daß Sie Miss Sophie Stanton-Greville hierher nach Kimberly Hall zurückgebracht haben. Ich weiß nicht, wie Sie in diese Geschichte hineingeraten sind, aber ich bin mir sicher, daß Sie mich bald darüber aufklären werden. Bitte lassen Sie das Mädchen holen. Ich will es verhören.«

Ryder faltete die Hände mit gespreizten Fingern und betrachtete über sie hinweg den Mann, der soeben vier Rosinenbrötchen verschlungen hatte. Der Kerl war nicht nur ein Schwein, sondern auch noch aufgeblasen, herablassend und außerordentlich lästig. Manieren gingen ihm völlig ab. Er hatte Krümel auf dem Jackett und am Kinn. Man sollte ihn eigentlich entkleiden und den Krokodilen in den Mangrove-Sümpfen zum Fraß vorwerfen, die mit ihm zweifellos mehrere Tage beschäftigt wären.

»Das dürfte nicht möglich sein, Mr. Cole«, sagte Ryder milde. »Wissen Sie, Miss Stanton-Greville hat zuviel Rauch eingeatmet, und das Sprechen bereitet ihr große Schmerzen. Vielleicht wird es ihr in einigen Tagen besser gehen. Sie können dann ja noch einmal vorsprechen, wenn Sie wollen.«

Mr. Cole runzelte die Stirn. Er war nicht daran gewöhnt, daß jemand sich seinen ausdrücklichen Wünschen widersetzte. Hier auf der Insel hatte er das Sagen; er vertrat nicht nur das Gesetz – er *war* sozusagen das Gesetz.

»Ich will sie sehen«, beharrte er.

»Nein.«

»Sehen Sie mal, Sherbrooke …«

»*Mister* Sherbrooke, wenn ich bitten darf.«

Sherman Cole war verblüfft und wurde von Minute zu Minute wütender. Aber er war kein Dummkopf. War Sophie Stanton-Greville bereits die Geliebte dieses Mannes? Hatte er sich deshalb in den Kopf gesetzt, sie zu beschützen? Cole spitzte den Mund und schwieg, weil er die Erfahrung gemacht hatte, daß Männer und Frauen ein längeres Schweigen nicht ertragen konnten und deshalb ins Reden kamen, wodurch sie ihm Informationen lieferten. Aber dieser junge Mann sagte kein Wort, lehnte sich zurück und besaß sogar die Unverschämtheit, gelangweilt auszusehen.

Mr. Cole holte tief Luft, stellte fest, daß keine Rosinenbrötchen mehr da waren, und runzelte abermals die Stirn.

Essen half ihm, seine Gedanken zu ordnen, das war schon in seiner Kindheit so gewesen. »Ich will sie«, sagte er störrisch.

»Ein Jammer! Sie werden sich damit abfinden müssen, daß Sie sie nie haben werden.«

»Das habe ich nicht gemeint! Mein lieber junger Mann, ich bin verheiratet, und meine Frau ist eine charmante Dame, wirklich sehr charmant. Ich meinte, daß ich mit ihr sprechen muß, und ich muß Ihnen sagen, Mr. Sherbrooke, daß ich sie im Verdacht habe, kaltblütig ihren Onkel ermordet und dann das Haus in Brand gesetzt zu haben.«,

»Eine bemerkenswerte Theorie. Darf ich fragen, wie Sie zu dieser unglaublichen Schlußfolgerung gekommen sind?«

»Sie ist nicht, was sie zu sein scheint, oder, besser gesagt, sie ist genau das, was sie zu sein scheint, und nur ihr Onkel wollte das nicht sehen. Sie müssen doch auch gehört haben – vielleicht verfügen Sie sogar über Informationen aus erster Hand –, daß sie eine Nutte ist, eine begehrte Nutte ohne jede Moral. Ich nehme an, daß ihr Onkel endlich die Wahrheit erkannte, und daß sie ihn umbrachte, weil er damit drohte, sie rauszuwerfen. Ja, so muß es gewesen sein.«

Er warf Ryder einen strengen Blick zu und verkündete: »Ich bin hier, um der Gerechtigkeit zum Sieg zu verhelfen.«

Ryder lachte laut. »Ihre Theorie ist wirklich mehr als amüsant, Mr. Cole, aber Ihnen muß doch selbst klar sein, daß Sie nur Verleumdungen von sich geben.«

»Ich habe einen Zeugen, Mr. Sherbrooke.«

»Na so was!«

»Ja, Thomas, den Aufseher!«

Ryder lachte wieder, noch herzhafter, noch amüsierter als zuvor.

»Sir!«

»Mr. Cole, Thomas ist ein Schurke, was auch Ihnen bekannt sein dürfte. Ich halte es nicht für allzu weise, einem Schurken als Zeugen Glauben zu schenken. Ich schlage Ihnen eine andere Theorie vor, die sich von der Ihren grundlegend unterscheidet, aber mindestens genauso einleuchtend ist. Thomas ist, wie gesagt, ein Gauner. Vermutlich hat Mr. Burgess herausgefunden, daß Thomas ihn betrog oder aber, daß er die Sklaven allzusehr mißhandelte, und er hat ihn gefeuert. Kurz gesagt – Thomas hat ihn umgebracht. Der glückliche Zufall wollte es, daß Miss Stanton-Greville und ihr Bruder sich gerade in Camille Hall aufhielten, und so gab sie für Thomas einen perfekten Sündenbock ab.«

»Thomas ist ein Mann, und sie ist eine ...«

»Nein, er ist ein nichtswürdiger Lump, grausam und hinterlistig wie eine Schlange.«

»Das ist noch lange keine Entschuldigung für Miss Stanton-Greville. Sie ist doch nur eine ...«

»An Ihrer Stelle würde ich kein Wort mehr sagen, Cole. Miss Stanton-Greville und ihr Bruder stehen unter meinem persönlichen Schutz, und ich werde demnächst die Vormundschaft für die beiden beantragen. Oliver Susson wird die Angelegenheit regeln.«

»Ah, jetzt wird mir alles klar.«

»Tatsächlich? Hätten Sie vielleicht die Güte, mir das zu erklären?«

»Sie ist, wie ich vorhin schon andeutete, Ihre Geliebte.«

Ryders Stimme klang plötzlich so wie die seines Vaters, wenn dieser die Unverschämtheiten irgendeines Individuums satt gehabt hatte und es loswerden wollte: »Vielleicht wird sie es eines Tages sein. Ich bin mir noch nicht sicher, ob ich mit ihr schlafen und sie behalten möchte. Aber ich fühle mich für Jeremy verantwortlich, und sie gehört nun einmal zu ihm. Er ist Burgess' Erbe, und seine Interessen müssen vertreten werden. Ich wüßte nicht, wer das tun sollte, wenn nicht ich. Nun, Cole, haben Sie noch etwas zu sagen? Nein? Vielleicht sollten Sie Thomas vorladen. Ihr außerordentliches Geschick bei Verhören und Ihr imposantes Auftreten werden ihn vielleicht dazu bewegen, die Wahrheit zu gestehen.« Ryder stand auf und wartete darauf, daß Cole sich mühsam erheben würde, was dieser auch notgedrungen tat.

»Ich finde bestimmt weitere Beweise für ihre Schuld.«

»Weitere, Cole? Bisher haben Sie noch nicht einmal die Spur eines Beweises. Schnappen Sie Thomas, dann haben Sie Ihren Mörder. Wenn Sie mich jetzt bitte entschuldigen würden – ich muß mich um wichtige Angelegenheiten kümmern. Oh, möchten Sie vielleicht noch ein paar Rosinenbrötchen mitnehmen?«

Sophie rannte schnell die Treppe hinauf. Sie hatte Cole die Auffahrt entlangreiten sehen, und sie wollte unbedingt wissen, was er sagen würde. Er hatte nichts Unerwartetes von sich gegeben, und Ryder war wirklich glänzend mit ihm umgesprungen. Aber was Ryder gesagt hatte… Sie verspürte einen tiefen, einen sehr tiefen Schmerz, und zwar nicht in ihren Rippen oder in der Kehle.

Ich bin mir noch nicht sicher, ob ich mit ihr schlafen und sie behalten möchte.

Er unterschied sich nicht von den anderen Männern. Wahrscheinlich würde er verlangen, daß sie Jeremys Schutz mit ihrem Körper bezahlte, und dann würde er ihrer überdrüssig werden, und damit würde die Sache erledigt sein. Aber wenigstens würde sie dann endlich frei sein. Sie und Jeremy würden friedlich in Camille Hall leben. Alles würde in Ordnung sein, und in anderthalb Jahren, sobald sie einundzwanzig war, würde sie sein Vormund sein können.

Sie schaffte es, ins Bett zu steigen und das Laken bis zum Kinn hochzuziehen, bevor Ryder auf der Schwelle stand und sie lange betrachtete, bevor er sagte: »Mr. Cole war sehr amüsant.«

»So? Wird er mich verhaften?«

»Du hörst dich noch immer wie ein Nebelhorn an. Nein, er wird dich nicht verhaften. Möglicherweise wird es Thomas sein, der am Galgen endet. Würde das nicht all unsere Probleme lösen?«

Sie wandte ihr Gesicht von ihm ab und fragte sehr leise: »Warum war Coco gestern abend noch so spät auf? Du hast doch gesagt, daß sie es war, die mich gesehen hat.«

»Coco ist schwanger. Ihr war übel, und deshalb atmete sie auf dem Balkon die frische Nachtluft ein.«

»Oh.«

»Möchtest du hören, was jetzt geschehen wird?«

Sie wollte ihn anschreien, daß sie schon alles gehört habe, daß er den Mund halten und weggehen solle, aber das ging nicht, und deshalb nickte sie stumm.

Er siebte sorgfältig, und wenn sie das Gespräch zwischen den beiden Männern nicht belauscht hätte, wäre ihr gar nicht aufgefallen, daß er manches verschwieg.

Ah, aber er ließ alles Belastende aus!

»Ich bin nicht deiner Ansicht«, sagte sie, als er fertig war.

»Worüber?«

»Ich möchte dein Angebot, unser Vormund zu werden, nicht annehmen. Ich bin fast zwanzig. Mr. Susson kann Jeremys Vormund sein, bis ich einundzwanzig werde, und dann werde ich die Vormundschaft übernehmen. Camille Hall gehört jetzt ihm. Ja, ich werde sein Vormund sein.«

»Nein.«

»Du bist kaum älter als ich. Wie könntest du dich da als mein Vormund aufspielen? Es ist absurd.«

»Ich bin fast sechsundzwanzig.«

»Ein wahrhaft biblisches Alter.«

Er grinste plötzlich. »Mein Bruder hätte sich über deine Bemerkung gefreut. Der Ärmste ist erst achtundzwanzig, und alle Sherbrookes haben ihn unablässig bedrängt zu heiraten und einen Erben zu zeugen.«

»Und was hat er gemacht?«

»Er hat geheiratet, kurz bevor wir den Brief von Samuel Grayson erhielten.«

»Nun, seine arme Frau tut mir sehr leid, wenn er sie nur als eine Art Zuchtstute geheiratet hat.«

»Ich glaube nicht, daß Alexandra einem leid tun muß«, sagte Ryder langsam. »Allerdings muß ich zugeben, daß ich für mein Leben gern wüßte, wie die beiden inzwischen miteinander zurechtkommen. Aber das alles ist jetzt völlig irrelevant. Ich werde nach Montego Bay reiten und mit Oliver Susson sprechen, ihm klarmachen, daß das Spiel aus ist, und ihn mit dieser Angelegenheit betrauen. Wenn er seine Sache gut macht, werde ich darauf verzichten, ihn zu Brei zu schlagen.«

Sie war ganz ruhig. Viel zu ruhig. Er blickte mit gerunzelter Stirn auf sie hinab. »Hör zu, Sophie. Du kannst nichts an der Situation ändern, also gewöhn dich lieber daran. Solltest du wieder versuchen, Kimberly zu verlassen, hat Emile Anweisung, sich auf dich zu setzen.«

»Warum tust du das alles? Ist dir überhaupt klar, was du dir da auflädst? Du willst freiwillig die Vormundschaft über einen neunjährigen Jungen und seine neunzehnjährige Schwester übernehmen. Warum willst du dir eine solche Verantwortung aufbürden?«

»Ich weiß es nicht.« Ryder versuchte achselzuckend darüber hinwegzugehen, brachte es aber nicht fertig. Langsam setzte er zu einer Erklärung an. »Ich bin fünfundzwanzig, der zweite Sohn und deshalb kein Lord. Mein Leben lang habe ich nur getan, was ich wollte, gelacht und gespielt, geliebt und mich amüsiert. Seit mein Vater starb, kümmert sich glücklicherweise Douglas um alles. Er ist der neue Graf und trägt die Verantworung, und ich konnte genauso weitermachen wie bis dahin. Ich hatte keinen Grund, mich zu ändern. Niemand erwartete das von mir. Und was die andere Sache betrifft, nun, davon weiß niemand etwas, und es geht sie auch nichts an, und außerdem ist es keine große Verantwortung.«

»Welche andere Sache?«

Er schüttelte nur den Kopf und schien über sich selbst erstaunt zu sein.

Sophie schwieg.

Er zuckte mit den Schultern. »Nun, und jetzt bin ich eben für dich und Jeremy verantwortlich. Du wirst von mir und niemand sonst abhängig sein. Nein, halt den Mund, Sophie, und schüttle deinem neuen Vormund einfach die Hand.«

Er hatte im Grunde erwartet, daß sie weitere Einwände erheben würde, aber sie streckte ihre Hand aus, und er nahm sie in die seine. Sie blickte zu ihm auf und sagte mit ihrer heiseren Stimme: »Ich vertraue dir in bezug auf Jeremy. Wirklich.«

»Du mußt lernen, mir auch in bezug auf dich zu vertrauen.«

»O nein!«

»Wie geht es deinen Füßen?«

»Meinen Füßen? Oh, ich habe sie ganz vergessen. Sie sind schon fast wieder in Ordnung.«

»Ja, das glaube ich dir aufs Wort.« Ryder zog ihr das Laken weg. Ihre Füße waren leicht verbunden. »Warum sind die Verbände blutig?«

Weil ich mich nach unten geschlichen habe und dann hinaufgerannt bin.

»Ich weiß nicht.« Sie hatte gar nichts gespürt. Seltsam.

»Sophie, du mußt aufgestanden sein. Was hast du gemacht?«

»Ich mußte ein Bedürfnis verrichten.«

»Ja, das ist zweifellos die volle Wahrheit. Der Nachttopf ist kaum zwei Meter entfernt. Wo bist du gewesen, Sophie?«

Sie starrte ihre Hände an und stellte fest, daß sie noch immer schwarze Fingernägel hatte. Was seine Frage betraf, so zog sie es vor zu schweigen.

»Du brauchst einen Vormund mehr als Jeremy.«

Erst jetzt, als sie einen Blick auf ihre Füße warf und die blutigen Verbände sah, verspürte sie starke Schmerzen.

»Ich werde mich selbst darum kümmern, Ryder.«

Er fluchte laut und anhaltend.

Zehn Minuten später hatte er die Verbände entfernt und

wusch ihre Füße mit Seife und heißem Wasser. Sie mußte alle Willenskraft zusammennehmen, um nicht vor Schmerz zu schreien.

Als er ihr weißes Gesicht sah, ging er behutsamer vor. Er nannte sie eine Närrin, während er die Schnittwunden säuberte, und ein dummes Huhn, während er eine besonders häßliche und noch blutende Stelle abtupfte.

Als er Alkohol über beide Füße goß, sprang sie fast vom Bett, aber er packte sie bei den Schultern und hielt sie fest. »Ich weiß, daß es höllisch brennt, aber du hast es verdient. Verdammt, beweg dich nicht! Ich weiß nicht, wohin du gegangen bist, aber du kannst dich darauf verlassen, daß ich es herausfinden werde. Für alle Fälle werde ich die Prozedur jetzt wiederholen, und wenn du dich von der Stelle rührst, fessle ich dich ans Bett. Schrei statt dessen.«

Sie brüllte aus Leibeskräften, als er ihre Füße in ein Alkoholbad zwang und darin festhielt, und sie erstickte fast an ihren Tränen.

Jeremy stürzte ins Zimmer, mit geballten Fäusten und zornesrotem Kopf, sichtlich zu allem entschlossen.

Ryder beruhigte ihn mit einem einzigen Blick und zwei einfachen Sätzen: »Ich helfe ihr. Komm her und halt ihr die Hand.«

Jeremy hielt Sophies Hand umklammert, bis Ryder schließlich das Gefühl hatte, alles in seinen Kräften Stehende getan zu haben. Er hob ihre Füße aus dem Alkohol und schwang sie aufs Bett.

»Wir werden sie im Augenblick nicht verbinden. Laß sie einfach auf diesem sauberen Handtuch liegen. Und wenn du noch einmal herumläufst, werde ich dir den Hintern versohlen, und ich wage zu behaupten, daß Jeremy mir dabei helfen wird.«

»Ja, Sophie, du darfst dich nicht bewegen. Wie konntest du nur? Coco hat sich nachts doch um deine Füße gekümmert. Was hast du angestellt?«

»Ich bin deine Schwester«, sagte Sophie, aber ihre Stimme war so rauh und heiser, daß er ihre Worte nicht verstehen konnte. Aber Ryder verstand sie, und sie hatte sein volles Mitgefühl. Er war mit Jeremy überhaupt nicht verwandt, und doch war der Junge bereit, ihm und nicht ihr zu gehorchen. Verständnisvoll tätschelte er ihre bleiche Wange. »Jeremy bleibt ein Weilchen bei dir. Paß gut auf sie auf, mein Junge, und sorg dafür, daß sie sich nicht bewegt, außer um den Nachttopf zu benutzen. Ich verlasse mich auf dich, Jeremy.«

»Ja, Sir.«

Ryder verbeugte sich leicht vor Sophie, zwinkerte Jeremy zu und verließ das Zimmer.

9

Ryder konnte über ihre Füße immer wieder nur den Kopf schütteln. Sie mußte irgendwohin gegangen sein – nicht nur die wenigen Schritte bis zum Nachttopf – und zwar erst vor ganz kurzer Zeit, denn das Blut auf den Verbänden war noch ganz frisch gewesen.

Und dann fiel es ihm wie Schuppen von den Augen. Sie hatte Sherman Cole gesehen oder gehört, und in ihrer Angst war sie nach unten gerannt, um an der Tür zu horchen.

Seine Miene verdüsterte sich, als er daran dachte, was er und Cole über sie gesagt hatten. Und seine eigenen Worte waren um so unverzeihlicher, als sie gerade begonnen hatte, ihm zu vertrauen, zumindest was Jeremy betraf. Er hatte ihr einen völlig unerwarteten und mehr als grausamen Schlag versetzt. Erst als James fragte: »Sir etwas brauchen?«, kam ihm zu Bewußtsein, daß er mitten in der Eingangshalle wie angewurzelt dastand und blindlings vor sich hin starrte.

»Nein, James«, murmelte er. »War Miss Stanton-Greville vorhin hier unten?«

»Ja, Sir. In Nachthemd von altem Mr. Grayson, mit wirrem Haar, und weites Nachthemd flatterte um ihre armen verbundenen Füße herum.«

»Danke, James.«

»Ja, Sir. Ah, Sir, wird Thomas an Galgen baumeln?«

»Ich hoffe es von ganzem Herzen.«

Ryder trat auf die Veranda hinaus und winkte Emile zu sich heran, der gerade angeritten kam.

»In Camille Hall läuft alles so glatt, wie es im Augenblick möglich ist«, berichtete Emile, während er vom Pferd stieg. »Im Haus stinkt es natürlich noch, aber die Sklaven arbeiten hart, um Ruß und Schmutz zu beseitigen. Ich habe Clayton, einen unserer Buchhalter, drüben gelassen, damit er sich schon mal mit den dortigen Buchhaltern zusammensetzt. Er ist ein gewitzter Bursche und ein guter Organisator und wird dafür sorgen, daß alle arbeiten. Ich reite heute nachmittag noch einmal hin, um zu sehen, was sie geleistet haben.«

»Keine Spur von Thomas?«

»Nicht die geringste. Ich habe dafür gesorgt, daß Burgess beerdigt wurde. Seine Leiche war einfach übersehen worden, kannst du dir das vorstellen? Mein Gott, Ryder, es war keine erfreuliche Aufgabe, aber wenigstens ist es jetzt erledigt. Wie geht es Jeremy und Sophie?«

»Gut. Paß ein bißchen auf sie auf, Emile.«

»Klar. Wohin willst du?«

»Nach Camille Hall. Sophie und Jeremy brauchen dringend etwas zum Anziehen.«

Emile blickte ihm mit gerunzelter Stirn nach.

Clayton war ein energischer, braungebrannter, drahtiger kleiner Mann, der immer in Bewegung zu sein schien. Er begrüßte Ryder an der Tür und begann ohne Punkt und Komma auf ihn einzureden.

Ryder hörte ihm aufmerksam zu, während er sich im Haus umsah und im Geiste notierte, was getan werden mußte. Dann entließ er Clayton und ging in den ersten Stock hinauf. Ein kicherndes junges Mädchen mit buntem Kopftuch zeigte ihm Sophies Zimmer und informierte ihn mit keckem Lächeln, daß es Dorsey heiße. Zwischen Sophies Schlafzimmer und dem ihres Onkels gab es eine Verbindungstür, die Ryder lange betrachtete, wobei er sich vorstellte, wie sie sich öffnete und Theo mit einer Peitsche in der Hand hereinkam.

Er öffnete die Schranktüren und sah mindestens ein halbes Dutzend auffallender Roben aus Seide und Satin in viel zu grellen Farben, für ein junges Mädchen völlig ungeeignete Kleider, die augenfällig demonstrieren sollten, daß sie eine

Frau war, die Männer kannte und ihnen grenzenlose Lust zu schenken vermochte. Abgesehen von diesen widerlichen Roben hing nichts im Schrank.

In den Schubladen fand er jedoch Kleider, in denen er sie sich gut vorstellen konnte – leichtes Musselin in weichen Pastellfarben. Dort lag auch ihre Unterwäsche – gut genäht und schön bestickt, aber keine Sachen aus Seide und Satin, wie Nutten sie bevorzugten, sondern schlichte Wäsche aus Battist, Baumwolle und Leinen. Er entfaltete ein Nachthemd aus weißem Batist, das so aussah, als würde es einem kleinen Mädchen gehören.

Er legte einen Stapel von Kleidungsstücken zurecht, ebenso auch in Jeremys Zimmer, und ordnete an, daß die Sachen am frühen Nachmittag nach Kimberly gebracht würden.

Als er nach Kimberly Hall zurückritt, klebte ihm das Hemd schweißnaß am Rücken, und auf der Auffahrt glaubte er seinen Augen nicht zu trauen.

Shermann Cole und vier weitere Männer, alle bewaffnet, standen vor dem Haus, und Cole brüllte Samuel an, ihm die Hure auszuliefern. Sie sei eine Mörderin, und er wolle sie nach Montego Bay mitnehmen.

Ryder ritt auf seinem Hengst zwischen den Männern hindurch und hielt erst dicht vor den Verandastufen an.

Cole wirbelte herum. »Sie! Spielt keine Rolle, Sir, ich werde die Nutte trotzdem mitnehmen, und ich habe die dafür nötigen Männer mitgebracht.«

Ryder winkte Coles vier Begleitern lässig zu, die sehr unbehaglich dreinblickten und vor Hitze hochrote Köpfe hatten.

»Warum kommen Sie nicht herein, Mr. Cole? Ich bin sicher, daß wir ein paar schmackhafte Rosinenbrötchen haben, die Sie schnabulieren können, während wir diese Mißverständnisse klären.«

»Nein, ich will sie sofort!« schrie Cole.

»Ich bin müde von dieser infernalischen Hitze«, sagte Ryder, während er abstieg und an Cole vorbeiging, »und ich habe Ihr infernalisches Gebrüll gründlich satt. Entweder Sie begleiten mich ins Haus, oder Sie können von mir aus hier in der Sonne herumstehen, bis Sie schwarz werden.«

Samuel eilte Ryder nach. Cole, der sich von diesem verdammten jungen Mann schon wieder überrumpelt fühlte, folgte langsamer. Er hörte, daß die vier Männer miteinander flüsterten, und fragte sich, ob die Dreckskerle ihn hier allein lassen würden. Sie waren sowieso nur höchst widerwillig mitgekommen. Nun, sollten sie eben verschwinden, er würde das Weibsstück auch allein nach Montego Bay schaffen und es in der Zelle einsperren und den Schlüssel an sich nehmen. Die Nutte würde für jeden Tropfen Wasser von ihm abhängig sein.

Im Salon musterte Ryder ihn abschätzig von Kopf bis Fuß und fragte ohne jede Einleitung: »Sie behaupten also, daß Miss Stanton-Greville ihren Onkel umgebracht hat?«

»Ja, und diesmal habe ich genügend Beweise. Sie hat zwei Schüsse auf ihn abgegeben. Einer meiner Männer hat diese Derringer gefunden.« Er zog sie aus seiner Tasche und schwenkte sie vor Ryders Nase. »Sie hat zwei Kammern, und beide sind leer.«

»Hochinteressant.«

»Holen Sie das Flittchen! Das ist eine Damenpistole. Bringen Sie sie her, damit ich sie mitnehmen kann.«

»Wohin mitnehmen, Cole?«

Das ohnehin schon rote Gesicht des Mannes wurde noch röter. »Nun, wir haben in Montego Bay ein Gefängnis. Kein Haus, sondern nur einen großen Raum, aber für ihresgleichen völlig ausreichend.«

Ryder konnte nur den Kopf schütteln. Eigentlich sollte er Cole erlauben, Sophie zu sehen – mit den blauen Flecken im Gesicht, wegen der schmerzenden Rippen vornübergebeugt wie eine Greisin, von ihren blutigen Füßen ganz zu schweigen. Vielleicht würde seine Leidenschaft sich bei diesem

Anblick etwas abkühlen. Aber wenn er sie mitnahm, würde er sie zweifellos trotz ihres Zustands vergewaltigen, immer und immer wieder. Bei diesem Gedanken stieg Übelkeit in Ryder auf, und er rieb sich den Magen, während er nach außen hin völlig gelassen erklärte: »Das wäre unklug, Cole. Warum reiten Sie mit Ihren Männern nicht lieber nach Camille Hall? Sie könnten dort ein hübsches frisches Grab aufbuddeln.«

»Wovon reden Sie, Sir?«

»Eine ganz einfache Sache, Cole. Theo Burgess ist offenbar nicht sofort beerdigt worden, und deshalb konnte Emile Grayson die Leiche untersuchen, bevor er dafür sorgte, daß sie unter die Erde kam. Er hat festgestellt, daß Burgess nicht erschossen, sondern erstochen wurde. Drei Stiche in die Brust. Vielleicht möchten Sie die Leiche persönlich untersuchen? Emile hat allerdings gesagt, es sei keine allzu angenehme Aufgabe gewesen. Sie verstehen natürlich die Hitze und all so was. Nein? Nun, warum suchen Sie mit Ihren Männern dann nicht nach Thomas?«

»Aber diese Derringer ...«

»Sie gehört mir«, sagte Samuel Grayson. »Ich weiß es zu schätzen, daß Sie sie mir zurückgebracht haben, und Sie haben völlig recht, Sir – es ist eine Damenpistole. Sie hat meiner Frau gehört.«

Cole ignorierte ihn. Er ließ Ryder nicht aus den Augen. »Und was hat Miss Stanton-Greville dann dort zu suchen gehabt?«

Ryder hob die Brauen. »Ich dachte, es sei ihr Zuhause.«

»Ich werde die Leiche selbst untersuchen.«

»Ausgezeichnet. Ein Mann namens Clayton, einer unserer Buchhalter, sieht zur Zeit in Camille Hall nach dem Rechten. Er wird Ihren Männern bestimmt gern Schaufeln zur Verfügung stellen. Erfreulich wird diese Arbeit freilich nicht sein, aber das wissen Sie ja selbst. Großer Gott, ist diese Hitze nicht einfach schrecklich? Vielleicht sollte ich noch erwähnen, daß Emile ziemlich grün im Gesicht war, als er nach dem Begräbnis zurückkam, und inzwischen sind noch mehrere Stunden vergangen. Aber, nun ja, viel unangenehmer kann es gar nicht werden. Gehen Sie jetzt, Cole, denn ich bin müde, und mit Ihnen zu reden ermüdet mich noch mehr. Viel Glück beim Buddeln. Ich wage zu behaupten, daß das Ergebnis noch unerfreulicher sein wird als die Prozedur.«

Damit machte Ryder auf dem Absatz kehrt und ging auf die Veranda hinaus. Cole blieb nichts anderes übrig, als mit seinen Männern den Rückzug anzutreten, wobei er allerlei Drohungen vor sich hin murmelte.

»Ist Burgess tatsächlich erstochen worden?« fragte Samuel.

»Keine Ahnung. Emile hat nichts davon gesagt.«

»Wollen Sie damit sagen, daß Sie das einfach erfunden haben?«

Ryder zwinkerte Samuel zu. »Ja, aber es ist doch eine interessante Theorie, finden Sie nicht auch?«

»Ich mache mir immer noch Sorgen, Ryder. Cole ist ein gefährlicher Mann, auch wenn Sie ihn verachten. Wir haben nur ein bißchen Zeit gewonnen, weiter nichts. Er will Sophie um jeden Preis den Mord anhängen.«

»Weil sie ihm eine Abfuhr erteilt und ihn geohrfeigt hat, als er sie küssen wollte.«

»Ein Mann wie Cole wird so etwas nie vergessen oder verzeihen.« Samuel schüttelte den Kopf. »Wir müssen unbedingt etwas tun, und zwar schnell. Ah, dieses arme Kind!«

»Sie meinen Jeremy? Ich stimme Ihnen zu, aber er ist jung und anpassungsfähig und wird den Schock bald überwinden.«

»Nein! Ich meinte Sophie.«

»Ach so. Paßt jemand auf, daß sie im Bett bleibt?«

»Ja.

Ryder ging ohne ein weiteres Wort ins Haus und stieg langsam die Treppe hinauf.

Als er Sophie wieder besuchte, war es später Nachmittag. Sie trug eines ihrer eigenen Nachthemden und sah frisch, sauber und sehr jung aus. Ihr Gesicht war nur noch leicht gelblich verfärbt, und sie schien sich sehr zu langweilen. Mit gerunzelter Stirn beschwerte sie sich: »Es ist schwierig zu baden, ohne nasse Füße zu bekommen.«

»Das hätte ich für mein Leben gern gesehen. Vielleicht könntest du heute abend zu meiner Unterhaltung noch einmal baden? Hmmm, ich nehme an, dieses grimmige Knurren bedeutet, daß du mir kein Vergnügen gönnst. Na, macht nichts. Ich muß mit dir reden.«

»Dann red schon.«

»Sind wir wieder mal bockig?«

»Ich möchte nach Hause. Ich habe gehört, daß einer deiner Buchhalter dort die Aufsicht führt. Das ist nicht richtig, Ryder. Ich müßte in Camille Hall sein. Unsere eigenen Leute sind durchaus imstande, allein mit den Problemen fertig zu werden. Ich muß wirklich nach Hause.«

»Nun, das geht im Augenblick noch nicht. Was Clayton betrifft, so soll er laut Emile ein großer Diplomat sein, der es bestimmt vermeiden wird, die Gefühle eurer Leute zu verletzen. Cole war wieder hier und wollte dich unbedingt mitnehmen, aber ich habe ihm gesagt, daß dein Onkel gerade beerdigt wurde und zuvor festgestellt werden konnte, daß er nicht erschossen, sondern erstochen wurde.«

Sie starrte ihn an. »Soll das ein Scherz sein?«

»Wer weiß? Cole ist daraufhin jedenfalls abgezogen – vorerst. Aber ich will dir die Wahrheit sagen – ich glaube wirklich, daß Thomas deinen Onkel umgebracht hat, und daß du auf Thomas geschossen hast. Das bedeutet natürlich, daß es keine tödliche Verletzung war, denn er ist später ja bei Cole aufgekreuzt und hat seine Falschaussage gemacht. Inzwischen ist er aber irgendwo untergetaucht. Ich möchte ihn finden und in den Sumpf werfen. Ja, genau das werde ich tun.«

»Er wird bestimmt nicht nach Camille Hall zurückkehren.

Ich möchte wirklich nach Hause, Ryder. Dort gibt es jetzt so viel zu tun. Es gibt keinerlei Gründe für Jeremy und mich, noch länger hierzubleiben. Meine Rippen sind fast wieder in Ordnung, und meine Füße … na ja, ich werde nicht viel herumlaufen, einverstanden?«

»Und was willst du machen, wenn Cole mit seinen Männern auftaucht, um dich nach Montego Bay zu bringen?«

Sie erbleichte.

»Ich habe beschlossen«, fuhr er ungerührt fort, ohne sie direkt anzusehen, »daß wir alle nach England zurückkehren.«

»Du bist verrückt!«

»Durchaus möglich. Jeremy braucht eine gute Schule. Er wird Eton besuchen.«

Davon hatte Sophie immer geträumt, aber sie wollte nicht, daß der Traum sich auf diese Weise erfüllte, nicht mit Ryders Hilfe. »Nein«, sagte sie. »Das erlaube ich nicht.«

»Dir bleibt überhaupt keine andere Wahl«, erklärte er lächelnd.

»Doch. Ich werde nicht deine Geliebte sein, Ryder. Niemals!«

»Ich erinnere mich nicht, dich darum gebeten zu haben. Zumindest nicht in den letzten drei Tagen.«

»Ich habe dich gehört! Ich habe gehört, was du zu Mr. Cole gesagt hast!«

»Nun, dann weißt du ja, daß ich mir keineswegs sicher bin, ob ich dich noch heiß begehre, nachdem ich jetzt reichlich Gelegenheit hatte, dich aus der Nähe zu begutachten. Du magst in deiner hiesigen Umgebung etwas aus dem Rahmen fällen, aber in England? Ich weiß nicht so recht.«

Sie griff nach einem schweren Band mit Shakespeares Stücken und schleuderte ihn mit aller Kraft nach Ryder. Das Buch traf seine Brust, aber das Werfen hatte ihr mehr Schmerz bereitet als ihm der Schlag. Trotzdem ließ sie noch einen vollen Wasserkrug folgen.

Dann hatte sie keine Geschosse mehr. Keuchend sank sie in die Kissen zurück, Schweißtropfen auf der Stirn. Er hatte sich nicht bewegt, nicht einmal, um sein Gesicht abzutrocknen. »Dies war nun schon das zweite Mal, daß du mich angegriffen hast«, sagte er sanft. »Was meinst du, was ich mit dir machen sollte?«

»Du solltest aufhören, über mein Leben bestimmen zu wollen.«

»Ich möchte, daß es dir wieder gutgeht.«

»Das möchte ich auch.«

»Ah, aber ich habe dafür ganz andere Gründe als du. Ich möchte, daß es dir gutgeht, damit du gegen mich kämpfen kannst. Ich möchte dich kreischen hören, wenn ich dich hart bedränge, was ich tun werde. Ich möchte dich fluchen hören, und ich möchte, daß du dich immer wieder auf mich stürzt, denn ich kenne dich mittlerweile ganz gut, Sophie, und ich weiß, daß du nicht leicht aufgibst. Und wenn ich dich einmal gezähmt habe, wirst du bekommen, was du verdienst.«

»Ich wünschte, du wärest nie hierhergekommen!«

»Oh? Und wer hätte statt dessen kommen sollen? Meine kleine Schwester Sinjun? Ich muß zugeben, daß sie das alles wahrscheinlich höchst amüsant fände, aber ich bin mir nicht sicher, ob sie mit dir so gut umgehen könnte wie ich. Weißt du, sie ist sehr offen und ehrlich. Oder vielleicht mein frommer jüngerer Bruder Tyson, der in Oxford studiert und Geistlicher werden möchte? Er wird zweifellos ein Mädchen heiraten, das genauso fromm ist. Freilich kann ich nicht ausschließen, daß Tyson deinem verführerischen Lächeln nicht hätte widerstehen können. Anschließend hätte er sich wahrscheinlich vor Verzweiflung ertränkt. Nun, und was den Grafen betrifft, mein liebes Mädchen, so hätte er dich zum Frühstück verspeist. Im Gegensatz zu mir hat er nämlich keine Geduld, und er liebt auch keine Spiele von der Art, wie Frauen sie bevorzugen. Nein, er hätte dich sofort in deine Schranken verwiesen und dann einfach stehenlassen. Alles in allem hattest du also großes Glück, daß ich hergekommen bin, und ich verspreche dir, Sophie, ich schwöre dir, daß ich dich zähmen werde, aber erst dann, wenn es mir angebracht erscheint.«

»Ihr Männer müßt immer drohen – immer Gewalt, immer die Prahlerei, welche Schmerzen ihr der Frau zufügen werdet.«

»O nein, ich habe nicht die Absicht, dir weh zu tun.«

»Nun gut, dann eben Dominanz. Das ist genauso schlimm wie physische Gewalt. Alle Männer müssen das Gefühl haben, daß sie jemanden beherrschen, und wenn es nur eine einzige Frau ist.«

»Ich glaube, ähnliche Diskussionen hatten wir bereits.«

»Geh zum Teufel, Ryder! Du bist genauso verabscheuungswürdig wie alle anderen Männer. Und was deine widerliche Familie betrifft, so soll sie verrecken!«

»Sogar Sinjun?«

»Wenn sie so wie du ist, dann ja, verdammt noch mal!«

Ryder war an ihre Explosionen noch immer nicht gewöhnt, obwohl sie ihn während der kurzen Zeit seines Hierseins häufiger aus dem Gleichgewicht gebracht hatte, als ihm das in seinem bisherigen Leben widerfahren war. Aber was könnte er anderes von ihr erwarten? Ihr Onkel hatte sie geschlagen, wahrscheinlich unzählige Male, damit sie tat, was er von ihr verlangte, und wohl auch aus perverser Lust, jemandem Schmerzen zuzufügen. »Du langweilst mich nicht«, sagte er unvermittelt. »Ich finde dich sogar ganz amüsant, und dabei habe ich noch nicht einmal mit ...« Er verstummte hastig. Nein, er würde ihr nicht sagen, daß er sie in jener Nacht in der Hütte nicht genommen hatte. Er sah sich plötzlich in der Erinnerung dort stehen und die Betäubte betrachten, und er wußte noch genau, wie sehr er sich danach gesehnt hatte, sie zu berühren und zu liebkosen, aber für so etwas fehlte es ihm einfach an Skrupellosigkeit.

»Nun, Sophie, möchtest du nicht doch vielleicht eine Zeitlang meine Geliebte sein?«

»Nein.«

»Ah, Oliver Susson entspricht also eher deinem Geschmack? Er ist aber wirklich kein Ausbund an Männlichkeit, meine Liebe, obwohl er sich kooperativ zeigt, was immerhin von Vernunft zeugt. Das ist auch der Grund, weshalb ich dich nicht eher besucht habe. Ich bin nach Montego Bay geritten, um Mr. Susson einen Besuch abzustatten. Ihm ist jetzt völlig klar, was er zu tun hat. Er wird dafür sorgen, daß meine Vormundschaft sofort rechtsgültig wird. Er hat sich wortreich für sein ethisches Versagen entschuldigt und versichert, daß er die jetzigen Aufträge ohne Honorar erledigen wird.«

Ryder wartete auf eine Reaktion, aber Sophie schwieg. Sie verstand es ausgezeichnet, sich ganz in sich zurückzuziehen, und das ärgerte ihn. Um sie zu reizen und in Wut zu versetzen, fuhr er spöttisch fort: »Natürlich war er über die Vorstellung, dich zu verlieren, völlig verstört. Er ging sogar so weit zu sagen, daß er dich heiraten würde, obwohl er wisse, daß das seinem Ruf auf Jamaika beträchtlich schaden würde. Ich glaube, er hatte wirklich Tränen in den Augen, als er begriff, daß er sich nie wieder in der Hütte mit dir vergnügen würde.«

»Er hat sich nie mit mir vergnügt, zumindest nicht so, wie du glaubst.«

»Oh? Willst du damit sagen, daß du nie mit ihm in der Hütte warst?«

»Doch, aber ich habe nicht...« Sie verstummte. Es war ja doch sinnlos. Statt dessen sagte sie abrupt: »Eigentlich brauchst du nur mein Gesicht und meine Rippen zu betrachten, um zu wissen, daß ich mich nicht freiwillig mit all diesen Männern abgegeben habe.«

»Immer nur höchst widerwillig? Vielleicht nehme ich dir das bei einem jämmerlichen Bastard wie Sherman Cole ab, aber bei den anderen? Tut mir leid, Sophie, aber ich erinnere mich genau an jenen ersten Abend, als du mir in den Garten gefolgt bist. Du hast nicht mit der Wimper gezuckt, als ich dein Kleid bis zur Taille hinabzog und deine Brüste streichelte. Du hast mit außerordentlichem Geschick deine Verführungskünste eingesetzt und mich damit fast um den Verstand gebracht.«

»Würdest du mir bitte Verbandszeug für meine Füße holen? Ich muß einfach aufstehen, Ryder. Mir ist sterbenslangweilig, und dein Gesprächsthema ist denkbar unergiebig.«

Soweit also der Versuch, sie wieder zu einem Wutausbruch zu bringen, dachte er, während er einfach nickte. Und gleich darauf bandagierte er selbst ihre Füße, wobei er erfreut feststellte, daß sie mittlerweile besser als am Morgen aussahen. Hübsche Füße, dachte er, schmal und klein, mit hohem Spann. Während er ihre Zehen betrachtete, sagte er: »Nach meiner Unterredung mit Mr. Susson habe ich mir die Abfahrtstermine der Schiffe nach England angesehen. Mehrere Schiffe müssen demnächst hier ankommen. Wir werden unterwegs Zeit genug haben, alle noch offenen Fragen zu besprechen. Ich bin fest entschlossen, für uns drei eine Passage auf dem nächsten Schiff nach England zu buchen.«

»Sir, helfen Sie meiner Schwester wieder?«

Ryder legte ihren Fuß langsam aufs Bett und drehte sich um. Jeremy stand auf der Schwelle. Sophie konnte Ryder murmeln hören: »Ich darf wirklich nicht vergessen, die verdammte Tür zu schließen.« Dann grinste er dem Jungen zu. »Komm rein, Jeremy. Deiner Schwester ist sehr heiß, und ich habe versucht, sie zu unterhalten. Weißt du, sie langweilt sich und möchte abgelenkt werden.«

»Sie haben aber ihren Fuß festgehalten.«

»Ja. Sie hatte einen Krampf in den Zehen, aber jetzt ist es schon besser. Außerdem bandagiere ich ihre Füße wieder, wie du siehst. Sie langweilt sich sehr.«

»Ich werde ihr vorlesen. Du lieber Himmel, Sophie, wie kommt denn der Shakespeare auf den Fußboden? Du mußt vorsichtiger sein. Einige Seiten sind ganz zerknittert. Großer Gott, Seite 430 ist sogar eingerissen.«

»Du hast völlig recht, Jeremy. Sie hat die zweite Szene von *Der Widerspenstigen Zähmung* zerrissen.«

»Geh, Ryder!« rief Sophie. »Geh jetzt.«

Er entfernte sich pfeifend.

Sophie wußte nicht, wovon sie aufgewacht war. Gerade noch hatte sie süß geträumt, und ihre Mutter war bei ihr gewesen, hatte gelacht und ihr die Haare gebürstet und über die Zukunft gesprochen, über all die netten jungen Männer, die begierig sein würden, sie zu heiraten, wenn sie nach ihrem achtzehnten Geburtstag in London debütierte. Und im nächsten Moment war sie hellwach und setzte sich lauschend im Bett auf.

Da war jenes Geräusch wieder. Jemand schlich draußen herum. Ihr Herz klopfte laut. Langsam schlug sie das Laken zurück, mit dem sie sich zugedeckt hatte, und schlüpfte unter dem Moskitonetz hindurch. Es war sehr spät und sehr still, bis auf jenes Geräusch. Irgend jemand bewegte sich draußen auf dem Balkon, ganz leise, aber nicht leise genug für ihre scharfen Ohren.

Sophie stellte ihre Füße auf den Boden. Sie waren noch immer verbunden, aber der Brand in Camille Hall lag erst zwei Tage zurück, und sie hatte kaum noch Schmerzen. Auf Zehenspitzen schlich sie zur offenen Tür und spähte hinaus. Außer dem leisen Kreischen eines Koquito war nichts zu hören, doch dann sah sie einen Schatten, den Schatten eines Mannes, und er stahl sich gerade um die Ecke.

Sie griff nach dem Wasserkrug neben ihrem Bett – demselben, mit dem sie Ryder beworfen hatte –, leerte das restliche Wasser in den Nachttopf und trat auf den Balkon hinaus, der ohne Trennwände die ganze erste Etage umgab, etwa zwei Meter breit, mit einem zweieinhalb Meter breiten Dach als Sonnenschutz. Sie schlich dem Mann nach. Plötzlich war sie dicht hinter ihm und blieb wie angewurzelt stehen. Er starrte in ein Schlafzimmer.

Ryders Zimmer. Sie sah, daß der Mann ein Messer in der Hand hatte. O Gott, es war Thomas, und er wollte Ryder ermorden.

Sie wartete, bis er das Zimmer betreten hatte, dann rannte sie ihm nach, wobei die dicken Verbände ihr halfen, sich lautlos zu bewegen. Als sie durch die offene Tür spähte, sah sie, daß Thomas mit erhobenem Messer neben Ryders Bett stand. Seine Brust war bandagiert. Ryder hatte also recht gehabt: Sie hatte nicht auf ihren Onkel geschossen, sondern auf Thomas.

Aber unglückseligerweise hatte sie ihn nicht tödlich getroffen.

Langsam zog er das Moskitonetz beiseite.

Sophie schrie wie am Spieß, kreischte wie eine irre Voodoopriesterin, während sie mit dem Krug auf Thomas zustürzte.

Ryder fuhr aus dem Schlaf, sah eine Klinge wie einen silbernen Blitz über sich und glaubte, einen grellen Schrei gehört zu haben. Er rollte auf die andere Seite des Bettes, verfing sich aber im Moskitonetz.

Sophie sah ihn zu Boden stürzen, hilflos im Netz zappelnd.

Thomas rannte keuchend auf die andere Bettseite, ohne Sophie auch nur eines Blickes zu würdigen, nur von dem Wunsch beseelt, Ryder zu erdolchen.

»Thomas!«

Nun wirbelte er doch herum, und sie sah sein haßverzerrtes Gesicht.

»Thomas, *ich* habe auf dich geschossen, nicht Ryder! Was ist los, hast du etwa Angst vor mir? Du erbärmlicher Feigling, du *hast* Angst vor mir, vor einem Mädchen, das nur halb so groß wie du ist. Feigling, mörderischer Feigling! Warum hast du meinen Onkel umgebracht? Hat er dich getäuscht, dich betrogen?«

Thomas war jetzt in einem Zustand wie ein Amokläufer. Am ganzen Leibe zitternd, schwenkte er das Messer wild hin und her, auf und ab. »Ich weiß, daß du auf mich geschossen hast, du gottverdammtes Luder! Sobald er tot ist, werde ich auch mit dir abrechnen. Zuerst werde ich mich ein bißchen mit dir amüsieren, und dann werde ich dich winseln lassen, daß ich dich nicht töten soll. Auf den Knien wirst du mich anflehen, dir das Leben zu schenken, du kleine Nutte.« Er hatte Ryder ganz vergessen und verfolgte jetzt Sophie.

Sie hatte keine Zeit zu überlegen, ob es klug war, ihn anzugreifen. Wenn Ryder sich nicht bald aus dem Moskitonetz befreite, würde sie in erhebliche Schwierigkeiten geraten. Sie rannte hinter einen Schaukelstuhl und schob ihn vor sich her.

Sie spürte jeden Nerv in ihrem Körper, ein seltsames Prikkeln.

Natürlich hatte sie Angst, aber gleichzeitig erregte die Gefahr sie auch. Ihre Augen funkelten, als sie in sein verhaßtes Gesicht blickte.

»Erbärmlicher Feigling!« verhöhnte sie ihn wieder. Dann sprang sie plötzlich seitlich neben den Schaukelstuhl, schaute hinter Thomas und kreischte: »Ja, Ryder, los, bring ihn um!«

Thomas wirbelte herum, denn der neue Angreifer war ein Mann und deshalb gefährlicher.

Das war sein Fehler.

Sophie schmetterte ihm den schweren Tonkrug auf den Schädel. Er stöhnte leise und stürzte zu Boden. Das Messer entglitt seinen Fingern und lag neben ihm. Die lange Silberklinge schimmerte gespenstisch im schwachen Mondlicht, das von draußen einfiel.

Ryder befreite sich aus dem Moskitonetz und kam langsam auf die Beine. Er kniete sich neben Thomas und fühlte ihm den Puls. Der Mann lebte noch.

»Du hast ihm einen großartigen Schlag versetzt«, sagte er, immer noch über den Schurken gebeugt. »Und dein Schuß hat ihn hier in die Rippen getroffen. Er muß immer noch Schmerzen gehabt haben.«

Erst jetzt blickte Ryder hoch. Sie stand in einem ihrer weiten weißen Nachthemden mit Spitzenkragen regungslos da, mit offenen Haaren und leichenblaß, den abgebrochenen Krughenkel wie ein Amulett umklammernd.

»Danke, Sophie«, sagte er, während er aufstand.

Er war nackt und schien das überhaupt nicht zu bemerken, denn er entzündete seelenruhig eine Lampe und wandte sich ihr sodann wieder zu. In diesem Moment stürzten Samuel, Mary, Emile, Coco, James und mehrere andere Haussklaven ins Zimmer. Coco fiel sofort in Ohnmacht. Emile fing sie auf und legte sie auf Ryders Bett. »Sie ist schwanger«, erklärte er achselzuckend.

Ryder hob lächelnd die Hand. »Alles in Ordnung. Der Kerl dort auf dem Boden ist Thomas. Er wollte mich ermorden. Zumindest war ich der erste auf seiner Liste. Sophie hat mich gerettet.«

Emile lachte nervös. »Ryder«, sagte er, »ich bin heilfroh, daß alles vorbei ist, und daß euch beiden nichts passiert ist. Sophie hat dich gerettet? Sie war schon immer ein verwegenes Mädchen, und jeder, der es wagte, jemanden anzugreifen, an dem ihr etwas liegt, bekam ihren Zorn empfindlich zu spüren. Aber, mein lieber Freund, du bist splitternackt. Das ist nun schon das zweite Mal.«

»Stimmt«, murmelte Ryder verlegen und zog hastig einen Morgenrock an. »Es ist hier eben so heiß. Sophie, ist alles in Ordnung?«

Sie hatte immer noch kein Wort gesagt und sich nicht von der Stelle gerührt. Er ging zu ihr und berührte mit den Fingerspitzen sanft ihre Wange. »Ist alles in Ordnung?«

»Sophie!«

Jeremy bahnte sich einen Weg zwischen den Erwachsenen und rannte unbeholfen auf seine Schwester zu.

Erst jetzt kam wieder Leben in Sophie. Sie drückte ihn an sich, streichelte seine zerzausten Haare und sagte sehr sanft und ruhig: »Mir geht es gut, Liebling, wirklich, und Ryder auch. Nur Thomas geht es gar nicht gut. Ist das nicht herrlich, Jeremy? Keine Bösewichte mehr, die uns oder andere Menschen verletzen könnten. Überhaupt keine Bösewichte mehr.«

»Bedauerlicherweise wimmelt es auf der Welt nur so von Bösewichtern«, meinte Ryder. »Aber jetzt gibt es zumindest einen weniger. Emile, vielleicht sollten wir beide diesen Schurken fesseln und zum Mangrove-Sumpf bringen, damit die Krokodile eine Freude haben. Diese Idee sagt mir außerordentlich zu.«

»Mir auch«, grinste Emile.

»Wir müssen Sherman Cole benachrichtigen«, warf Samuel nüchtern ein. »Jetzt wird er bestimmt glauben, daß Thomas Theo Burgess ermordet hat.«

»Wahrscheinlich haben Sie recht«, seufzte Ryder bedauernd. »Vielleicht könnten Emile und ich ihn nach Montego Bay bringen und unterwegs einen leichten Unfall haben, am...«

»Am Mangrove-Sumpf«, vervollständigte Emile.

»Jetzt ist es aber mitten in der Nacht«, sagte Ryder. »Fesseln wir ihn also und werfen wir ihn in irgendein finsteres Loch. Gibt es hier irgendeinen sicheren Ort, Samuel?«

»Ja, das Eishaus.«

Fünf Minuten später war Thomas gefesselt und wurde ins Eishaus getragen, wo zusätzlich noch ein Wachposten auf ihn aufpassen sollte. Schließlich war Ryders Schlafzimmer wieder leer, bis auf Sophie und Jeremy. Der Junge hielt seine Schwester noch immer fest umklammert, war sie doch der einzige Mensch, der von seiner ursprünglichen Welt noch übrig war.

Ohne lange zu überlegen, kauerte Ryder neben ihm nieder und sagte leise: »Alles ist in Ordnung, Jeremy. Wirklich. Sophie ist in Sicherheit. Wie wär's, mein Junge, wenn deine Schwester und ich dich jetzt wieder ins Bett bringen würden?«

»Willst du vorher vielleicht noch ein Glas Milch?« Der Junge schüttelte den Kopf. »Nein, denn ich müßte mich bestimmt übergeben. Das war schrecklich, Sophie, wirklich schrecklich. Ich habe es satt, dauernd so schreckliche Dinge zu erleben.«

»Ich auch, Liebling.«

»Und ich ebenfalls.« Ryder fuhr Jeremy zärtlich durchs Haar, als der Junge ungläubig zu ihm aufschaute.

Es dauerte eine gute halbe Stunde, Jeremy zu beruhigen. Sie blieben bei ihm, bis er eingeschlafen war, und dann folgte Ryder Sophie in ihr Schlafzimmer.

»Komm, setzen wir uns noch ein Weilchen auf den Balkon«, schlug er vor. »Mir geht es wie Jeremy – ich bin viel zu aufgeregt, um gleich einschlafen zu können.«

Sie setzten sich in zwei Schaukelstühle und schwiegen lange, bis das Entsetzen langsam, sehr langsam wich.

»Danke, Sophie.«

»Gern geschehen.«

»Wie hast du es bemerkt?«

»Ich hörte ein seltsames Geräusch, das nicht zur Nacht paßte, und das hat mich aufgeweckt. Dann sah ich einen Schatten und folgte ihm. Und schließlich erkannte ich Thomas und sah, daß er dich umbringen wollte.«

»Du hast unglaublich schnell reagiert«, sagte Ryder, und es hörte sich leicht verärgert an. »Ich habe ein weibliches Wesen noch nie so schnell und effektiv handeln sehen. Du hast nicht gezögert. Du bist weder ohnmächtig geworden, noch hast du einen leisen Klagelaut von dir gegeben. Du hast aus Leibeskräften gebrüllt, und du hattest sogar eine Waffe bei dir.«

»Wie du dich vielleicht erinnern wirst, hatte ich diesen Krug schon einmal verwendet und wußte deshalb, daß er stabil ist. Du warst in dem Netz gefangen. Was hätte ich tun sollen? Dich wie einen zappelnden Fisch abschlachten lassen? Und ein zartes weibliches Wimmern hätte nicht viel Sinn gemacht. Außer mir befand sich ja niemand in unmittelbarer Nähe.«

»Gott sei Dank, daß du in der Nähe warst«, seufzte Ryder. »Andernfalls hätte er mich bestimmt umgebracht. Das ist dir doch auch klar, oder? Ich habe einen besonders tiefen Schlaf.«

Sie zuckte die Achseln, als hätte sie nichts Besonderes getan, und ihre Stärke brachte ihn ebenso in Wut wie ihre Gelassenheit, ob beides nun echt oder gespielt war; das konnte er nicht entscheiden, und er fragte sich, ob er es jemals wissen würde. Er sprang auf und starrte auf sie hinab, entsetzt über sein eigenes Benehmen. Nie zuvor hatte er wie ein richtiger Neidhammel reagiert, aber es war einfach zuviel für ihn. Sie hatte die Welt und all seine Erfahrungen und Überzeugungen völlig auf den Kopf gestellt. »Ich freue mich jedenfalls, daß dir etwas an mir liegt.«

»Was soll das heißen?«

»Emile hat gesagt, daß du dich in eine wahre Furie verwandelst, wenn jemand in Gefahr ist, an dem dir etwas liegt.«

»Ich habe dir doch schon gesagt, Ryder, daß er nach dir auch mich umgebracht hätte. Ich bin nicht dumm.«

»Wie geht es deinen Füßen?«

»Gut. Ich bin fast gesund.«

»Ausgezeichnet«, sagte er und zog sie hoch. Bevor sie reagieren konnte, drückte er sie an sich, umfaßte mit einer Hand ihr Kinn und küßte sie hart auf den geschlossenen Mund.

»Mir gefällt das nicht«, murmelte er sodann, und sein Atem war so heiß wie das Verlangen, das in ihm brannte. »Du verhältst dich nicht so, wie du solltest. Ich kann dich einfach nicht verstehen, und damit will ich mich nicht mehr abfinden. Verdammt, sei eine Frau!«

Er küßte sie wieder, preßte ihren Unterleib an sich, ließ seine Hände über ihre Pobacken gleiten.

Sie entwand sich ihm, ohne ein Wort zu sagen, wich einfach zurück, einen kleinen Schritt nach dem anderen, und schließlich wischte sie sich mit dem Handrücken den Mund ab.

Er zitterte jetzt vor Wut. »Nach all den gottverdammten Männern, die du gehabt hast, wagst du es, dir nach einem Kuß von mir den Mund abzuwischen?«

Sie ließ ihre Hand fallen und wich einen weiteren Schritt zurück.

»Wenn du noch lange so rückwärts läufst, landest du in Samuels Schlafzimmer. Du wirst seine Haushälterin aus dem Bett schmeißen müssen, aber ich bin überzeugt, daß er dich Mary bei weitem bevorzugen würde.«

Sie schüttelte nur stumm den Kopf.

»Verdammt, sag etwas!«

Sie wirbelte herum und rannte davon.

10

Thomas entkam. Niemand wußte genau, wie es ihm gelungen war, sich aus dem Eishaus zu befreien, aber zwei Sklaven von Kimberly Hall wurden bewußtlos und gefesselt im nahen Gebüsch gefunden. Sie waren zusammengeschlagen, aber nicht umgebracht worden, was Ryder wunderte. Beide hatten nichts gesehen. Ryder vermutete, daß Männer von Camille Hall Thomas befreit hatten, und wahrscheinlich hatten sie den Aufseher daran gehindert, die Wachposten wie lästige Fliegen zu töten. Verdammt, nun würde es für die Krokodile doch kein Festmahl geben! Ryder schickte Suchtrupps aus und ließ Sherman Cole eine Nachricht zukommen. Dann begann er über Sophie nachzudenken.

Er haßte es, sich über irgend etwas den Kopf zerbrechen zu müssen, und hatte das bisher nur sehr selten getan, aus dem ganz einfachen Grund, weil es ihm nie notwendig erschienen war, seine Zeit mit einer so langweiligen Beschäftigung zu vergeuden. Nun aber sah er sich plötzlich gezwungen, gründlich nachzudenken, obwohl es ihm lästig war und auch ziemlich schwer fiel.

Er verwünschte Sophie, deretwegen er einer so ungewohnten Beschäftigung nachgehen und sich mit Gefühlen auseinandersetzen mußte, die ihm ebenso unwillkommen wie unverständlich waren.

Schließlich sprang er auf, wütend auf sich selbst und auf sie, fest entschlossen, die Sache ein für allemal zu bereinigen. Sie war nicht in ihrem Schlafzimmer – seinem ehemaligen Schlafzimmer, genauer gesagt. Sie saß mit geschlossenen Augen auf dem Balkon, die Hände im Schoß gefaltet, und schien zu schlafen. Er betrachtete sie lange. Sie trug eines der schlichten Musselinkleider, die er von Camille Hall mitgebracht hatte, hellblau mit hohem Spitzenkragen, und ihre sauberen Haare waren im Nacken mit einem hellblauen Band zusammengefaßt. Ihr Gesicht wies kaum noch Spuren der Schläge auf, und sie sah frisch, unschuldig und sehr jung aus.

Unschuldig, ha! Darin bestand ja das Hauptproblem, und nun wollte er endlich Klarheit haben. Behutsam legte er eine Hand auf ihre Schulter.

Ohne zusammenzuzucken, öffnete sie langsam die Augen und blickte zu ihm auf. »Ryder«, sagte sie ruhig.

»Hallo«, murmelte er, während ihm seltsam warm ums Herz wurde, als er seinen Namen aus ihrem Munde hörte. Er ärgerte sich über seine eigenen Gefühle, und sie spürte sein Unbehagen und versteifte sich unter seiner Berührung, bis er die Hand zurückzog und ihr gegenüber Platz nahm.

»Dies ist nun schon das zweite Mal, daß wir zusammen auf diesem Balkon sitzen wie ein altes Ehepaar, das die Ereignisse des Tages Revue passieren läßt.«

»Das wohl kaum.« Sie lächelte ihm zu, aber es war ein hartes Lächeln, das ihre Augen nicht erreichte, ein Lächeln, hinter dem sich große Verletzlichkeit verbarg. »Wenn ich es nicht besser wüßte, könnte ich fast glauben, daß du wegen irgend etwas beunruhigt bist. Aber das ist natürlich unmöglich. Ryder Sherbrooke ist ein Mann, dem die Probleme dieser Welt so gut wie unbekannt sind. Du bist kein normaler Mensch mit normalen Sorgen.«

»Ich glaube, das reicht fürs erste. Es überrascht mich immer wieder, daß du sozusagen aus dem Stand zum Sturmangriff übergehen kannst. Von einer Sekunde auf die andere springst du einem an die Gurgel, beißt und kratzt. Aber diesmal wird es dir nicht gelingen, mich abzulenken. Das versuchst du doch immer, stimmt's? Nein, erspar dir die Mühe, es abzustreiten oder mich weiter zu reizen. Ich will etwas wissen, und ich will die Wahrheit hören.«

»Ausgezeichnet.«

Er beugte sich vor, die Hände zwischen die Knie geklemmt. »Die Wahrheit, Sophie! Es ist mein voller Ernst.«

»Wenn du das so besonders betonst und dabei eine so ernste Miene aufsetzt, bezweifle ich, daß du die Wahrheit glauben wirst, wenn du sie hörst.«

»Hast du freiwillig mit einem jener Männer geschlafen? Hat dein Onkel dich gezwungen, eine Hure zu werden, oder hat er nur die Tatsache ausgenutzt, daß du eine Hure warst, um seine eigenen Ziele zu erreichen?«

»Nein.«

»Verdammt, Sophie, wag es nicht, mich ...«

Sie sprang mit wehenden Röcken auf, und er sah, daß sie keine Schuhe trug und daß ihre Füße noch immer verbunden waren. Das machte ihn nur noch ärgerlicher.

»Verdammt, du sollst meine Fragen beantworten!«

»Das werde ich gerne tun, wenn du mir *eine* Frage stellst.« Sie wandte ihm den Rücken zu, hielt sich sehr gerade, und er hätte schwören können, daß ihr Kinn hochgereckt war.

»Also gut. Hast du freiwillig mit einem jener Männer geschlafen?«

»Nein.«

»Nicht einmal mit Lord David Lochridge?«

»Nein.«

»Hattest du schon mit irgendwelchen Männern geschlafen, bevor dein Onkel dich zwang, mit Kandidaten seiner Wahl ins Bett zu gehen?«

»Nein.«

»Verstehe«, knurrte er, aber das stimmte nicht. Sein Gehirn arbeitete nicht mit der üblichen Präzision, und das frustrierte ihn und brachte ihn in Wut. »Wie alt warst du eigentlich, als du zum erstenmal mit einem Mann geschlafen hast?«

Sie drehte sich nach ihm um, immer noch mit jenem harten, gefrorenen Lächeln im Gesicht. »Wenn ich dir glauben soll – nun, dann war ich beim ersten Mal neunzehn, und der erste Mann warst du!«

Sie lachte über seine wütende Miene. »Siehst du, Ryder, du weigerst dich, mir zu glauben, weil du ein Mann bist, und weil Männer Frauen immer fein säuberlich in feste Kategorien einordnen müssen. Eine Frau ist entweder unschuldig oder nicht. Ein Mittelding gibt es nicht. Eine Witwe ist vielleicht noch akzeptabel, aber sogar in diesem Fall nehmen die Männer an, daß sie bereitwillig, ja sogar enthusiastisch mit jedem ins Bett gehen wird, weil sie an Sex gewöhnt ist und weiß, worum es geht. Sobald eine Frau Intimverkehr mit irgendeinem Mann hatte, kann man ihr offenbar nie wieder vertrauen. Sie könnte ja sogar ihrem eigenen Ehemann Hörner aufsetzen. Ein Mann hingegen kann auch als Ehemann tun, was immer ihm gefällt. Zur Not kauft er sich einfach eine Frau für eine Nacht. Oder er hat mehrere Mätressen – für reiche Männer wie dich überhaupt kein Problem. Und bei all dem bleibt der Mann äußerst respektabel, ja er genießt als Frauenheld sogar besonderes Ansehen. Das ist töricht und ungerecht. Ich sage dir noch einmal die Wahrheit, Ryder: Ich hatte nie Intimverkehr mit einem Mann ...«

»Du hast dir eine Lebensphilosophie zurechtgebastelt, die mit der Realität nicht das geringste zu tun hat. Du schwafelst dummes Zeug, weiter nichts. Du hast keine Ahnung von Männern und Frauen, worauf es ihnen ankommt, wie sie ...«

Sie stampfte mit ihrem bandagierten Fuß auf. »Ich will es auch gar nicht wissen! Ich bezweifle sehr, daß es zwischen Mann und Frau eine schöne, harmonische, ausgewogene Beziehung geben kann, und wenn du ehrlich wärst, würdest du mir bestimmt zustimmen. Wag es ja nicht, mich mit Hohn und Spott zu überschütten. Ich sage es noch einmal, und es ist die volle Wahrheit: Ich hatte nie Intimverkehr mit einem Mann, bevor du mich betäubt und ...«

»Verdammt, ich habe deine Brüste begrapscht, und du hast es ohne weiteres zugelassen! Du hast meine Küsse erwidert! Und als du am Strand aufgewacht bist und gesehen hast, daß ich dich fast ausgezogen hatte – wie hast du da reagiert? Du hast mich eingeladen, dein Liebhaber zu werden, und du hast versprochen, all den anderen den Laufpaß zu geben. So etwas nenne ich ganz schön intim ...«

»Du hast mich betäubt und in die Hütte gebracht, und du weißt genau, daß ich mich an nichts erinnern kann. Höchstwahrscheinlich bin ich jetzt nicht mehr unschuldig. Ich dachte immer, daß ein Mann merken müsse, ob eine Frau noch unschuldig ist oder nicht, aber offenbar ist das nicht der Fall, denn andernfalls hättest du dich entschuldigen und zugeben müssen, daß ich noch eine Jungfrau war, als du mich genommen hast.«

Ryder erhob sich sehr langsam. Sein Gesicht war hochrot, die Halsschlagader dick geschwollen. Er packte seinen Stuhl und warf ihn mit aller Kraft über das Balkongeländer. Unten schrie jemand auf. Ryder warf Sophie einen haßerfüllten Blick zu und stürmte davon.

Samuel Grayson entdeckte Ryder auf dem nördlichen Zuckerrohrfeld. Er unterhielt sich mit einem der Treiber, einem Schwarzen namens Jonah, der mühelos mit bloßen Händen – es waren riesige Pranken – einem Mann den Hals umdrehen konnte. Ryder trug einen Hut. Sein Hemd war fast bis zur Taille geöffnet, und seine sonnengebräunte Haut glänzte vom Schweiß. Samuel ritt entschlossen auf die beiden Männer zu.

Ryder stellte Jonah eine letzte Frage, dankte ihm und wandte sich sodann Samuel zu.

»Ein guter Mann«, sagte Samuel.

»Ja. Bei einem Kampf hätte ich ihn liebend gern an meiner Seite. Die Vorstellung, ihn zum Feind zu haben, jagt mir einen kalten Schauder über den Rücken.«

»Ich muß mit Ihnen sprechen, Ryder.«

Ryder nahm seinen Hut ab, fächelte sich damit Luft zu und wischte sich mit dem Ärmel den Schweiß von der Stirn. »Nach Möglichkeit irgendwo im Schatten. Vielleicht am Strand, wenn es Ihnen recht ist, Samuel.«

Sie ritten zum Monmouth Beach, und Ryder registrierte unwillig, daß dieses Fleckchen Erde in ihm warme Gefühle weckte. Natürlich war das völlig absurd. Ein besonders schöner Strand, weiter nichts. Mit Sophie hatte das überhaupt nichts zu tun. Die beiden Männer stiegen ab und setzten sich unter eine Kokospalme. Die ständige Brise war angenehm kühl. Ryder seufzte vor Wohlbehagen und lehnte sich an den Stamm.

Samuel verzichtete auf jede Einleitung. »Ich möchte Sophie Stanton-Greville heiraten«, sagte er. »Dann werde ich der Vormund des Jungen sein. Camille Hall grenzt an Kimberly, so daß Emile und ich die Möglichkeit haben werden, das Erbe des Jungen im Auge zu behalten.«

Allmächtiger, das war wirklich ein Schock, obwohl Ryder von Anfang an gewußt hatte, daß Samuel in Sophie verliebt war. Zunächst hatte ihn das sogar amüsiert. Jetzt aber fand er es alles andere als amüsant. Seine eigene Stimme drang wie aus weiter Ferne an seine Ohren. »Ich werde bald Jeremys Vormund sein. Was Sophie betrifft – wer weiß? Jedenfalls brauchen Sie nichts zu unternehmen, Samuel.«

»Ihnen liegt doch im Grunde nichts daran, der Vormund des Jungen zu werden. Ich weiß, daß Sie so schnell wie möglich nach England zurückkehren möchten, und Sie sind bereit, den Jungen und Sophie mitzunehmen, weil Sie keinen anderen Ausweg sehen. Aber es gibt diese andere Möglichkeit. Die beiden gehören hierher, nicht nach England. Ich weiß natürlich, daß sie in Cornwall ein Haus und etwas Land besitzen, aber die hiesige Plantage ist mit Sicherheit von viel größerer Bedeutung. Ich werde einen Hauslehrer für Jeremy einstellen. Ihm wird eine gute Erziehung zuteil werden, und eines Tages wird er sein Erbe antreten. Und Sophie wird in einer Familie geborgen sein, sie wird Menschen um sich haben, die sie lieben.«

Ryder fror plötzlich. Er wandte sich rasch von Samuel ab, weil er befürchtete, daß sein Gesichtsausdruck ihn verraten könnte, und starrte aufs Meer hinaus. Wo zum Teufel war nur sein sorgloses Lächeln abgeblieben? »Ich verstehe«, murmelte er schließlich. »Sie haben sich offenbar alles gründlich überlegt. Und ich nehme an, daß Sie zu jenen Menschen gehören, die Miss Stanton-Greville lieben.«

»So ist es.«

»Bestimmt ist Ihnen auch bewußt, daß Sie dem Alter nach ihr Vater sein könnten.«

»Selbstverständlich, und das bereitet mir etwas Sorgen. Ich hatte gehofft, daß Emile sie heiraten würde, aber er hält sie für eine Hure. Immerhin akzeptiert er sie jetzt, weil sie Ihnen das Leben gerettet hat, und das ist schon viel wert. Aber er schaut immer noch auf sie herab und taxiert sie wie einen Gegenstand – genauso wie Sie es tun. Ich möchte sie beschützen und lieben. Sobald ich mit ihr verheiratet bin, wird Emile seine Ansichten für sich behalten, und mit der Zeit wird er sie vielleicht sogar ändern, denn sie sind völlig falsch. Sophie ist ein braves Mädchen. Sie ist verleumdet worden, und daran ist nur ihr Onkel schuld. Ich freue mich, daß der Mann tot ist.«

»Sie spielt perfekt die Hure.«

»Wenn das stimmt, so ist es das Werk ihres Onkels. Er hat sie zu allem gezwungen, was sie getan hat. Aber er hätte sie nie dazu bringen können, mit all jenen Männern zu schlafen.«

»Sie glauben also, daß die Männer einfach gelogen haben?«

»Mir fällt keine andere Erklärung ein.«

»Emile sagte, sie sei ein Satansbraten.«

»Ich glaube, ohne einen starken Willen hätte sie nicht überleben können. Sie hat ihren Bruder nach Kräften beschützt. Ich habe mich immer über all das Gerede gewundert, über die Prahlereien der Männer, die behaupteten, ihre Liebhaber zu sein. Sie hätte etwas Derartiges nie tun können; so einfach ist das. Es liegt nicht in ihrer Natur.«

»Aber würde sie nicht alles tun, um Jeremy zu beschützen?«

»Fast alles, ja, aber sie würde sich nie so weit erniedrigen. Außerdem hat sie Ihnen das Leben gerettet, ohne auch nur eine Sekunde zu zögern. Wenn diese Tat sie als Satansbraten ausweist, so ist das doch durchaus etwas Positives – zumindest sollten Sie es als positiv werten.«

»Ja, sie hat mir wirklich das Leben gerettet… Aber Ihnen muß doch auch klar sein, Samuel, daß kaum eine der hiesigen Familien Sie noch empfangen wird, wenn Sie Sophie heiraten. Jedenfalls wird Sophie weiterhin gesellschaftlich geächtet bleiben.«

»Das werde ich ändern«, erwiderte Samuel. »Ich werde überall erzählen, daß sie in der Hochzeitsnacht noch eine Jungfrau war. Und ich werde allen die Wahrheit über ihren Onkel erzählen.

»Das würde doch nur allgemeines Gelächter hervorrufen. Seien Sie vernünftig, Samuel. Niemand wird die Leute von ihren einmal gefaßten Vorurteilen abbringen können.«

»Ich werde es jedenfalls versuchen. Ich *muß* es versuchen.«

»Als ich mit Oliver Susson gesprochen habe, sagte auch er, daß er Sophie heiraten würde.«

»Ich würde niemals zulassen, daß Oliver ihr zu nahe kommt.«

»Wenn Sie sie vor allen Männern abschirmen wollen, mit denen sie sich amüsiert hat – ob nun gezwungenermaßen oder nicht –, werden Sie beide ein Eremitenleben führen müssen. Die Liste von Männern, die diese verdammte Hütte besucht haben, ist ziemlich lang, Samuel.«

»Sie irren sich, Ryder. Ich werde die Leute umstimmen. Mein Wort hat hier Gewicht.«

»Nein«, sagte Ryder.

»Wie bitte?«

»Nein. Sie werden Sophie nicht heiraten.«

Samuel verspürte plötzlich heißen Zorn auf den jungen

Mann. Ryder Sherbrooke mochte der Besitzer von Kimberly Hall sein, aber er hatte trotzdem nicht das Recht, sich ins Privatleben anderer einzumischen. Der Verwalter stand langsam auf. »Sie haben in dieser Angelegenheit kein Mitspracherecht, Ryder. Es ist meine Entscheidung, nicht die Ihrige.«

Ryder lächelte. »Im Grunde ist es Sophies Entscheidung, Samuel, und sie wird nein sagen.«

»Und warum? Weil Sie sie zugrunde gerichtet haben und sie mir deshalb die Schmach ersparen möchten, ihr Ehemann zu werden? Schauen Sie nicht so überrascht drein. Ich wußte genau, daß Sie sie begehrten, daß Sie sie beherrschen und in die Knie zwingen wollten. Sie haben sich aufgeführt wie ein neuer Hund in der Meute. Sie mußten sich und anderen Ihre Männlichkeit und Macht beweisen. Es war ein Wettbewerb. Sie mußten aller Welt zeigen, daß Sie sie haben konnten. Sie wollten von ihr hören, daß die anderen ihr nichts bedeuteten, daß nur Sie allein wichtig seien. Ich bin schließlich nicht blind. Außerdem stand ich vorhin zufällig unter dem Balkon und hörte Ihre Beschuldigungen ebenso wie Sophies Erwiderungen. Ich hörte sie sagen, daß sie unschuldig gewesen sei, bis Sie sie in die Hütte brachten. Sie haben Miss Stanton-Greville zugrunde gerichtet, und nun wollen Sie keinen Finger rühren, um ihr zu helfen. Ihnen würde bestenfalls in den Sinn kommen, sie zu Ihrer Mätresse zu machen, und dabei ist sie eine junge Dame von ausgezeichneter Herkunft. Außerdem hat sie feste Prinzipien. Ist Ihnen überhaupt in den Sinn gekommen, daß Sie sie geschwängert haben könnten? Nein, natürlich nicht. Nun, mir liegt sehr viel an ihr, und ich werde sie heiraten, und falls sie schwanger ist, wird sie jedenfalls keinen Bastard zur Welt bringen. Verdammt, lassen Sie dieses arrogante Brauenheben! Könnten Sie schwören, daß sie keine Jungfrau mehr war, als Sie sie nahmen?«

Ryder erwiderte ruhig: »Nein, das könnte ich nicht.«

»Sie weigern sich aber zuzugeben, daß Sie ihr die Unschuld geraubt haben. Sie wissen genau, daß sie keine Hure ist. Ich habe Sie über meine Absichten in Kenntnis gesetzt, um der Höflichkeit Genüge zu tun. Zumindest biete ich dem armen Mädchen eine Alternative, und das ist mehr, als man von Ihnen behaupten kann.«

Ryder hob einen kleinen Kieselstein auf und schleuderte ihn in die Wellen. »Und wie wollen Sie sie beschützen, wenn Sherman Cole sie verhaftet, um sie wegen der Ermordung ihres Onkels an den Galgen zu bringen?«

Samuel Grayson starrte aufs Meer hinaus. »Sie halten es also für besser, Sophie und Jeremy von hier wegzubringen? Und dann wird sie entweder Ihre Geliebte, oder aber sie steht völlig mittellos da, ohne Freunde, ohne eine Möglichkeit, ihren Lebensunterhalt selbst zu verdienen. Das ist wirklich eine großartige Lösung! Gott bewahre uns vor Männern, die glauben, daß die ganze Welt ihnen gehört und nach ihrer Pfeife tanzen muß, daß Frauen nur zu ihrem egoistischen Vergnügen da sind! Mir ist auch Ihr Ehrbegriff aufgefallen, Sir; er ist eng verknüpft mit Ihrem Stolz, mit all den Privilegien und all dem Reichtum, den Ihre Familie seit langem genießt. Aber was ist mit der Ehre anderer Menschen? Mit der Ehre und dem guten Ruf eines jungen Mädchens? Das ist Ihnen ganz egal, denn Ihnen geht es nur darum, es zu beherrschen und zu unterwerfen. Alle jungen Männer wetteifern darin, und dann gehen sie einfach ihrer Wege, ohne auch nur einen Gedanken an das Mädchen zu verschwenden, das für sie nur ein Spielzeug war. Nein, ich werde an meinem Plan festhalten. Wenn Sherman Cole Sophie verhaften sollte, wird mir schon irgendeine Lösung einfallen. Guten Tag.«

Er entfernte sich schnellen Schrittes und schlug dabei vor Erregung mit der Reitgerte gegen seine Schenkel. Ryder starrte ihm nach. Er hatte ein ähnliches Gefühl wie früher, wenn sein Vater ihm tüchtig den Kopf gewaschen hatte. Samuel konnte es zwar nicht ganz mit dem alten Earl of Northcliffe aufnehmen, aber schlecht war er wirklich nicht. Ryder schnaubte, während Samuel sich in den Sattel schwang, und dann lehnte er sich wieder an den Palmenstamm und schloß die Augen. Natürlich glaubte er nicht, daß die ganze Welt ihm gehörte und nach seiner Pfeife zu tanzen hatte – bestenfalls ein kleines Stückchen der Welt. Und was sollte daran falsch sein. Er war nicht egoistisch, er war nicht habgierig. Gewiß, er nahm, aber er nahm nicht zuviel. Er tat Menschen nicht weh, zumindest nicht absichtlich. Und er war auch durchaus bereit, nicht nur zu nehmen, sondern auch zu geben. Er gab sogar mit vollen Händen, das könnte Jane ebenso bestätigen wie seine Schwester Sinjun.

War er wirklich ein gefühlloser, selbstsüchtiger Schweinehund? Handelte er tatsächlich aus niedrigen, gemeinen Motiven? Führte er sich wie ein neuer Hund in der Meute auf? Nein, diese Behauptung, daß er seine Männlichkeit unter Beweis stellen müsse, war blanker Unsinn, weiter nichts. Er war wirklich kein übler Bursche. Samuel hatte richtig erkannt, daß er ein angeborenes Ehrgefühl besaß. Na und? War das etwa etwas Negatives?

Trotzdem fühlte er sich jetzt schuldig und kam sich wie ein Schurke vor, was einfach ungerecht war.

»Verflixt!« rief er einer großen grünen Schildkröte zu, die langsam zum Wasser hinabkroch. »Verflixt und zugenäht!«

Samuel Grayson blickte Sophie traurig an. Ryder hatte recht gehabt. Sie hatte seinen Antrag abgelehnt, wenngleich auf sehr taktvolle Art und Weise. Ihr müdes und niedergeschlagenes Aussehen schmerzte ihn, aber er wußte nicht, was er dagegen tun könnte.

Sie versuchte ihm zuzulächeln, hatte dabei aber Tränen in den Augen. »Sie wissen, daß ich Sie nicht heiraten kann«, wiederholte sie, weil er immer noch schwieg.

Die seelische Erschöpfung war seiner Stimme deutlich anzuhören, als er endlich sagte: »Nein, das verstehe ich nicht. Du hast keinerlei Grund, dich zu schämen, und ich bin kein junger Flegel, der Unberührtheit verlangt. Sophie, überleg es dir noch einmal.«

Ohne zu zögern, erwiderte sie: »Nein, tut mir leid, Samuel.« Sein Vorname kam ihr nur schwer über die Lippen, denn in den ganzen vier Jahren, die sie nun schon auf Jamaika lebte, war er immer Mr. Grayson für sie gewesen, aber es wäre taktlos, einen Mann, der einen Heiratsantrag machte, wie den eigenen Vater zu behandeln.

»Entschuldige bitte, daß ich etwas erwähne, was dir bestimmt peinlich ist, aber ich weiß, was Ryder dir angetan hat. Ich weiß auch, daß du das als Schmach empfindest, und das tut mir von Herzen leid.«

»Hat er es Ihnen erzählt?«

»O nein, aber er weiß, daß ich Bescheid weiß. Ist es möglich, daß du schwanger bist?«

Sie erbleichte, umklammerte eine Stuhllehne und schüttelte heftig den Kopf, während sie flüsterte: »O nein, das kann nicht sein, das wäre einfach zuviel... O Gott, was soll ich nur machen?«

»Heirate mich. Mir macht es nichts aus, wenn du von ihm schwanger bist.«

Sie konnte über seine Güte nur staunen, über seine aufrichtige Zuneigung, aber sie wußte trotzdem, daß sie ihn nicht heiraten konnte. »Nein, so etwas würde ich niemals tun.«

Samuel seufzte. »Ryder hatte recht.«

Sie erstarrte. »Was meinen Sie damit?«

»Er meinte, daß du meinen Antrag ablehnen würdest, weil er mit dir geschlafen hat.«

Sie lachte, sie lachte tatsächlich, und Samuel starrte sie völlig perplex an. »Nun«, brachte sie mühsam hervor, »zumindest traut er mir noch ein gewisses Ehrgefühl zu. Mir, der Hure von Jamaika! Ah, das ist wirklich köstlich!«

Ryder hörte dieses Lachen und lenkte seine Schritte unwillkürlich in die Richtung, aus der es kam. Dieses unnatürliche Lachen ging ihm durch und durch, weil er eine nur mühsam beherrschte Hysterie heraushörte. Zutiefst beunruhigt, riß er die Tür zum Salon auf, nur um im nächsten Moment verlegen stehenzubleiben. Er wußte selbst nicht, wen er hier mit ihr vermutet hatte, aber jedenfalls nicht Samuel Grayson. Großer Gott, konnte Samuel etwas gesagt haben, was sie derartig aus der Fassung brachte?

»Oh«, murmelte er, »entschuldigt bitte.«

»Nein, Ryder, Sie brauchen sich nicht zu entschuldigen«, sagte Samuel. »Sie hatten recht. Sie will mich nicht heiraten. Auf mich wartet viel Arbeit. Bleiben Sie ruhig hier, ich muß ohnehin fort. Ich werde nach Montego Bay reiten und feststellen, was Cole im Schilde führt. Vielleicht ist Thomas mittlerweile geschnappt worden.«

Ryder sagte kein Wort, bis sich die Tür hinter Samuel geschlossen hatte. Er wollte sich nicht eingestehen, daß er grenzenlos erleichtert war, weil dieses Eingeständnis ihn in rasende Wut auf sich selbst versetzte. Sophie stand in einem ihrer schlichten Musselinkleider regungslos da, barfuß wie eine kleine Göre, aber ohne Verbände. »Ich nehme an«, knurrte er, »daß all diese mädchenhaften Kleidchen, die ich von Camille Hall mitgebracht habe, aus der Zeit vor den Rendezvous in der Hütte stammen?«

Ihre Augen verengten sich zu schmalen Schlitzen, und sie ballte die Fäuste. Doch dann lächelte sie ihm träge zu, und ihre Stimme war weich und spöttisch, und unwillkürlich reagierte sein Körper auf diese Reize. »Ah, Ryder, selbstverständlich. Langweilige Fetzen, nicht wahr? Aber was soll ich machen? Du hast ja all meine anderen Sachen in Camille Hall gelassen. Warum tust du nicht einfach so, als trüge ich eine scharlachrote Satinrobe mit einem Dekolleté fast bis zur Taille? Warum kommst du nicht her und begrapschst mich wieder? Sei kühn, Ryder, sei ein Mann und reiß mir das Kleid vom Leibe. Würde dir das keinen Spaß machen? Ein richtiger Mann, der seine Kraft und Macht unter Beweis stellt! Großer Gott, allein der Gedanke läßt mich erschauern. Du könntest mich über deinen rechten Arm werfen. Habe ich nicht eine Belohnung verdient, weil ich deinen armen Mr.

Grayson vor einem Schicksal, schlimmer als der Tod, bewahrt habe?«

Er stand wie angewurzelt da. Dann fluchte er. Dann brüllte er sie an: »Hör sofort mit diesem verdammten Theater auf!«

»Theater? Soll das heißen, daß du mich nicht mehr für eine Hure hältst?«

»Ja ... nein ... verdammt, ich weiß es nicht!«

»Hat der liebe Samuel diesen Meinungswechsel bewirkt?«

»Nein.«

So schlagartig, wie sie zuvor in die Rolle dieser Nutte geschlüpft war, zeigte sie nun eine Verwundbarkeit, die ihm unerträglich war. Weil sie nicht wollte, daß er ihre Tränen sah, wandte sie sich hastig ab und lief auf die Veranda hinaus, aber er folgte ihr dorthin. Händeringend flüsterte sie kaum hörbar: »Und wenn ich nun schwanger bin?«

Er verzichtete darauf, den Begriffsstutzigen zu spielen. »Hast du bei all den anderen Männern nie daran gedacht? Hast du immer Vorsichtsmaßnahmen getroffen?«

»Nein.«

Wieder diese verbale Zweideutigkeit. Er müßte ihr jetzt eigentlich sagen, daß *er* sie mit Sicherheit nicht geschwängert hatte, daß sie folglich – wenn sie tatsächlich so unschuldig war, wie sie behauptete – unmöglich schwanger sein konnte, es sei denn, man würde eine übernatürliche Zeugung in Betracht ziehen.

Er müßte ihr eigentlich sagen, daß er sie nicht genommen hatte, als sie betäubt gewesen war. Aber er tat es nicht, denn wenn er es ihr sagte, würde sie Samuel Grayson vielleicht doch noch heiraten, und das konnte er einfach nicht zulassen.

»Wann hattest du deine letzte Monatsblutung?«

Sie zuckte schockiert zusammen, und er beobachtete fasziniert, wie rasch sie sich wieder unter Kontrolle hatte. Wortlos bedachte sie ihn mit einem strafenden Blick und eilte davon.

Er schaute ihr mit gerunzelter Stirn nach. Ihr verächtlicher Blick hatte wirklich Bände gesprochen und Worte völlig überflüssig gemacht.

Vielleicht sollte er ihr ein höhnisches Schnauben beibringen? Sie würde es bestimmt in kürzester Zeit meisterhaft beherrschen.

Als Samuel Grayson vier Stunden später nach Kimberly zurückkehrte, war er schweißüberströmt und völlig aufgelöst. Ohne einleitende Floskeln konfrontierte er Emile und Ryder mit den unangenehmen Neuigkeiten. »Sherman Cole läßt morgen vormittag Burgess' Leiche ausgraben. Es ist das einzige Gesprächsthema in Montego Bay. Thomas ist immer noch auf freiem Fuß. Cole sagt, daß er Thomas nach Sophies Verhaftung Geld anbieten wolle, damit dieser sein Versteck verläßt und gegen sie aussagt. Cole glaubt auch nicht, daß Thomas hierhergekommen ist und Ryder umbringen wollte. Und Ryders Behauptung, daß Burgess erstochen wurde, hält er ebenfalls für eine Lüge. Wie ich gehört habe, bezahlt er drei Männern sehr viel Geld, damit sie Burgess ausbuddeln und untersuchen. Anschließend will er Sophie sofort verhaften, vor Gericht stellen und an den Galgen bringen, alles innerhalb einer Woche. Er sagt, daß keiner von uns ihn daran hindern könne.«

»Das Ende ist also nahe«, kommentierte Emile. »Ganz gleichgültig, was ich von ihr halte – am Galgen möchte ich sie denn doch nicht baumeln sehen.«

Sein Vater schnaubte empört. »Du dummer blinder Hund! Nun, Ryder, bald werden Sie sich nur noch um Jeremy kümmern müssen.« Er wandte sich wieder seinem Sohn zu. »Du mußt morgen früh in Camille Hall sein, wenn Cole dort auftaucht. Wir müssen auf dem laufenden sein. Und jetzt geh und sag Sophie, daß sie in der Nähe des Hauses bleiben soll.«

Nachdem Emile den Salon verlassen hatte, fuhr Samuel fort: »Jetzt gibt es nur noch einen einzigen Ausweg, Ryder. Die *Harbinger* liegt derzeit im Hafen und soll mit der Morgenflut auslaufen. Sophie und Jeremy müssen mit diesem Schiff nach England reisen.«

»Ja«, stimmte Ryder zu. »Das müssen sie wohl.« Grinsend spreizte er die Hände. »Ich weiß, ich weiß. Ich kann sie nicht schutzlos nach England schicken. Ohne Geld, ohne einen Menschen, der sich um sie kümmern wird.«

»Sie selbst können Jamaika aber noch nicht verlassen.«

»Auch das weiß ich. Diese Vormundschaftsangelegenheit muß abgeschlossen werden, von Sherman Cole und diesem räudigen Hund Thomas einmal ganz zu schweigen.«

»Was wollen Sie also tun?«

»Allzu viele Möglichkeiten bleiben mir offenbar nicht mehr. Schaffen Sie den Vikar herbei, und ich werde sie heiraten. Während Cole drüben in Camille Hall herumbuddelt, werden Sophie und Jeremy schon auf hoher See sein. Und in England können sie sich geradewegs nach Northcliffe Hall begeben, wo sich meine Familie ihrer annehmen wird.«

»Und wenn Sie selbst nach England zurückkehren, Ryder?«

»Gemach, gemach, alter Junge! Sie haben ohnehin Ihren Kopf durchgesetzt und das Mädchen gerettet, mit mir als Werkzeug.«

»Sie wird Ihnen eine wunderbare Frau sein,«

Ryder verwünschte ihn und begab sich auf die Suche nach seiner Braut.

Ehe! Ein schrecklicher Gedanke, aber die Lage war hoffnungslos. Er dachte an seinen älteren Bruder, den Grafen, und hoffte von ganzem Herzen, daß dessen Ehe sich mittlerweile erfreulich entwickelt hatte, aber bei seiner Abreise aus England hatte er, ehrlich gesagt, schwere Bedenken gehabt, trotz Alexandras Beherztheit. Nur, weil er nach Jamaika gekommen war, würde auch er selbst ins Ehejoch gespannt werden. Und dabei war sein Leben bisher so unkompliziert verlaufen!

Er seufzte. Am besten brachte er die Sache schnell hinter

sich. Er fand Sophie am Spätnachmittag am Strand. Ihre Stute Opal graste in der Nähe, und sie saß mit gekreuzten Beinen im Schatten eines Mandelbaums und starrte aufs Meer hinaus.

Er band sein Pferd an, schlenderte zu ihr hinüber, stemmte die Hände in die Hüften und sagte: »Ich bin nach Camille Hall geritten, wo man mir gesagt hat, daß du dort gewesen seist, um dich nach den Reparaturarbeiten im Haus zu erkundigen. Das hättest du nicht tun sollen. Dazu geht es dir noch nicht gut genug.«

»Blödsinn!« erwiderte sie, ohne aufzublicken.

Er bückte sich und zog den Rock ihres Reitkostüms hoch. »Und warum hast du dann keine Schuhe an?«

Sie schob den Rock wieder herunter. »Geh zum Teufel, Ryder! Camille Hall gehört jetzt Jeremy. Er ist noch dort. Ehrlich gesagt, wurde ich plötzlich müde und wollte mich hier etwas ausruhen. Was willst du von mir? Weitere Wahrheiten aus dem Munde der Inselhure hören?«

»Nein.«

»Was dann?«

Er betrachtete sie mit ausgesprochener Abneigung und sagte kopfschüttelnd: »Seit einer halben Stunde haben wir beide keine Wahl mehr. Du wirst jetzt mit mir nach Kimberly zurückreiten, denn für dich gibt es bis morgen früh noch sehr viel zu tun.«

»Was in aller Welt soll das heißen?« fragte sie mit einer kalten Gleichgültigkeit, die ihn in rasende Wut versetzte.

»Verdammt, schau mich an!«

Seufzend blickte sie auf. »Laß das Fluchen. Außerdem stehst du mit dem Rücken zur Sonne, so daß ich dein Gesicht kaum erkennen kann. Vergiß ausnahmsweise einmal dein männliches Imponiergehabe und setz dich hin, Ryder.«

Er tat, wie ihm geheißen, und kreuzte wie sie die Beine. »Du wirst mir jetzt zuhören, Sophie. Es mißfällt mir, wenn du in diesem Ton mit mir sprichst. Meine Haltung hatte mit männlichem Imponiergehabe überhaupt nichts zu tun. Ich bin einfach dagestanden.«

Sie konnte nur mit Mühe ein Lächeln unterdrücken, während sie Sand durch ihre Finger rinnen ließ. Seine angeborene Arroganz war ihm tatsächlich nicht bewußt. Das Lachen verging ihr aber sofort, als er fortfuhr: »Es gibt keinen anderen Ausweg. Ich habe mir den Kopf zerbrochen, habe gegrübelt und gegrübelt – eine Beschäftigung, die ich hasse. Ich habe mir aufgezählt, aus welchen Gründen es der reinste Wahnsinn, der Gipfel der Idiotie wäre, aber das alles hat nichts genützt. Folglich werde ich dich heiraten müssen.«

Sie starrte ihn fassungslos an. »Du bist verrückt!«

»Ja, aber trotzdem werde ich dich heiraten. Mir bleibt einfach keine andere Wahl. Du und Jeremy werdet an Bord eines Schiffes sein, das morgen früh nach England ausläuft. Du wirst mich heute abend heiraten. In England werdet ihr euch zu meiner Familie nach Northcliffe Hall begeben. Dort wird man sich gut um euch kümmern, bis ich selbst nach Hause komme.«

»Tust du das, weil du befürchtest, daß ich ein Kind von dir erwarten könnte?«

»Nein. Sherman Cole läßt morgen vormittag deinen Onkel ausgraben. Danach will er dich verhaften. Und er bietet Thomas sogar Geld an, damit der Kerl gegen dich aussagt. Deshalb wirst du mich heiraten, und Jeremy, und du werdet schon weit entfernt sein, wenn Cole sich die fetten Hände reibt, weil er glaubt, dich endlich in seiner Gewalt zu haben. Nein, sag nichts. Du mußt Jamaika verlassen. Ah, möchtest du vielleicht wissen, was ich als Ehemann zu bieten habe? Keinen Titel, denn wie du ja weißt, bin ich der zweite Sohn. Aber ich glaube, daß ich sogar für dich reich genug sein müßte. Bei Gott, nachdem Kimberly Hall jetzt mir gehört, kann ich dir bestimmt bieten, was immer dein Herz begehrt.«

»Großartig. Mein Herz begehrt, daß ich Jeremys Vormund

werde und alle Entscheidungen über seine Ausbildung und Erziehung zum Gentleman treffe.«

»Hör auf. Für solche Spielchen haben wir jetzt keine Zeit mehr. Wir werden heiraten. Sei still. Ich scherze nicht, was Coles Absichten betrifft.«

Sie sprang auf. »Ich kann es einfach nicht glauben. Bist du sicher? Aber ...« Sie verstummte, starrte auf ihn hinab, drehte sich um, raffte ihre Röcke und rannte den Strand entlang.

»Sophie, komm zurück! Verdammt, deine Füße!«

Sie rannte noch schneller. Und er Dummkopf machte sich Sorgen, weil ihre verdammten Füße noch nicht ganz verheilt waren! Er rannte ihr nach, und weil er stärker war, längere Beine hatte und nicht von Unterröcken und Röcken behindert wurde, holte er sie rasch ein, packte sie am Arm und riß sie zu sich herum. Dann zog er sie an sich und küßte sie.

Sie wehrte sich heftig, aber auch nachdem er ihren Mund freigab, ließ er sie nicht los. »Ziehst du den Henker einer Ehe mit mir vor?«

Sie schüttelte den Kopf.

»Außerdem müßtest du vor dem Henker auch noch Coles Geifer ertragen, wenn er dich vergewaltigen würde.«

»Du brauchst nichts mehr zu sagen.«

»Gut, denn ich werde allmählich etwas ungeduldig.«

»Das ist doch absurd. Ich bin völlig durchschnittlich, Ryder. Ich habe nichts Ungewöhnliches, nichts Geheimnisvolles an mir, nichts, was dich interessieren könnte, obwohl ich nicht ganz ungebildet bin, weil ich sehr viel gelesen habe. Aber ich weiß, daß Männer diese Beschäftigung bei Frauen für unnütz, ja mitunter sogar für schädlich halten. Glaub mir, ich bin ein Nichts, ein hinterwäldlerisches Geschöpf ohne Ansprüche auf irgend etwas. Warum fühlst du dich für mich verantwortlich? Es ist schließlich nicht deine Schuld, daß mein Onkel tot ist.«

»Halt den Mund.« Er küßte sie wieder, aber sie wehrte sich

immer noch leidenschaftlich gegen ihn, und er wollte ihr nicht weh tun. Deshalb begnügte er sich damit, sie in seinen Armen zu halten. Er spürte ihre Wärme, spürte ihre Brüste an seinem Brustkorb und schloß für einen Augenblick die Augen.

»Hast du vergessen, wie sehr du mich verabscheust, Ryder? Du hältst mich für eine schreckliche Person. Du verachtest mich, weil du glaubst, daß ich eine Nutte bin. Warum willst du mich dann heiraten?«

Er blickte über ihre Schulter hinweg auf die gezackten schwarzen Felsen, die ins Meer ragten. »Ich muß es einfach tun. Nenn es Ehre. Nenn es Gewissenbisse. Samuel hat gesagt, ich hätte dich zugrunde gerichtet. Vielleicht trägst du sogar mein Kind in dir. Und jetzt kommt noch hinzu, daß du den Hals fast schon in der Schlinge hast. Komm mit. Wir haben beide noch eine Menge zu tun.«

Sie lief neben ihm her und starrte blindlings vor sich hin. Wie war es nur möglich, daß das Leben sich von einer Sekunde zur anderen so von Grund auf ändern konnte?

11

Der Vikar, Jacob Mathers, war ein dürrer kleiner Mann mit weißem Haarschopf, der wie ein Hahnenkamm hochstand. Er kannte natürlich alle Klatschgeschichten, beteiligte sich aber nicht am Gerede, sondern beschränkte sich aufs aufmerksame Zuhören, besonders wenn er ein Glas Rumpunsch in der Hand hatte, und gab kaum etwas auf das Gehörte. Seit über zwanzig Jahren war er ein enger Freund von Samuel Grayson, und deshalb nahm er die Einladung zum Abendessen mit Freuden an. Als er nach dem Essen erfuhr, daß von ihm noch eine Amtshandlung erwartet wurde, blinzelte er kurz, warf Samuel einen ratsuchenden Blick zu und wurde durch ein Lächeln und Kopfnicken ermutigt.

Wenn Samuel das für richtig hielt, war der Vikar bereit, die beiden ungleichen jungen Menschen zu trauen, und er nahm auch Ryders Angebot an, bis zum nächsten Nachmittag die Gastfreundschaft von Kimberly Hall zu genießen. Sophies Ruf war ihm ebenso bekannt wie Sherman Coles leidenschaftlicher Wunsch, das Mädchen zu verhaften, und er erriet auch Coles Motive. Schließlich hatte er es in seinem Beruf hauptsächlich mit menschlichen Schwächen zu tun. Aber er war weder dumm noch herzlos, und übermäßige Neugier schien ihm in diesem Falle nicht angebracht. Er wollte die Einzelheiten gar nicht wissen.

Alle stellten sich auf. Reverend Mathers hatte eine bemerkenswert tiefe Stimme, volltönend und beruhigend, an diesem Abend noch verstärkt durch die drei Glas Rumpunsch, die er beim Essen getrunken hatte. Bald neigte sich die kurze Zeremonie dem Ende zu. Er war erleichtert, daß die junge Dame nicht in Ohnmacht gefallen war. Ihre Blässe war beängstigend, ihre Augen wirkten riesig und sehr dunkel, und ihre Antworten waren kaum mehr als ein Flüstern. Was Ryder Sherbrooke betraf, so sah der junge Mann vom Scheitel bis zur Sohle wie der perfekte englische Aristokrat aus, und seine Stimme war kräftig und ruhig. Falls ihm ebenso unbehaglich zumute war wie seiner Braut, wußte er es jedenfalls gut zu verbergen.

Ryder fragte sich, was wohl in Sophie vorgehen mochte. Er wußte genau, daß nur der Gedanke an den Galgen sie bewogen hatte, ihn zu heiraten. Nicht gerade ein Kompliment für den Bräutigam! Nun ja, bald würde es vollbracht sein. Bald würde sie seine Frau sein. Und er wünschte sich das wirklich, wie ihm plötzlich zu seinem eigenen Erstaunen bewußt wurde. Er wollte sie in Sicherheit wissen, sie und Jeremy.

Als sie ein sehr schwaches »Ich will« flüsterte, drückte er ihre Hand, während ihm durch den Kopf ging, daß ihre ursprüngliche Weigerung auf Ehrgefühl und Ehrlichkeit hindeutete. Auch schien sie ihn überhaupt nicht zu begehren, aber das konnte er in Anbetracht ihrer Erfahrungen gut verstehen. Er würde sie bald dazu bringen, in dieser Hinsicht ihre Meinung zu ändern. Schließlich war er kein Tölpel. Er dachte an all die Frauen, die er gehabt und glücklich gemacht hatte, mit denen er gelacht und gescherzt hatte. Und nun war er an die einzige Frau gebunden, die ihn nicht wollte, die ihn nur heiratete, weil ihr keine andere Wahl blieb. Zumindest das hatten sie gemeinsam. Auch ihm wäre normalerweise nie in den Sinn gekommen, sie zu heiraten. Nur seine Ehre gebot es ihm, weiter nichts.

Sophie war froh, die Antwort über die Lippen gebracht zu haben, ärgerte sich aber darüber, daß sie sich wie eine blökende Ziege angehört hatte. Tatsache war jedoch, daß sie Angst vor ihm hatte, obwohl ihr bewußt war, daß er sie vor einem schmachvollen Tod rettete.

Sobald sie seine Frau war, konnte er mit ihr machen, was immer er wollte. Das wußte sie, weil ihr Onkel es ihr oft genug unter die Nase gerieben hatte. Sie glaubte nicht, daß Ryder sie schlagen würde. Zu dieser Kategorie von Männern gehörte er bestimmt nicht. Nein, was ihr Angst machte, war sein Anrecht auf ihren Körper: Er konnte sie nehmen, wann immer und wie immer er wollte. Andererseits hatte er sie ja bereits gehabt und ihren Körper gesehen, genauso wie sie den seinen. Und er hatte sie nicht verletzt, denn am nächsten Morgen hatte sie keinen Schmerz, nicht einmal das geringste Unbehagen verspürt. Nein, er hatte ihr nicht weh getan.

Und außerdem handelte es sich ja vorerst nur um eine einzige Nacht.

Trotzdem fürchtete sie sich. Nervös befingerte sie das weiche Musselinkleid, das Coco mit flinker Nadel innerhalb weniger Stunden genäht hatte. Es war wunderschön und schneeweiß, und darüber mußte sie lächeln. »Du wirst wie eine Opferjungfrau aussehen«, hatte Ryder gesagt, als sie ihm das fast fertige Kleid vorführte.

Sie wünschte, der Vikar käme zum Ende. Ihr war leicht übel. Sie hatte Angst, nicht nur vor Ryder, sondern auch vor Sherman Cole, und sie fragte sich, ob sie und Jeremy morgen tatsächlich an Bord jenes Schiffes sein würden, ein für allemal in Sicherheit.

Als Ryder vorhin in ihr Zimmer gekommen war, um sie zum Abendessen abzuholen, hochelegant und verdammt attraktiv, hatte er ihr zugelächelt und gesagt: »Du bist schön, weißt du das?«

Sie hatte achselzuckend erwidert: »Halbwegs passabel, würde ich sagen.«

»Nein, schön. Bist du bereit? Der Vikar ist da. Wir werden vor der Trauung zu Abend essen. Es tut mir leid, daß du niemanden von Camille Hall dabeihaben wirst, aber das können wir nicht riskieren.«

»Du brauchst mich nicht zu heiraten, Ryder.«

»Sei still«, hatte er freundlich gesagt, ihr seinen Arm angeboten und sie die breite Treppe hinabgeführt.

Ryder bemerkte ihr Zittern, als er sein Eheversprechen ablegte. »Hab keine Angst«, flüsterte er ihr zu. »Vertrau mir. Bald wird es vorbei sein, und dann wird dir nie wieder etwas Schlimmes widerfahren.«

Sie glaubte ihm nicht, aber das konnte sie ihm jetzt, da er ihr Ehemann wurde, kaum sagen. Und Jeremy lächelte selig, so, als hätte man ihm die ganze Welt zu Füßen gelegt. Sie wunderte sich, wie leicht Ryder das Herz des Jungen erobert hatte.

Die Zeremonie war beendet. Das Brautpaar wurde beglückwünscht. Samuel sah hocherfreut und zutiefst erleichtert aus. Er umarmte Sophie und sagte leise: »Nun wird für dich alles gut, meine Liebe. Ich glaube von jeher, daß alles, was geschieht, einen tieferen Sinn hat. Dir und Jeremy war es bestimmt, Jamaika zu verlassen und nach England zurückzukehren. Du kannst deinem Ehemann vertrauen. Sobald Ryder den richtigen Weg erkannt hat, schlägt er ihn ein, ohne zu zögern. Ja, Sophie, vertrau ihm, denn er ist ein sehr guter Mensch.«

Sie betrachtete ihren Ehemann, der Jeremy an sich drückte. Der Junge redete lebhaft auf ihn ein, und Ryder nickte lachend.

Und dann erstarb all das fröhliche Geplauder mit einem Schlag. Ryder blickte auf und sah Sherman Cole auf der Schwelle des Salons stehen.

Sophie wäre am liebsten im Mangrove-Sumpf versunken. Sie stand regungslos da und beobachtete Ryder, der auf Cole zuging.

»Welch eine Freude, Mr. Cole! Allerdings waren Sie nicht eingeladen. Was wollen Sie denn jetzt schon wieder?«

Sherman Cole sah sich im Zimmer um und starrte Sophie an, die in ihrem weißen Hochzeitskleid einer bleichen Statue glich. Samuel stand dicht daneben, Arm in Arm mit ihr, und Cole rief unwillkürlich: »Großer Gott, glauben Sie wirklich, die kleine Nutte durch eine Hochzeit retten zu können? Hat dieser Narr von Grayson sie wirklich geheiratet? Hat er das Flittchen wirklich geheiratet?«

Ryder seufzte. »Habe ich Sie nicht schon einmal gewarnt? Sie sind offenbar sehr begriffsstutzig, Sir, und Sie stören hier ungemein.«

»Aber er kann unmöglich mit ihr verheiratet sein! Hören Sie, Samuel, es ändert nichts an der Sachlage. Sie hat ihren armen Onkel ermordet, und ich werde sie morgen verhaften, sobald wir Burgess' Leiche untersucht haben. Sie werden also nur eine einzige Nacht mit ihr haben, nicht mehr. Genießen Sie sie deshalb! Und dann werde ich an der Reihe sein... das heißt, ich werde dafür sorgen, daß die Gerechtigkeit obsiegt und...«

Ryder versetzte ihm einen kräftigen Kinnhaken, und Sherman Cole sackte in sich zusammen. Ryder packte ihn unter den Armen und zerrte ihn mühsam hinter einen Stuhl, so daß er nicht mehr zu sehen war. Dann grinste er Sophie zu und rieb sich die Hände.

»Das hat Spaß gemacht!« rief er vergnügt. »Emile, wenn er wieder zu sich kommt, solltest du ihn vielleicht nach Montego Bay zurückbegleiten. Ich finde es großartig, daß er glaubt, Sophie wäre mit deinem Vater verheiratet. Dann ahnt er nichts Böses und bleibt siegessicher.«

»Gehen wir ins Eßzimmer«, schlug Samuel vor. »Ich möchte dem Brautpaar mit dem Champagner zuprosten, den James aufgetrieben hat.«

Sophie blieb bleich und stumm. Ryder zog sie sanft an sich und küßte sie ganz zart, bevor er ihr zuraunte: »Ich bin dein Mann. Ich werde dich beschützen. Cole wird dich nicht anrühren.«

Sie bewegte sich immer noch nicht. Als er sie schließlich losließ, blickte er sehr nachdenklich drein. Sie hatte seinen Kuß nicht erwidert, aber das war vielleicht verständlich, nachdem Coles Auftauchen ihr zweifellos einen neuen Schock versetzt hatte.

»Weißt du was, Sophie? Ich habe dich diesmal wirklich beschützt, aber andererseits muß ich gestehen, daß ich allergrößte Lust hatte, ihn zu verprügeln. Deshalb kann ich nicht behaupten, nur aus edlen Motiven gehandelt zu haben. Aber nehmen wir es trotzdem einmal an. Kann ich mich darauf verlassen, daß du mich ebenfalls beschützen würdest?«

»Das habe ich schon getan.«

Er grinste. »Ja, und du warst einfach großartig. Wirst du weiterhin meine Amazone sein? Wirst du mich auch weiterhin beschützen?«

»Du bist doch nicht Jeremy.«

»Nein, das nicht, aber ich bin dein Mann, und als solcher müßte ich von nun an noch wichtiger sein.«

»Ja«, sagte sie seufzend. »Ich werde dich beschützen.«

»Gut.«

Ryder warf einen Blick über die Schulter zurück. Coles Füße ragten unter dem Stuhl hervor. Was zum Teufel hatte der Kerl gewollt? Es war ein langer Ritt von Montego Bay nach Kimberly und zurück. Hatte er sich nur an Sophies Angst weiden und alle anderen einschüchtern wollen?

Gleich darauf vergaß Ryder den Richter. Bald würde er Sophie besitzen. In wenigen Stunden würde sie nackt mit ihm im Bett liegen, in seinen Armen, und er hatte die Absicht, diese Nacht, die einzige vor wochenlanger Trennung, voll auszukosten.

Summend geleitete er sie ins Eßzimmer, ließ sie rechts von sich Platz nehmen und setzte sich ans Kopfende des Tisches. Dann griff er nach ihrer Hand und küßte ihre Finger. Sie reagierte nicht darauf.

»Emile wird Cole wegbringen«, sagte er. »Vielleicht wird er erfahren, was Cole herausgefunden hat, und warum der Kerl heute abend hier aufgetaucht ist.«

»Ich wünschte, ich hätte ihm selbst einen Kinnhaken versetzen können«, murmelte sie.

Er war entzückt. »Tatsächlich? Keine schlechte Idee. Zeig mir mal deine Faust.«

Sie tat es, und er schob ihren Daumen herunter. »Wenn du zuschlagen willst, darf dein Daumen niemals vorstehen. Du könntest ihn sonst brechen. Ja, so ist's richtig.«

»Du hast dir die Knöchel verletzt!«

»Ah, so etwas fällt im Vergleich zum Vergnügen überhaupt nicht ins Gewicht. Und nun erinnere dich daran, meine Liebe, daß du meine Braut bist. Heb dein Glas und stoß mit mir an. Ja, so. Und jetzt lächle. Gut.«

Sie nippte am Champagner. Er war köstlich, kalt und herb. Sie trank einen zweiten, größeren Schluck.

Die Unterhaltung wurde immer lebhafter. Mit jeder neu entkorkten Champagnerflasche nahmen Gelächter und Lärm weiter zu. Der Vikar gab einen Witz über einen Heiligen zum besten, der aus Versehen in die Hölle geschickt wurde. Er erzählte mit der ganzen Begeisterung eines frommen Sünders.

Ryder lachte schallend, bis sein Blick auf Sophie fiel. »Du bist viel zu still, und du hast so gut wie nichts gegessen.«

»Ich habe das alles nicht gewollt«, murmelte sie, ohne von der Ananastorte auf ihrem Teller aufzuschauen.

»Es ist aber geschehen. Gewöhn dich daran. Akzeptier es.«

»Mir bleibt wohl nichts anderes übrig.« Sie leerte ihr Glas.

»Willst du dich bis zur Besinnungslosigkeit betrinken?«

»Nein, ich glaube nicht, daß das möglich ist.«

»O doch, es ist durchaus möglich. Weißt du, junge Männer tun die lächerlichsten Dinge, betrinken sich beispielsweise und grölen aus vollem Halse, bis sie schließlich besinnungslos unter einem Tisch liegen.«

Er lächelte ihr charmant zu, lachte, setzte alle möglichen Verführungskünste ein, hatte damit aber keinen Erfolg.

»Bist du müde, Sophie?«

»Ja«, sagte sie unbedacht und zuckte gleich darauf beim Gedanken an die Folgen ihres Geständnisses heftig zusammen.

»Wie geht es deinen Rippen?«

»Sie tun sehr weh, genauso wie meine Füße und...« Sie verstummte plötzlich.

»Du bist eine miserable Lügnerin. Das fällt mir freilich erst jetzt auf, weil ich dich inzwischen gut kenne.«

»Du kennst mich nicht, Ryder. Wirklich nicht.«

»Dann werde ich dich eben kennenlernen. Ich wünsche es mir sehr. Ein Jammer, daß wir zunächst wochenlang voneinander getrennt sein werden. Ich werde dir einen Brief mitgeben, den du meinem Bruder, dem Grafen übergeben mußt, sobald ihr in Northcliffe Hall ankommt. Ich gebe dir auch genügend Geld mit, so daß ihr in Southampton eine Kutsche und mehrere Wächter mieten könnt. Versprich mir, nicht auf die Wächter zu verzichten.«

Sie versprach es ihm.

Er betrachtete ihren Brustansatz unter der weißen Spitze. »Du bist im Augenblick sehr dünn, aber es stört mich nicht. Ich werde dich schon aufpäppeln.«

»Nachdem ich schwanger bin, werde ich sowieso bald in die Breite gehen.«

Diese Lügen, stöhnte Ryder insgeheim. Es war so verdammt schwierig, an ihnen festzuhalten. Trotzdem sagte er leichthin: »Wie schon gesagt, ist es zwar möglich, aber durchaus nicht sicher, daß du schwanger bist. Hoffentlich wirst du nicht allzu enttäuscht sein, wenn es nicht der Fall sein sollte.«

»Ich muß schwanger sein, ich fühle mich nicht gut.«

Das war wirklich interessant, dachte er, während er sich zurücklehnte und den Stiel seines Champagnerglases hin und her drehte. »Weißt du, Sophie, du brauchst in meiner Gegenwart wirklich nicht verlegen zu sein. Nein, bitte verschwende keine Zeit darauf, es leugnen zu wollen. Ich habe dir gesagt, daß ich die Frauen kenne. Und erinnere dich daran, daß du keine Jungfrau mehr bist. Ich habe dich genommen, und ich konnte mich an deinem Körper nicht satt sehen. Ich habe sogar das neckische kleine Muttermal hinter deinem linken

Knie geküßt. Es gibt also keinerlei Grund für dich, verlegen zu sein.«

»Wahrscheinlich hast du recht, aber ...«

»Aber was?«

»Als du das alles mit mir gemacht hast, war ich nicht bei Bewußtsein.«

»Du wirst mir einfach vertrauen müssen.«

»So wie du mir vertraut hast.«

»All diese üblen Machenschaften gehören jetzt der Vergangenheit an, obwohl ich gestehen muß, daß mich noch immer die Wut packt, wenn ich daran denke, wie du und dein Onkel mich betäubt, ausgezogen und dieser anderen Frau überlassen habt. Wie hieß sie eigentlich?«

»Dahlia. Sie hat dich gemustert und erklärt, daß es mit dir bestimmt ein Genuß sein würde.«

Als Ryder selbstzufrieden grinste, fügte sie rasch hinzu: »So ein Genuß allerdings auch wieder nicht, daß sie bereit gewesen wäre, auf Bezahlung zu verzichten.«

»Hast du ihr zugeschaut, während sie sich mit mir vergnügte?«

»Nur ganz kurz. Mein Onkel bestand darauf, weil er meinte, du gehörtest zu den Männern, die mit ihren Geliebten über intime Dinge sprechen, aber ich konnte es einfach nicht ertragen und bin weggerannt.«

»Es war ein sehr gemeines Spiel. So, und jetzt werden wir beide uns zurückziehen, meine liebe Frau.«

Keine zehn Minuten später hatte er die Schlafzimmertür abgeschlossen und näherte sich ihr mit zuversichtlichem Lächeln und siegreich funkelnden Augen.

Sie sah wirklich wie eine Opferjungfrau aus, ging ihm durch den Kopf, und in diesem Moment akzeptierte er wohl endgültig die Tatsache, daß sie noch unberührt war, daß all ihre angeblichen Liebhaber mit Dahlia geschlafen hatten, daß Samuel recht gehabt hatte, als er sagte, Sophie könnte so etwas niemals tun, um nichts in aller Welt.

Er überlegte flüchtig, ob er ihr jetzt gestehen sollte, daß sie noch immer Jungfrau war, daß er ihr eine Lüge aufgetischt hatte, um sie davon abzuhalten, Samuel Grayson zu heiraten. Aber dieses Geständnis dürfte kaum dazu angetan sein, sie ihm gewogen zu machen, denn eine rühmliche Rolle hatte er dabei ja wirklich nicht gespielt. Nein, nein, er würde den Mund halten. Die Wahrheit konnte noch ein bißchen warten.

Er nahm sie zärtlich in die Arme, ohne sie jedoch zu küssen. »Ich weiß, daß du einiges von dem, was Männer und Frauen im Bett treiben, gesehen hast«, sagte er. »Ich weiß aus eigener Erfahrung, daß du genau weißt, wie man einen Mann verführt, wie man es anstellt, ihn so verrückt zu machen, daß er alles mögliche sagt und verspricht. Aber ich weiß auch, daß du aufgrund all der seltsamen Umstände noch nie persönlich erfahren hast, wie köstlich Liebesspiele sein können. Wir werden ganz langsam vorgehen, Sophie. Ich möchte nicht, daß du dich an deine bisherigen widerlichen Erfahrungen erinnert fühlst. Vergiß sie. Sie sind jetzt nicht mehr wichtig. Nur du und ich sind wichtig. Verstehst du?«

»Ich will das nicht, Ryder. Ich brauche Zeit.«

»Nach dieser einen Nacht wirst du viel Zeit haben, mindestens sieben Wochen. Ich bin nicht wie all jene ungeschickten Tölpel. Ich werde dir Genuß bereiten, und du wirst in meinen Armen ihr abstoßendes Verhalten vergessen.«

Seine Hände glitten langsam über ihren Rücken, streichelten sie sanft, so als wäre sie ein Kind oder ein mißtrauisches Tier, das gezähmt werden mußte. Doch vor ihrem geistigen Auge tauchte plötzlich Lord David auf, und sie glaubte seine Hände auf ihrem Körper und seinen Mund auf ihren Lippen zu spüren. Und Oliver Gusson und Charles Grammond und Dickey Mason, ein weiterer Mann, den ihr Onkel mit ihrer Hilfe ruiniert hatte. Es hatte noch zwei andere gegeben – einer war mittlerweile tot, der andere, ein Trunkenbold, hatte Jamaika in Schimpf und Schande verlassen müssen. Lieber

Gott, es war einfach zuviel. Sie haßte es. Sie haßte sich selbst, und sie haßte Ryder, der sie zu dieser Heirat gezwungen hatte. Urplötzlich befreite sie sich aus seinen Armen, rannte auf den Balkon hinaus und drehte sich erst am Geländer wieder nach ihm um.

Er stand noch an derselben Stelle, mitten im Zimmer, und zog seinen Rock aus. Sie beobachtete fröstelnd, wie er die Krawatte abnahm und Weste und Hemd aufknöpfte. Dann ließ er sich auf einen Stuhl fallen und zog seine Stiefel aus. Als er wieder aufstand und an den Hosenknöpfen herumnestelte, schrie sie: »Nein! Was machst du da? Hör auf!«

»Warum?« sagte er. »Das kann doch unmöglich dein Schamgefühl verletzen. Mein Gott, Weib, du hast mich doch schon nackt gesehen – und nicht nur nackt, sondern auch mit steifem Glied. Das alles ist für dich nichts Neues. Und hast du nicht auch die anderen Männer nackt gesehen?«

Sie starrte ihn wortlos an. Bald stand er völlig nackt da, mit erigiertem Glied, und streckte eine Hand aus. »Komm her, Sophie. Es ist an der Zeit, daß wir unser Eheleben beginnen.«

»Ich fühle mich nicht gut«, stammelte sie.

»Also gut«, sagte er mehr zu sich selbst als zu ihr und ging auf sie zu.

Ihr Brautkleid vereitelte eine Flucht, denn sie verhedderte sich in den Röcken und trat auf den Saum, als sie Ryder auszuweichen versuchte. Unter dem linken Arm platzte eine Naht auf. Das hatte sie nicht gewollt. Sie hatte das wunderschöne Kleid nicht beschädigen wollen. Ryders ungeduldige Stimme ließ dieses Mißgeschick jedoch gleich wieder als Bagatelle erscheinen.

»Keine Kämpfe mehr, Sophie! Du bist jetzt meine Frau, wir haben nur diese eine Nacht, und ich möchte diese Ehe vollziehen.«

»Laß mich los!«

»O nein, ich werde dich jetzt entkleiden, Sophie, und du

wirst dich nicht dagegen wehren. Du hast geschworen, mir zu gehorchen, und es wird Zeit, daß du diesen Schwur ernst nimmst.«

Sie warf den Kopf zurück und sah ihn mit funkelnden Augen an. »Du bist genauso herrschsüchtig wie mein Onkel, keinen Deut besser! Ich will frei sein, verstehst du das nicht? Ein Mann wird mit dem Geschmack der Freiheit auf der Zunge geboren, aber eine Frau hat so gut wie nie die Chance, wirklich frei zu sein. Ich wußte ja, daß es so kommen würde. Du bist auch nicht anders als alle anderen Männer. Ihr seid allesamt Tiere, selbstsüchtig und brutal!«

»Ich bin ganz anders als alle anderen. Ich bin dein Mann bis an mein Lebensende!«

Sie stand steif wie ein Brett da und ließ ihn nicht aus den Augen.

Ihn beschlich plötzlich die schlimme Befürchtung, daß sie ihn niemals begehren würde. Nein, das war einfach absurd. Das würde er nicht zulassen.

»Also gut«, seufzte er. »Setz dich. Unterhalten wir uns ein Weilchen.«

Die Erleichterung war ihrem Gesicht nur allzu deutlich anzusehen, während sie sich auf einen Stuhl fallen ließ.

»Nun, hast du weitere Weisheiten über die Unredlichkeit und Brutalität der Männer auf Lager?«

Nach längerem Schweigen sagte sie: »Wahrscheinlich ist es wirklich dumm von mir. Du hast mich ja schon genommen und dich an mir satt gesehen, und offenbar hast du mich nicht verletzt, denn ich habe am nächsten Morgen nichts gespürt. Aber damals wußte ich nicht, daß du mich betrachtest. Ich wußte überhaupt nichts.« Sie blickte zu ihm auf. »Es ist sehr schwer, Ryder.«

»Ich werde es dir leichter machen. Du mußt mir nur vertrauen. Und nun zu deinen Äußerungen über die Freiheit. Ich werde dich nicht einsperren, Sophie, falls du glauben solltest, daß Männer so etwas mit ihren Ehefrauen tun. Meistens wirst du machen können, was du willst. Wenn du unter Freiheit allerdings verstehst, allein ans Ende der Welt zu segeln, so gibt es einleuchtende Gründe, die dagegen sprechen. Du bist als Frau nun einmal schwächer als ein Mann und könntest verletzt werden. Aber wer weiß? Vielleicht werden wir zusammen in ferne Länder reisen.«

Sie hatte mit Freiheit etwas ganz anderes gemeint, aber das spielte im Augenblick keine Rolle.

»Ich werde dich nie verletzen, Sophie, dich nie schlagen oder dir drohen. Männer, die so etwas tun, sind in meinen Augen erbärmliche Kreaturen. Dein Onkel war ein völlig gewissenloser Schurke. Er war nicht normal. Ihm bereitete es Vergnügen, dich zu quälen. Ich bin nicht wie er. Keiner meiner Freunde ist wie er. Ich werde dir nie Schmerz zufügen.«

»Ich habe keinen Grund, dir zu glauben.«

»Du hast aber auch keinen Grund, mir *nicht* zu glauben.« Ryder streckte ihr die Hand entgegen. »Komm jetzt. Es ist höchste Zeit, ins Bett zu gehen. Ich werde dir mit dem Kleid helfen.«

Mir bleibt keine andere Wahl, dachte sie verzweifelt. Geschickt knöpfte er das Kleid hinten auf und schob es behutsam hinunter. Sie zuckte zusammen, als er sie leicht auf die Schulter küßte.

»Zieh es jetzt selbst vollends aus. Du wirst es bestimmt aufheben wollen, nachdem es ja dein Brautkleid ist. Den Riß kann man bestimmt leicht reparieren. Hast du in deinem Koffer noch Platz dafür?«

»Ja.«

Sie hätte das Kleid am liebsten auf der Stelle ausgebessert.

Die Nacht stellte sich ihr als erschreckend lange Abfolge von Minuten dar, aber sie konnte Ryders Gesicht deutlich ansehen, daß seine Geduld fast erschöpft war, daß sie ihn jetzt nicht weiter reizen durfte. Anstelle von Ryder hatte sie plötzlich ihren Onkel vor Augen, sein wutverzerrtes Gesicht, wenn sie es wagte, sich ihm zu widersetzen, seine geballten Fäuste, die unerbittlich auf sie einschlugen…

Gleich darauf stand sie nur in Hemd und Strümpfen da.

»Du hattest bei deiner eigenen Hochzeit keine Schuhe an«, stellte er verblüfft fest. »Na so was! Zieh die Strümpfe aus. Ich möchte mir deine Füße ansehen.«

Sie saß in ihrem weißen Musselinhemd auf der äußeren Bettkante, und Ryder kniete vollkommen nackt vor ihr.

»Deine Füße heilen ausgezeichnet«, sagte er zufrieden. »Ein paar Schnittwunden sehen aber noch ziemlich empfindlich aus. Du solltest an Bord anfangs so selten wie möglich Schuhe tragen. Aber paß auf, daß du dir an Deck keine Splitter holst. Und jetzt laß mich mal deine Rippen sehen.«

Er griff nach ihrer Hand, zog sie hoch und wollte ihr Unterhemd hochschieben. Im nächsten Moment war ihm nach Weinen und Lachen zugleich zumute. Diese Ironie des Schicksals! Und das war nun seine Hochzeitsnacht…

Ihr Unterhemd hatte Blutflecken.

»Fühlst du dich nicht gut, Sophie?«

»Nicht besonders, Ryder. Ich lüge nicht. Es sind leichte Bauchkrämpfe.«

»Kein Wunder«, sagte er mit einem sehr tiefen Seufzer. »Tut mir leid, falls du jetzt enttäuscht sein solltest, aber du bist nicht schwanger.«

Sie stieß einen Schreckenslaut aus, als sie die Bescherung sah.

»Ich werde Coco gleich zu dir schicken. Möchtest du etwas Laudanum? Sind die Krämpfe schlimm?«

»Nein. Ja.«

Eine Viertelstunde später stand Ryder im Morgenrock neben dem Bett und blickte auf das bleiche Gesicht seiner Frau hinab. Trotz der Hitze hatte sie das Laken bis zur Nase hochgezogen, nachdem er ihr das Laudanum eingeflößt hatte. »Ich schwöre dir, daß ich dich nicht vergewaltigen werde, während du betäubt bist«, hatte er gereizt beteuert, worauf sie genauso gereizt entgegnet hatte: »Warum nicht? Du hast es ja schon einmal gemacht?«

Er fühlte sich so, als hätte er eine schallende Ohrfeige bekommen. »Das ist nun also das vielgerühmte Glück der Sherbrookes!« knurrte er vor sich hin, während er zu ihr unter das Laken schlüpfte. »Nein, Sophie, zapple nicht so wild herum, sonst fällst du noch aus dem Bett. Ich werde dich nicht zwingen, heute nacht mit mir zu schlafen. Das Laudanum müßte eigentlich bald wirken. So ist's gut – schließ die Augen und atme gleichmäßig. Soll ich dir vielleicht den Bauch massieren?«

Erwartungsgemäß erhielt er darauf keine Antwort. Kurze Zeit später schlief sie ein.

Er nahm ihre Hand in die seine.

Am Himmel zeigte sich die erste Morgenröte. Ryder stand neben Sophie an Deck der *Harbinger*. »Vergiß nicht, meinem Bruder den Brief zu übergeben«, sagte er nun schon zum drittenmal. »Und mach dir keine Sorgen. Er wird sich gut um dich und Jeremy kümmern. Mit meiner Mutter könnte es Probleme geben – sie ist völlig unberechenbar. Ignorier sie einfach, falls sie beschließen sollte, unfreundlich zu sein. Zweifellos wirst du in Alex eine wertvolle Verbündete haben. Hast du das Geld an einem sicheren Ort versteckt?«

»Ja, Ryder.«

»Hast du noch Krämpfe?«

»Nein.«

»Versprichst du, in Southampton zwei Wächter anzuheuern?«

»Ja.

»Sieh mal, Sophie, ich hatte noch nie eine Ehefrau, war noch nie für jemand verantwortlich, abgesehen von den Kin…« Er verstummte hastig und schüttelte über sich selbst den Kopf, weil er in Sophies Gegenwart offenbar einfach nicht den Mund halten konnte. Natürlich würde er ihr von den Kindern erzählen, aber jetzt war dafür wirklich nicht der geeignete Zeitpunkt. Sie sah ihn fragend an, aber er schüttelte nur den Kopf und fuhr fort: »Jedenfalls bin ich jetzt für dich und Jeremy verantwortlich und möchte sicher sein, daß es euch gutgehen wird.«

»Wir kommen bestimmt zurecht. Mach dir keine Sorgen. Bist du sicher, daß deine Familie uns nicht rausschmeißen wird?«

»Nein, ich will dich nicht belügen – sie werden sehr überrascht sein, denn ich hatte nie die Absicht zu heiraten, zumindest nicht in absehbarer Zeit. Ich wäre dir sehr dankbar, Sophie, wenn du versuchen könntest, bei meiner Familie den Eindruck zu erwecken, daß du mich zumindest ein wenig gern hast und nicht gerade ein Raubtier in mir siehst.«

Kapitän Mallory tauchte neben Ryder auf, das häßliche Gesicht zu einem breiten Lächeln verzogen. »Höchste Zeit für Sie, von Bord zu gehen, Mr. Sherbrooke. Ihre Frau ist hier gut aufgehoben. Geben Sie ihr noch einen Kuß, und dann verschwinden Sie von meinem Schiff.«

Ryder lächelte Sophie zu. »Bekomme ich einen Kuß?«

Sie hob mit gespitzten Lippen das Gesicht etwas an, und er küßte sie sehr sanft und fühlte, wie sie erschauderte, wußte aber nicht, ob nun aus Angst, Nervosität oder Lust. Letzteres hielt er allerdings für sehr unwahrscheinlich.

»Sei bitte vorsichtig«, mahnte er noch einmal, tätschelte ihre Wange, ging zu Jeremy hinüber, umarmte den Jungen, fuhr ihm durchs Haar und sagte: »Heitere sie ein bißchen auf, Jeremy. Ich komme nach England, sobald dieser ganze Blödsinn hier erledigt ist. Sei ein braver Junge. Und noch etwas: Ich habe dich sehr gern. Paß deshalb auch auf dich selbst gut auf.«

Er ging von Bord und beobachtete, wie die Leitplanke eingezogen wurde, während die Sonne aufging und Kapitän Mallory Befehle brüllte. Dann winkte er seiner Frau und seinem neuen Schwager ein letztes Mal zu, blieb aber noch am

Dock stehen, bis das Schiff nicht mehr zu sehen war. Als er sich schließlich zum Gehen entschloß, lächelte er. Sie war jetzt in Sicherheit, völlig in Sicherheit. Pfeifend stieg er in den Sattel und ritt nach Kimberly Hall zurück.

Um ein Uhr mittags traf Sherman Cole ein. Ryder beobachtete lächelnd, wie der Mann vom Pferd stieg und auf die Veranda zuging, wo er saß, ein Glas Limonade in der Hand. Samuel und Emile kamen aus dem Haus, und Ryder spürte genau, wie erleichtert beide waren.

»Was für eine unerwartete Überraschung«, sagte Ryder gähnend, ohne aufzustehen. »Sind Sie hergekommen, um weiteres Unbehagen zu verbreiten, neue Drohungen auszustoßen?«

»Zum Teufel mit Ihnen, Sherbrooke!«

Ryder hob die Brauen. »Wie bitte? Ich habe wirklich nicht hart zugeschlagen, obwohl Sie es mehr als verdient hätten.«

»Ich war überzeugt davon, daß Sie gelogen hatten. Verdammt, ich hätte um meinen ganzen Besitz gewettet, daß Sie logen. Und das taten Sie natürlich tatsächlich, um die kleine Hure zu beschützen.«

»Wo sind denn all Ihre famosen Männer abgeblieben?« fragte Emile rasch, bevor Ryder aufstehen und Cole wieder niederschlagen konnte.

»Sie suchen Thomas.«

»Sie werden ihm einen ganz schönen Batzen Geld bezahlen müssen, sobald sie ihn erwischen. Wahrscheinlich wird er Ihnen nicht trauen. Sie werden ihn überzeugen müssen, daß Sie seine Hilfe benötigen, um Miss Stanton-Greville an den Galgen zu bringen.«

»Bezahlen? Ha, ich werde den Kerl hängen lassen! Er hat mich angelogen, mich zum Narren gehalten!«

Wir scheinen uns im falschen Stück zu befinden, dachte Ryder. Dies hier ist eine Komödie, keine Tragödie.

»Was meinen Sie damit?« fragte Samuel.

»Burgess wurde nicht erschossen. Allerdings wurde er auch

nicht erstochen, wie Sherbrooke behauptet hat. Er wurde erdrosselt. Verdammt, die kleine Nutte kann ihn nicht auf diese Weise umgebracht haben, dazu fehlt ihr die Kraft.« Er drehte sich auf dem Absatz um, stapfte zu seinem Pferd, stieg auf und ritt davon, ohne sich noch einmal umzudrehen.

Ryder war zur Salzsäule erstarrt. »Mein Gott«, murmelte er schließlich. »Ich hätte sie nicht heiraten und sie und Jeremy nicht nach England zu schicken brauchen. Welch grausame Ironie des Schicksals – mit nur fünfundzwanzig Jahren so hereingelegt zu werden und nun lebenslänglich an eine einzige Frau gebunden zu sein!«

»Es ist besser so«, tröstete Samuel. »Man kann nie wissen, was Cole als nächstes tun wird.«

Aber Ryder war in tiefes Nachdenken über sein Schicksal versunken. Nun ja, vielleicht würde es doch kein allzu schlimmes Los für ihn sein. Man mußte einfach abwarten. Er erhob sich seufzend und sagte kopfschüttelnd: »Erdrosselt! Das Schwein wurde erdrosselt!«

Er schüttelte noch einmal den Kopf. »Verflucht!« knurrte er und ging zu den Stallungen.

12

Im Ärmelkanal, sieben Wochen später

Sophie und Jeremy standen dicht nebeneinander an Deck und hielten sich an der hölzernen Reling fest, denn die See war stürmisch, und die hohen Wellen brachten sogar die stabile *Harbinger* ins Schaukeln. Jeremys Haare waren vom Wind zerzaust, und er zappelte vor Aufregung, denn er hatte als erster durch die dichte Nebelbank hindurch die englische Küste erspäht und »Land in Sicht« geschrien. Sophie hätte am liebsten laut Halleluja gerufen, als die Küste immer näher kam, doch in ihre Freude mischte sich etwas Angst. Fast zu Hause – aber nicht in Jeremys und ihrem eigenen Heim in Fowey, sondern in Ryders Heim, Northcliffe Hall.

Es war eine lange Reise ohne besondere Vorkommnisse gewesen. Kapitän Mallory und sein Erster Offizier, Mr. Mattison – beide stämmige Schotten mit fast identischen kahlen Schädeln – hatten sich jedoch nach Kräften bemüht, Sophie und Jeremy mit bestem Seemannsgarn zu unterhalten, und Sophie selbst hatte versucht, die langen Tage mit sinnvollen Beschäftigungen auszufüllen. Sie gab Jeremy jeden Morgen eine Stunde Französischunterricht. Der Kapitän unterwies ihn in Astronomie und Navigation, und der Erste Offizier brachte ihm Geographie bei und gewährte ihm Zutritt zu der reichhaltigen Sammlung von Romanen und Dramen, die seine kleine Kabine füllten. Jeremy hatte fast alle Stücke aus der Restaurationszeit gelesen, und auch Sophie hatte die Bücher des Ersten Offiziers verschlungen und sich gelegentlich gefragt, was sie tun sollte, sobald sie auf der letzten Seite des letzten Buches angelangt war.

Vor einigen Tagen hatten Sophie und Jeremy nachmittags in ihrer kleinen Kabine Schach gespielt, während der Regen auf die einzige Luke klopfte. Sophie spielte mit großem Elan und Enthusiasmus, aber ohne viel Strategie, während Jeremy sich in Geduld und Taktik übte, was ihm zum Schluß unweigerlich den Sieg bescherte. Es war jedoch ein langer, mühsamer Kampf, in dessen Verlauf Jeremy oft laut stöhnte.

Nach einem Zug mit ihrem Damenläufer sagte Sophie: »Wir werden jetzt bald zu Hause sein. Besser gesagt, zunächst in Southampton.«

»Ja, Ryder hat mir gesagt, daß wir Northcliffe Hall mit der Kutsche in einem einzigen Tag erreichen können. Er wollte nicht, daß wir unterwegs in einem Gasthof übernachten, weil wir allein sind. Er meinte, ich müßte noch mindestens um einen Kopf wachsen, bevor ich dich richtig beschützen kann.« Lächelnd fügte er hinzu: »Ryder will mir beibringen, wie man kämpft.«

»Das freut mich für dich, Liebling, aber glaub mir – man braucht nicht unbedingt einen Mann als Beschützer. Ich bin weder hilflos noch dumm.«

»Natürlich bist du anders als die meisten Mädchen«, gab Jeremy zu, ohne vom Schachbrett aufzublicken, eifrig bemüht, seine günstige strategische Position weiter auszubauen. »Ryder hat gesagt, daß du bestimmt etwas in dieser Art äußern würdest, aber er hat auch gesagt, daß er jetzt für uns beide verantwortlich ist.«

»Möchtest du vielleicht über – einige der Dramen sprechen, die wir beide hier an Bord gelesen haben?«

Jeremy ging bereitwillig auf diesen Themenwechsel ein. »Mr. Mattison hat vorhin gesehen, daß ich eines der Restaurationsstücke lese, und er war so verstört und aufgeregt, daß ich dachte, er würde das Buch über Bord werfen. Er lief ganz rot an und kam richtig ins Stottern. Sein ganzer Schädel war hochrot.«

Sophie kicherte. »Einige dieser Stücke sind ziemlich...

äh ... pikant. Vielleicht solltest du mir lieber vorher zeigen, was du zu lesen beabsichtigst.«

Jeremy sah seine Schwester stirnrunzelnd an. »Irgendwann muß ich doch alles über Männer und Frauen lernen, Sophie. In den Stücken führen sie sich ziemlich albern auf und tun die seltsamsten Dinge. Vieles verstehe ich einfach nicht.«

»Was diese seltsamen Dinge betrifft, stimme ich völlig mit dir überein«, sagte Sophie. Sie dachte an Ryder und konnte ihre eigenen Gefühle nicht richtig einschätzen. Schuldbewußtsein? Ärger? Sie wußte nur, daß sie ihn vermißte – seinen Witz und seine Unverschämtheit, sein Talent, sie bis zur Weißglut zu reizen. Ein Zug Jeremys riß sie aus ihren Gedanken.

»Oho, du willst wohl mein Mittelfeld niedertrampeln!« Sie zog mit einem Springer, ohne lange zu überlegen, und lehnte sich mit verschränkten Armen zurück. »So, das müßte deine törichten Hoffnungen eigentlich zunichte machen.«

Jeremy spielte mit einem Turm herum. »Du bist nicht sehr glücklich, Sophie, stimmt's? Vermißt du Ryder? Ich vermisse ihn sehr. Er ist ein toller Schwager, und ich bin froh, daß du ihn geheiratet hast. Ich freue mich auch, daß wir Jamaika verlassen haben, denn schließlich sind wir ja Engländer. Aber trotzdem ist mir ein bißchen bange.« Er ließ den Turm los und zog statt dessen mit einem Läufer. »Glaubst du, daß seine Familie uns mögen wird?«

»Ich hoffe es sehr.« Auch sie sehnte sich nicht nach Jamaika zurück. Ihr war dort nur sehr wenig Glück beschieden gewesen.

»Warum sollten sie uns nicht mögen?« meinte Jeremy. »Wir sind ganz nett, und wir können bei Tisch korrekt mit Messer und Gabel umgehen. Du hättest den Zug mit dem Springer nicht machen sollen. Jetzt brauche ich nicht einmal mehr dein Mittelfeld niederzutrampeln. Schachmatt, Sophie.«

»Ich lern's wohl nie«, stöhnte sie laut.

Jetzt, in Sichtweite der englischen Küste, versuchte sie, alle düsteren Gedanken zu verdrängen. Sie hatte jeden Abend inbrünstig gebetet, daß Ryders mächtiger Bruder Douglas sie und Jeremy nicht einfach vor die Tür setzen würde. Andere Bitten waren ihr nicht eingefallen, weil sie sich überhaupt keine Vorstellung von der Zukunft machen konnte. Der Wind fegte ihr Haare in die Augen, und sie strich sie nervös zurück.

Sieben schier endlose Wochen. Nun waren sie fast am Ziel. Wie lange es wohl dauern würde, bis auch Ryder zurückkam? Sie würde versuchen müssen, ihm eine gute Ehefrau zu sein, was immer man auch darunter verstehen mochte, doch daran wollte sie im Augenblick lieber nicht denken.

Jeremy winkte Ckancey zu, dem Dritten Offizier, einem heiteren jungen Mann, der Kinder liebte. »Wissen Sie«, hatte er Sophie zu Beginn der Reise erzählt, »ich bin eins von neun Bälgern gewesen, und meine Mutter hat uns ganz allein aufziehen müssen. Machen Sie sich um Jeremy mal keine Sorgen. Er is'n braver Bub, und ich paß schon gut auf, daß er nicht kopfüber ins Meer reinplumpst.«

Sophie mochte ihn auch deshalb, weil er nicht das geringste Interesse an ihr bekundete, im Gegensatz zu einigen anderen Seeleuten, die ihr allerdings auch nie zu nahekamen, weil der Kapitän ein ernstes Wort mit ihnen gesprochen hatte. »Als einzige Frau an Bord sollten Sie trotzdem vorsichtig sein«, hatte er ihr geraten, und sie hatte seinen Rat befolgt.

Southampton um acht Uhr morgens an einem regnerischen, nebeligen Tag war ein fremdartiger, ungemütlicher Ort. Karren und Wagen aller Größen wurden beladen und entladen, und es herrschte ein ohrenbetäubender Lärm. Der Erste Offizier begleitete Sophie und Jeremy zum *Outrigger Inn* und mietete für sie eine Kutsche mit zwei Vorreitern.

Ryder hatte offenbar ganz sichergehen und sich nicht auf Sophies Versprechen verlassen wollen. Notgedrungen lächelte sie Mr. Mattison zu und reichte ihm die Hand. »Vielen Dank. Sie waren sehr nett zu uns. Leben Sie wohl.«

Jeremy bettelte, neben dem Kutscher auf dem Bock sitzen zu dürfen, aber Sophie erklärte ihm, daß sich zuerst der Nebel auflösen und die Sonne hervorkommen müßte.

Das Wetter blieb grauenhaft, und Jeremy quengelte so lange, bis Sophie ihm trotzdem erlaubte, auf dem Kutschbock Platz zu nehmen. Das Mittagessen – Kabeljau und Erdbeeren – bekam Sophies Magen nicht, und als die Kutsche vier Stunden später in die lange, gewundene Auffahrt von Northcliffe Hall einbog, saßen die Geschwister im Nieselregen dicht aneinandergeschmiegt neben dem Kutscher, Jeremy in der Mitte. Sophie zitterte vor Kälte und hatte eine Gänsehaut auf den Armen.

»O Gott, Sophie, ist das groß!«

Sie schaute auf und schluckte. Northcliffe Hall war überwältigend, ein riesiges dreistöckiges Herrenhaus im Stil von Palladio. Sie konnte sich nicht vorstellen, daß in diesem imposanten Bau ganz normale Menschen lebten. Die beiden Wächter, die sich fragten, wozu man sie eigentlich angeheuert hatte – Allmächtiger, das Mädchen hatte sich wie eine Dienstmagd auf den Kutschbock gesetzt! –, ließen sich von Sophie bezahlen und galoppierten davon. Der Kutscher kratzte sich am Hinterkopf, schaute von Sophie zu Jeremy und wieder zurück und brummte: »Na, Fräulein, das ist jetzt der Ort, wo Sie hingewollt haben. Northcliffe Hall. Sind Sie auch ganz sicher, daß Sie hier wirklich richtig sind?«

Sophie hätte am liebsten nein gesagt, doch statt dessen nickte sie, bezahlte den Mann und blickte gleich darauf fast sehnsüchtig der Kutsche nach. Jeremy und sie standen vor der breiten, hohen Freitreppe, ihre beiden armseligen Koffer neben sich auf dem Kies. Regen tropfte von Sophies Nasenspitze.

Hätte sie mehr als die hundert Pfund besessen, die Ryder ihr gegeben hatte, so hätte sie auf der Stelle kehrtgemacht und wäre zu Fuß nach Fowey gelaufen. Sie wäre sogar bereit gewesen, Jeremy zu tragen, sobald er müde würde. Aber sie hatte wieder einmal keine Wahl, und während sie das auf der Westseite mit dichtem grünen Efeu bewachsene Herrenhaus anstarrte, fühlte sie sich einsamer als je zuvor in ihrem Leben. Jeremy zupfte sie schließlich am Ärmel.

»Sophie, ich bin so naß wie eine Kanalratte. Laß uns doch reingehen.«

Sie griff fröstelnd nach beiden Koffern und ging langsam die Marmorstufen hinauf. »Das mit der Kanalratte hört sich ganz nach einem Ausdruck von Clancey an. Die solltest du möglichst schnell wieder vergessen, Jeremy.«

»Glaubst du, daß sie uns hierbleiben lassen?« flüsterte er mit ängstlich aufgerissenen Augen, als sie sich der riesigen zweiflügeligen Tür mit großen Löwenköpfen aus Messing als Türknöpfe näherten. Die Löwenmäuler hatten sogar Messingzähne.

»Natürlich«, beruhigte Sophie ihn und sprach insgeheim ein weiteres inbrünstiges Gebet.

Sie zog Jeremy aus dem kalten Nieselregen unter das Vordach und starrte den Klingelzug an. Es gab keine Hoffnung. Die armen Verwandten waren angekommen.

Sie zog mit aller Kraft an der Klingelschnur und schrak in der nächsten Sekunde zusammen, denn das laute Klingeln schien im ganzen Haus widerzuhallen. Sie mußten nicht lange warten.

Die Tür öffnete sich, ohne zu knarren oder zu quietschen. Ein Bediensteter in dunkelblauer und grüner Livree stand vor ihnen. Er war klein und schlank, ein älterer Mann mit genauso kahlem Schädel wie Kapitän Mallory. Zunächst musterte er sie wortlos, dann sagte er: »Würden Sie sich bitte zum Dienstboteneingang begeben?«

»Nein.« Sophie brachte ein gequältes Lächeln zustande. Sie konnte sich lebhaft vorstellen, welchen Eindruck sie beide machten.

»Ich habe Sie auf dem Kutschbock sitzen sehen. Suchen Sie vielleicht Arbeit? Dann müssen Sie mit Mrs. Peachum sprechen. Was den Jungen betrifft, so weiß ich nicht …«

»Wir sind hier, um mit dem Earl of Northcliffe zu sprechen. Wenn Sie uns jetzt bitte sofort zu ihm bringen würden?«

Ihre Sprache war Upper Class, daran gab es keinen Zweifel, aber sie hatte einen ganz schwachen singenden Akzent, den Jamieson nicht einordnen konnte. Sie wollte also zum Grafen, na so was! Sie und der Junge sahen wie Bettler aus. Wie nasse Bettler. Das Kleid des Mädchens war viel zu kurz. Zweifellos wollten sie ein Almosen und versuchten es mit Unverfrorenheit. Er warf sich in die Brust und wollte der frechen Göre gerade klarmachen, daß sie ihm nichts zu befehlen habe, als eine andere Männerstimme ertönte: »Wen haben wir denn da, Jamieson?«

»Ah, Mr. Hollis, Sir – diese beiden hier sind gerade von einem Kutschbock gestiegen, und die hier verlangt den Grafen zu sprechen. Ich wollte sie gerade …«

Mr. Hollis betrachtete Sophie, und sie hielt seinem Blick ruhig stand. Dann trat er lächelnd beiseite und führte sie ins Haus.

»Bitte treten Sie ein, Madam, und der Junge ebenfalls. Ah, das Wetter ist wirklich unerfreulich, nicht wahr? Sie sind naß und frieren bestimmt. Kommen Sie bitte. Jamieson, nehmen Sie die Koffer und stellen Sie sie neben die Treppe.«

»Wer ist das?« fragte Jeremy hinter vorgehaltener Hand.

»Ist das der Graf?«

»Ich weiß es nicht.«

»Das alles ist sehr sonderbar, Sophie.«

Ihre Schritte hallten in der riesigen Eingangshalle laut wider. Ein Kronleuchter hing von der Decke herab, und sein Kristall schimmerte im trüben Nachmittagslicht. Schwarze und weiße Quadrate aus italienischem Marmor bildeten den Fußboden. An den Wänden hingen Gemälde, und ein großer

Kamin war von Ritterrüstungen flankiert. Sophie dachte an ihr behagliches Elternhaus in Fowey. Auch dort hatte es einen Kronleuchter gegeben, nur war er nicht so groß wie ein Zimmer gewesen. Wenn Ryder von seinem Zuhause erzählt hatte, hatte sie sich nie etwas derartig Imposantes darunter vorgestellt. Sie sah weitere Dienstboten, die sie und Jeremy anstarrten und verstohlen miteinander tuschelten.

Am liebsten wäre sie im Erdboden versunken. Statt dessen reckte sie energisch das Kinn.

Mr. Hollis führte sie durch einen breiten Korridor in einen kleinen Raum, wo glücklicherweise ein kräftiges Feuer im Kamin prasselte.

»Ich werde den Grafen sogleich über Ihre Ankunft unterrichten. Wen soll ich ihm melden, Madam?«

Sophie mußte unwillkürlich grinsen. »Bitte sagen Sie ihm, seine Schwägerin und sein Schwager seien aus Jamaika eingetroffen.«

Die dunklen Augen des Mannes spiegelten weder Verwunderung noch Zweifel wider, und Sophie glaubte sogar ein leichtes Aufleuchten darin zu erkennen. »Ich verstehe. Nehmen Sie doch Ihre Mäntel ab und wärmen Sie sich ein wenig. Ich bin ganz sicher, daß der Graf Sie sofort empfangen wird.«

Sie blieben allein in dem kleinen Zimmer zurück. Die Vorhänge waren an diesem naßkalten Nachmittag geschlossen. Ein zierlicher Schreibtisch und die hellgrünen und gelben Polstermöbel deuteten darauf hin, daß dies der Salon einer Dame war. Neben einem bequemen Ohrensessel lag ein Stapel Bücher auf dem Boden. Es war ein wunderschöner Raum, ganz anders als diese Salons auf Jamaika.

Wenn es nur nicht so verdammt kalt wäre! Sophie hatte vergessen, wie sehr sich England von Jamaika unterschied. Sie half Jeremy, seinen Mantel auszuziehen, und legte sodann ihren eigenen ab. Beide stellten sich dicht vor den Kamin und streckten ihre Hände den Flammen entgegen.

»Das hast du wirklich gut gemacht, Sophie. Ich hatte solche Angst, daß ich kein Wort hervorgebracht hätte.«

»Sie können uns schließlich nicht erschießen. Was sie freilich tun werden ...« Sie zuckte hilflos die Achseln. Ihre Zunge war plötzlich wie gelähmt.

Die Tür flog weit auf, und ein junges Mädchen stürzte herein, ein junges Mädchen mit dichten bräunlich-blonden Locken und den schönsten blauen Augen, die Sophie je gesehen hatte. Ryder hatte die gleiche Augenfarbe, und auch die Haarfarbe stimmte überein. Das Mädchen sah ungemein lebenssprühend aus, wie Ryder, und grinste übers ganze Gesicht. »Hallo! Ich habe Sie vom Kutschbock steigen sehen! O Gott, Sie sind ja ganz naß und frieren bestimmt. Ich habe diesen gräßlichen Regen auch so satt. Entschuldigen Sie bitte, aber ich bin Sinjun, wissen Sie, die Schwester des Grafen. Und wer sind Sie?«

Sophie erwiderte ihr entwaffnendes Lächeln. Sinjun entsprach genau dem Bild, das Ryder gezeichnet hatte. Groß, schlank, sehr hübsch und zutraulich wie ein junges Hündchen.

»Ich bin Sophie Stanton-Greville«, sagte sie, während sie auf das Mädchen zuging. »Nein, das stimmt ja nicht mehr. Ich bin Sophie Sherbrooke, Ryders Frau, und dies hier ist Jeremy, mein Bruder.«

Sinjun starrte das nasse Geschöpf fassungslos an, das ein mädchenhaftes und viel zu kurzes Kleid trug, ein Kleid, das Ryder mit Sicherheit scheußlich gefunden hätte.

Das war wirklich mehr als merkwürdig.

»O Gott, stimmt das? Wissen Sie, es ist schwer zu glauben. Ryder verheiratet! Das kann ich mir überhaupt nicht vorstellen. Beim besten Willen nicht. Ich dachte, er würde nie heiraten, weil er so verrückt nach Frauen ist und ...«

»Ich glaube, das reicht fürs erste, Sinjun.«

Der Graf, dachte Sophie, und erstarrte zur Salzsäule. Er sah weder Ryder noch Sinjun ähnlich, war sehr groß und kräftig gebaut, mit breiten Schultern, schlank und muskulös. Seine Haare waren rabenschwarz, ebenso seine Augen. Er machte einen sehr strengen, ja geradezu unerbittlichen Eindruck, und sie konnte sich nur eine einzige Reaktion seinerseits vorstellen: daß er sie und Jeremy sofort hinauswerfen würde. Er musterte sie aufmerksam, und sie wußte, daß ihm keine Einzelheit entging. Ihr war klar, wie sie und Jeremy aussahen. Kein vielversprechender Anfang. Sie warf den Kopf ein wenig zurück, während sie daran dachte, daß Ryder ihr gesagt hatte, sein Bruder hätte sich nie auf ihre Spielchen eingelassen und sie im Nu in Grund und Boden gestampft.

Und dann lächelte der Graf plötzlich und sah völlig verändert aus. Sophie hörte, wie Jeremy erleichtert ausatmete.

»Verzeihen Sie meiner Schwester, daß sie Sie derart überfallen hat. Das war wirklich nicht nett von dir, Göre. Ich bin Douglas Sherbrooke, Ryders Bruder. Willkommen in Northcliffe Hall.«

Sophie machte einen Knicks vor ihm. »Ich bin Sophie, und dies ist mein Bruder Jeremy. Ryder mußte auf Jamaika noch einiges erledigen, aber er wird bald zurückkommen. Das alles ist sehr kompliziert.« Ihr fiel beim besten Willen nicht ein, was sie noch sagen könnte, und deshalb griff sie in ihr Handtäschchen und überreichte dem Grafen hastig Ryders Brief.

Er lächelte ihr wieder zu. »Bitte nehmen Sie doch Platz. Sinjun, du könntest dich ausnahmsweise einmal nützlich machen und Mrs. Peachum Bescheid sagen, daß wir Tee und Kuchen benötigen. Unsere Gäste sehen etwas müde aus.«

»Ja, Douglas.« Sinjun rieb sich vergnügt die Hände. »Wenn Alex das hört! Wissen Sie, das ist meine andere Schwägerin. Ich ...«

»Hau ab, Göre!«

Sinjun verschwand, zwinkerte Sophie aber vorher noch zu.

»Entschuldigen Sie bitte die Unverschämtheit meiner Schwester«, sagte Douglas, während er den Brief öffnete,

»aber kein Mensch hat es je geschafft, ihr beizubringen, daß man seine Zunge im Zaume halten sollte.«

»Mich hat es wirklich nicht gestört. Sie hat eine sehr nette Art.«

»Mich auch nicht«, meldete sich Jeremy zu Wort.

»Ehrlich gesagt, mich stört es auch nicht. Wenn Sie mich bitte kurz entschuldigen wollen…« Er wandte seine Aufmerksamkeit dem Brief zu.

Sophie wußte nicht, was Ryder geschrieben hatte. Während der Reise hatte ihr das keine Ruhe gelassen, und einmal hatte sie den Umschlag sogar über eine Kerze gehalten, um das Siegelwachs etwas zu lockern. Allerdings hatte sie diesen Versuch gleich wieder aufgegeben, weil sie befürchtete, daß der Graf sie für eine Betrügerin halten könnte, wenn er feststellte, daß der Brief geöffnet worden war. Sie hatte direkt vor sich gesehen, wie er mit langem Finger auf sie deutete, während sie zur Tür gezerrt wurde. Jetzt stand sie stumm und steif da, wie eine Gefangene vor der Urteilsverkündung. Der Graf las den Brief sehr langsam, und als er wieder aufblickte, wirkte seine Mundpartie viel weicher, und seine dunklen Augen leuchteten. Er sah jetzt geradezu menschlich aus, wie Sophie mit großer Erleichterung registrierte. In den vergangenen zwei Jahren hatte sie ganz gut gelernt, in Männern zu lesen.

»Ryder schreibt von einer sehr unangenehmen Angelegenheit, die aber so gut wie erledigt sei.«

Sophie konnte nur hoffen, daß mit der unangenehmen Angelegenheit nicht in erster Linie sie selbst gemeint war.

»Er schreibt auch, daß du warmherzig und süß bist.«

»Das hat er geschrieben?«

»Mein Bruder kommt immer gleich zum Kern der Sache, Sophie. Er verschwendet keine Zeit mit Nebensächlichkeiten. Was dich betrifft, Jeremy, so schreibt Ryder, du seist der beste aller Schwager, und ich solle dich sofort auf ein Pferd setzen.«

»Hat Ryder das wirklich geschrieben? Und dabei bin ich doch sein *einziger* Schwager, Sir!«

»Auch wieder wahr. Er legt mir ans Herz, mich um euch beide zu kümmern, bis er selbst nach Hause kommt.«

Die Geschwister starrten den Earl of Northcliffe stumm an, und ihm war völlig klar, daß sie schreckliche Angst vor ihm gehabt hatten. Als Hollis ihm berichtet hatte, daß seine Schwägerin ihn zu sprechen wünschte, hatte er schallend gelacht und sich über die Unverfrorenheit von Ryders Weibern ausgelassen. »Und sie hat ein Kind dabei, sagen Sie? Einen etwa zehnjährigen Jungen? Das ergibt doch keinen Sinn, Hollis. Ryder ist nicht alt genug, um der Vater eines so großen Jungen zu sein!« Aber Hollis hatte nicht in sein Gelächter eingestimmt, sondern mit strenger Miene geäußert: »Sie dürfen sie nicht schlecht behandeln, Mylord. Sie irren sich gewaltig. Sie ist das, was sie zu sein behauptet.«

Natürlich sahen die beiden im Moment wie begossene Pudel aus, und außerdem war Sophie keine auffallende Schönheit wie die Frauen, über die Ryder normalerweise in Verzückung geriet. Aber sie hatte liebreizende Gesichtszüge und hatte Charakter, das war nicht zu übersehen. Ryder hatte sie geheiratet. Es blieb unfaßbar, obwohl er den Beweis vor Augen hatte. Der Graf schüttelte den Kopf, suchte nach Worten und war sehr erleichtert, als Mrs. Peachum, seit zwanzig Jahren Haushälterin der Sherbrookes, den Salon betrat.

»Master Ryders Frau, stell sich das nur einer vor! Oh, aber in diesen nassen Kleidern können Sie sich doch nicht wohl fühlen! So ein süßes Ding, und so wunderschöne Haare! Du meine Güte, ich bin Mrs. Peachum, und ich werde mich Ihrer annehmen. Sie brauchen sich über nichts mehr Sorgen zu machen.«

Sophie konnte nur überwältigt nicken. »Ich bin jetzt gar nicht mehr so naß.«

»Ah, da ist ja auch Hollis. Sie wollen Ryders Frau wohl auch willkommen heißen, Hollis?«

»Selbstverständlich, Mylord. Ich bin Hollis, Madame, und wenn Sie etwas benötigen, brauchen Sie sich nur an mich zu wenden.«

Der Tee wurde eingeschenkt, und Mrs. Peachum und Hollis entfernten sich. Sinjun tat sich vergnügt am Gebäck gütlich und machte Jeremy durch freundschaftliche Rippenstöße auf die wohlschmeckendsten Kuchen aufmerksam. Er rückte immer näher an sie heran.

Sophie nahm sich ein Stück Zitronenkuchen. Er war köstlich. Sie warf einen nervösen Blick auf den Grafen, der sie nachdenklich betrachtete. Das Zimmer war warm und gemütlich. Man hatte sie freundlich aufgenommen, und sie wurden sogar bewirtet. Ryder hatte seinem Bruder geschrieben, daß er sie Sophie nennen solle. Und er hatte seinen Bruder gebeten, Jeremy ein Pferd zu geben. Es war alles ein bißchen viel auf einmal. Dann lächelte der Graf ihr zu und bot ihr eine weitere Tasse Tee an.

Sie brach plötzlich in Tränen aus.

»Du lieber Himmel!«

»Sinjun«, sagte der Graf ruhig, »ich möchte, daß du mit Jeremy zu den Stallungen gehst und für ihn ein passendes Pferd aussuchst. Und wenn es immer noch regnet, kannst du ihm die Pferde ja wenigstens beschreiben.«

Sinjun packte Jeremy bei der Hand und zog ihn aus dem Zimmer, wobei sie ihm ins Ohr flüsterte: »Keine Bange – Douglas wird sich um deine Schwester kümmern. Ich kann mir vorstellen, daß sie eine sehr schwere Zeit hinter sich hat. Aber Douglas wird dafür sorgen, daß sie sich bald wieder besser fühlt. Er ist wunderbar, mußt du wissen.«

Douglas wartete einen Augenblick, und dann begann er Ryders weinende Frau zu trösten. »Du hast dich sehr wacker gehalten. Ich glaube, ich selbst wäre einem solchen Druck nicht gewachsen gewesen – in ein fremdes Haus zu kommen, zu wildfremden Leuten, die einem das Leben schwermachen könnten. Aber jetzt bist du hier, und alle akzeptieren dich und heißen dich herzlich willkommen. Du brauchst dir keine Sorgen zu machen.«

Sophie fuhr sich mit dem Handrücken über die Augen. Der Graf gab ihr ein Taschentuch, und sie putzte sich die Nase.

Douglas lehnte sich an den grazilen Schreibtisch, die Arme vor der Brust verschränkt, die Beine an den Knöcheln gekreuzt.

»Ryder steht oft genauso da«, bemerkte Sophie. »Aber er tut es, um mich einzuschüchtern. Bei Ihnen ... bei dir sieht es ganz natürlich aus.«

Douglas lächelte. »Mein Bruder versucht dich einzuschüchtern? Wie eigenartig! Normalerweise braucht Ryder nur seinen Charme einzusetzen, um alles zu bekommen, was sein Herz begehrt.«

Sophie schneuzte sich noch einmal, bevor sie das Taschentuch in einen Ärmel schob. »Das hat er mir ständig unter die Nase gerieben.«

»Ryder mußte dich auf seinen umwerfenden Charme aufmerksam machen? Seltsam. Möchtest du jetzt vielleicht meine Frau kennenlernen? Mrs. Peachum wird mittlerweile bestimmt ein Zimmer für Jeremy vorbereiten und dein Schlafzimmer lüften. Wenn du willst, kannst du mir später Näheres über die Vorkommnisse auf Jamaika erzählen. Wie schon erwähnt, hat Ryder von wichtigen Ereignissen geschrieben.«

Sophie nickte und versuchte, ihr zerknittertes Kleid etwas zu glätten. Als sie sich auf dem Korridor im Vorbeigehen in einem Spiegel sah, stieß sie einen leisen Schreckenslaut aus und strich hastig eine feuchte Haarsträhne zurück, die ihr ins Gesicht hing.

»Dieser Spiegel lügt immer«, beruhigte sie der Graf. »Meine Frau hat sich schon oft darüber geärgert, und sogar ihre Schwester Melissande, die einfach atemberaubend schön ist, meidet diesen Spiegel. Tut mir leid, daß meine Frau nicht herunterkommen kann, um dich zu begrüßen. Wir müssen zu ihr gehen. Tröste dich – du hast jedenfalls keine rote Nase wie sie.«

Die Gräfin lag im Bett, auf Kissen gestützt. Ihre Nase war wirklich rot, ihre Augen tränten, und sie schniefte. Ihre herrlichen rotbraunen Haare umgaben lose geflochten ein hübsches bleiches Gesicht.

Der Graf stellte die Damen einander vor.

Die Gräfin starrte das Mädchen an, das so regungslos wie eine der Statuen im Garten dastand.

»Zumindest hast du Kleider an«, murmelte sie.

»Wie bitte, meine Liebe?« fragte Douglas verwundert.

»Oh, ich dachte gerade, daß Sophie so ruhig dasteht wie unsere Statuen.«

»Und diese Statuen sind leider nicht einmal mit Feigenblättern bekleidet, geschweige denn mit Hemd und Hose«, erklärte der Graf. »Die Erkältung scheint sich auf den Verstand meiner Frau leider etwas nachteilig auszuwirken. Sie mußte sich vor zwei Tagen ins Bett legen, obwohl sie das haßt, weil sie uns alle dann nicht so ohne weiteres gnadenlos herumkommandieren kann.«

»Er zieht mich für sein Leben gern auf. O Gott, du hast ja geweint. Was ist passiert? Douglas, bist du nicht nett zu ihr gewesen?«

»Nein, Alex, ich war sehr gemein. Ich habe ihr die Leviten gelesen, weil sie es gewagt hat hierherzukommen. Ich habe ihr gesagt, sie könne zwei Nächte im Stall schlafen, müsse dann aber verschwinden. Aber immerhin habe ich ihr mein Taschentuch gegeben.«

»Nun, daß Ryder wirklich und wahrhaftig eine Frau geheiratet hat, kann einen schon ganz konfus machen.«

»Er konnte schließlich nicht gut einen Affen heiraten, Alex. Später bringe ich Jeremy zu dir. Komm ihr nicht zu nahe, Sophie. Ich will nicht, daß Ryder bei seiner Rückkehr seine Frau mißgestimmt und mit roter Nase im Bett vorfindet.«

Der Graf tätschelte aufmunternd Sophies Arm und verbeugte sich scherzhaft vor seiner Frau. »Wenn Alex dir lästig fallen sollte, sag ihr einfach, sie solle sich um ihre eigenen Angelegenheiten kümmern. Andererseits habe ich die Erfahrung gemacht, daß sie sehr diskret ist und sich hervorragend als Vertraute eignet. Außerdem hat sie sehr viel Sinn für Humor.« Er legte noch einmal seine Hand auf Sophies Arm, bevor er sich zurückzog.

»Ist er nicht wundervoll?« fragte die Gräfin.

»Das hat Sinjun auch gesagt.«

»Es stimmt. Sogar wenn er einen provoziert, so daß man ihn glatt erschlagen könnte, ist er wundervoll. Ich höre mich total vernarrt an, stimmt's? Na ja, in zwanzig Jahren legt sich das vielleicht.«

»Ich hätte Ryder vom ersten Moment an, als ich ihn kennenlernte, erschlagen können.«

»Ausgezeichnet.« Alexandra putzte sich die Nase, nieste und lehnte sich stöhnend in die Kissen zurück. »Es tut mir so leid, daß ich mich nicht um dich kümmern kann. Aber ich bin mir ganz sicher, daß Douglas bereits dafür sorgt, daß man dir eine Zofe zuweist und daß ein Diener sich deines Bruders annimmt. Wie heißt er – Jeremy? Ein sehr schöner Name, genauso wie deiner. Komm, setz dich und erzähl mir alles über Ryder. So ist's recht, jetzt hast du's etwas bequemer.«

»Er ist nicht wundervoll!«

Alex warf ihrer neuen Schwägerin einen forschenden Blick zu. »Ich verstehe«, sagte sie langsam. »Erzähl mir mehr.«

Sophie kam sich wie eine undankbare Närrin vor. Sie senkte den Kopf und fingerte nervös an ihrem Rock herum. »Tut mir leid. Er ist dein Schwager, und du hast ihn wahrscheinlich gern. Aber er hat mich nur geheiratet, um mich vor dem Galgen zu bewahren. Er kann mich überhaupt nicht leiden. Irgendwie muß ich ihm leid getan haben. Ich nehme an, daß er mir schließlich doch geglaubt hat, daß ich noch eine Jungfrau war, bis er mich betäubte und in die Hütte brachte und … und mich auszog und andere Sachen machte, an die ich mich aber überhaupt nicht erinnern kann, weil er mich ja, wie schon gesagt, betäubt hatte.«

Alex sagte kein Wort, aber sie fühlte sich plötzlich wie durch ein Wunder viel besser und setzte sich sogar etwas höher auf. Ihr Kopf war mit einem Male so klar wie ein Sommerhimmel. Ihr Schweigen hatte nichts Ungemütliches an sich. Sie lächelte Sophie zu, die schon Vertrauen gefaßt hatte.

»Nicht daß er unfreundlich oder grausam oder sonstwas wäre. Um die Wahrheit zu sagen – er hat mich genauso oft gerettet wie ich ihn, nein, öfter. Es ist nur so, daß ich Angst vor ihm habe, und daß ich überhaupt niemanden heiraten wollte, obwohl er gesagt hat, daß ich nicht verlegen zu sein brauche, weil er ja schon alles, was er wollte, mit mir gemacht hat. Er hat mir immer wieder versichert, daß ich ihm vertrauen könne, aber wie sollte das nach allem, was passiert ist, möglich sein?«

»Ich verstehe«, sagte Alex wieder. Sie wartete, aber Sophie erzählte nichts mehr. Das störte Alex nicht, weil sie sicher war, daß weitere Bekenntnisse bald folgen würden. »Dies hier ist jetzt dein Zuhause«, versicherte sie ganz gelassen, »und ich hoffe, daß du hier glücklich sein wirst. Es gibt nur eine Person, die sich etwas nachteilig auf deinen Seelenfrieden auswirken könnte, und das ist deine Schwiegermutter, die ja leider auch die meinige ist. Aber zuviel nette Menschen auf einmal wären wohl auch langweilig. Sie ärgert mich ständig, weil sie mich verabscheut, aber ich schere mich nicht viel darum. Sie wollte, daß Douglas meine Schwester Melissande heiratet, aber … ah, das ist eine genauso komplizierte Geschichte wie deine. Dir und mir wird der Gesprächsstoff bestimmt nicht so bald ausgehen. Jedenfalls werde ich dich einige Tage nicht beschützen können. Na ja, vielleicht schließt Lady Lydia dich ja ins Herz, aber ehrlich gesagt, zweifle ich sehr daran. Sie ist nicht besonders liebenswürdig. Ah, da ist Douglas. Ach ja, Sophie, du bist zwar größer als ich, aber vielleicht könnte meine Zofe einige meiner Kleider für dich ändern, bis wir eine Schneiderin herbeikommen lassen.«

»O nein, das geht doch nicht!«

Aber die Gräfin duldete keinen Widerspruch. »Sei nicht albern. Wenn Lady Lydia dich in einem Kleid sieht, wie du es jetzt anhast, wird sie dich ein für allemal als völlig indiskutabel einschätzen.«

Douglas lachte. »Sie hat recht. Ich zeige dir jetzt dein Schlafzimmer, und dann kommst du hierher zurück und läßt dich neu einkleiden. Ich werde derweil versuchen, meine Mutter bis zum Abendessen irgendwie zu beschäftigen.« Aber er hörte sich nicht so an, als wäre er sicher, daß es ihm gelingen würde, und Sophie starrte diesen Mann, der doch wie der Herr der Welt höchstpersönlich aussah, verwundert an. Er ging zum Bett, küßte seine Frau auf den Mund und sagte ihr ins Ohr: »Die Zofe wird viele Abnäher machen müssen, Liebling, denn dein wundersamer Busen ist einmalig, wie du ja weißt.«

Sophie hörte seine Worte und wunderte sich nur noch mehr. Dieser strenge Mann neckte seine Frau wegen ihres Busens? Vielleicht kannte sie die Männer doch nicht ganz so gut, wie sie immer geglaubt hatte.

Der Graf richtete sich auf, strich seiner Frau zärtlich über die Wange und sagte zu Sophie: »Wir werden sie jetzt für eine Weile ihrem jämmerlichen Zustand überlassen. In einer Stunde kommst du dann zur Anprobe wieder hierher, einverstanden?«

Sophie nickte. Was blieb ihr auch anderes übrig?

13

»Was geht hier vor, Alexandra? Jerkeins hat mir berichtet, daß Dora ihm erzählt habe, sie habe zufällig eine Unterhaltung zwischen Mrs. Peachum und Hollis gehört, derzufolge Ryder geheiratet haben soll. Geheiratet! Es ist einfach absurd. Es kann unmöglich stimmen. Bestimmt versucht eines seiner Flittchen, uns zum Narren zu halten, um an Geld heranzukommen. Solche Weibsbilder haben es immer auf Geld abgesehen. Ich habe sogar gehört, daß sie ein Kind dabeihat. Das geht nun wirklich zu weit. Ich werde dir jetzt helfen, sie hinauszuwerfen, Alexandra. Du bist krank, und deshalb ist es nicht verwunderlich, daß sie dich reingelegt hat. Allmächtiger Himmel, ist sie das? Und du duldest sie in deinem Schlafzimmer? Sie sieht genauso aus, wie ich sie mir vorgestellt habe – eine Schlampe, eine Betrügerin, ein Scheusal! Machen Sie, daß Sie wegkommen, junge Frau! Raus hier, raus!«

Sie machte tatsächlich scheuchende Gesten. Sophie stand regungslos da und starrte die Frau an, deren unfreundliche Stimme ihr laut und gebieterisch in den Ohren hallte. Sie fühlte sich wie gelähmt und wußte beim besten Willen nicht, was sie sagen könnte.

»O Gott!« murmelte Alex, die plötzlich sehr krank aussah und sogar sekundenlang die Augen schloß.

Sophie trug eines von Alexandras Kleidern, das ihr nur bis zu den Knöcheln reichte und an der Brust viel zu weit war, weil Sophie – wie der Graf zutreffend bemerkt hatte – nicht Alex' phänomenale Oberweite besaß. Sie überlegte, was die Frau wohl mit »eines von Ryders Flittchen« gemeint haben mochte.

Alex gürtete sich geistig mit dem Schwert und setzte sich im Bett auf. »Liebe Lydia, dies ist Sophie Sherbrooke, deine neue Schwiegertochter. Sophie, dies ist Ryders Mutter, Lady Lydia Sherbrooke.«

»Das glaube ich einfach nicht«, sagte die verwitwete Gräfin, die Hände in die Hüften gestemmt, mit unversöhnlich harter Stimme. »Schau sie dir doch nur mal an! Und dieser Fetzen, den du da anhast, Mädchen, ist der Gipfel der Geschmacklosigkeit! Er ist häßlich und billig, und du siehst darin wie eine Vogelscheuche aus. Nein, du wirst mich nicht hinters Licht führen wie diese andere Schwiegertochter, die das eigentlich auch nicht sein dürfte.«

»Es ist eines meiner Kleider, liebste Lydia. Wir lassen es für Sophie ändern.«

Lady Lydia ließ sich durch den Fehler, der ihr in der Hitze des Gefechts unterlaufen war, weder aus der Fassung bringen, noch verspürte sie irgendwelche Gewissensbisse, weil sie ihre Schwiegertochter beleidigt hatte, denn Beleidigungen kamen ihr tagtäglich über die Lippen, daß sie sich nur an einen Bruchteil erinnern konnte. Ihre Hände blieben in die Hüften gestemmt, und ihre Nasenflügel bebten vor Empörung. Nachgeben kam für sie nicht in Frage. Sie musterte Sophie wieder und erklärte: »Nun, die Farbe ist für sie jedenfalls ganz falsch. Sie macht sie gräßlich blaß. Nun, junge Frau, Sie wagen also zu behaupten, daß Sie mit meinem Sohn verheiratet sind. Das kann nicht sein. Ryder hat immer nur gelacht, wenn jemand ihn auf eine Heirat angesprochen hat. Er ist mit seinen vielen Weibern ganz zufrieden. Deshalb sind Sie nichts anderes als eine Lügnerin, eine Abenteuerin, eine …«

»Tut mir leid, Alex, ich hatte ihre Spur verloren, aber jetzt bin ich hier. Hallo, Mutter.«

Der Graf war völlig außer Atem, und Sophie konnte bei der Vorstellung, daß dieser grimmige Mann durchs Haus rannte, um seiner Mutter einen Maulkorb anzulegen, nur mühsam ein Lachen unterdrücken.

»Ah, wie ich sehe, hast du Sophie schon kennengelernt. Ihr jüngerer Bruder Jeremy ist auch hier. Ich glaube, Sinjun kümmert sich im Augenblick um ihn.«

Der Graf erinnerte sich nun offenbar wieder daran, daß er der Herr im Hause war, denn er betrat würdevoll den Raum, betrachtete Sophie von Kopf bis Fuß, zwinkerte ihr verstohlen zu und sagte zu seiner Frau: »Wie du siehst, hatte ich recht. Du bist wirklich einmalig. Nun, Mutter, möchtest du Sophie nicht in Northcliffe Hall willkommen heißen?«

Er setzte sich auf einen zierlichen Stuhl, der unter seinem Gewicht ächzte, ließ seine Mutter dabei aber nicht aus den Augen, und Sophie wußte genau, daß sie selbst an Stelle der Grafenwitwe unter diesem ruhigen, eindringlichen Blick etwas Versöhnliches gemurmelt und sodann hastig den Rückzug angetreten hätte. Sie hoffte inbrünstig, mit diesem Mann nie die Klingen kreuzen zu müssen, denn selbst ein Blinder konnte sehen, daß mit ihm nicht zu spaßen war.

»Nun, was soll ich davon halten?« knurrte Lady Lydia mürrisch. »Du willst mir doch nicht weismachen, Douglas, daß du ihr glaubst. Schau sie dir doch nur mal an. Mein lieber Ryder würde ihr keinen zweiten Blick gönnen.«

»Offenbar hat er es aber doch getan, Mutter, denn sie sind verheiratet. Ryder hat mir geschrieben und uns allen Sophie und Jeremy ans Herz gelegt. Ich wüßte es sehr zu schätzen, wenn du ihr dein bezauberndes Lächeln schenken und sie herzlich willkommen heißen würdest.«

Sophie hätte zweifellos töricht gelächelt, wenn diese ganz ruhigen Worte an ihre Adresse gerichtet gewesen wären. Lady Lydia zögerte einen Augenblick und erklärte sodann steif: »Du bist jetzt also hier. Mein Sohn, dem als Grafen Respekt gebührt, hat dich akzeptiert. Wir werden sehen, ob du hierbleibst, wenn mein anderer Sohn zurückkehrt.«

Mit stocksteifem Rücken stolzierte Lady Lydia aus dem Zimmer.

»Hast du meiner Mutter Unterricht gegeben, Liebling?«

fragte der Graf schmunzelnd seine Frau. »Dieser steife Rükken eben konnte es durchaus mit deinem aufnehmen, wenn du indigniert bist. Bestimmt hast du ihr das beigebracht.«

»Ich wünschte, du wärest ihr zuvorgekommen«, murmelte Alex.

»Tut mir wirklich leid, aber sie kann verdammt schnell sein, wenn sie will. Dieses Kleid macht dich wirklich etwas blaß, Sophie. Du solltest Gelbtöne meiden. Sie stehen Alex ausgezeichnet, aber du brauchst zarte Pastellfarben, glaube ich. Hast du etwas Rosafarbenes, Alex?«

Alex besaß drei zartrose Kleider. Eine Viertelstunde später nahm die Zofe eines davon mit, um es für Sophie zu ändern, Alex wurde vom Grafen ein Nickerchen verordnet, und Sophie stand in ihrem eigenen Schlafzimmer vor einem riesigen Kirschholzschrank, in dem Herrenkleidung hing. Ryders Sachen! Sie war in seinem Schlafzimmer.

Ihr war bisher nicht in den Sinn gekommen, daß man sie im Schlafzimmer ihres Mannes unterbringen könnte, und sie wußte, daß es unmöglich war, dagegen zu protestieren.

Ryders Schlafzimmer!

Sie trat ans Fenster, das auf die vordere Einfahrt hinausging, und sah Jeremy mit Sinjun von den Stallungen zurückkommen. Ryders Schwester paßte ihr Tempo Jeremys langsamem Humpeln an, und er redete eifrig auf sie ein und gestikulierte dabei, wie sein Vater es getan hatte. Sinjun blickte lächelnd auf ihn hinab und schien aufmerksam zu lauschen. Sophie verspürte plötzlich tiefe Dankbarkeit. Die Sonne war am Spätnachmittag durchgebrochen, die gepflegten Rasenflächen waren von sattem Grün, und überall blühten Blumen. Mit der überwältigenden Blütenpracht von Jamaika war das freilich nicht zu vergleichen, aber schön war es trotzdem. Sie fragte sich, wo die nackten griechischen Statuen sein mochten. Im Grunde hätte es zu Ryder gepaßt, ein Zimmer zu bewohnen, von wo aus er sie sehen konnte.

Zu ihrer großen Bestürzung stellte sie fest, daß ihre Unterwäsche in den Kommodenschubladen neben Ryders Sachen lag. Es machte ihr Angst, und sie legte sich aufs Bett und starrte zur Decke empor.

Es war ein kalter, windiger Tag mit hoher Luftfeuchtigkeit. Sophie band Lilah, die rotbraune Stute, die der Graf ihr überlassen hatte, an einer schmächtigen Eibe an und ging zum Klippenrand. Etwa fünfzehn Meter unter ihr schlugen Wellen an die Felsen, der dunkle Sand sah naß und kalt aus, und der Strand war mit Treibholz, Tang und großen Steinen übersät. Sie fröstelte. Seit Jeremy und sie englischen Boden, betreten hatten, war ihr ständig kalt. Sie verschränkte die Arme vor der Brust und starrte in die Tiefe, fasziniert von der wilden Schönheit. Ihr Knoten im Nacken war dem Ansturm des Windes nicht gewachsen, und bald wehten ihr die Haare ins Gesicht.

Sinjun hatte ihr erzählt, daß dies der Lieblingsplatz des Grafen zum Nachdenken war. Aber, so hatte ihre Schwägerin augenzwinkernd hinzugefügt, seit seiner Heirat sei Douglas nicht mehr allzu oft hier gewesen und kein einziges Mal, seit er beschlossen hatte, Alex als Ehefrau zu behalten. Sophie war darüber sehr erfreut. Sie genoß es, die einsame Klippe und die brausenden Wellen ganz für sich allein zu haben. Sie hatte sich in der vergangenen Woche stundenlang hier aufgehalten, um Lady Lydias spitzer Zunge und den neugierigen Blicken der Dienstboten zu entgehen.

Sie setzte sich auf einen Felsen und zog ihren Rock über die Beine. Ihre Stute wieherte plötzlich, und sie schaute auf. Es war weder der Graf, der auf sie zugeritten kam, noch war es Sinjun, die oft herkam und sich still zu ihren Füßen niederließ, sondern ein Mann, den sie vor einigen Tagen beim Dorf kennengelernt hatte. Wenn sie sich recht erinnerte, hieß er Sir Robert Pickering, war Mitte Dreißig, verheiratet und Vater von fünf Töchtern. Er erinnerte Sophie an Lord David Lochridge, bis hin zu den taxierenden Blicken, die er ihr zugeworfen hatte, als Alex sie gegenseitig vorstellte. Er war ihr auf Anhieb unsympathisch gewesen, und ihre Abneigung stand ihr ins Gesicht geschrieben, als sie ihn jetzt hier, auf dem Land der Sherbrookes, auftauchen sah. Diese Sorte von Männer war ihr nur allzu gut bekannt, und sie wappnete sich vorsorglich.

Sir Robert stieg ab, schlenderte auf sie zu, stemmte die Hände in die Hüften und lächelte auf sie herab.

»Man hat mir gesagt, daß ich Sie hier finden würde. Ich nehme an, daß Sie sich noch an mich erinnern. Alle Damen erinnern sich an Herren, die sie so mit Blicken verschlingen wie ich Sie. Wissen Sie, meine Liebe, sobald Ryder zurückkommt, werden Sie in größten Schwierigkeiten stecken, und er kann jetzt jederzeit nach Hause kommen. Sie müssen wissen, daß er viele Frauen aushält, aber er hat noch keiner erlaubt, sich in Northcliffe Hall aufzuhalten.«

O ja, sie kannte seinesgleichen bis zum Überdruß. Sie warf ihm einen völlig uninteressierten Blick zu und gähnte. »Sie befinden sich hier auf dem Besitz der Sherbrookes, und ich möchte Sie hiermit auffordern, ihn zu verlassen. Übrigens erinnere ich mich keineswegs an Ihren Namen, und ich weiß beim besten Willen nicht, warum er mir im Gedächtnis bleiben sollte.«

Sie freute sich, ihn ein wenig geärgert zu haben, und gähnte wieder. Doch so schnell gab er nicht auf.

»Mein Name ist Sir Robert Pickering«, verkündete er, »und ich habe nicht die Absicht, mich zu entfernen. Ich möchte mit Ihnen sprechen. Ich bin hergekommen, um eine Art Abmachung mit Ihnen zu treffen. Im ganzen Bezirk wird darüber geredet, wie Sie, eine einfache Maid aus Jamaika, mit dem lahmen kleinen Jungen im Schlepptau hier angekommen sind und dem Grafen Sand in die Augen gestreut haben. Er ist noch so vernarrt in seine junge Frau, daß Sie ihn leicht um den Finger wickeln konnten. Man munkelt aber, daß Lady Lydia es vermeidet, sich im selben Raum wie Sie aufzuhalten. Nun ja, der Spaß wird für Sie bald vorbei sein. Wie gesagt, Ryder dürfte demnächst wieder zu Hause sein, und er wird Ihnen nicht erlauben, in seinem Elternhaus zu bleiben. Sie werden entlarvt werden. Höchstwahrscheinlich wird er Ihnen Ihre Unverfrorenheit sehr verübeln, und ganz bestimmt wird er in Northcliffe Hall nicht mit Ihnen schlafen. Dazu ist er viel zu diskret. Nun, ich finde Sie recht hübsch und bin deshalb bereit, für Sie und den lahmen Jungen zu sorgen, aber Sie müssen Northcliffe Hall sofort verlassen. Ich werde Sie in einem Häuschen unterbringen, einige Meilen von hier entfernt, das mir gehört.«

»Ich verstehe.« Sophie verabscheute ihn so, daß es sie in den Händen juckte, ihn vom Felsen zu stoßen. Sinjun hatte kichernd erzählt, er sei für seine Weibergeschichten berüchtigt und seine Frau tue allen schrecklich leid, weil sie ständig schwanger sei. Sein Verhalten werde jedoch toleriert, weil sein Vater sehr beliebt gewesen sei.

»Und, nehmen Sie mein Angebot an?«

Sophie bezwang ihren Zorn. Sie durchschaute seinen Dünkel, seine Selbstgefälligkeit, die ihn zu törichten Äußerungen und Handlungen verführten, und sie brachte jetzt sogar ein Lächeln zustande.

»Verraten Sie mir eines, Sir Robert – warum sind Sie so sicher, daß ich nicht mit Ryder Sherbrooke verheiratet bin? Finden Sie, daß ich wie eine von Ryders Geliebten aussehe? Wie ein Mädchen, das bereit ist, Mätresse zu werden?«

»Nein, und das ist es, was mir gefällt. Aber im Grunde sind Ryders Frauen ganz unterschiedlich – ich kenne etwa ein halbes Dutzend von ihnen. Einige sind so schön, daß man unwillkürlich einen Steifen bekommt, während andere nur hübsch sind, aber herrliche Körper haben. Wie bereits erwähnt, ist Ryder als Frauenheld bekannt, und er würde sich niemals an eine einzige Frau binden. Deshalb müssen Sie eine seiner Mätressen sein. Etwas anderes ist einfach nicht möglich. Habe ich Ihnen schon erzählt, daß ich zu den Vertrauten der verwitweten Gräfin gehöre, wie vor mir schon mein Vater? Nein? Nun, Lady Lydia möchte Sie am liebsten zum Teufel schicken, und mir wäre es eine Freude, ihr behilflich zu sein. Nehmen Sie mein Angebot an?«

Sophie stand langsam auf, klopfte sich den Staub vom Rock, zupfte an ihren Handschuhen und stopfte ihre Haare unter den Reithut, so gut es ging. Wie seltsam, daß hier nicht sie als Nutte angesehen wurde, sondern Ryder als Weiberheld. Vielmehr – sie *wurde* als Nutte angesehen, aber nur, weil niemand es für möglich hielt, daß Ryder tatsächlich geheiratet hatte. Sie warf Pickering einen distanzierten Blick zu und sagte: »Ich würde jede Wette eingehen, Sir Robert, daß Sie zu jenen Männern gehören, die jedes hübsche Dienstmädchen gegen das Treppengeländer pressen und begrapschen.«

Er sah einen Augenblick lang schockiert aus, dann nickte er langsam, so als hätte sie soeben seine Vermutungen bestätigt. »Ich wußte gleich, daß du unter der spröden Fassade frech sein würdest. Du hast etwa Aufreizendes an dir, etwas, das im Mann den Wunsch weckt, deine Röcke hochzuschieben. Ein Mann braucht dich nur anzusehen, um zu erkennen, daß du genau weißt, was er von dir will. Vielleicht sind es deine Augen. Es würde dir doch gefallen, wenn ich dich gleich hier und jetzt nähme?«

»Ihr Selbstbetrug ist bemerkenswert. Wenn Sie mir zu nahe kommen, stoße ich Sie in die Tiefe.«

Er lachte, bewegte sich mit schlangenartiger Geschwindigkeit, packte sie am Arm und riß sie an sich. Sie hatte keine Angst, war nur wütend. Männer, dachte sie verächtlich, Männer sind überall gleich, in allen Ländern. Sie registrierte das Haarbüschel an seinem Kinn, das sein Diener beim Rasieren übersehen hatte, und sie roch, daß er Erbsensuppe gegessen hatte. Mit gelangweilter Miene wartete sie einfach ab.

Das versetzte ihn in Rage. Er preßte sie an sich und versuchte, ihren Mund zu finden. Aber sie drehte den Kopf zur Seite, wohl wissend, daß dieser eingebildete Laffe ihr abweisendes Verhalten nicht begreifen und nicht akzeptieren würde. Er packte sie denn auch bei den Haaren, damit sie den Kopf nicht bewegen konnte.

»Das sollten Sie nicht tun«, sagte Sophie, immer noch ruhig. »Ich werde nicht zulassen, daß Sie noch weiter gehen.«

»Ha!« rief er und wollte sich ihres Mundes bemächtigen. Es gelang ihm, ihre Lippen zu berühren, aber das war auch schon alles. Sie ballte die Fäuste, bereit zuzuschlagen, und hob das Knie, um ihn in den Unterleib zu treten. Plötzlich war jedoch ein Wutschrei zu hören, und Pickering wurde zurückgerissen.

Es war Ryder, und er sah nicht nur wütend, sondern geradezu mordlustig aus.

Im ersten Moment war sie überglücklich, ihn zu sehen. Seine blauen Augen schleuderten Blitze, und er strotzte nur so von Kraft und Energie. Sie sah gelassen zu, wie er Sir Robert einen Kinnhaken versetzte, der diesen in die Knie zwang. Als er jedoch zum zweiten Schlag ausholte, legte sie ihm eine Hand auf den Arm. »Nicht, Ryder. Er ist es nicht wert, daß du dir die Knöchel verletzt, und er wird ohnehin Mühe haben, eine halbwegs plausible Erklärung für den wunderbaren blauen Fleck am Kinn zu geben. Laß ihn laufen. Er ist ein elender Wurm, weiter nichts.«

Ryder hörte ihre Worte, und seine Wut ließ etwas nach, obwohl es ihn immer noch in den Zehen juckte, dem Mann einen Tritt in die Rippen zu versetzen.

»Hat das Schwein dir etwas angetan?«

»O nein. Ich wollte gerade ...«

Sir Robert taumelte auf die Beine. Seine Wut galt nicht Ryder, der ihn geschlagen hatte, sondern Sophie. Sie wußte, daß eine solche Reaktion typisch für Männer war, und wartete darauf, daß er sein Gift verspritzen würde.

»Sie hat versucht, mich zu verführen, Ryder! Willkommen

daheim! Ich war hier, und sie ist mir gefolgt und wollte mich verführen!«

Ryder schlug wieder zu, und diesmal grinste er dabei.

Sir Robert blieb am Boden liegen. »Niemand glaubt ihren Lügen, kein Mensch, am allerwenigsten deine Mutter. Diese Person behauptet, deine Ehefrau zu sein, und alle wissen, daß sie lügt. Sie wollte mich verführen, sie hat schamlos mit allen Männern geflirtet, die ihr über den Weg gelaufen sind, sie ...«

Ryder ging in die Hocke, packte ihn am Kragen und schrie ihm ins Gesicht: »Sie ist meine Frau. Ihr Name ist Sophia Sherbrooke. Du wirst all diesen geilen Böcken ausrichten, daß ich jeden, der ihr zu nahe kommt, zusammenschlagen werde. Und falls du selbst sie noch einmal belästigen solltest, bringe ich dich um. Wenn du auch nur ein Wort über sie verlierst, bringe ich dich um, Bobbie. Hast du mich verstanden?«

Sir Robert nickte, warf dabei aber Sophie einen bösartigen Blick zu. Während er sich rückwärts entfernte, schüttelte er den Kopf.

»Du bist wirklich mit ihr verheiratet? Mit einer einzigen Frau?«

»Habe ich dir nicht gerade gesagt, daß sie meine Frau ist?«

Nach diesen Worten beobachtete Ryder schweigend, wie Sir Robert aufsaß und seinem armen Pferd heftig in die Flanken trat.

Erst als der Reiter nicht mehr zu sehen war, wandte sich Ryder Sophie zu, die ruhig dastand und ihn betrachtete, während der Wind ihr die Haare ins Gesicht blies. Er lächelte ihr zu, streckte die Hand aus, berührte mit den Fingerspitzen ihre Wange und rollte eine Haarsträhne auf.

»Wir haben uns sehr lange nicht gesehen«, sagte er. »Ein Stallknecht hat mir gesagt, daß du oft hierherkommst. Hallo, Sophie.«

»Hallo.«

»War dies das erste Mal, daß Bobbie dich belästigt hat?«

»Ja, und ich wäre auch allein mit ihm fertig geworden, Ryder. Du hättest nicht den edlen Ritter zu spielen brauchen, der einer hilflosen Maid in Bedrängnis zu Hilfe eilt.«

Seine Augen wurden schmäler. »Ich habe gesehen, daß dein Knie in Angriffsstellung ging. Aber ich wollte ihn verprügeln, Sophie, und ich freue mich, daß du mir diese Freude gegönnt hast. Das verstehst du doch, oder? Du kennst die Männer schließlich sehr gut.«

»Ja.«

»Warum hast du dich von ihm küssen lassen?«

»Er hat mich so fest an den Haaren gepackt, als wollte er mich skalpieren.«

Ryder schüttelte sich.

»Das ist wirklich lächerlich. Dieser verdammte Dummkopf Bobbie Knallprotz, wie wir ihn als Kinder nannten, ist wirklich das Letzte, worüber ich reden möchte.« Er lächelte sie an. »Komm her.«

Sie bewegte sich nicht von der Stelle, hatte aber heftiges Herzklopfen.

Er trat auf sie zu und nahm sie in die Arme. »Ich habe dich sehr vermißt. Und Jeremy auch. Es war eine lange Trennung, Sophie.« Er hob ihr Gesicht etwas an und küßte sie. Sie blieb passiv.

»Küß mich richtig. Ich weiß ja, daß du es kannst«, flüsterte er dicht an ihren Lippen.

»Ich kann nicht.« Sie versuchte ihr Gesicht an seinem Hals zu verstecken.

»Ich bin nahe daran, unsere Ehe gleich hier zu vollziehen, Sophie, aber das wäre nicht sehr bequem. Komm, küß mich! Du mußt mich küssen, damit ich durchhalte, bis ich dich heute abend in unserem Bett nehmen kann.«

Sie wußte genau, daß es geschehen würde, daß sie es nicht verhindern konnte. Sie küßte ihn, küßte ihn mit all der Sachkenntnis, die sie in den vergangenen zwei Jahren erworben hatte. Aber das stillte sein Verlangen nicht, sondern erregte ihn dermaßen, daß sie befürchtete, er würde sie tatsächlich hier auf den Felskuppen nehmen. Er keuchte, seine Hände glitten von ihrem Rücken zu den Hüften hinab, und er hob sie hoch. Sie stemmte sich gegen ihn, und er hielt sofort inne.

Langsam hob er den Kopf und blickte ausdruckslos auf sie hinab.

»Du benimmst dich noch genauso wie auf Jamaika. Minutenlang hast du mich jetzt wild gemacht, ohne jemals die Kontrolle über dich selbst ganz zu verlieren. Ich hatte in den letzten acht Wochen ganz vergessen, daß du eine Meisterin der Manipulation bist. Wahrscheinlich hatten sich meine Erinnerungen verklärt. Ich dachte, als meine Frau würdest du mich willkommen heißen, mir zu verstehen geben, daß du mich mittlerweile akzeptierst, ja vielleicht sogar etwas gern hast. Aber in Wirklichkeit hat sich überhaupt nichts geändert, stimmt's, Sophie?«

»Du hast mich überrumpelt.«

Er fluchte grob, und sie zuckte unwillkürlich heftig zusammen.

»Du bist doch nicht etwa schockiert?« höhnte er. »Mein Gott, du kannst vermutlich besser fluchen als ich nein, nein, das alles ist absurd. Ich bin gerade erst nach Hause gekommen. Mein Bruder hat mir gesagt, daß ich dich wahrscheinlich an seinem Lieblingsort finden würde. Und ich habe Sinjun mit Jeremy gesehen, der sich sehr zu freuen schien, mich wiederzusehen. Es war natürlich töricht von mir zu glauben, daß du ähnlich empfinden würdest. Aber das spielt keine Rolle. Ich werde unsere Ehe nicht annullieren. Das würde gegen meine Ehre verstoßen, obwohl sich letztlich herausgestellt hat, daß ich dich eigentlich gar nicht hätte zu heiraten brauchen. Verstehst du, Sophie? Dein lieber Onkel wurde weder erschossen noch erstochen. Jemand – höchstwahrscheinlich Thomas – hat ihn erdrosselt. Ich hätte dich nicht heiraten müssen, um dich vor dem Galgen zu retten.«

»Erdrosselt? Ich verstehe nicht...«

»Ja, erdrosselt. Ich habe einen großen Fehler begangen, als ich ihn mir nicht genau angeschaut habe, aber seine Leiche war kein erfreulicher Anblick, und ich ging ja davon aus, daß du ihn erschossen hättest. Um dich zu retten, habe ich gelogen und behauptet, er wäre erstochen worden. Und dabei wurde das Schwein erdrosselt.«

»Ist Thomas noch frei?«

»Nein, er sitzt in der Zelle, die Cole für dich vorgesehen hatte. Ich habe Jamaika erst verlassen, nachdem man ihn gefaßt hatte.«

Sie wandte sich von ihm ab und starrte aufs Meer hinaus, das nicht türkisfarben war, wie auf Jamaika, sondern wild und kalt und sehr grau.

»Ich danke dir, Ryder. Deine Familie ist sehr nett zu Jeremy und mir gewesen. Aber jetzt kann ich ja nach Jamaika zurückkehren und die Leitung von Camille Hall übernehmen, bis Jeremy alt genug ist, um...«

»Verdammt, halt den Mund!«

»Du magst mich nicht, Ryder. Warum solltest du mein Ehemann sein wollen? Ich weiß jetzt über dich Bescheid. Niemand hat geglaubt, daß ich wirklich deine Frau bin, weil alle schworen, daß du niemals heiraten würdest, daß du dich lieber mit vielen Frauen amüsiertest. Es ist seltsam – hier wurde ich für eine Nutte gehalten, weil *du* dich herumtreibst. Ich fand das zur Abwechslung ganz amüsant, bis Sir Robert versuchte, mir Gewalt anzutun. Wenn du mir etwas Geld borgen würdest, könnten Jeremy und ich uns sofort auf den Weg machen, und du könntest dein altes Leben wieder aufnehmen, das du ja offenbar genossen hast.«

»Ich habe dir doch gesagt, daß du den Mund halten sollst. Du wirst mit Jeremy nirgendwohin reisen, meine Liebe.«

»Warum nicht?«

»Weil ich sein gesetzlicher Vormund bin. Und du bist nur eine Frau, seine Schwester. Für Camille Hall trage jetzt ich die Verantwortung. Emile verwaltet die Plantage für mich und Jeremy. Und jetzt möchte ich nach Hause reiten und mich mit meiner Familie unterhalten. Ich will wissen, ob Douglas Alex mittlerweile als seine Frau akzeptiert.

»Das tut er.«

Ryder hob die Brauen. »Tatsächlich? Soweit ich verstanden habe, hältst du dich doch kaum im Hause auf. Du mußt eine hervorragende Beobachterin sein, wenn du trotzdem die Gefühle meines Bruders kennst.«

Die Distanz zwischen ihnen wurde immer größer, obwohl sie kaum einen halben Meter voneinander entfernt waren. Sophie konnte Ryder keinen Vorwurf daraus machen, aber auch sich selbst nicht.

»Warum?« fragte sie nach längerem Schweigen. »Warum nur, Ryder?«

»Was – warum?«

»Warum läßt du mich nicht einfach gehen? Warum läßt du mich nicht nach Hause zurückkehren, wo ich mein gewohntes Leben wieder aufnehmen könnte?«

»Und was für ein Leben das wäre! Dein hübscher Hals würde zwar unversehrt bleiben, aber du glaubst doch wohl nicht, daß alles vergessen und vergeben wäre? Du bist die Hure von Jamaika, meine Liebe, und nichts wird etwas daran ändern können, nicht einmal unsere Heirat. Ich werde allgemein sehr bedauert. Du hast meinen ehrenhaften Charakter ausgenützt und mich manipuliert, bis ich dir meinen Namen gegeben habe. Nein, Sophie, es gibt für dich keinen Weg zurück. Es gibt nur die Gegenwart und die Zukunft, die nur allzu schnell zur Gegenwart wird. Und jetzt möchte ich endlich nach Hause. Kommst du mit?«

Er schwang sich auf seinen Hengst, ein herrliches Berberroß namens Genesis, das sie bewundert und gefüttert hatte, wann immer sie die Stallungen aufsuchte. Noch bevor es ihr jemand gesagt hatte, war sie davon überzeugt gewesen, daß dies Ryders Pferd sein mußte.

Er blickte arrogant auf sie herab, kalt und distanziert, und sie haßte ihn dafür, obwohl sie dieses Verhalten verstehen konnte.

»Heute abend werden wir uns in mein Schlafzimmer zurückziehen, sobald das möglich ist, ohne meine Familie zu kränken, und dann werde ich dich in Besitz nehmen, und du wirst versuchen, dich wie eine vernünftige Frau zu benehmen.«

Er salutierte spöttisch und galoppierte davon. Ihr blieb nichts anderes übrig, als ihm zu folgen.

14

»Meine Mutter weigert sich noch immer, mir zu glauben, aber das ist purer Eigensinn. Im Grunde weiß sie natürlich, daß du tatsächlich meine legale Ehefrau bist«, sagte Ryder, während er seine Krawatte ablegte. »Sie wird sich letztlich damit abfinden und dich dann genauso nett behandeln wie Alex. Zugegeben, das ist nicht viel, aber vorerst muß es uns genügen. Mit Douglas und Alex scheinst du dich ja gut zu verstehen, und daß du Sinjun ins Herz schließen würdest, war mir im voraus klar. Sie ist eine schrecklich neugierige Göre, und leider bin ich das Hauptobjekt ihrer Neugier.«

Ryder, drehte sich nach Sophie um, während er sein weißes Hemd aufknöpfte. »Jeremy scheint sich hier wohl zu fühlen. Ich werde bald entscheiden, ob er einen Hauslehrer bekommt oder schon im Herbst nach Eton kommt. Übrigens bin ich entzückt, daß Alex dich in meinem Schlafzimmer untergebracht hat. Ich habe es noch nie mit jemandem geteilt. Seltsam, deine Kleider im Schrank neben meinen Hemden und Hosen zu sehen.«

Sophie stand am Fenster und versuchte, unverkrampft zu wirken. Der Abend hatte sich nicht allzusehr in die Länge gezogen, weil Ryder sie rasend begehrte. Das wußte sie. Sie konnte es ihm ansehen, am Gesicht ebenso wie zwischen den Beinen. Hingegen wußte sie beim besten Willen nicht, was sie jetzt tun sollte. Sie fühlte sich unendlich müde, unendlich erfahren und geschunden.

»Bitte, mißversteh mich nicht, Sophie«, fuhr Ryder fort. »Es gefällt mir, deine Kleider neben meinen Sachen hängen zu sehen. O ja, das hat Alex wirklich gut gemacht.«

»Es war Douglas, der mich hier einquartiert hat. Alex lag mit einer Erkältung im Bett.«

»Ein kluger Mann, mein Bruder. Mir gefallen auch die Kleider, die Alex dir geschenkt hat. Dieses Rosa steht dir ausgezeichnet. Wir werden aber bald neue Sachen für dich anfertigen lassen.«

Sie wollte nicht, daß er ihr Kleider kaufte, verzichtete im Augenblick aber darauf, ihm das klarzumachen.

Ryder setzte sich in seinen Lieblingssessel und begann seine Stiefel auszuziehen. »Wie du ja bestimmt festgestellt hast, ist meine Mutter nicht gerade liebenswürdig. Ich hatte gehofft, daß sie sich etwas ändern würde, und vielleicht geschieht dieses Wunder ja auch noch. Ich möchte nicht, daß du dich gekränkt fühlst. Du hättest sehen müssen, wie sie Alex anfangs behandelt hat.«

Beide Stiefel flogen plötzlich durch die Luft, auf das breite Bett in der Zimmermitte zu, und landeten genau darunter. Nur ein Absatz schaute etwas hervor. Sophie starrte diesen Absatz an, während Ryder grinste: »Ich bin ein bißchen aus der Übung. Das habe ich schon als Junge gemacht und Douglas immer geschlagen. Man muß aus dem Handgelenk heraus werfen, weißt du?«

Er stand auf, und sie beobachtete, wie er an seinen Hosenknöpfen herumfummelte, während er fragte: »Was ist das für ein Gefühl, wieder in England zu sein?«

»Es ist vor allem kalt«, erwiderte sie, ohne den Blick von seinen Fingern wenden zu können. »Ich hatte ganz vergessen, wie kalt es hier ist. Außerdem scheint sich während der vier Jahre auf Jamaika mein Blut verdünnt zu haben.«

Er lächelte ihr zu und zog seine Hose aus.

Sie schloß die Augen, was natürlich absurd war, nachdem sie ihn ja schon nackt gesehen hatte, nackt und mit erigiertem Glied auf dem Bett in der Hütte. Sie schluckte.

»Sophie ...«

Seine Stimme war leise, sehr warm und zärtlich. Sie öffnete

die Augen. Er stand kaum einen Meter von ihr entfernt nackt und ganz entspannt da und streckte lächelnd eine Hand nach ihr aus. »Du bist meine Frau. Komm zu mir.«

Sie bewegte sich nicht.

»Möchtest du vielleicht, daß ich dich ausziehe?«

»Ich möchte baden.«

Er blinzelte. »Ausgezeichnet. Ich werde läuten.«

Er entfernte sich von ihr, zog an der Silberquaste der Klingelschnur und stieg ins Bett. »Keine schlechte Idee«, meinte er. »Ich habe dir noch so viel zu sagen, und während du badest, können wir uns gemütlich unterhalten. Wenn ich dich gleich jetzt berühren würde, kämen wir bis zum Morgen nicht dazu, viel zu reden.«

Er gab nicht auf, aber das hatte sie ja auch gar nicht erwartet. Sie mußte zugeben, daß er sich sehr anständig benahm. Er brüllte sie nicht an, er beschimpfte sie nicht und schlug sie nicht, wie ihr Onkel es getan hatte, wenn sie es wagte, sich ihm zu widersetzen.

Es dauerte eine halbe Stunde, bis Sophie in der tiefen Kupferwanne vor dem Kamin saß. Sie hatte sich am Fenster entkleidet, wo es ziemlich dunkel war, und einen Morgenrock angezogen, den sie jedoch zu ihrem größten Bedauern ablegen mußte, bevor sie in die Wanne stieg. Sie wußte, daß er sie beobachtete, daß sie sich einfach daran gewöhnen mußte. Er konnte von nun an mit ihr machen, was immer er wollte, und das ihr ganzes Leben lang. Dann schüttelte sie über sich selbst den Kopf, denn bisher entsprach nichts ihren Befürchtungen. Er verhielt sich so natürlich, so entspannt, als hätten sie schon zehn Jahre lang allabendlich gemütlich über alles mögliche geplaudert.

Während sie sich einseifte, kommentierte er: »Ich finde es schön, wenn dein Haar dir naß über Schultern und Brüste fällt. Wenn du mich auch nur eines einzigen Blickes würdigen würdest, könntest du sehen, daß ich lächle. Ich bin glücklich, dich bewundern zu können, und ich kann es kaum erwarten, dich zu berühren. Ich finde es reizvoll, daß du die Beine anziehen mußt. Die Haut hinter deinen Knien ist sehr zart, und ich werde dir zeigen, wie genußvoll es für dich ist, wenn ich dich dort streichle und küsse. Ich darf auch nicht vergessen, das hübsche neckische Muttermal zu küssen.«

Sie seifte ihre Haare tüchtig ein. Es würde mindestens eine Stunde dauern, sie zu trocknen.

»Ich kann es kaum erwarten, dich leidenschaftlich zu küssen. Vielleicht kann ich dich dazu bringen, meine Küsse zu erwidern. Ich werde jedenfalls mein Bestes versuchen.« Er hörte sich so selbstsicher, so zuversichtlich an. Sie wusch ihre Haare so intensiv, daß die Kopfhaut schmerzte.

»Soll ich dir vielleicht den Rücken schrubben?« fragte er leicht amüsiert.

»Geh zum Teufel!« rief Sophie, bekam Seife in die Augen und tauchte rasch den Kopf ins Wasser.

»Na gut«, sagte er gutmütig. »Dann döse ich eben ein bißchen vor mich hin. Stell dir vor, ich werde nicht einmal daran denken, daß meine Frau ganz nackt und naß und weich in meiner unmittelbaren Reichweite ist. Du hast noch fünf Minuten Zeit, Sophie, keine Sekunde länger.« Er warf einen Blick auf die Kaminuhr, legte seinen Kopf aufs Kissen und schloß die Augen, die Arme auf der nackten Brust verschränkt.

Als er die Augen wieder öffnete, stand sie in einem weiten weißen Nachthemd gefährlich dicht am Kamin und versuchte, ihre wirren, tropfnassen Haare zu trocknen.

Seufzend stieg Ryder aus dem warmen Bett. Er war kein unbeherrschter Junge, sondern ein Mann, und er hatte nicht nur sich selbst, sondern auch ihr bewiesen, daß er geduldig sein konnte. Er würde auch weiterhin geduldig sein. Er nahm ein trockenes Handtuch vom Stuhl neben der Wanne und deutete auf seinen Ohrensessel. »Setz dich.«

Sie setzte sich wie ein schüchternes Schulmädchen auf die

Kante und faltete die Hände im Schoß. »Wo hast du Kamm und Bürste?«

Er verbrachte eine Viertelstunde damit, ihre dichten Haare zu bürsten, bevor er lächelnd sagte: »Du siehst jetzt wie eine Madonna aus. Du bist schön, Sophie, und du gefällst mir sehr. Dein Haar schimmert in so vielen verschiedenen Farbtönen. O ja, du bist schön, aber du würdest mir noch besser gefallen, wenn du die Augen öffnen würdest. Es stimmt zwar, daß ich nackt bin, aber du siehst mich schließlich nicht zum erstenmal im Adamskostüm, und so abstoßend bin ich ja nun auch wieder nicht.«

Sie öffnete die Augen und blickte ihm direkt ins Gesicht. »Bitte sag mir die Wahrheit, Ryder. Hattest du wirklich geglaubt, daß ich schwanger wäre?«

Die Trauung und die nachfolgende frustrierende Hochzeitsnacht waren ihm noch lebhaft in Erinnerung, aber er brachte ein gleichgültiges Schulterzucken zustande. »Ich hatte nicht die leiseste Ahnung. Du wolltest mir ja nicht sagen, wann du die letzte Regel gehabt hattest, und deshalb konnte ich eine Schwangerschaft nicht ausschließen.«

Er fragte sich, wann er ihr wohl die Wahrheit sagen würde. Ah, schon sehr bald, denn er haßte Lügen, weil einem dabei jederzeit ein Fehler unterlaufen konnte. Und Sophie war scharfsinnig. Wenn sie ihm auf die Schliche käme – er wollte lieber nicht an die Folgen denken. Trotzdem brachte er es nicht über sich, ihr seine Lügen einzugestehen.

Schlagfertig wie immer, dachte sie. Er war nie um eine Antwort verlegen, und sie kam gegen seine Redegewandtheit nicht an. Aber hatte sie sich nicht selbst ähnlich verhalten? Hatte sie ihn nicht geneckt und verhöhnt, wie er es jetzt mit ihr tat? Erinnerungen stiegen in ihr auf. O ja, sie hatte ihn mit großem Geschick gereizt, hatte ihn sogar berührt, um seine Begierde bis zur Raserei zu steigern. Doch jetzt wollte ihr beim besten Willen keine einzige geistreiche oder schlagfertige Bemerkung einfallen. Warum konnte sie Ryder nicht so behandeln wie Sir Robert? Sie wünschte sich manchmal, wieder sie selbst zu sein, ohne aber genau sagen zu können, wer sie nun eigentlich gewesen war.

Sie spürte seine Hände an ihren Armen. Er zog sie hoch und drückte sie an sich. »Jetzt werde ich dir erzählen, wie wir den größten Teil dieses herrlichen Abends verbringen werden. Wir brauchen Zeit, um einander kennenzulernen, und wir werden uns sehr viel Zeit nehmen. Ich will dich nicht bedrängen. Zunächst werde ich dich küssen und ...«

Er verstummte, küßte sie leicht auf den Mund und setzte neu an:

»Nein, ich werde es dir einfach zeigen. Bitte tu mir einen Gefallen, Sophie. Vergiß all jene verdammten Männer. Vergiß sie einfach. Dies ist etwas völlig anderes. Wir sind Mann und Frau, und alles spielt sich nur zwischen uns beiden ab.«

Aber sie konnte ihre schlechten Erfahrungen nicht so einfach vergessen. Andererseits wußte sie genau, daß sie sich ihm nicht verweigern konnte. Er war ihr Ehemann, er hatte totale Macht über sie, sogar noch mehr Macht als ihr Onkel. Wenn es ihm in den Sinn kam, sie nackt ans Bett zu fesseln, konnte er das ohne weiteres tun. Sie versuchte, Ruhe zu bewahren. Schließlich hatte sie wochenlang Zeit gehabt, sich auf die Situation einzustellen. Sie würde weder schreien noch hysterisch werden. Solche Reaktionen entsprachen ohnehin nicht ihrem Charakter, und selbst wenn sie jemals dazu geneigt hätte, würden die Prügel ihres Onkels sie längst eines Besseren belehrt haben.

Doch als Ryder ihr das Nachthemd auszog, wich sie unwillkürlich einen Schritt zurück und versuchte ihre Blöße mit den Händen zu bedecken. Er strich mit den Fingerspitzen über ihre Rippen. »Keine blauen Flecke mehr. Hattest du noch Schmerzen?«

Sie schüttelte den Kopf. »Gut«, sagte er und zog sie wieder an sich.

Zum erstenmal hielt er sie nackt in seinen Armen. Sein

Herz schlug schneller, und am liebsten hätte er sich sofort mit ihr vereinigt. Aber er war nicht dumm. Sie brauchte seine gesamte Erfahrung, und dadurch wurde es zu einer ernsten Angelegenheit. Bisher war Sex für ihn immer ein fröhlicher Zeitvertreib gewesen, mit viel Lachen und schmatzenden Küssen. Jetzt aber wollte ihm kein einziger Scherz einfallen.

Er sagte sich, daß seine Meisterschaft auch diese schwierige Situation bewältigen würde. Er hatte noch nie eine Frau enttäuscht. Seine Lippen glitten sanft über die ihren, er knabberte an ihrem Ohr, liebkoste mit der Zunge eine besonders empfindliche Stelle in der Halsgrube – eine Zärtlichkeit, auf die bisher jede Frau mit Stöhnen und seligen Schaudern reagiert hatte. Während er ihre Brüste streichelte, sagte er ihr, wie schön sie sei, wie sehr sie ihm gefalle, wie sehr er sie überall berühren wolle, mit Händen und Mund. Ihre Brustwarzen waren dunkelrosa, und als er eine davon in den Mund nahm und daran saugte, glaubte er einen Moment lang, seinen Samen nicht mehr zurückhalten zu können, so intensiv waren seine Empfindungen, so unvergleichlich kamen sie ihm vor, obwohl er wußte, daß das nicht stimmte.

Er legte sie aufs Bett, küßte ihre Brüste, streichelte und knetete sie, bis seine Begierde ins schier Unermeßliche stieg. Seine Hand glitt tiefer, verweilte einen Augenblick auf ihren Rippen. Er hatte ihre Verletzungen nicht vergessen, auch nicht seinen damaligen rasenden Zorn auf ihren Onkel. Und dann waren seine Finger endlich am Ziel, zwischen ihren Schenkeln, und er spürte, wie sie sich verkrampfte. Er zitterte jetzt vor Verlangen nach ihr und wußte nicht, ob es ihm noch lange gelingen würde, auf sie Rücksicht zu nehmen, obwohl er – im Gegensatz zu dem Ryder Sherbrooke, der er vor der Bekanntschaft mit Sophie gewesen war – nicht die Kontrolle über sich verlieren wollte.

Vielleicht, dachte er, während er sie betrachtete, vielleicht hatte er sie gerade deshalb heiraten wollen. Vielleicht hatte er intuitiv gewußt, daß sie ihn verändern und in seinem Leben eine viel wichtigere Rolle als jede andere Frau spielen würde. Als er behutsam einen Finger in sie einführte und ihre weiche Wärme spürte, keuchte er vor Lust und knirschte mit den Zähnen, um nicht jede Beherrschung zu verlieren. Sie stieß einen leisen Klagelaut aus, den er jedoch als Ausdruck von Leidenschaft mißdeutete, weil er sich einfach nicht vorstellen konnte, daß sie ihn nicht begehrte, während sie ihn fast um den Verstand brachte.

Ihr Eingang war so eng, daß sogar sein Finger Mühe hatte, sich einen Weg zu bahnen. Als er ihr Jungfernhäutchen berührte, lächelte er; im Grunde hatte er schon lange gewußt, daß er es vorfinden würde. Er erweiterte sie, so gut es ging, denn er wollte ihr nicht allzusehr weh tun.

Dann spreizte er ihre Schenkel. »Sophie, ich werde jetzt in dich eindringen«, sagte er. »Nein, mach die Augen auf. Denk daran, das alles braucht dir nicht peinlich zu sein. Wir haben es ja schon einmal zusammen gemacht. Vertrau mir. Wenn du dich etwas entspannen würdest, hättest du vielleicht sogar Freude daran.«

Sie sah ihn an, als wäre er total verrückt, schloß sekundenlang die Augen, um seinen wollüstigen Gesichtsausdruck nicht sehen zu müssen, öffnete sie aber sogleich wieder. Nein, sie würde alles ertragen, was er ihr antat. So schlimm konnte es schließlich nicht sein, und es würde nicht lange dauern.

Jene verdammte Lüge! Er hatte gehofft, daß er ihr helfen würde, sich zu entspannen, aber das war offenbar nicht der Fall. Noch länger warten konnte er aber einfach nicht. So behutsam wie möglich führte er sein Glied ein und schwor sich, nur ganz kurz in ihr zu verweilen und sie anschließend mit dem Mund zu befriedigen. »Du bist meine Frau«, murmelte er, und seiner Stimme war sowohl Verwunderung als auch Zufriedenheit anzuhören. »Weißt du, wie seltsam das für mich ist. Ich hatte noch nie eine Ehefrau, wollte nie eine haben, aber du bist hier, bei mir, und wir liegen in meinem Bett, und ich begehre dich so sehr. Bitte nimm mich auf, Sophie.«

Sie lag stocksteif da und dachte bei sich, daß ihr ja gar keine andere Wahl blieb, als ihn aufzunehmen. Sie wünschte nur, es wäre schon vorbei und er würde jene gräßlichen grunzenden Laute ausstoßen, die bedeuteten, daß die Männer am Ziel waren, daß ihr Geschlechtsteil nun bald schrumpfen würde, daß sie demnächst einschlafen und laut schnarchen würden.

Sie war noch unberührt, und sie war seine Frau, und nun würde er sie endlich in Besitz nehmen. Er brauchte nur noch das letzte Hindernis zu überwinden. Sein Glied stieß gegen ihr Jungfernhäutchen, aber es hielt dem Druck stand. Er fluchte insgeheim und wußte, daß er jetzt eigentlich den vorläufigen Rückzug antreten müßte. Doch er schaffte es einfach nicht, diese warme Höhle zu verlassen. Statt dessen küßte er sie, spielte mit seiner Zunge in ihrem Mund und stieß gleichzeitig stöhnend mit aller Kraft zu. Ihr Hymen zerriß endlich, und er drang tief in sie ein. Während er vage registrierte, daß sie sich gegen ihn wehrte, während ihre Tränen in seinem Mund einen salzigen Geschmack hinterließen, stöhnte er wieder und bäumte sich auf dem Gipfel der Lust wild auf.

Gleich darauf lag er schwer atmend und schweißnaß auf ihr, sein Gesicht im Kissen vergraben.

Mit dem Schmerz hatte sie nicht gerechnet. Dahlia hatte nie über Schmerzen geklagt. Allerdings hatte Sophie sie nie danach gefragt, aber andererseits hatte Dahlia immer alles mögliche berichtet, bis hin zu solchen Einzelheiten wie den verschiedenen Geräuschen, die Männer auf dem Höhepunkt der Lust von sich gaben. Sophie konnte sich beim besten Willen nicht vorstellen, daß Dahlia freiwillig Schmerz erduldet oder ihn schweigend hingenommen hätte. Deshalb bestürzte dieser brennende Schmerz tief in ihrem Innern sie besonders. Über den Samenerguß der Männer wußte sie Bescheid. Aber wie sollte eine Frau diese Prozedur jemals genießen können, wenn sie so schmerzhaft war?

Sie hatte geglaubt, alles über den Intimverkehr zu wissen,

weil sie mit den Körpern von sechs Männern ebenso vertraut gewesen war wie mit ihren Wünschen und Bedürfnissen, aber ihr war nie so richtig klargeworden, wie sehr Mann und Frau beim Geschlechtsakt miteinander verschmolzen. Ryders Glied steckte noch immer tief in ihr, und sie spürte es genau. Es war fast so, als versuchte er, ein Teil von ihr zu werden, aber das würde sie nicht zulassen. Nein, er gehörte nicht zu ihr, und bald würde er sich wieder von ihr trennen. Sie drückte ihre Hüften tiefer in die Matratze und hatte nur den einen Wunsch, daß er sich endlich aus ihr zurückziehen möge.

Ryder stützte sich auf die Ellbogen auf und lächelte, ein zärtliches Lächeln, das sie verwirrte. »Es tut mir leid, daß ich dir weh getan habe. Es wird nie wieder vorkommen.«

»Warum hast du mir dann diesmal so weh getan?«

Keine Lügen oder Ausflüchte mehr, sagte er sich. »Dies war für dich das erste Mal. Du warst noch unberührt, und ich mußte dein Jungfernhäutchen zerreißen. Das hat dir weh getan.«

Sie starrte ihn an, und ihre Augen wurden dunkel vor Zorn, als sie begriff, was er da gesagt hatte. Alles war nichts als Lüge gewesen – daß er sie in der Hütte genommen und an eine mögliche Schwangerschaft geglaubt hatte. »Du Schuft!« Sie versuchte ihn von sich zu stoßen.

»Ich weiß, und es tut mir leid.« Er packte sie bei den Handgelenken und hielt ihre Arme über ihrem Kopf fest. Sie fühlte, daß sein Glied in ihr wieder größer wurde. Nein, das konnte nicht sein, nein, nicht so schnell, nein, sie würde das nicht zulassen. Am liebsten hätte sie ihn umgebracht.

»Es tut mir wirklich leid, daß ich dich belogen habe, Sophie. Anfangs wollte ich dich einfach für das bestrafen, was du mir angetan hattest. Ich gebe zu, daß das nicht sehr anständig von mir war, aber was du und dein Onkel mit mir gemacht hattet, war auch nicht besser. Mich revanchiert zu haben, gab mir eine gewisse Macht über dich. Und später, als ich beschlossen hatte, dich zu heiraten, habe ich diese Lüge bewußt gegen dich eingesetzt – und gewonnen!«

»Wie kannst du nur glauben, daß du durch diese Heirat irgend etwas gewonnen hast? Ich bin ein Nichts, ich habe keine Mitgift, keinen untadeligen Ruf, kein …«

»Verdammt, sei still!«

Der Zorn in seiner Stimme ließ sie erbleichen, und ihre Augen wurden noch dunkler, aber sie wollte nicht klein beigeben. »Du kannst noch so wütend sein, aber du kannst nichts daran ändern, was ich gewesen bin, was ich bin. Du hast überhaupt nichts gewonnen, Ryder«

»Bei dir werde ich immer gewinnen, Sophie. Merk dir das.«

Ohne jede Vorwarnung und völlig lautlos riß sie ihren rechten Arm los, und ihre Faust landete auf seinem Kinn. Er sah die blitzartige Bewegung, konnte aber nicht schnell genug ausweichen, weil er allzusehr damit beschäftigt gewesen war, sich in die Brust zu werfen und sich als ihr Herr und Meister aufzuspielen, der als einziger richtig mit ihr umzugehen verstand.

Sie hatte kräftig zugeschlagen, und er zuckte vor Schmerz und Überraschung zusammen. Im nächsten Moment stieß sie ihn vom Bett, und er landete auf dem Holzboden.

Sie sprang auf und starrte auf ihn hinab.

Er lag auf dem Rücken, rieb sich das Kinn und lachte – lachte sie aus.

Sie kletterte auf der anderen Seite aus dem Bett, schnappte sich ihr Nachthemd und zog es über den Kopf, vor Wut und Angst keuchend, denn sie hatte gesehen, daß sie blutete, wußte aber, daß es nicht ihre Regel sein konnte. Er hatte sie also verletzt, so sehr verletzt, daß sie blutete.

O Gott, sie haßte ihn und sich selbst! Mit wahrer Wonne hätte sie das Bett umgeworfen und ihn darunter begraben, aber es war aus Rosenholz und sehr schwer. Es gelang ihr nicht, es auch nur anzuheben.

Er hörte auf zu lachen, stand auf, schüttelte den Kopf und betrachtete sie über das Bett hinweg. Unwillkürlich starrte sie auf seinen Unterleib, auf den flachen Bauch, die dichten Schamhaare und die muskulösen Schenkel.

Ryder blickte an sich hinab, schlug die Decke zurück und betrachtete die Blutflecken auf dem Laken. »Ich verspreche dir, keine Satisfaktion für den Kinnhaken zu fordern, bis ich dich gewaschen habe.«

»Wenn du mir zu nahe kommst, drehe ich dir den Hals um. Du hast mich genug verletzt, Ryder. Mehr dulde ich nicht. Wenn ich davon sterbe, geschieht es mir eigentlich recht, weil ich so eine verdammte Närrin war, aber du wirst mir vom Leibe bleiben.«

»Ich habe dir doch erklärt, daß es nur deshalb weh getan hat, weil es für dich das erste Mal war. Und in Zukunft wirst du dabei auch nicht mehr bluten. Großer Gott, wenn eine Frau bei jedem Geschlechtsverkehr bluten würde, wäre die Menschheit schon längst ausgestorben. Ich lüge nicht, Sophie, und es wundert mich eigentlich, daß du das nicht gewußt hast. Diese Blutung bedeutet, daß du jetzt eine Frau bist.«

»Du weißt genau, daß das Unsinn ist. Ich bin neunzehn, Ryder, und seit Jahren eine Frau.«

»Oh, ich stimme dir völlig zu, mein teures Weib. Aber von nun an kannst du schwanger werden. Du wirst dich mit der Zeit noch etwas ausdehnen, aber das wird nicht schmerzhaft sein. Ich habe mir sogar sagen lassen, daß es ein sehr schönes Gefühl ist.«

»Du hast es dir bestimmt gleich von zwei Dutzend Weibern sagen lassen«, kommentierte sie sarkastisch.

Bitterkeit? Er war sich nicht sicher, hoffte aber inbrünstig, daß sie tatsächlich eifersüchtig war. Als er um das Bett herum auf sie zuging, wich sie nicht vor ihm zurück, wie er erwartet hatte, sondern stürzte sich auf ihn und begann ihn mit Fäusten zu bearbeiten.

Es war ein lautloser Kampf, und das fand er sehr sonderbar. Seiner Erfahrung nach ging es bei Kämpfen sehr laut zu, mit viel Geschrei und Gefluche. Sophie verursachte jedoch keinerlei Geräusche, von ihrem schweren Atem einmal abgesehen, und plötzlich begriff er auch den Grund dafür und trug seine Erklärung laut vor: »Du hast gelernt, lautlos zu kämpfen, stimmt's, weil du wußtest, daß jedes Geräusch Jeremy wecken könnte, und das durftest du nicht zulassen. Verdammt, Sophie, jetzt ist das alles anders. Das alte Dreckschwein ist tot und begraben. Verdammt, brüll mich an, wenn du mit mir kämpfst!«

Sie versuchte ihn statt dessen in den Unterleib zu treten, aber er drehte sich rasch seitwärts, und ihr Tritt traf seinen Oberschenkel. Er riß ihr das Nachthemd vom Leibe, warf sie aufs Bett und drückte sie mit seinem ganzen Gewicht in die Matratze.

Sie strampelte wild, und er ließ sie einfach gewähren, hielt nur ihre Hände über dem Kopf gefangen und bemühte sich, weder ihre wippenden Brüste anzustarren noch daran zu denken, daß ihre Beine auf seinen Rücken trommelten und ihr Bauch an seinen gepreßt war.

Als sie endlich ihren Widerstand aufgab, fragte er ruhig: »Dir hat es nicht den geringsten Genuß bereitet, als ich dich gestreichelt und geküßt habe, stimmt's?«

Sie starrte ihn an, als hätte er den Verstand verloren.

»Nein, natürlich nicht. Das war wirklich eine dumme Frage. Wir werden das alles ändern, Sophie. Du denkst immer noch an das vergangene Jahr, an all die Männer, mit denen du dich einlassen mußtest. Das gehört jetzt ein für allemal der Vergangenheit an. Es zählt nicht mehr. Vergiß es.«

Blitzartig kam ihr die Erkenntnis, daß er sie niemals verletzen würde, auch wenn sie für ihre Person noch so sehr versuchen würde, ihn zu verletzen. Er würde niemals die Hand gegen sie erheben, würde sie nie mit Fäusten traktieren. Wahrscheinlich könnte sie ihn erschießen, ohne daß er ihr etwas zuleide täte. Sie lag jetzt regungslos da und blickte zu ihm empor. Seine strahlend blauen Augen funkelten wie das

Meer im Sonnenlicht, waren zugleich aber ruhig und unergründlich. Sie sagte langsam: »Du warst ein Teil dieser Vergangenheit, vielleicht sogar der wichtigste Teil. Ich wußte sofort, als ich dich sah, daß Onkels Pläne nun fehlschlagen würden, aber er wollte mir nicht glauben. Ich versuchte ihm klarzumachen, daß du anders bist, denn das spürte ich, aber er hörte nicht auf mich. Ich wollte überhaupt nicht in deine Nähe kommen, aber mir blieb nichts anderes übrig und sieh dir nur mal die Folgen an. Wie könnte ich das alles vergessen?«

»Inwiefern glaubtest du, daß ich anders als die anderen Männer bin?«

Sie bedauerte bereits, das gesagt zu haben, aber nun war es zu spät. »Die anderen waren von sich selbst so begeistert, so stolz auf sich, weil sie mich angeblich erobert hatten, obwohl ich doch nur eine ganz normale Frau bin. Für sie war ich eine Art Preis, ein zeitweiliger wertvoller Besitz, der ihnen in den Augen anderer Männer zu Prestige verhalf. Dir hingegen ist es egal, was andere von dir halten. Du siehst die Dinge ganz anders, und du reagierst ganz anders.«

Er sah nachdenklich drein. »Oh, du darfst mich nicht mißverstehen, Sophie. Ich begehrte dich, aber es war für mich eine Art Spiel. Ich wollte dich zähmen, dich erobern. Vielleicht wollte ich dir auch, wie schon gesagt, eine Lektion erteilen. Aber die Dinge haben sich grundlegend geändert. Ich habe dich geheiratet, und das kann doch nicht so schlimm sein. Du bist bei mir in Sicherheit, und auch Jeremy ist es. Du wirst nie wieder Angst haben müssen. Vergiß die Vergangenheit. Ich bin deine Gegenwart und Zukunft. Fühlst du es? Ich begehre dich schon wieder, aber zunächst einmal werde ich dich waschen und ausruhen lassen. Wirst du weiterhin gegen mich kämpfen?«

»Ja.«

Er erhob sich seufzend, ging zu einer niedrigen Kommode und holte aus einer Schublade zwei Krawatten hervor. »Ich tue das nur sehr ungern, denn wahrscheinlich wirst du so wütend auf mich sein, daß du eine Woche nicht mehr mit mir sprichst, obwohl ich dein Ehemann bin und du geschworen hast, mir zu gehorchen.«

Sie sprang aus dem Bett und rannte nackt zur Schlafzimmertür. Er war jedoch schneller und stemmte seine Hand über ihrem Kopf gegen die Tür. »Hast du völlig den Verstand verloren, Sophie? Du bist splitterfasernackt, meine Liebe. Ich glaube zwar kaum, daß jemand von meiner Familie oder von den Dienstboten durch die Korridore schweift, aber möglich ist alles. Ich möchte, daß deine weiblichen Attribute nur meinen Augen vorbehalten bleiben. Du bist schön. Deine Beine sind lang und straff, und dein Gang ist anmutig.«

Er packte sie bei der Hand und wollte sie zum Bett ziehen. Sie trat ihm aber so fest gegen das Schienbein, daß er vor Schmerz seinen Griff lockerte, und sie riß sich sofort los. Bevor er sie daran hindern konnte, stürzte sie zur Tür hinaus und rannte den langen Korridor entlang, ohne daran zu denken, daß sie nackt war. Dann tauchte plötzlich völlig unerwartet ein Schatten vor ihr auf, und sie rannte in ihn hinein, aber es war kein Schatten, sondern ein Mann im Morgenrock, ihr Schwager, der Graf, und er hielt sie sanft, aber kräftig an den Oberarmen fest.

»Laß mich los!«

»Du solltest etwas anziehen«, murmelte Douglas, der über den Anblick seiner völlig nackten Schwägerin so verblüfft war, daß es ihm fast die Sprache verschlagen hatte.

»Bitte«, flehte sie, während sie sich aus seinem Griff zu befreien versuchte und gleichzeitig ängstlich über ihre Schulter hinweg schaute. Ryder näherte sich ihnen im Morgenrock, einen zweiten Morgenrock über dem Arm, und er sah sehr wütend aus, wie Douglas trotz der schwachen Beleuchtung erkennen konnte. Er hatte natürlich keine Ahnung, was vorgefallen war, aber Sophies Furcht entging ihm nicht, und sein Beschützerinstinkt erwachte.

Ohne sie loszulassen, lockerte er seinen Griff ein wenig und sagte ruhig: »Deine Frau scheint ein bißchen durcheinander zu sein, Ryder.«

»Ja«, knurrte Ryder, der rot sah, nicht nur wegen Sophies Flucht aus dem Schlafzimmer, sondern auch, weil sie seinem Bruder splitternackt in die Arme gelaufen war. »Überlaß sie jetzt mir, Douglas.«

Douglas wußte, daß ihm keine andere Wahl blieb, und er wußte auch, daß Ryder kein grausamer Mann war. Er würde Sophie nichts zuleide tun, aber sie mußte wohl mit einer tüchtigen Standpauke rechnen. »Ich hoffe, daß alles bald wieder in Ordnung sein wird«, lautete denn auch der einzige Kommentar des Grafen.

»Ja«, sagte Ryder wieder. »Sophie, zieh das an. Mein Bruder braucht meine Frau nicht zu sehen.«

Douglas gab sie frei, und sie ließ sich völlig widerstandslos von Ryder in den Morgenrock hüllen, der nach ihm roch und vom häufigen Waschen sehr weich war.

Alles ist schiefgegangen, dachte sie schaudernd.

»Schlaft gut«, sagte Douglas und sah seinen Bruder noch einmal forschend an.

»Ja.« Ryder nahm Sophie bei der Hand und führte sie den Korridor entlang.

Douglas blickte ihnen nach, bis sich Ryders Schlafzimmertür schloß. Was zum Teufel ging da nur vor?

Ryder sagte kein Wort. Er zog sie zum Bett, legte sie auf den Rücken, streifte ihr den Morgenrock ab, nahm die Krawatten zur Hand, schlang sie um ihre Handgelenke und knüpfte die Enden an den Bettpfosten fest. Sophie gab keinen Laut von sich, war aber blaß vor Zorn.

»Du hast stark geblutet«, sagte Ryder mit gerunzelter Stirn. »Es tut mir leid, daß ich dir weh getan habe, Sophie. Halt jetzt bitte still, damit ich dich waschen kann.«

Sie war viel zu müde, um sich weiter gegen ihn zu wehren. Warum hatte er noch kein einziges Wort über ihre Flucht verloren? Als er ihre Beine spreizte, kniff sie die Augen fest zusammen, aber sie spürte das nasse Tuch, das behutsam über ihre intimsten Stellen glitt, und sie haßte ihn abgrundtief, weil sie ihm so total ausgeliefert war, weil er in ihr nur einen Frauenkörper sah, der ausschließlich ihm gehörte.

Als er fertig war, sagte er: »Sophie, sieh mich an.«

Sie öffnete die Augen, und ihm gefiel nicht, was er darin las.

»Du hast dich sehr töricht benommen«, tadelte er. »Ich schätze es nicht, daß du meinem Bruder deinen Körper gezeigt hast. Ich kann nicht verstehen, warum ... Aber das spielt im Augenblick keine Rolle. Du bist müde und völlig durcheinander. Möchtest du jetzt schlafen?«

»Ja.«

Er band ihre Handgelenke los und massierte sie sanft.

»Nein, kein Nachthemd«, sagte er, als sie sich suchend umschaute. »Nur wir beide.«

In dem Bett hätten sechs Personen mühelos Platz gehabt, aber er hielt sie eng an sich gepreßt. »Ah, das ist ein schönes Gefühl«, seufzte er mit geschlossenen Augen. »Du bist weich und warm. Ich habe die Tür abgeschlossen. Hoffentlich schnarchst du nicht zu laut.«

»Doch. Ich grunze im Schlaf wie ein Schwein.«

»Woher willst du das wissen? Ich bin der erste Mann, der dich nackt in seinen Armen hält. Aber auch, wenn du im Schlaf nicht so süß sein solltest, werde ich kein Wort darüber verlauten lassen, weil ich deine Gefühle nicht verletzen möchte.«

Sie schnaubte, und er küßte sie aufs Haar.

Mit geschlossenen Augen dachte Ryder über die Situation nach. Verdammt, er hatte ihr nicht den geringsten Genuß beschert, er hatte sich wie ein unbeholfener Anfänger benommen, dem es nur um die eigene Befriedigung geht, und das war bei ihm wirklich sehr ungewöhnlich, denn normalerweise setzte er alles daran, seinen Partnerinnen genauso viel Lust zu bescheren, wie ihm selbst zuteil wurde. Er schwor sich, Sophie beim nächsten Mal für alle Versäumnisse zu entschädigen. Ihm war klar, daß eine ungeheuer schwierige Aufgabe vor ihm lag: Sophie mußte lernen, die abstoßenden Ereignisse der letzten Monate – auch seinen eigenen Anteil daran – zu vergessen und Freude am Liebesspiel zu finden. Er spürte ihre weichen Brüste an seiner Brust, und ihm fiel plötzlich wieder Douglas' Gesichtsausdruck ein. Wahrscheinlich hatte er den Streit gehört und nach dem Rechten sehen wollen. Immerhin hatte er aber den Mund gehalten und war freundlich zu Sophie gewesen.

Verdammt!

Ryder schlief endlich ein.

15

Ryder wachte mitten in der Nacht auf. Sophie lag dicht neben ihm, warm und weich. Er hatte eine Erektion, und er verspürte ein unbezähmbares Verlangen nach ihr. Noch halb benommen, rollte er sie auf den Rücken, küßte sie und drang mit einem kräftigen Stoß tief in sie ein.

Sie schrie auf.

Er hielt sekundenlang inne, aber seine rasende Begierde ließ ihn all seine guten Vorsätze, auch ihr zum Genuß zu verhelfen, vergessen. Von wilder Lust verzehrt, stieß er immer wieder zu, besessen von dem Gedanken, sie zu besitzen, sie zu einem Teil seiner selbst zu machen, sie an sich zu binden. Um den Höhepunkt noch ein wenig hinauszuzögern, warf er sich auf den Rücken, Sophie eng an sich gepreßt. Wie eine Puppe ließ sie sich in die von ihm gewünschte Position einer Reiterin bringen und stützte sich mit gespreizten Fingern auf seinem Brustkorb ab. Er hielt sie an den Hüften fest, hob sie etwas hoch und drückte sie wieder nach unten, um ihr zu zeigen, was sie tun sollte. Alle Frauen genossen es, hin und wieder auf dem Mann zu reiten, weil sie dann den Rhythmus selbst bestimmen konnten. Sie steigerten seine Lust ins schier Unerträgliche und lachten dabei, bis auch sie schließlich den Kopf zurückwarfen und stöhnten. Doch Sophie bewegte sich nicht, und sie stöhnte nicht. Ihre schönen weißen Brüste waren vorgewölbt, und er drückte sie keuchend noch fester auf sich hinab, rammte sein Glied noch tiefer in sie hinein. Er konnte ihr Gesicht im schwachen Licht nicht deutlich erkennen, aber er hörte sie plötzlich schluchzen, und dann sah er auch, daß sie die Augen geschlossen hatte und daß Tränen über ihre Wangen rollten.

Allmächtiger Himmel, hatte er ihr wieder weh getan? Er hatte nicht bedacht, daß er in dieser Position besonders tief in sie eindrang, und sie war überhaupt noch nicht daran gewöhnt, einen Mann aufzunehmen. Rasch hob er sie etwas an, legte sie wieder auf den Rücken und drang diesmal nicht so tief ein. Er hatte die Absicht, sich gleich wieder zurückzuziehen, sie zu küssen und zu trösten, aber sie bewegte sich plötzlich ruckartig unter ihm, und das löste bei ihm einen explosionsartigen Orgasmus aus.

Es war eine Wiederholung des ersten Males, und er hätte sich ohrfeigen mögen, sobald er wieder bei klarem Verstand war. Er stützte sich mit den Ellbogen ab, spürte ihr lautes Herzklopfen und das Schluchzen, das ihren ganzen Körper erbeben ließ.

»Schlaf weiter«, murmelte er, während er sich von ihr löste und zur Seite rollte.

Sein Verhalten kam ihm plötzlich sehr schäbig vor, und ihr leises Weinen war ihm schier unerträglich. Es kam ihm wie eine Ewigkeit vor, bis sie in unruhigen Schlummer fiel.

Die helle Morgensonne weckte Ryder. Er spürte Sophie dicht neben sich und lächelte, bis ihm das nächtliche Fiasko wieder einfiel. Er hatte sich wie ein Rüpel aufgeführt, wie ein egoistischer Grobian, wie ein hirnloser Narr, und er konnte das nicht verstehen und machte sich heftige Vorwürfe.

Aber es war nun einmal geschehen, und er würde es wiedergutmachen, durch mehr Geduld, als er je zuvor im Leben aufgebracht hatte. Aber im Grunde hatte er bisher überhaupt keine Geduld gebraucht, um bei Frauen ans Ziel zu kommen. Ein Lächeln, ein Scherz, eine Liebkosung, und schon hatten die meisten nachgegeben. Ihm war klar, daß ihm bislang im Leben alles mehr oder weniger mühelos zugefallen war, daß sich seine negativen Erfahrungen an einer Hand abzählen ließen. Er hatte seine Freiheit von Herzen genossen, ob er nun auf dem Rücken seines Hengstes durch die Gegend galoppierte oder sich sorglos lachend mit schönen Frauen amüsierte.

Verantwortung zu tragen hatte er eigentlich nie gelernt. Und das galt sogar in bezug auf seine Kinder, alle sieben. Sie waren eine Freude, keine Verantwortung. Es stimmte schon – eine gute Fee schien bei seiner Geburt Patin gestanden zu haben. Doch nun war alles plötzlich ganz anders geworden. Seine eigene Frau wollte nichts von ihm wissen. Lachen, spontane Freude und Leidenschaft schien sie überhaupt nicht zu kennen.

In ihr herrschte Dunkelheit vor, und die Gründe dafür waren ihm teilweise bekannt. Verdammt, schließlich war er selbst ein Opfer dieser düsteren Umstände gewesen, wenn auch nur kurzfristig. Auch in diesem Fall hatte er Glück gehabt, wie bisher fast immer. Nun aber konnte er sich nicht mehr einfach auf sein Glück verlassen. Er mußte sein Verhalten ändern, wenn er Sophie doch noch für sich gewinnen wollte.

Sie schlief noch. Er stützte sich auf einen Ellenbogen und betrachtete sie. Ihre langen wirren Haare waren über das ganze Kissen verteilt, und ihr Gesicht war fleckig vom Weinen, aber ihm kam sie wunderschön vor. Dieses Mädchen war keine Schönheit wie einige der Damen, die er so gut gekannt hatte, kein funkelnder Diamant wie Alexandras hinreißende Schwester Melissande, aber für ihn war Sophie unglaublich schön, und sie bedeutete ihm unglaublich viel. Er strich ihr mit einer Fingerspitze zärtlich über die Stirn. Langsam schlug sie die Augen auf und sah ihn an, ohne sich zu bewegen, ohne einen Laut von sich zu geben. Er bemerkte ihre anwachsende Nervosität, beschloß aber, sie zu ignorieren.

»Guten Morgen«, sagte er und küßte ihren Mund.

Sie erstarrte, und ihre Augen wurden dunkel und ausdruckslos. Dieser Rückzug in sich selbst war Ryder unerträglich. »Verdammt, hör auf damit! Ich werde dir nie wieder Schmerz zufügen, das schwöre ich dir.«

»Männer fügen Frauen immer Schmerzen zu.«

»Ich gebe zu, daß deine Erfahrungen diese Sicht der Dinge zu bestätigen scheinen.«

»Du hast mir letzte Nacht sehr weh getan, und du wirst es immer und immer wieder tun, weil du der Mann und somit der Stärkere bist, weil du mich zu allem zwingen kannst, was dir in den Sinn kommt, weil du Macht über mich hast.«

»Nun, wenn ich so allmächtig bin, sollte ich mich vielleicht als Gott proklamieren.« Er wollte durch die gespielte Nonchalance etwas Zeit zum Nachdenken gewinnen. Bei dieser Frau, seiner Ehefrau, würde er wohl sehr viel Zeit mit Nachdenken verbringen müssen.

Sie stemmte sich gegen ihn, konnte ihn aber nicht von der Stelle bewegen. Ihr leidenschaftlicher Wunsch, ihm zu entkommen, war unübersehbar und beängstigend. »Nein, Ryder, ich glaube dir nicht«, keuchte sie, »du wirst mich zwingen, wann immer dir danach zumute ist. Du belügst mich. Alle Männer lügen, um zu bekommen, was sie wollen.«

Er sprang aus dem Bett. »Mit der Zeit wirst du lernen, mir zu glauben und zu vertrauen.«

Sie zog sich hastig auf die andere Seite des Bettes zurück und ließ ihn keine Sekunde aus den Augen, an denen er ihre Angst vor ihm ablesen konnte, eine irrationale Angst, und in diesem Moment hätte er sie am liebsten aus dem Fenster geworfen.

Er überlegte, was er jetzt tun sollte, und beschloß, zunächst einmal ein Bad zu nehmen. Als er schließlich angekleidet das Schlafzimmer verließ, lag sie noch immer im Bett, die Decke bis zum Kinn hochgezogen.

»Heute nacht ist mir die Jungfräuliche Braut erschienen«, verkündete Sinjun beim Frühstück. »Wahrscheinlich wollte sie Sophie besuchen und hat sich im Schlafzimmer geirrt.« An ihre Schwägerin gewandt, fuhr sie fort: »Stell dir das nur mal vor – vielleicht besucht unser Familiengespenst dich demnächst. Sie wird dir nichts zuleide tun. Bestimmt will sie dich nur in der Sherbrooke-Familie willkommen heißen. Sie geistert schon ewig hier bei uns herum, und alle Grafen haben über sie geschrieben.«

»Hör auf mit dem dummen Gerede über dieses verdammte Gespenst«, sagte der jetzige Graf. »Sophie, es gibt keinen Geist. Unsere Range hat eine sehr blühende Phantasie, weiter nichts. Ignorier sie einfach.«

»Ein richtiges Gespenst? Ist das dein Ernst?« flüsterte Jeremy so leise, daß nur Sinjun ihn hören konnte. Er hatte nicht die Absicht, den Grafen zu verstimmen.

»Ja. Ich werde dir später alles erzählen, wenn wir reiten gehen.«

»Ich habe diese Jungfräuliche Braut noch nie gesehen«, sagte Ryder, während er die Kaffeetasse abstellte und sich seinem Ei zuwandte. Er zwinkerte seiner Frau zu. »Vielleicht wird sie uns ja wirklich einmal besuchen. Würde dir das gefallen?«

»Ein Gespenst? Ja, warum nicht. Wer ist sie?«

»Eine junge Dame, deren Ehemann getötet wurde, bevor sie die Ehe vollziehen konnten«, erzählte Ryder. »Im sechzehnten Jahrhundert, glaube ich. Sie hat langes hellblondes Haar und ist ansonsten ein Geist wie aus dem Märchenbuch oder Film, wie Sinjun zu berichten weiß. Offenbar erscheint sie nur den weiblichen Familienmitgliedern.«

Alex öffnete den Mund, schloß ihn aber wieder, ohne etwas gesagt zu haben.

»Wie schon gesagt – alle Grafen von Northcliffe haben über sie geschrieben«, fuhr Sinjun fort. »Nur Douglas ist ganz gemein und schwört, nie ein Wort über sie zu Papier zu bringen.«

Der Graf räusperte sich laut und warf seiner Frau einen strengen Blick zu. Alex schien aber vollauf damit beschäftigt, die Bücklinge auf ihrem Teller zu zerlegen, und so wandte er sich an die ganze Tischrunde: »Wir müssen einen Ball veranstalten, um Sophie unseren Nachbarn offiziell vorzustellen.

Vorher wird Alex dich aber schon so peu à peu mit den erlauchtesten Herrschaften bekannt machen, Sophie.«

»Kommen Tony und Melissande auch zum Ball?«

»Aber natürlich werden sie kommen, Sinjun«, sagte Alex und fuhr an Sophie gewandt fort: »Melissande ist meine Schwester. Sie ist unglaublich schön und hat Tony Parrish, Viscount Rathmore, geheiratet, Douglas' und Ryders Vetter ersten Grades. Du wirst dich mit den beiden bestimmt gut verstehen. Und vielleicht kann auch Tyson aus Oxford herkommen. Er ist der jüngste der drei Brüder und will Geistlicher werden.«

Die Grafenwitwe sagte scharf: »Sie kann unmöglich in Alex' abgelegten Kleidern auf einen Ball gehen, Douglas.«

»Ich bin ganz deiner Meinung, Mutter. Wir werden die Schneiderin aus Rye herkommen lassen. Du weißt schon, Alex, die auch dich ausgestattet hat.«

Lady Lydia stichelte unverdrossen weiter: »Ah, die liebe Melissande! Wie sehr habe ich sie mir als Schwiegertochter gewünscht! Aber Douglas wollte mir den Gefallen nicht erweisen. Dann habe ich meine Hoffnungen auf dich gesetzt, Ryder, aber Tony hat sich in dieser Angelegenheit völlig unmöglich benommen.«

»Tony ist mit ihr verheiratet«, sagte Alexandra fröhlich. »Außerdem ist Tony immer unmöglich. Das macht einen Großteil seines Charmes aus. Du wirst ihn bestimmt auf Anhieb mögen, Sophie, und umgekehrt genauso. Und was Melissande betrifft, so kann auch sie sehr amüsant sein.«

Sophie starrte die kalt gewordenen Spiegeleier auf ihrem Teller an. Ihr lag nichts an der Bekanntschaft mit all diesen Leuten. Tony würde sie höchstwahrscheinlich auf den ersten Blick für ein Flittchen halten, wie die Männer auf Jamaika es getan hatten. Sie griff nach einem kleinen Kuchen und biß unlustig hinein. Die Unterhaltung der anderen schwirrte an ihr vorbei, aber sie fing unwillkürlich doch einige beleidigende Bemerkungen ihrer Schwiegermutter an ihre Adresse auf.

Plötzlich spürte sie, daß Ryder sie ansah. Sie hob den Kopf und stellte fest, daß er sie anstarrte, die Gabel in halber Höhe zwischen Tisch und Mund. Was war los? Hatte sie vielleicht Butter am Kinn?

Er grinste. »Du siehst heute morgen sehr schön aus, Sophie, aber ein bißchen blaß. Meine Frau soll rosige Wangen haben. Zieh nach dem Frühstück dein Reitkostüm aus. Ich möchte dir meinen Lieblingsplatz zeigen. Im Gegensatz zu Douglas habe ich keine besondere Vorliebe für Felsklippen, die unter mir abbröckeln könnten. Nein, mein Lieblingsplatz ist ganz anders, aber er wird dir bestimmt auch gefallen.«

Das konnte sich Sophie beim besten Willen nicht vorstellen. Wahrscheinlich wollte er sie ohnehin nur an einen einsamen Ort bringen, um sie wieder zu vergewaltigen. Dabei tat ihr alles noch vom letzten Mal weh. Sie wollte nicht in seiner Nähe sein. Weil sie das aber nicht am Frühstückstisch äußern konnte, schwieg sie.

Viel lieber wollte sie den Vormittag mit Jeremy verbringen, aber noch bevor sie den Mund öffnen konnte, standen Sinjun und Jeremy vom Tisch auf, und der Junge griff nach Sinjuns Hand und lächelte zu ihr auf, und dann verließen sie zusammen das Zimmer.

Ryder sagte sanft: »Sinjun ist eine Neuentdeckung, während du und ich ein alter Hut sind, meine Liebe. Ich freue mich sehr, daß die beiden so gut miteinander auskommen. Du und ich, wir werden Jeremy später faszinieren.«

Es störte sie, daß er wußte, was in ihr vorging, und ihr mißfiel auch seine Logik, seine Vernünftigkeit. Sie hatte bisher nur sehr wenige vernünftige Männer gekannt, und auch Ryder war auf Jamaika nicht vernünftig gewesen, sondern grausam, berechnend und zynisch. Sie hätte nicht sagen können, was sie nun schlimmer fand.

Ryder wandte sich seinem Bruder zu. »Hättest du etwas Zeit für mich, während Sophie sich umzieht? Ich muß mit dir sprechen.«

Lady Lydia schoß einen letzten Pfeil ab. »Was ich dich noch fragen wollte, mein lieber Junge – wirst du auch die Harvestons zu diesem Ball einladen?«

Da ihre Söhne nicht wußten, wer mit dem »lieben Jungen« gemeint war, nickten beide ohne große Begeisterung. Ryder hätte am liebsten laut geflucht.

»Die Harvestons haben drei sehr schöne Töchter«, berichtete Lady Lydia. »Sie sind gerade von einem Besuch bei amerikanischen Verwandten in Boston zurückgekommen.« Sie warf Sophie einen schlauen Blick zu. »Das gefällt mir überhaupt nicht.«

»Mir auch nicht, Madam«, erwiderte Sophie, warf ihre Serviette auf den Teller und schob energisch ihren Stuhl zurück, bevor Jamieson ihr behilflich sein konnte. Natürlich hatte ihre Schwiegermutter mit dieser Bemerkung gemeint, daß *Sophie* ihr nicht gefiel, daß sie in ihren Augen ein Nichts war.

»Laß dir Zeit beim Umziehen, Sophie«, rief Alex ihr nach. »Douglas und Ryder haben nach dieser langen Trennung wahrscheinlich viel zu besprechen. Weißt du, sie stehen sich sehr nahe.«

Douglas setzte sich in seinem Arbeitszimmer hinter den Schreibtisch, während Ryder auf und ab lief. Beide wußten nicht so recht, wie sie das Gespräch beginnen sollten.

»Sie ist ein reizendes Mädchen«, sagte Douglas schließlich.

»Ja, das ist sie.«

»Sie benimmt sich aber nicht wie eine Jungvermählte. Vor deiner Ankunft hat sie die meiste Zeit allein verbracht. Sie scheint unglücklich zu sein.«

Ryder unterbrach sein nervöses Umherlaufen und fluchte herzhaft.

»Anfangs dachte ich, sie hätte Heimweh, aber das ist es nicht.«

»Nein.«

»Dieser Vorfall letzte Nacht, ich war total überrascht.

Bestürzt, ehrlich gesagt. Ich wollte für Alex Milch aus der Küche holen, und da kam sie plötzlich auf mich zugerast, leichenblaß im Gesicht. Du brauchst mir nichts zu erzählen, Ryder, aber wenn ich könnte, würde ich gern helfen. Ist sie unglücklich über etwas, das du getan hast? Hat sie herausgefunden, welchen Verbrauch an Frauen du bisher hattest? Hast du ihre Gefühle verletzt? Ist sie eifersüchtig?«

»Sie ist aus vielen Gründen unglücklich. Danke, daß du dich so nett um sie gekümmert hast. Ich wünschte, Mutter würde ihre Zunge besser im Zaume halten, aber das ist wohl nicht zu erwarten.«

»Nein, aber irgendwann wird sie sich wohl mit den Tatsachen abfinden. Wenn sie allzu ausfällig wird, werde ich ihr einfach mit einer Verbannung ins Wittumshaus drohen.«

»Eine ausgezeichnete Drohung.«

»Genau.«

Die Brüder grinsten einander zu.

Dann sagte Douglas: »Ich war sehr überrascht, als deine Frau und ihr Bruder plötzlich auf der Schwelle standen. Hollis hat wieder mal seine unglaubliche Menschenkenntnis bewiesen – er wußte auf den ersten Blick, daß sie aus gutem Hause stammt und hierher gehört. Anfangs ging sie mir bewußt aus dem Weg, was ich mir nicht erklären konnte, denn ich war höflich und freundlich und bemühte mich, ihr das Gefühl zu geben, daß sie uns willkommen ist. Allmählich begriff ich dann, daß sie mir nicht traute, weil ich ein Mann bin. Das fand ich wirklich sonderbar. Warum ist sie so unglücklich?«

»Sie hat Angst vor mir. Und wahrscheinlich hat sie auch vor dir Angst gehabt.«

Nach längerem, lastendem Schweigen erklärte Douglas seinem Bruder ungläubig: »Das ist doch total absurd. Warum sollte deine Frau vor mir Angst haben? Ich habe ihr doch nichts getan. Und ich kenne wirklich keine einzige Frau, die Angst vor dir hätte. Sie verfolgen dich doch geradezu, sie lassen dich nicht in Ruhe, haben es nur darauf abgesehen, dich ins Bett zu bekommen.«

»Die Dinge ändern sich eben.«

»Willst du mir nicht erzählen, was auf Jamaika passiert ist? Nein, nein, ich meine jetzt nicht die Auswirkungen der Tatsache, daß Onkel Brandon Kimberly Hall dir hinterlassen hat, sondern warum Sophie Stanton-Greville nicht deine Frau sein will, warum sie die Flucht aus eurem Schlafzimmer ergriffen hat und völlig aufgelöst zu sein schien.«

»Es ist keine erbauliche Geschichte, Douglas. In ihrem Leben hat es viele Männer gegeben, und keiner war sehr nett zu ihr.« O Gott, dachte er, was rede ich für einen Stuß daher! »Besser gesagt«, korrigierte er sich, »die ganzen Umstände ihrer Beziehungen zu Männern waren höchst unerfreulich.«

»Ich habe dich schon verstanden. Nein, nein, du brauchst dich nicht zu bemühen, noch zweideutiger zu werden. Wenn du mich brauchen solltest, Ryder, bin ich jederzeit für dich da.«

»Danke, Douglas.«

»Der Junge ist reizend. Hat er den Klumpfuß von Geburt an?«

»Ja. Er ist ein ausgezeichneter Reiter. Glaubst du, daß er Eton überleben würde?«

»Laß ihm lieber noch etwas Zeit, sich in England einzugewöhnen.«

»Sie haßt Sex«, brach es unvermittelt aus Ryder heraus. »Sie haßt es, wenn ich sie berühre.«

Douglas sah seinen Bruder ungläubig an.

»Verdammt, es ist sehr kompliziert!« Ryder fuhr sich seufzend mit den Fingern durchs Haar. »Ich sollte nicht so freimütig über meine Frau sprechen, aber das Problem besteht darin, daß sie mich nicht will, mich nie gewollt hat. Ich konnte sie nur durch Manipulation zur Heirat bewegen. Kannst du dir das vorstellen? Daß ich es war, der sie unbedingt heiraten wollte? Daß ich eine Frau quasi zwingen mußte, mich zu heiraten? Aber ich habe es getan, und ich bedaure es nicht. Sie wollte überhaupt nicht heiraten.«

Douglas wartete schweigend ab, ob Ryder ihm weiter sein Herz ausschütten wollte. Dann sagte er: »Das ist wirklich sehr seltsam. Ich bin immer für dich da, wenn du mir mehr erzählen willst. Zunächst aber etwas ganz anderes – Emily hat Zwillinge bekommen, aber leider haben beide Kinder nicht überlebt. Sie freut sich sehr darauf, dich wiederzusehen. Sie hat etwas gesagt, das Hollis nicht ganz verstanden hat, etwas in der Art, daß es so besser sei, weil es nicht fair gewesen wäre, dir so etwas anzutun.«

»Ich werde sie sobald wie möglich besuchen.«

»Verstehst du, was sie gemeint hat?«

Ryder zuckte nur mit den Schultern und starrte zum Fenster hinaus.

Douglas griff nach einem einmalig schönen Briefbeschwerer aus schwarzem Onyx und warf ihn von einer Hand in die andere. »Ich nehme an, daß du dir Gedanken darüber gemacht hast, was jetzt aus all deinen Frauen und Kindern werden soll.«

»Ja, darüber habe ich gründlich nachgedacht. Zeit genug hatte ich ja während der langen Schiffsreise. Mehr als genug Zeit, um ehrlich zu sein.«

»Was? Waren denn keine halbwegs attraktiven Damen an Bord?«

Ryder warf ihm einen strafenden Blick zu.

»Denk daran, Ryder, daß du tun konntest, was immer du nur wolltest, bevor du geheiratet hast. Genauso wie ich.«

Ryder lächelte gequält.

»Ich bezweifle sehr, daß es Sophie etwas ausmachen würde, wenn ich direkt vor ihrer Nase hundert Frauen aufmarschieren ließe. Wahrscheinlich würde sie sie anflehen, mich ihr vom Halse zu halten.«

»Das kann man bei einer Frau nie wissen, nicht einmal bei einer, die den Wunsch zu haben scheint, einem die Kehle aufzuschlitzen. Du könntest dein blaues Wunder erleben, wenn Sophie von deinen vielen Weibern erfährt.«

»Ha!«

Douglas holte ein Blatt Papier aus der Schreibtischschublade. »Der letzten Aufstellung zufolge hast du sieben Kinder.« Er sah seinen Bruder forschend an. »Aber das weißt du ja, und offenbar weißt du auch schon, was du zu tun hast.«

»Ja. Ich bin jetzt ein verheirateter Mann. Es wird keine Weibergeschichten mehr geben.«

Der Graf lehnte sich zurück.

»Es freut mich, daß du beschlossen hast, deiner Frau treu zu sein. Einen Harem von dieser Größe zufriedenzustellen, könnte sogar den kräftigsten Mann überfordern. Treue hat wirklich große Vorteile.«

»Ich bin ganz deiner Meinung«, hörte Ryder sich zu seiner eigenen Überraschung sagen. »Es ist kaum zu glauben, daß ich dir beipflichte, aber es ist so. Nur eine einzige Frau zu begehren, ist für mich ziemlich ungewöhnlich, aber ich begehre Sophie und nur Sophie. Allmächtiger, ich weiß, daß es schier unglaublich ist, aber ich kann es nicht ändern.«

»Auch ich habe entdeckt, daß eine Ehefrau nicht mit Gold zu bezahlen ist. So etwas hätte ich früher nicht für möglich gehalten.«

»Alex ist aus gutem Holz geschnitzt. Ich bin sehr froh, daß ihr euch zusammengerauft habt.«

»An einem langen Winterabend werde ich dir erzählen, wie es dazu gekommen ist. Das wäre jedenfalls viel interessanter als über das verdammte Gespenst zu schreiben, über diese Jungfräuliche Braut.«

Der Graf stand auf.

»Ich würde sagen, alter Junge, daß du keine leichte Aufgabe vor dir hast. Andererseits sollte einem nichts wirklich Wichtiges so einfach in den Schoß fallen.«

»Ich schätze sie schon jetzt, wenn es das ist, worauf du hinauswillst. Sie bedeutet mir sehr viel, mehr als du dir vorstellen kannst. Du hast mir einmal gesagt, daß ich bei Herausforderungen in Hochform komme. Je höher das Risiko, desto besser. Nun, ich werde diese Herausforderung meistern. Ich muß es einfach schaffen.«

»Du liebst sie also?«

»Red keinen Blödsinn, Douglas! Liebe ist ein Wort, das mir Übelkeit verursacht. Nein, bitte erzähl mir jetzt nicht, wie sehr du Alex anbetest und vergötterst – ich sehe auch so, daß du ganz vernarrt in sie bist. Aber Liebe? Versteh mich nicht falsch. Ich habe Sophie wirklich gern. Ich begehre sie, und sie weckt in mir ganz neuartige Gefühle. Ich möchte, daß sie erkennt, wie wichtig sie für mich ist. Das wär's, und ich finde, das genügt auch vollkommen.«

Douglas hob eine schwarze Braue und sah seinen Bruder unverwandt an.

»Du hast sie nicht wie ich auf Jamaika erlebt. Für dich ist sie ein stilles Mäuschen, ein unglückliches Mädchen. Sie ist aber ein richtiger Satansbraten, Douglas. Ich wollte sie zähmen, sie unterwerfen!«

Er schüttelte den Kopf und begann wieder hin und her zu laufen.

»Ich wünschte, der Satansbraten käme zurück.« Grinsend fügte er noch hinzu: »Sie hatte das frechste Mundwerk, das ich je erlebt habe, und sie hat mir ganz schön zu schaffen gemacht.«

Douglas sah ihn noch immer schweigend an.

Sophie strahlte übers ganze Gesicht. Sie konnte einfach nicht anders. Ryder hatte ihre Stute, Opal, aus Jamaika mitgebracht. Sie beugte sich vor und streichelte den schlanken Pferdehals.

»Ah, ich habe dich so vermißt«, sagte sie, warf den Kopf zurück und galoppierte davon. Sie hatte Ryder gedankt, war aber so verblüfft gewesen, daß sie ihre Gefühle nicht richtig auszudrücken vermochte.

Wieder einmal hatte er sich nicht so verhalten, wie sie es von ihm erwartete. Seine Freundlichkeit, sein Verständnis und seine Güte verwirrten sie total.

Ryder hatte nur achselzuckend erwidert: »Sie hätte sich noch zu Tode gefressen, wenn ich sie in Camille Hall zurückgelassen hätte. Sie wurde schon fett und träge, und jedesmal, wenn ich sie sah, warf sie mir vorwurfsvolle Blicke zu und wieherte unablässig, und nach einer Weile hörte es sich ganz nach deinem Namen an. Was sollte ich da machen?«

Und sie hatte nur noch einmal »Danke« gemurmelt.

Ryder ritt neben ihr her und freute sich, daß es ihm ausnahmsweise gelungen war, sie glücklich zu machen. Mit dieser Überraschung hatte sie wirklich nicht gerechnet, und er überlegte, womit sie sich wohl revanchieren würde, denn er kannte sie inzwischen gut genug, um zu wissen, daß es ihr unerträglich wäre, in seiner Schuld zu stehen.

Als sie dann die schmale Landstraße hinabgaloppierte, zügelte er seinen Hengst Genesis, der rabenschwarz und ausdauernd wie zehn Maulesel war, und folgte ihr in gemäßigtem Tempo. Er war wieder daheim, es war ein warmer sonniger Tag, und er hatte seiner Frau eine Freude gemacht. In optimistischer Stimmung begann er zu pfeifen. Auch für seine diversen Freundinnen glaubte er vernünftige Lösungen gefunden zu haben. Und was seine Kinder betraf, so wollte er nur einen günstigen Zeitpunkt abwarten, um Sophie in sein Geheimnis einzuweihen. Er vermißte die Kinder und würde sie morgen besuchen. Für alle hatte er aus Jamaika Geschenke mitgebracht.

Hinter einer engen Kurve ließ Sophie ihre Stute im Schatten einer riesigen Eiche verschnaufen, die fast so alt zu sein schien wie die Kalkfelsen in einiger Entfernung.

Sie holte tief Luft und stellte fest, daß sie sich wohl fühlte. Ryder benahm sich sehr zivilisiert. Mit Ausnahme der letzten Nacht, wo er sie lebhaft an den arroganten Mann erinnert hatte, als der er auf Jamaika aufgetreten war.

Vielleicht würde er heute abend begreifen, daß sie nicht von ihm berührt werden wollte, vielleicht würde er einfach nett zu ihr sein und zivilisiert bleiben. Sie runzelte die Stirn.

Nach etwa zehn Minuten begann sie sich zu wundern, wo er abgeblieben war. Konnte ihm etwas zugestoßen sein? Sie beschloß zurückzureiten.

Als sie um die Kurve bog, sah sie ihn, und ihm fehlte nicht das geringste. Eine Frau auf rotbrauner Stute war bei ihm. Mitten auf der Straße waren sie in eine angeregte Unterhaltung vertieft. Sophie sah, wie die Frau eine Hand ausstreckte und Ryder am Ärmel berührte, und sie sah auch, wie Ryder der Frau zulächelte und sich zu ihr vorbeugte.

In Sophie begann es plötzlich zu kochen. Sie knirschte mit den Zähnen und ballte ihre behandschuhten Hände, die Opals Zügel hielten, zu Fäusten.

Ohne zu überlegen, stieß sie ihre Stiefelabsätze in Opals Flanken und galoppierte direkt auf ihren Mann und das Flittchen zu, das so aussah, als würde es jeden Moment auf Ryders Pferd und in seine Arme springen.

Ryder schaute auf und sah Sophie mit grimmiger Miene in gestrecktem Galopp auf sich zukommen. Allmächtiger, sie sah geradezu mordlustig aus! Er grinste breit. Als Sara ihn angehalten hatte, hatte er sich nicht ganz wohl in seiner Haut gefühlt. Doch als er seine Frau nun wie eine Furie näher kommen sah, freute er sich über die Begegnung mit Sara. Wut deutete entschieden auf andere Gefühle als Gleichgültigkeit hin.

Sara hatte noch nichts von der Amazone bemerkt. Sie fragte Ryder auf ihre üblich sanfte, liebe Art, ob er sie nicht küssen wolle. Sie beugte sich zu ihm hinüber, und er fühlte ihre weichen Lippen auf seiner Wange und ihre Finger an seinem Kinn, damit er sich ihr zuwenden solle, als ihm einfiel, daß es gar nicht schlecht wäre, wenn Sophie sehen würde, daß eine andere Frau ihn küßte. Saras Mund war frisch und lockend, aber seltsamerweise empfand er dabei keine Erregung. Gespannt wartete er auf Sophies Reaktion und konnte gerade noch in letzter Sekunde seinen Hengst zurückreißen, damit die Stute nicht in ihn hineinraste. Sara warf einen Blick auf die scheinbar Irre und wurde schreckensbleich.

»Wer zum Teufel sind Sie?«

Es war Sophies Stimme, aber diesen Ton hatte Ryder seit über zwei Monaten nicht mehr gehört. Sie klang kalt, zornig und arrogant, und ihre Augen schleuderten Blitze. Ryder war begeistert.

»Verdammt, lassen Sie die Hände von meinem Ehemann!«

»Ihrem *was*?« Die arme Sara versuchte ihre Stute zum Zurückweichen zu bewegen, aber das Tier war von Opal sichtlich fasziniert und rührte sich nicht von der Stelle.

»Sie haben doch gehört! Was haben Sie mit ihm zu bereden? Warum streicheln Sie ihn? Und wie können Sie es wagen, ihn zu küssen? Pfoten weg von ihm, Sie Flittchen!«

Sara blinzelte völlig verwirrt und blickte zu Ryder hinüber, der seelenruhig im Sattel saß, die Frau beobachtete und lächelte. Seine Augen funkelten, und er sah sehr arrogant aus, was nicht weiter verwunderlich war, denn er war der arroganteste Mensch, der ihr je begegnet war. Aber das Funkeln seiner blauen Augen war nicht zynisch, sondern schelmisch, und das konnte Sara nicht begreifen. »Ist sie tatsächlich deine Frau, Ryder?« fragte sie.

Er nickte. »Ich wollte es dir gerade sagen, als sie wie eine der griechischen Furien auf uns zugaloppiert kam. Sophie, zieh die Krallen ein. Das ist Sara Clockwell, eine gute alte Freundin. Sara, das ist meine Frau Sophie.«

Erst in diesem Moment wurde Sophie bewußt, was sie getan hatte. Sie hatte sich wie eine vor Eifersucht rasende Xanthippe aufgeführt, gekeift und geflucht und diese Frau beleidigt. Und Ryder genoß das. Er sah sehr eingebildet und selbstzufrieden aus, und dazu hatte sie ihm soeben auch allen Anlaß gegeben. Sie fühlte sich gedemütigt, exponiert und sehr verunsichert, weil sie nicht wußte, warum sie so in Rage geraten war.

Sie nickte der Frau schweigend zu, einer sehr hübschen jungen Frau mit großen Brüsten und einem breiten Mund, der unsicher zu lächeln versuchte. An ihren Ehemann gewandt, sagte sie steif: »Es tut mir leid, deine Unterhaltung mit deiner *Freundin gestört* zu haben. Nachdem ihr euch ja monatelang nicht gesehen habt, lasse ich euch jetzt allein, damit ihr eure Bekanntschaft auffrischen könnt.« Sie ritt davon, schnell wie der Wind.

Ryder blickte ihr grinsend nach, ein boshaftes Funkeln in den Augen. Douglas hatte mit der Prophezeiung recht behalten, daß Sophie ihn – Ryder überraschen könnte. Es war einfach herrlich. Neue Hoffnung stieg in ihm auf.

»Deine Frau, Ryder?«

Ihre Stimme klang nicht gekränkt, nur völlig ungläubig. Er wandte sich ihr zu, und auch ihrem Gesicht war Bestürzung deutlich anzusehen. »Ja, ich habe sie auf Jamaika kennengelernt und dort geheiratet. Wir waren aber bis gestern voneinander getrennt. Sie ist ein richtiger Satansbraten, nicht wahr? Und sehr freimütig. Du darfst ihr nicht böse sein – sie ist eben besitzergreifend, sie will mich ganz für sich allein haben. Und mir gefällt das.« Er rieb sich vergnügt die Hände.

»Es… es gefällt dir?« stammelte Sara, die diese mehr als seltsame Situation immer noch zu begreifen versuchte. »Du wolltest doch nie, daß eine Frau besitzergreifend ist. Jedenfalls hat Beatrice mir das gesagt…« Sie verstummte abrupt und errötete.

Ryder hob die Brauen. »Du und Bea? Komm, sag mir die Wahrheit, Sara.«

»Bea hat mir gesagt, daß dir jede Art von Befehlen, Forderungen oder übertriebener Anhänglichkeit von seiten einer Frau verhaßt sei. Sie hat auch gesagt, daß dir ernste Frauen, die dich quälen, verhaßt seien. Andererseits seist du aber ein Mann, auf den eine Frau sich verlassen könne. Sie hat gesagt, du seist fröhlich und unbeschwert, und du würdest dich mit Frauen eigentlich nur im Bett gern abgeben. Es mache dir

Freude, Frauen möglichst viel Genuß zu bereiten, und das konnte ich nur voll bestätigen.«

Ryder schwieg ziemlich lange. Seine Geliebten redeten also über ihn. Es war ein komisches Gefühl. Natürlich redeten auch Männer über ihre Geliebten, aber das war schließlich etwas ganz anderes. »Nun, Bea hat sich geirrt«, sagte er möglichst gelassen. »Sophie hat einen starken Willen, und ich glaube fast, daß die Zeit des unbeschwerten Umgangs mit Damen für mich endgültig vorbei ist.«

»Und das stört dich wirklich nicht?«

Er grinste nur.

»Aber eigentlich wollte ich mit dir sprechen«, fuhr Sara fort, »um dir zu sagen, daß...«

»Was, Sara?«

»Daß ich David Dabbs heiraten werde, einen Landwirt aus der Umgebung von Swinley.«

»Herzlichen Glückwunsch. Dann hättest du für mich also ohnehin keine Verwendung mehr gehabt?«

Sie schüttelte unsicher den Kopf und dachte, daß es am besten wäre, jetzt ein Lächeln zu versuchen, aber sie hatte noch nie dann lachen können, wenn es aus diplomatischen Gründen angebracht gewesen wäre. Ryder schien das jedoch nicht gestört zu haben. Er hatte immer ihre Brüste und Ohren bewundert, ihr während der Liebesspiele oft gesagt, daß ihre süßen weichen rosigen Öhrchen nach Pflaumen und Pfirsichen schmeckten. Sie hatte ihn nicht verstanden, aber mit ihm eine Lust erlebt, die ihr bei dem trockenen David wohl nicht beschieden sein würde. Aber ein Ehemann war nun mal ein Ehemann, man hatte ihn bis zu seinem Tode, weil ihm gar nichts anderes übrigblieb. Und nun war sogar Ryder ein Ehemann. Es war einfach unglaublich, aber es schien ihm tatsächlich zu gefallen, obwohl seine Frau besitzergreifend war.

Im Moment runzelte er allerdings die Stirn.

»Du mußt ihr nachreiten, Ryder«, riet Sara ihm. »Sie ist

wütend, weil sie uns zusammen gesehen hat, weil ich dich geküßt habe und du … na ja.«

Ryder schmunzelte. Ihr schien es zu gefallen, daß seine Frau auf sie eifersüchtig war, und diese Eitelkeit amüsierte ihn. Vielleicht würde er eines Tages auch Sophie ein bißchen durchschauen und nicht mehr gezwungen sein, sich ständig den Kopf über ihre Reaktionen zu zerbrechen. Er beugte sich vor und küßte Sara auf die Wange. »Ich wünsche dir viel Glück mit deinem David, Sara. Leb wohl.«

Ryder ritt seiner Frau nicht nach. Es konnte ihr nur guttun, wenn sie ein wenig im Saft der Eifersucht schmorte. Er hatte jedenfalls nicht die Absicht, sich bei ihr wegen Sara oder wegen seiner anderen Geliebten zu entschuldigen. Was sie jetzt wohl tun mochte?

Pfeifend bohrte er seinem Hengst die Absätze in die Flanken und ritt nach Northcliffe Hall zurück.

16

Sophie kehrte eine Stunde später nach Northcliffe Hall zurück. Sie hätte sich selbst ohrfeigen mögen und konnte einfach nicht verstehen, warum sie sich so aufgeführt hatte. Opal bekam einen großen Eimer Hafer, und nach einer kurzen Unterhaltung mit McCallum, dem Stallmeister, einem mürrischen, aber liebenswerten Mann, ging sie auf das Herrenhaus zu. Plötzlich blieb sie jedoch wie angewurzelt stehen und schirmte ihre Augen mit der Hand gegen die Sonne ab. Nein, das konnte nicht sein. Nicht schon wieder. Auf der Freitreppe stand eine junge Frau, eine bezaubernde junge Frau mit rabenschwarzem Haar, und Ryder stand eine Stufe höher. Ihre Hand lag auf seinem rechten Arm. Er sagte etwas, und sie nickte. Zum zweitenmal an diesem Tag knirschte Sophie mit den Zähnen, ihr Blut geriet in Wallung, und sie konnte keinen klaren Gedanken mehr fassen.

»Du verdammter Lump!« kreischte sie, drohte ihrem Mann mit erhobener Faust, hob ihre Röcke an und rannte auf das Pärchen zu, völlig außerstande, ihren Füßen und Worten Einhalt zu gebieten. »Wie können Sie es wagen! Hände weg von meinem Mann! Wenn Sie versuchen, ihn zu küssen, breche ich Ihnen den Arm!«

Tess Stockley schrak zusammen und machte vorsichtshalber einen Schritt rückwärts. »Mein Gott, wer ist das, Ryder? Eine Irre? Ich verstehe nicht… ist auch sie eine deiner Geliebten? Das ist sehr seltsam. Warum ist sie so wütend? Sie muß doch wissen, daß sie nur eine von vielen ist.«

Ryder gab keine Antwort. Er konnte seinen Blick nicht von Sophie wenden, die ihre Röcke gerafft hatte, um nicht beim Rennen behindert zu werden. Ihre Knöchel faszinierten ihn genauso wie ihr wutverzerrtes Gesicht. Dicke Haarsträhnen hatten sich aus ihrem Knoten gelöst und flatterten wild um ihren Kopf herum. Ihr hübscher geborgter Reithut war in den Staub gefallen.

Eine Irre, in der Tat – *seine* Irre. Was für ein wunderbarer Zufall! Offenbar war ihm das Glück nun wieder hold. Er verschränkte die Arme vor der Brust, und sein Pulsschlag beschleunigte sich. Normalerweise kamen seine Geliebten nicht nach Northcliffe Hall, aber Tess hatte sich Sorgen gemacht, weil seine Heimkehr so lange auf sich warten ließ. Bea hatte ihr zwar gesagt, daß sie sich nicht zu grämen brauche, weil Ryder immer auf die Füße falle wie eine Katze, aber sie war trotzdem hergekommen und vor Erleichterung fast in Tränen ausgebrochen, als sie ihn gesund und munter vorgefunden hatte. Sie war überglücklich gewesen, ihn wiederzusehen … bis dieses seltsame Mädchen keifend angerannt kam.

Ryder grinste so breit, daß seine Kiefermuskeln weh taten. »Hallo, Sophie«, rief er. »Hast du Opal in den Stall gebracht und gefüttert? Möchtest du Tess irgend etwas sagen? Sie ist eine gute alte Freundin von mir, mußt du wissen. Willst du sie nicht wenigstens begrüßen? Wir haben uns gerade über Jamaika und Schiffsreisen unterhalten und …«

»Du erbärmlicher Schuft! Noch eine? Wie viele Freundinnen hast du? Sind sie alle jung und schön? Allmächtiger, man sollte dich erschießen, aufknüpfen oder dir den Bauch aufschlitzen! Ich sollte eigentlich …« Sie brach mitten im Satz ab, erbleichte und schüttelte so heftig den Kopf, daß der Knoten sich endgültig auflöste und ihre Haare lose über den Rücken fielen. »O nein!« murmelte sie fassungslos. »Das kann ich doch nicht wirklich gesagt haben …« Sie raffte erneut ihre Röcke und rannte in den Park zu den griechischen Statuen. Ryder blickte ihr nach und überlegte, ob sie jene nackten Marmorstatuen schon gesehen haben mochte. Er mußte sie unbedingt danach fragen. Unwillkürlich malte er sich Liebesspiele mit ihr aus, unter einer betrüblich schlechten Darstellung von Zeus als Schwan, der Leda verführt.

Er wandte seine Aufmerksamkeit wieder Tess zu, die in ungläubigem Staunen Sophie nachstarrte. Von einem Ohr zum anderen grinsend, erklärte er: »Sie ist meine Frau. Ihr Name ist Sophie Sherbrooke, und sie ist sehr besitzergreifend, was mich betrifft. Am besten kommst du ihr nicht zu nahe.«

»Deine *was*?«

Ryder verspürte eine leichte Verstimmung. War seine Heirat ein solcher Schock für alle, die ihn kannten, ein solches Ding der Unmöglichkeit?

»Meine Frau, verdammt noch mal! Und nachdem ich jetzt ein verheirateter Mann bin, Tess, kann ich mich nicht mehr mit dir treffen.« Er lächelte ihr zu. »Du und ich, wir haben viele schöne Stunden zusammen verlebt, aber das muß jetzt aufhören. Glaubst du, daß es dir gefallen könnte, in naher Zukunft zu heiraten?«

Sie starrte ihn immer noch ungläubig an, so als hätte er plötzlich zwei Köpfe. »Aber du liebst Frauen... Bea sagt, du bräuchtest viele Frauen, und...«

»Ist Bea eigentlich eure Mutter Oberin? Lädt sie euch alle zum Tee ein, um euch gute Ratschläge zu geben? Nein, du brauchst darauf nicht zu antworten. Sophie ist meine Ehefrau. Wenn du dich mit dem Gedanken anfreunden könntest, ebenfalls in den heiligen Stand der Ehe zu treten, wüßte ich da einen sehr netten Mann in Southampton. Er ist Offizier auf einer Brigg und grundsolide. Außerdem sehr männlich, mit Armen so dick wie ein Eichenstamm.«

Tess sah ihn lange an, bevor sie sagte: »Ein Mädchen sollte vermutlich heiraten. Sara sagt immer, daß Ehemänner zwar rülpsen und schnarchen können, daß sie einem dafür aber lebenslang erhalten bleiben, weil sie keine andere Wahl haben. Wie heißt der Mann?«

Ryder sagte es ihr. Sie schien interessiert.

Er fühlte sich großartig, als er die Eingangshalle betrat.

Schmunzelnd dachte er, daß er sehr viel darum gäbe, wenn er bei einer Teegesellschaft seiner Mätressen anwesend sein könnte.

Es war kurz vor Mitternacht. Ryder rieb sich die Augen und überflog noch einmal die Liste, die er während der langen Heimreise angefertigt hatte. Er war mit seinem Werk sehr zufrieden, lehnte sich zurück und schloß für kurze Zeit die Augen.

Sophie war schon zu Bett gegangen, aber er vermutete, daß sie immer noch wach war, weil sie befürchtete, daß er sie im Schlaf überrumpeln könnte wie in der vergangenen Nacht. Er beschloß, sie noch eine Weile zappeln zu lassen, um ihr zu beweisen, daß er genauso unberechenbar wie sie sein konnte. Über ihr Benehmen bei den Begegnungen mit seinen beiden Mätressen hatte er kein Wort verloren. Kein einziges Wort. Und wenn seine Augen verräterisch gefunkelt hatten, sobald er sie ansah – nun, dagegen war er machtlos. Er hatte sich größter Höflichkeit befleißigt, und sie hatte sich in immer größere Wut hineingesteigert. Ausnahmsweise war sie für ihn völlig durchsichtig gewesen, und so war er ihr einfach ausgewichen. Schließlich konnte er im Umgang mit Frauen auf eine lange, erfolgreiche Praxis zurückblicken. Und sogar Sophie konnte nicht immer leugnen, daß sie eine Frau war. Seine gesprächige Familie war natürlich eine große Hilfe gewesen. Als Sophie dann erklärt hatte, daß sie zu Bett gehen wollte, hatte er nur genickt und ihr die Wange getätschelt. Ihre Miene war eine Mischung aus Wut und Verwirrung gewesen. Es war durchaus vielversprechend.

Er öffnete die Augen und fügte seiner Liste einen weiteren Namen hinzu. Joseph Beefly. Ein gräßlicher Familienname, gewiß, aber der Mann war nett und zuverlässig und ein sehr passabler Ehekandidat. Er hatte einen kleinen Bauch, doch dafür trank er nicht viel und mißhandelte Frauen nicht. Sein Atem stank nicht, und er badete häufig. Emily könnte gut zu ihm passen. Wie Sara richtig gesagt und Tess wiederholt hatte, war ein Ehemann schließlich nicht zu verachten, weil man die Garantie hatte, ihn ein Leben lang zu behalten. Ryder starrte nachdenklich in die flackernde Flamme der einzelnen Kerze neben seinem linken Ellbogen.

Seine Liste war wirklich eindrucksvoll. Neben dem Namen jeder Frau standen mindestens vier Namen von Männern. Nur gut, daß er sein ganzes Leben hier verbracht hatte und im weiten Umkreis fast jeden kannte. So viele Männer, dem Himmel sei Dank! Es war wichtig, daß die Frauen eine Auswahl zur Verfügung hatten. Nicht alle würden heiraten wollen, das war ihm klar, aber er wollte sicher sein, daß alle gut versorgt waren. Natürlich würde jede eine Aussteuer erhalten, ob sie nun heiraten wollte oder nicht. Er überlegte, ob er auch eine Liste möglicher Gönner in London aufstellen sollte, konnte sich aber als kultivierter Mensch nicht zu einer so krassen und groben Maßnahme entschließen.

Seine Gedanken schweiften zu seinen Kindern, und er lächelte. Sie waren eine Konstante in seinem Leben, und daran würde sich auch in Zukunft nichts ändern. Er zweifelte keine Sekunde daran, daß weitere hinzukommen würden. Himmel, wie er sie alle vermißte! Er freute sich riesig auf das morgige Wiedersehen.

Gähnend stand er auf, streckte seine müden Glieder und blies die Kerze aus. Er kannte jeden Zentimeter von Northcliffe und fand sich auch im Dunkeln mühelos zurecht.

Sophie schlief nicht. Sie saß aufrecht im Bett und starrte in die hintere Schlafzimmerecke. Ryder entzündete rasch eine Kerze und ging leise auf das Bett zu. Zuerst schenkte sie ihm überhaupt keine Beachtung, dann drehte er sich um, und er sah, daß ihr Gesicht bleich war, mit schreckensweit geöffneten Augen.

Er blickte mit gerunzelter Stirn auf sie hinab. »Was ist los? Hast du einen Alptraum gehabt?«

Sie schüttelte den Kopf. Ihr dichtes Haar hing ihr wirr ins

Gesicht und über die Schultern. Sie fuhr sich mit der Zunge über die Lippen und umklammerte mit geballten Fäusten ihre Decke. »Ich glaube, ich habe soeben die Bekanntschaft eurer Jungfräulichen Braut gemacht.«

»Wie bitte?«

»Die Jungfräuliche Braut – euer Familiengespenst. Sinjun scheint recht gehabt zu haben – sie wollte mich in eurer Familie willkommen heißen.«

»Blödsinn! Du hast einen seltsamen Traum gehabt, weiter nichts.«

Sophie schüttelte nur den Kopf. Im ersten Moment hatte sie schreckliche Angst gehabt, doch dann hatte die junge Frau sie angesehen, und Sophie hätte schwören können, daß sie redete, obwohl ihre Lippen sich nicht bewegten. Eine sanfte Stimme hatte leise, aber sehr eindringlich gesagt: »Mach dir keine Sorgen. Alles wird gutgehen, sogar wenn sie kommen.«

»Wer?« hatte Sophie laut gefragt. »Was bedeutet das?«

Die junge Frau hatte im schwachen Licht geschimmert und war dann plötzlich verschwunden. Sie hatte sich buchstäblich in Luft aufgelöst, die Hand nach Sophie ausgestreckt.

»Sophie, diese verdammte Jungfräuliche Braut gibt es nicht«, sagte Ryder. »Das ist doch nur eine Legende. Und Sinjun hat eine blühende Phantasie – es würde mich nicht wundern, wenn sie gelegentlich den Geist spielt, um uns an der Nase herumzuführen. Du hast das alles nur geträumt.«

»Nein«, widersprach sie energisch. »Sie hat zu mir gesprochen, Ryder, das heißt, nicht richtig gesprochen, aber ich habe sie ganz deutlich gehört.«

Wider Willen fasziniert, stellte Ryder die Kerze auf dem Nachttisch ab und setzte sich neben Sophie, ohne sie zu berühren. »Was hat sie denn gesagt, ohne richtig zu sprechen?«

»Sie sagte, ich solle mir keine Sorgen machen, denn sogar wenn sie kämen, würde alles gutgehen.«

Er runzelte die Stirn. Mit einer solchen Botschaft hatte er

nicht gerechnet. Geheimnisvolle Andeutungen auf einen verborgenen Schatz oder etwas Ähnliches wären von einem Gespenst eher zu erwarten gewesen, vielleicht auch eine Prophezeiung, daß Sophie Zwillinge zur Welt bringen würde, die später ins englische Königshaus einheiraten würden.

»Was zum Teufel soll das bedeuten? Wer sind diese ›sie‹?«

»Ich habe die junge Frau gefragt, aber sie ist einfach verschwunden, und dafür warst du plötzlich hier. Wahrscheinlich hast du sie vertrieben.«

»Unsinn!«

Erst jetzt kam es Sophie so recht zu Bewußtsein, daß sie nur ein Nachthemd trug und Ryder dicht neben ihr saß, zum Glück noch bekleidet, aber trotzdem... Er saß auf dem Bett, und er war ihr Mann. Sie vergaß den Geist und seine geheimnisvolle Botschaft. Sie vergaß ihr höchst bedauerliches Benehmen und sogar jene beiden sehr hübschen jungen Frauen. Langsam rückte sie immer weiter von ihm ab, bis sie an der anderen Bettkante anlangte.

Ryder tat so, als bemerkte er das nicht. Er stand auf, streckte sich und begann sich auszuziehen.

Diesmal war sie fest entschlossen, ihn dabei nicht zu beobachten. »Was hast du gemacht?« fragte sie statt dessen. »Es ist schon sehr spät.«

»Ach, alles mögliche.«

»Du hast wohl eine aus deiner Legion von Frauen beglückt?«

»Legion? Nein, es ist nur ein kleines Bataillon. Du scheinst meine männliche Kraft und Leistungsfähigkeit gewaltig zu überschätzen.«

»Du machst dich über mich lustig, und das geht mir gegen den Strich. Ansonsten aber kannst du von mir aus hundert oder auch fünfhundert Freundinnen haben. Es ist mir völlig egal.«

»Bist du ganz sicher, Sophie? Du hast heute nur zwei von ihnen gesehen, und deine Wut war äußerst reizvoll.«

Sie sah ihn an. Er stand splitternackt auf der anderen Seite des Bettes, groß und schlank und wirklich gut gebaut, wie sie zugeben mußte. Ihr Blick schweifte verstohlen zur Tür.

»Nein, keine Rennen auf dem Korridor mehr. Ich lege Wert darauf, der einzige Mann zu sein, der dich im Evaskostüm zu sehen bekommt.«

»Es war schrecklich peinlich. Ich konnte deinem Bruder heute kaum in die Augen schauen.«

»Das glaube ich dir gern. Aber vielleicht ist Douglas wahnsinnig kurzsichtig. Was hältst du davon, wenn wir jetzt die Atmosphäre etwas bereinigen? Ich weiß, daß du mich schon den ganzen Abend über ohrfeigen wolltest. Bitte tu dir keinen Zwang an, es zumindest verbal in die Tat umzusetzen, deinem verständlichen weiblichen Zorn Ausdruck zu verleihen.«

»Das würde dir so passen! Du würdest es doch ungeheuer genießen, wenn ich mich wie ein zänkisches Marktweib aufführen würde, weil es dir ein Gefühl deiner eigenen Wichtigkeit gäbe. Männer lieben es, wenn Frauen um sie kämpfen, sie lieben es, im Mittelpunkt zu stehen. Nun, laß dir eines sagen, Ryder Sherbrooke – es hat mich nicht berührt, absolut nicht, nicht im geringsten. Und wütend war ich nur wegen deines Bruders. Es muß dem Grafen doch mehr als peinlich sein, wenn all diese Weibsbilder hier herumlungern, sich dir an den Hals werfen, dir irgendwelchen Blödsinn ins Ohr flüstern und dich küssen.«

»Tatsächlich? Das hört sich für mich etwas einstudiert an. Nicht schlecht, wohlverstanden, aber doch so, als hättest du diese kleine Rede mindestens ein dutzendmal geprobt.« Er kratzte sich am Bauch, und ihre Augen folgten jeder Bewegung seiner langen, schlanken Finger. Er war nicht allzu behaart, aber seine dichten hellbraunen Schamhaare ... Es gelang ihr, ihren Blick hastig wieder auf sein Gesicht zu richten. Ryder tat so, als hätte er nichts bemerkt, und sagte nur: »Ich soll dir also glauben, daß du mich nur beschimpft hast, um das Ansehen meines armen Bruders zu verteidigen?

Sophie erkannte, daß sie dabei war, sich selbst eine immer tiefere Grube zu schaufeln, und sie kniff die Lippen so fest zusammen, daß es schmerzte, um keine weiteren unbedachten Äußerungen von sich zu geben.

»Es freut mich, daß du dich inzwischen wieder unter Kontrolle hast. Wenn du aber weiter kneifen willst, liebe Frau, tu dir bitte keinen Zwang an.«

»Ach, geh doch zum Teufel!« entfuhr es ihr trotz des festen Vorsatzes, ihren Mund zu halten.

Ryder hob die Arme und streckte sich. Er wußte genau, daß sie ihn wieder anstarrte, und bekam ganz automatisch eine Erektion. Erst nach einer ganzen Weile wurde ihr bewußt, was sie da machte, und sie schaute zu den Fenstern hinüber.

»Du hast Sara und Tess ganz schön erschreckt«, goß er etwas neues Öl ins Feuer. »Sie wollten mir einfach nicht glauben, daß ich mich über eine eifersüchtige Frau freue.«

Mit größter Willenskraft gelang es ihr, diesen Köder nicht zu schlucken.

Lächelnd schlug er die Decken zurück und stieg ins Bett. Sie wußte genau, daß dies die letzte Möglichkeit war, wegzurennen.

»Tu's nicht, Sophie.«

»Was, du verfluchter Herumtreiber?«

»Versuch nicht wieder wegzurennen. Ich habe die Tür abgeschlossen.«

Das war lächerlich, und sie wußten es beide. Langsam drehte sie sich nach ihm um. »Ryder«, sagte sie, »ich will nicht, daß du mich wieder *dazu* zwingst. Bitte erspar mir diese Demütigung.«

»Leg dich hin, Sophie. Auf den Rücken.«

Sie schüttelte den Kopf.

»Leg dich hin. Wenn du nett zu mir bist, werde ich dir eine Geschichte erzählen. Würde dir das gefallen?«

»Nein«, knurrte sie, legte sich aber hin.

»Gut.« Er beugte sich über sie, betrachtete ihr Gesicht, das er so schön fand, und strich mit einem Finger über ihre Nasenspitze. »Ich bin sehr glücklich, daß du hier bist.«

»Warum?«

»Weil du du bist, weil ich dich durch einen glücklichen Zufall gefunden habe und vernünftig genug war, dich zu heiraten.«

»Das ist doch absurd. Wann wirst du endlich zugeben, daß ich ein Nichts bin? Du bist in eine Reihe von seltsamen Ereignissen verstrickt worden, und mit der Zeit habe ich dir leid getan, weiter nichts. Deine Mutter verabscheut mich. Ich gehöre nicht hierher. Bitte, Ryder ...«

»Darüber habe ich gründlich nachgedacht.« Er streichelte sanft ihr Kinn, ihre Nase, ihren Mund. »Du hast recht – du gehörst nicht hierher.«

Sie erstarrte und verspürte unerwartet einen schmerzhaften Stich.

»Nein, du hast mich falsch verstanden«, beruhigte er sie. »Dies ist nicht dein Heim. Hier ist Alex die Haushälterin, obwohl das arme Ding einen ständigen Kampf mit Mutter führen muß, um sich durchzusetzen. Nein, dies ist nicht dein Heim. Ich habe ein Haus in den Cotswolds, Sophie, unweit von Strawberry Hill, wo mein Vetter Tony Parrish mit seiner Frau Melissande lebt.«

»Du hast ein eigenes Haus?«

»Ich habe nie dort gelebt. Es heißt Chadwyck House. Drei- oder viermal im Jahr sehe ich dort nach dem Rechten. Etwa zwanzig Pächterfamilien betreiben dort Landwirtschaft. Der Grundbesitz ist ganz ansehnlich. Ein Verwalter namens Allen Dubust kümmert sich um das Gut.« Er runzelte die Stirn. »Ich glaube allmählich, daß ein Mann sich selbst um seine Angelegenheiten kümmern sollte. Was sagst du, Sophie? Sollen wir ins Chadwyck House ziehen? Würde es dir gefallen, selbst Hausherrin zu sein?«

Ihre Augen leuchteten. Freude hatte vorübergehend die Furcht vor ihm verdrängt.

»Ja«, sagte sie, doch bevor sie weiterreden konnte, legte er ihr einen Finger auf die Lippen.

»Nein, meine Liebe, ich weiß, daß du mir alle möglichen Fragen stellen möchtest, um mich vom Liebesspiel abzuhalten. Wir werden hinterher weiter über Chadwyck House sprechen.«

»Hör auf, in meinen Gedanken zu lesen, noch bevor ich mir selbst über etwas im klaren bin.«

»Ich bin dir eben geistesverwandt, und daran läßt sich nichts ändern. Sophie, ich möchte, daß du mir einen Gefallen tust.«

Sie sah ihn mißtrauisch an.

»Ich bin dein Mann. Ich werde dir nie etwas zuleide tun, sondern möchte nur dein Bestes. Bitte nicke wenigstens, wenn du verstehst, was ich gesagt habe.«

Sie nickte.

»Gut. Ein vernünftiger Anfang. Ich möchte noch etwas anderes klarstellen. Ich werde jede Nacht mit dir schlafen, denn ich möchte, daß du dich an mich gewöhnst und mir vertraust. Ich möchte, daß du all jene Männer genauso vergißt wie die Brutalität und Schändlichkeit deines Onkels. Ich möchte, daß du nur an mich denkst, nur an uns.«

»Das ist sehr schwierig.«

»Ich weiß, aber heute warst du wieder ein richtiger Satansbraten, die wilde Amazone, die mir auf Jamaika das Leben gerettet hat, und das gibt mir Hoffnung. Komm, jetzt ziehen wir dieses Nachthemd aus. Wenn wir nachts allein sind, möchte ich nicht, daß wir durch Kleidungsstücke behindert werden. Ich will dich sehen, will deine Brüste streicheln.«

»Ryder, ich will wirklich nicht ...«

»Das ist mir ganz egal, Sophie, also hör auf zu jammern. Vielleicht wirst du dich heute nacht nicht dagegen sträuben, etwas Lust zu empfinden. Ich werde deinen süßen Körper mit Küssen bedecken, jeden Zentimeter davon, und ich werde nie aufgeben, daran mußt du dich gewöhnen. Vielleicht könntest du dich dazu überwinden, mir ein wenig entgegenzukommen.«

Er plauderte weiter dummes Zeug, durchsetzt mit Späßen, und er hätte viel darum gegeben, wenn sie nur ein einziges Mal gelächelt hätte. Aber sie lag stumm und regungslos da, steif und mit geballten Fäusten. Ryder wollte an ihren Zehen knabbern, wollte das weiche Fleisch zwischen ihren Schenkeln küssen, aber sie war offenbar fest entschlossen, keinen Zentimeter an Boden zu verlieren. Seltsamerweise beunruhigte ihn das nicht besonders. Er hatte sie nicht belogen: Er würde nie aufgeben. Ihr war es vielleicht noch nicht klar, aber sie würden zusammensein, bis sie eines Tages ihre sterblichen Hüllen abstreiften.

»Wie ich sehe, muß ich wohl noch eine Weile warten, bevor ich jeden Zentimeter deines Körpers mit Küssen bedekken kann.« Zumindest küßte er aber ihre Brüste, und seine Hände glitten über ihren Bauch und tiefer. Er streichelte sie an der empfindlichsten Stelle, und sie versuchte, sich ihm zu entziehen. Er hörte sofort auf. Immerhin war es ein Anfang.

Er war fest entschlossen, sein Versprechen zu halten und ihr keinen Schmerz mehr zuzufügen. Keine rücksichtslose Inbesitznahme mehr. Er tätschelte ihr die Wange und griff nach einer Cremedose auf dem Nachttisch.

»Was ist das?« fragte sie.

»Das wirst du gleich sehen.« Er drückte sie wieder auf den Rücken und hielt sie mit einer Hand fest, während er mit seinen Beinen ihre Schenkel spreizte und einen dick eingecremten Finger in sie einführte. O Gott, wie er sie begehrte! Er verteilte die Creme langsam und sanft, immer weiter vordringend, und dann schob er einen zweiten Finger hinein, um sie zu erweitern. Es war fast mehr, als er ertragen konnte. Er mußte seine ganze Willenskraft aufbieten, um sie nicht sofort zu nehmen. Sie zitterte und wollte sich ihm entziehen, aber er hielt sie fest.

»Verdammt, hör auf!« Sie versuchte ihre Beine zusammenzupressen, schob dadurch seine Finger aber nur noch tiefer in sich hinein.

»Ganz ruhig, Liebling. Ich werde Creme verwenden, solange du dich gegen richtige Liebesspiele sträubst. Gefällt es dir nicht, wenn mein Finger in dich hineingleitet, Sophie?«

»Nein.

»Mir gefällt es sehr. Ich werde es jedesmal tun. Gewöhn dich daran. Ah, du wirst nachgiebiger, Sophie. Spürst du es? Gegen deinen Willen wirst du weicher.«

Als ihr Körper für ihn bereit war, drang er langsam und sehr behutsam in sie ein, während er ihr Gesicht im Kerzenschein beobachtete. Er wußte, daß er ihr keinen Schmerz zufügte, daß sie nie mehr Grund dazu haben würde, ihm das vorzuwerfen. Aber er wußte auch, daß es ihm wieder nicht gelingen würde, ihr Lust zu bescheren. Wichtig war zunächst aber nur, daß ihr Körper sich an ihn gewöhnte. Irgendwann würde sie dann auf seine Zärtlichkeiten reagieren, bevor ihr Verstand sich dagegen sperren konnte.

Alles, was er brauchte, war Geduld. Er tauchte jetzt tief in sie ein und zog sich dann fast ganz zurück. Dieses Spiel wiederholte er langsam, nur auf ihre Bedürfnisse abgestimmt. Ihm wurde plötzlich bewußt, daß er sich bei Sophie ganz anders verhielt als bei allen anderen Frauen, die er je gehabt hatte. Seine Lust hatte ihn immer total überwältigt, und er hätte beim besten Willen nicht mehr aufhören können, auch wenn eine Flutwelle ihn überschwemmt hätte. Nicht so bei Sophie. Sie stand im Mittelpunkt all seiner Empfindungen. Sein Körper und sein Geist waren ausschließlich auf sie konzentriert. Wie lange es dauern würde, bis sie Leidenschaft akzeptierte, spielte für ihn keine Rolle mehr. Er würde irgendwann siegen. Sein eigener Körper würde warten. Eine völlig neue Einstellung, die Douglas bestimmt nie für möglich halten würde.

Er erinnerte sich noch gut an den Scherz seines Bruders, daß er Ryders Diener bitten würde, dessen Hosenschlitze fest zuzunähen, weil Ryder nicht aufhören konnte, sobald er einmal angefangen hatte, weil er sich einfach nicht rechtzeitig aus einer Frau zurückziehen konnte. Bei Sophie war das nun alles ganz anders, einfach, weil er selbst ein anderer geworden war.

Er wünschte nur, er könnte sie zum Lachen bringen. Seine Finger glitten erneut zwischen ihre Beine, und er kitzelte und streichelte ihr weiches Fleisch. Bald würde sie darauf reagieren. Gleichzeitig küßte er sie immer wieder.

Als er schließlich zum Höhepunkt gelangt war, stieß er keinen wilden Schrei aus, sondern stöhnte in ihren Mund hinein, während er sie an sich preßte, damit sie die Bewegungen seines Gliedes tief in sich spürte, damit sie seinen heißen Körper spürte.

Er wunderte sich über sich selbst und war sehr zufrieden. Es war ein Anfang. Sie weinte diesmal nicht, und wenn ihn nicht alles täuschte, sah sie überrascht aus. Er küßte sie weiter, bis er sich aus ihr zurückzog, und dann nahm er sie in die Arme, strich ihr zärtlich übers Haar, massierte ihre Kopfhaut und sagte: »Jetzt werde ich mein Versprechen halten. Erinnerst du dich noch daran? Ich sagte, wenn du nett zu mir wärest, würde ich dir eine Geschichte erzählen. Du hast deine Sache gut gemacht, Sophie. Und nächstes Mal wird es noch besser gehen, und beim übernächsten wieder besser. Meine Geschichte handelt von einem einbeinigen Piraten, den es zu drei lebenslustigen Frauen auf eine einsame Insel verschlug. Die erste hieß Belle und war ein strammes Weibsbild, mit üpigen Brüsten und breiten Hüften. Sie verliebte sich auf den ersten Blick in den Piraten – na ja, er war auch der erste Mann, den sie seit drei Monaten zu Gesicht bekommen hatte. Sie warf ihn auf den Strand und riß ihm die Kleider vom Leibe. Doch dann kam die zweite Frau daher, sie hieß Goosie – und sah sein Holzbein und wußte, daß dies ihr Mann war. Ihre Lieblingsbeschäftigung bestand nämlich darin, aus Holz Schiffe zu schnitzen. In diesen langen drei Monaten hatte sie schon an einem guten Dutzend Palmen herumgeschnitzt. Die beiden Frauen stritten miteinander und brüllten und keiften, und der Pirat lag splitternackt da und grinste wie ein Affe über sein Glück, als auch noch die dritte Frau – sie hieß Brassy – daherkam. Du glaubst nicht, was sie getan hat.«

Sophie schnaubte und begann demonstrativ zu schnarchen.

»Also gut, du weißt meine Geschichten offenbar noch nicht zu schätzen. Morgen abend erzähle ich weiter, und dann wirst du erfahren, was Belle, Goosie und Brassy alles mit diesem armen einbeinigen Piraten anstellten.«

Er küßte ihre Stirn und flüsterte: »Würde es dir vielleicht gefallen, morgen abend mich einzucremen? Was meinst du?«

Sie erwiderte laut und deutlich: »Nein, viel lieber würde ich dir den Dickschädel einschlagen und dich mitsamt deinen verdammten Weibern ins Meer schmeißen.«

»Andererseits«, fuhr er unbeirrt fort, erfreut wie ein Hahn im Hühnerstall, »werden wir morgen abend vielleicht gar keine Creme brauchen. Ich bin ein unverbesserlicher Optimist, und ich bin dein Ehemann.«

»Wie viele Frauen hast du? Wie viele Mätressen?«

»Mehr als drei. Aber das ist jetzt Vergangenheit.«

Sie hatte sich versteift.

»Das war das allererste, was ich gehört habe, als ich in Montego Bay ankam. Daß du drei Liebhaber hättest. Nun, ich habe viel mehr Frauen gehabt als du angeblich Männer hattest. Das bestreite ich auch gar nicht, denn es war ja, bevor ich dich kennenlernte und heiratete.«

»Mir ist es egal, wenn du sie alle behältst.«

Es war eine so durchsichtige Lüge, daß er sie auf die Nasenspitze küßte.

»Du bist wunderschön«, sagte er.

»Du bist es, der kurzsichtig ist, nicht dein verdammter Bruder!«

»Ah, ein bißchen Essig, leichte Säure. Laß uns jetzt schlafen, denn ich werde dich morgen bestimmt früh wecken. Du wirst vom Schlaf noch ganz warm und süß sein, Sophie, und ich werde zu dir kommen, langsam und sanft, und du wirst es genießen. Zumindest ein bißchen.«

Sie sagte kein Wort, aber Ryder blieb guter Dinge.

Als er am nächsten Morgen aufwachte und die Hand nach ihr ausstreckte, war sie nicht mehr da. Verflixt und zugenäht, dachte er und beschloß, ihr von nun an nichts von seinen schönen Plänen zu erzählen.

»Alex«, sagte Ryder beim Frühstück, »ich wäre dir sehr verbunden, wenn du mit Sophie die Runde bei unseren Nachbarn machen würdest, aber mit einem Ball warten wir am besten noch ein Weilchen.«

»Aha, dir ist also klar, daß dieses Mädchen nicht zu unseren illustren Gästen passen würde.«

Ryder lächelte seiner Mutter zu.

Sie war sozusagen bis zu den Zähnen bewaffnet zum Frühstück erschienen und hatte nun die Eröffnungssalve abgefeuert.

»Keineswegs«, sagte er liebenswürdig, »aber Sophie und ich fahren am Freitag nach Hause, ins Chadwyck House.«

Sofort brach ein Höllenlärm aus.

»Das kann doch nicht dein Ernst sein!«

»Du lieber Himmel, Ryder, du bist doch gerade erst nach Hause gekommen. Dies hier ist dein Zuhause!«

Nur Douglas schwieg und trank langsam seinen Kaffee. Hinter der Tasse war sein Schmunzeln zu sehen.

Das Stimmengewirr legte sich, als Alex ruhig sagte: »Dann bleiben uns also zwei Tage, Sophie. Nicht gerade viel Zeit, um auch die Kleiderfrage zu regeln.«

In diesem Moment fiel Sophie auf, daß Jeremy niedergeschlagen auf seinen Teller starrte.

Ryder schien wieder genau zu wissen, was in dem Jungen

vorging, denn er sagte fröhlich: »Ich hoffe, es macht dir nichts aus, Jeremy, einige Wochen hier in Northcliffe zu bleiben. Ich weiß natürlich, daß Sinjun eine schreckliche Nervensäge sein kann, aber wenn du glaubst, daß du sie noch eine Zeitlang ertragen kannst, könntest du hierbleiben.«

Jeremy warf seiner Schwester einen schuldbewußten Blick zu.

Sophie zwang sich ein Lächeln ab. »Die Entscheidung liegt bei dir, Jeremy.«

»Sinjun will mit mir zur Branderleigh Farm, um ein Pony zu kaufen«, erklärte er ihr dann halb schuldbewußt, halb aufgeregt.

Ein klarer Fall! Wie Sophie später von Sinjun erfuhr, bezahlte Ryder das Pony.

Während Sophie damit beschäftigt war, alle Nachbarn kennenzulernen und neu eingekleidet zu werden, suchte Ryder seine früheren Mätressen auf. Natürlich wußten alle schon, daß er geheiratet hatte, denn Bea hatte sofort ein Treffen organisiert.

Drei der fünf Frauen waren an einer Heirat interessiert. Er präsentierte jeder seine Namensliste und klärte sie über die guten Eigenschaften der jeweils in Frage kommenden Männer auf.

Emily hatte sich vom Kindbett noch nicht ganz erholt und lag im Bett, aber sie würde bald wieder zu Kräften kommen, und er brachte sie sogar zweimal zum Lächeln. Die zwei anderen wollten ihr Glück in London versuchen. Er gab ihnen Geld und wünschte ihnen viel Glück. Was Bea betraf, so schüttelte er nur den Kopf, als sie ihm am frühen Nachmittag die Tür öffnete.

»Geschäftige Bea«, sagte er, während er sie umarmte. »Ich könnte schwören, daß du mich umbringen würdest, wenn du mich nicht so gern hättest.«

»Ja, da hast du wirklich Glück, Master Ryder.«

Sie liebte es, ihn »Master« zu nennen. Es gehörte zu ihren Lieblingsphantasien, in ihm ihren Herrn und Meister zu sehen. Bea verfügte über sehr viel gesunden Menschenverstand und hatte gleichzeitig die ausgefallensten Vorlieben von allen Frauen, die er je gekannt hatte.

»Ich habe schon gehört, daß du all deine Mätressen besuchst und ihnen mögliche Ehemänner präsentierst.«

Ryder rollte mit den Augen, während er ihr in den kleinen altmodischen Salon folgte.

»Möchtest du die Liste vielleicht selbst einmal in Augenschein nehmen?«

»O nein, ich nicht, Sir. Ich werde mein Glück in London versuchen, wie Laura und Molly. Und wahrscheinlich werde ich Emily fragen, ob sie nicht mitkommen will. Sie darf jetzt einfach nicht in Depressionen verfallen. In diesem Zustand ist eine Frau am verwundbarsten. Ich werde dafür sorgen, daß sie nicht wieder in die Hände eines despotischen Kerls fällt. Was mir vorschwebt, ist eine eigene Pension. Ich habe genügend Geld gespart. Du bist ein großzügiger Mann, aber trotzdem ein Mann. Ich will mein eigener Herr sein, aber ich werde mir auf jeden Fall einen Liebhaber suchen, der genauso kultiviert ist wie du.«

»Es gibt keine anderen Männer, die so kultiviert sind wie ich.«

Sie knuffte ihn lachend in den Arm.

»Meine Liebe, ich möchte nicht, daß dir eine x-beliebige Pension gehört, nein, ich möchte, daß du etwas in einem sehr guten Stadtteil von London kaufst. Ich werde dir die Adresse unseres Familienanwalts in London geben, und er wird etwas Passendes für dich suchen. Außerdem bekommst du natürlich eine Pensions-Aussteuer von mit«

»Du wirst mich vermissen, Ryder.«

»O ja, das werde ich bestimmt. Wünsch mir Glück bei meiner Ehefrau, Bea.«

»Du brauchst Glück bei einer Frau?«

»Mehr als du dir vorstellen kannst. Sie fordert mich ständig heraus.«

Als Ryder schließlich davonritt, überlegte er, ob es Sophie vielleicht Spaß machen würde, seine Sklavin zu spielen. Vielleicht könnte er sie bis November soweit haben. Ja, dann würden die Tage kürzer und kälter sein, und das bedeutete lange Stunden am Kamin. Er stellte sie sich in weichen Schleiern und mit offenen Haaren vor, und sie würde wie Salome für ihn tanzen. Diese Art von Spiel würde zu sehr viel Gelächter und Leidenschaft führen. Und dann fragte er sich plötzlich, was das Familiengespenst wohl mit »wenn sie kommen« gemeint haben mochte.

17

Nach seinem Besuch bei Bea ritt Ryder zu Janes geräumigem dreistöckigen Haus am Rande des Dörfchens Hadleigh Dale, zehn Meilen östlich von Northcliffe Hall. Schon auf der kurzen Auffahrt, die von Eichen und Linden gesäumt war, hörte er seine Kinder lärmen und lachen, und er lächelte in seliger Vorfreude.

Jane Jasper und ihre drei Helferinnen, tatkräftige junge Frauen, die er persönlich ausgewählt hatte, beaufsichtigten die im Garten spielenden Kinder, vier Jungen und drei Mädchen im Alter zwischen vier und zehn Jahren. Alle waren gut gekleidet, sauber und vergnügt, und Ryder hätte bei ihrem Anblick am liebsten laut gejubelt.

Oliver stand ein bißchen abseits, auf seine Krücken gestützt, ein großer, magerer Zehnjähriger, aber er grinste breit, während er Jaime – einem Sechsjährigen, der liebend gern seine Manneskraft unter Beweis stellte – lautstark Anweisungen gab, wie dieser Tom zu Brei schlagen könnte, einen kleinen Jungen mit Engelsgesicht, der besser fluchen konnte als jeder Seemann. John, der achtjährige Friedensstifter, versuchte Handgreiflichkeiten zu verhindern, wobei er von einem bellenden Spaniel unterstützt wurde.

Jaime erspähte Ryder als erster und stieß einen gellenden Freudenschrei aus. Sobald Ryder vom Pferd gesprungen war, wurde er fast umgeworfen, weil nicht nur alle Kinder ihn gleichzeitig begrüßen wollten, sondern auch noch drei kläffende Hunde.

Alle redeten durcheinander und versuchten, sich gegenseitig zu übertönen, um ihm zu erzählen, was sie während seiner langen Abwesenheit gemacht hatten – alle bis auf Jenny, die sich natürlich schüchtern im Hintergrund hielt, einen Daumen im Mund, das Gesichtchen von dunkelbraunen Locken umrahmt. Ryder gab sich alle Mühe, jedem zuzuhören, auf alle einzugehen. Er grinste Jane über Melissas Kopf hinweg an, als das kleine Mädchen die dünnen Ärmchen um seinen Hals schlang, bis er vor gespieltem Schmerz aufheulte, was bei allen schallendes Gelächter auslöste. Jaime berichtete geradezu stolz, daß er schwimmen gelernt hatte, als Janes Assistentinnen Limonade und Kuchen herbeibrachten. Ryder nahm inmitten der plappernden Kinderschar Platz, trank seine Limonade, warf den Hunden Kuchenbrocken zu und fühlte sich pudelwohl. Jenny saß – durch zwei andere Kinder von ihm getrennt – ganz ruhig da und aß langsam und korrekt einen kleinen Zitronenkuchen.

Erst nachdem alle anderen ihre Geschenke erhalten hatten und vollauf damit beschäftigt waren, sie auszupacken, ging er zu Jenny hinüber, die vertrauensvoll zu ihm aufblickte. Ihre großen blauen Augen – die blauen Augen der Sherbrookes, von der Farbe eines klaren Sommerhimmels – hatten keinen so leeren Ausdruck mehr wie früher. Sie lächelte, und ihr Gesicht spiegelte unverkennbare Freude wider.

»Mein kleiner Liebling«, sagte er und kniete vor ihr nieder. Sanft zog er ihr den Daumen aus dem Mund, fuhr mit den Fingern durch ihr weiches Haar und drückte sie sodann an seine Brust. Sie seufzte leise und legte ihre Ärmchen um seinen Hals. Er küßte ihren Lockenkopf und nahm mit geschlossenen Augen begierig ihren süßen Kindergeruch in sich auf. O Gott, er liebte es so sehr, dieses Kind, das sein eigen Fleisch und Blut war!

»Es geht ihr viel besser, Ryder. Sie ist jetzt aufnahmefähig, nimmt Anteil an ihrer Umwelt und lernt ständig Neues.«

Ohne seine Tochter loszulassen, sah er zu Jane auf, die hinter Jenny stand.

»Sie vermißt dich sehr, wenn du längere Zeit nicht kommst, und diesmal hat man ihr das besonders angemerkt.

Das ist ein sehr gutes Zeichen. Sie hat jeden Tag nach dir gefragt.«

»Papa.«

Ryder hielt unwillkürlich den Atem an. Jaime lächelte. »Das ist ihre Überraschung für dich. Sie hat geübt, und in den letzten zwei Wochen hat sie jedesmal ›Papa‹ gesagt, wenn ich ihr die Miniatur von dir zeigte.«

»Papa.«

Er hatte plötzlich einen Kloß im Hals, drückte sein Gesicht an das ihre und fühlte ihren weichen Mund an seiner Haut. »Papa«, wiederholte sie glücklich.

»Ich habe dir ein Geschenk mitgebracht, Schätzlein.«

Ihre Augen leuchteten auf, als er ein in buntes Papier eingewickeltes Schächtelchen aus seiner Tasche holte.

Es enthielt ein goldenes Medaillon. Ryder zeigte ihr, wie man es öffnete. Auf der einen Seite war eine Miniatur von ihr, auf der anderen eine von ihrer Mutter, die bei ihrer Geburt gestorben war. Ryder erinnerte sich noch lebhaft an diese Geburt, an die nicht enden wollenden Qualen seiner Geliebten, an seine Angst und Verzweiflung, aber auch an seine Freude, als das kleine Mädchen nach dem Tod der Mutter doch noch das Licht der Welt erblickte, zwar nicht ganz unversehrt, aber doch lebendig, und das war das einzige, was für ihn zählte.

Jane hängte Jenny das Medaillon um, und die Kleine rannte davon, um ihr Geschenk der sechsjährigen Amy zu zeigen, die jetzt schon viel häufiger lächelte als vor fünf Monaten. Ryder hörte Jenny rufen: »Papa geben! Papa geben!«

»Du hast bei ihr wirklich Hervorragendes geleistet, Jane. Nicht nur bei ihr – bei allen Kindern. O Gott, wie ich sie vermißt habe! Wie ich sehe, geht es Olivers Beinen inzwischen viel besser. Was sagt Dr. Simons?«

»Er glaubt nicht, daß Ollie ein Hinken zurückbehalten wird. Der Junge hat unglaubliches Glück gehabt. Und Jaimes Brandwunden an den Beinen und am Rücken sind völlig verheilt. Er ist ein Schlaukopf, verschlingt jedes Buch, das du schickst, und gibt sein ganzes Taschengeld für weitere Bücher aus. Mr. Meyers, der Buchhändler im Dorf, kennt ihn schon gut. Melissa kann sehr gut mit Wasserfarben umgehen, und Amy möchte Sopranistin werden, was Gott verhüten möge.«

Ryder nickte lächelnd. Er folgte Jane zur breiten Veranda, sie nahmen Platz und behielten die spielenden Kinder im Auge, während Jane von den Fortschritten und Bedürfnissen jedes Kindes berichtete und er ihr aufmerksam zuhörte.

Ryder konnte sich an Jenny nicht satt sehen. Sie zeigte ihr Medaillon jetzt stolz Melissa, die eine französische Puppe bekommen hatte. Die Kinder wußten, daß Jenny Ryders leibliche Tochter war, aber er bezweifelte, daß sie dem große Bedeutung beimaßen, nicht einmal Oliver, der in vieler Hinsicht seinem Alter weit voraus war.

»Ich habe gehört, daß du geheiratet hast«, sagte Jane plötzlich. Sie sah ihn forschend an, und er wußte, daß sie hoffte, es wäre nur ein Gerücht gewesen.

Er lächelte. »Ja, das stimmt. Sie heißt Sophie.«

»Für mich ist das eine Überraschung, und ich nehme an, daß es für deine Mätressen auch eine sein wird.«

»Da irrst du dich. Bea hat eine sehr flinke Zunge, und zudem habe ich mittlerweile schon alle besucht.«

Sie hob ihre schwarzen Brauen.

»Ich bin jetzt verheiratet, Jane«, erklärte er in strengem Ton, der jedem Geistlichen Ehre gemacht hätte, und sie konnte sich nicht genug über ihn wundern.

»Und die Kinder?«

»Was meinst du damit?«

Sie spitzte plötzlich die Ohren und verrenkte sich den Hals nach zwei streitenden Jungen. »Tom, ich will dieses schreckliche Wort nicht noch einmal hören!« schrie sie. »O Gott, wo hören sie nur solche Ausdrücke! Du sollst nicht fluchen! Und schon gar nicht in Anwesenheit von John – du weißt genau, daß er das haßt.«

Ryder, der Janes pädagogisches Geschick kannte, war keineswegs überrascht, daß Tom sofort den Mund hielt und nur demonstrativ die Achseln zuckte, um seine Selbstachtung zu bewahren. Dann warf er den Ball Oliver zu, der geschickt mit einer seiner Krücken danach schlug, woraufhin John dem Ball nachrannte.

»Was denkt denn deine Frau über die Kinder?«

»Sie weiß noch nichts von ihrer Existenz.«

»Dein Bruder und die übrige Familie auch nicht, nehme ich an?« fragte sie sarkastisch.

Er grinste unverdrossen.

»Es geht meine lieben Verwandten nichts an. Meine kleine Schwester weiß Bescheid, schon seit langem, aber sie schweigt und zieht nur mich mit meinen ›Lieblingen‹ auf, wie sie die Kinder nennt.«

»Wie hat sie es herausgefunden?«

»Vor über einem Jahr ist die Range mir heimlich hierher gefolgt und auf die Eiche dort drüben geklettert, um alles sehen und hören zu können. Sinjun ist sehr gewitzt, aber sie wird auch in Zukunft den Mund halten.«

Ryder zuckte mit den Schultern.

»Ich bin von jeher der Meinung gewesen, daß dies ausschließlich meine Sache ist, und das soll auch so bleiben. Nachdem ich jetzt verheiratet bin und meinem Bruder klargemacht habe, daß ich ein hundertprozentig treuer Ehemann zu sein gedenke, werde ich Gott sei Dank in Zukunft auch von seinen vierteljährlichen Bastard-Besprechungen verschont bleiben.«

»Bist du dir da wirklich ganz sicher, Ryder? Daß du deiner Frau treu sein wirst, meine ich. Soviel ich weiß, ist das in euren Kreisen durchaus nicht üblich.«

»Das mag für viele zutreffen, aber nicht für mich. Ah, Jane, sogar der Graf hat mehr Vertrauen zu mir als du. Er weiß, daß ich meiner Frau treu sein werde, weil er ganz vernarrt in seine eigene Frau ist. Aus seiner Sicht der Dinge wird es also keine weiteren Kinder mehr geben. Der Ärmste!«

»Zumindest kannst du jetzt mit deiner Schauspielerei aufhören.«

»Nicht alles ist Schauspielerei, Jane.

»Ha, als ob ich das nicht wüßte! Sara hat mir von einer Frau erzählt, die sie im Dorf getroffen hat. Die Frau wollte wissen, wie es dir geht, und sie hat Sara mit einem vielsagenden Lächeln erzählt, sie hätte dich kennengelernt, als du sechzehn warst. In welchem Alter hast du eigentlich angefangen, Ryder?«

Er runzelte die Stirn. »Das sind doch alte Kamellen, Jane. Vergiß diese Frau, vergiß all die anderen. Auch mein geliebtes Eheweib wird mir bestimmt bald glauben, daß ich treu wie Gold bin. Noch ist es allerdings nicht soweit. Zufällig hat sie Sara und Tess kennengelernt.« Er grinste. »Ich lasse sie ein bißchen im eigenen Saft schmoren. Sie hat eine scharfe Zunge, was mir gefällt, und sogar Tom müßte zugeben, daß sie gut fluchen kann. Ich hoffe, in nächster Zukunft weitere Kostproben davon zu bekommen.«

Jane sah ihn leicht befremdet an. »Dir liegt also nichts daran, daß deine Familie ihre Ansicht über dich ändert?«

»Nicht das geringste. Wozu auch? Alle mögen mich.«

»Das ist doch pervers, Ryder Ich kann dich beim besten Willen nicht verstehen. Genießt du den Ruf eines Weiberhelden, eines Satyrs?«

»Habe ich ihn mir nicht redlich verdient?«

»Doch, aber das habe ich nicht gemeint.«

»Ich habe meine Freude an Frauen, daraus habe ich nie ein Geheimnis gemacht. Ich kenne die Frauen, ich verstehe ihre Denkweise und ihre Gefühle. O ja, Jane, sogar dich glaube ich halbwegs richtig einschätzen zu können. Nein, sag nicht wieder, ich sei zynisch. Die Kinder sind eine ganz andere Sache, und das weißt du auch genau. Ich habe so das Gefühl, als wolltest du mich im Grunde fragen, ob ich sie jetzt, da ich meine eigene Familie gründe, vergessen werde.«

»Ganz vergessen wohl nicht, aber du könntest sie seltener als jetzt besuchen. Das wäre sogar verständlich, aber ... na ja, mir täte es einfach leid, wenn die Gefühle der Kinder verletzt würden.«

»Ich bin für sie verantwortlich, und ich liebe sie. Daran wird sich nie etwas ändern. Morgen fahre ich mit meiner Frau zu meinem Gut in den Cotswolds. Falls etwas Besonderes sein sollte, bin ich leicht zu erreichen. Es ist ganz in der Nähe von Lower Slaughter, und ein Bote braucht für die Strecke höchstens anderthalb Tage. Übrigens hat meine Frau einen kleinen Bruder, der lahm ist. Ein seltsamer Zufall.«

Jane schüttelte nur den Kopf über ihn. Wenn sie zehn Jahre jünger gewesen wäre, hätte sie sich selbst liebend gern mit Ryder Sherbrooke vergnügt. Er übte auf Frauen eine unwiderstehliche Anziehungskraft aus, nicht nur, weil er so gut aussah, sondern mehr noch, weil jede Frau spürte, daß er kein Egoist war, daß er auf ihre Wünsche und Bedürfnisse Rücksicht nehmen würde. Als Jane ihn kennenlernte, war er zwanzig, ein ungestümer junger Mann, dem Grausamkeit gegenüber Kindern verhaßt war. Jane war damals dreißig; ihre beiden Kinder waren kurz zuvor bei einem Brand ums Leben gekommen, und in ihrer Trauer war ihr alles völlig egal gewesen. Ryder riß sie aus ihrer Apathie, indem er ein etwa einjähriges Kind ihrer Obhut anvertraute – Jaime. Wie er ihr mit nüchterner Stimme berichtete, hatte er den Jungen zufällig auf der Straße in einem Abfallhaufen entdeckt, weil er leises Wimmern gehört hatte. Ein Jahr später hatte er ihr Jenny gebracht, sein Kind, und sie war Zeugin seiner Trauer gewesen, die ihrer eigenen nicht nachstand.

Sie beobachtete ihn jetzt, als er aufstand und sich den spielenden Kindern zugesellte, und sie gestand sich ein, daß sie neugierig auf seine Frau war.

Sophie mußte stillstehen, während Mrs. Plack, die Schneiderin aus Rye, ein Reitkostüm aus hellgrüner Wolle mit Goldborten an den Schultern absteckte, ein sehr elegantes Kostüm, darin war Sophie einer Meinung mit Alex.

Was ihr Sorgen machte, waren die Kosten all der Kleider, Hüte und Häubchen, der Schuhe und Unterwäsche. Und nun auch noch gleich drei Reitkostüme. Sie äußerte ihre Bedenken, aber Alex wehrte kopfschüttelnd ab. »Das sind nun mal die Anordnungen deines Mannes, liebe Sophie. Hör auf, dir Sorgen zu machen. Freu dich lieber. Douglas wollte mir in der allerersten Zeit unsere Ehe noch nicht einmal ein Taschentuch kaufen. Nein, ich will jetzt keine Einwände mehr hören. Ich habe das Gefühl, daß diese Großzügigkeit dir Angst macht, weil du glaubst, dadurch in Ryders Schuld zu stehen, stimmt's?«

Sophie gab keine Antwort.

»Bist du müde?« fragte Alex nach einer weiteren Stunde.

Sophie schüttelte den Kopf, um Mrs. Plack nicht zu enttäuschen, die mit wahrem Feuereifer bei der Arbeit war.

»Aber ich«, sagte Alex. »Na ja, bald haben wir's hinter uns. Die Sachen, die bis zu eurer Abreise noch nicht fertig sind, schicke ich dir dann.«

»Es ist einfach absurd«, ließ sich die verwitwete Gräfin von der Schwelle her vernehmen.

Alex zwinkerte Sophie zu. »Was ist absurd?«

»Daß Ryder dieses Mädchen ins Chadwyck House mitnimmt.«

»Dieses Mädchen ist seine Frau.«

»Schau dir doch nur mal dieses Grün an! Sie sieht darin richtig gelbsüchtig aus. Wieviel Geld meines Sohnes geben Sie eigentlich aus, junge Frau? Ich werde ihm sagen, daß Sie habgierig sind und ihn nur deshalb geheiratet haben.«

Sophie sagte kein Wort, schloß aber die Augen und glaubte, Mrs. Plack schnauben zu hören.

»Ich finde, es paßt vorzüglich zu ihrem Teint«, sagte Alex.

»Ha, du hast ja selbst keinen Farbensinn! Douglas sucht doch deine ganze Kleidung aus.«

»Du hast recht«, stimmte Alex ihr ganz gelassen zu. »Ich habe eben großes Glück, daß Douglas so phantastisch ist.«

»Pah, mich kannst du nicht für dumm verkaufen, mein Fräulein! Ich weiß genau, daß deine Bemerkung sich nicht auf Kleider bezieht.«

»O doch, Douglas ist auch in Kleiderfragen phantastisch. Nur würde er mich am liebsten in hochgeschlossene Sachen hüllen, am besten gleich bis zum Kinn. Wenn ich den Kragen nicht mit der Zungenspitze berühren kann, wirft er mir schon Frivolität vor.«

Sophie kicherte. Lady Lydia sah leicht pikiert aus, ließ sich aber nicht aus dem Konzept bringen und setzte kaum vier Sekunden später zu einem neuen Angriff an. »Warum ist Ryder nicht hier? Findet dieses Mädchen ihn etwa nicht phantastisch?«

»O doch«, erwiderte Alex hastig. »Er hat aber noch sehr viel zu erledigen, bevor sie abreisen. Übrigens hat das Mädchen einen Namen – Sophie.«

Es dauerte noch fünf Minuten, bevor die Grafenwitwe sich zurückzog, ohne auch nur ein versöhnliches Wort zu sagen.

Alex rollte mit den Augen und rieb sich die Schläfen. »Kopfweh war für mich ein Fremdwort – bis ich meine Schwiegermutter kennenlernte.«

Eine halbe Stunde später war Mrs. Plack endlich fertig. Hocherfreut über die fürstliche Bezahlung, die Ryder ihr in Aussicht gestellt hatte, bedankte sie sich überschwenglich bei Sophie.

Sobald sie allein waren, sprang Alex händereibend auf. »Wollen wir nach unten gehen und uns an Douglas' Kognak gütlich tun?«

Sophie starrte ihre Schwägerin an. »Jedesmal, wenn ich glaube, dich allmählich ganz gut zu kennen, sagst du etwas völlig Unerwartetes.«

»Das sagt Douglas auch immer.«

»Er hat recht. Also, gehen wir?«

Eine Stunde später fand der Graf im kleinen Salon zwei alberne Damen vor, die auf dem großen Aubusson-Teppich lagen. Eine Flasche seines besten Kognaks stand zwischen ihnen. Alex lag auf dem Rücken und hielt sich vor Lachen die Seiten. Sophie lag auf dem Bauch, zwirbelte eine Haarsträhne um den Finger und kicherte: »Nein, nein, Alex, es stimmt wirklich. Ich lüge bestimmt nicht. Der Pirat hatte nur ein Bein, und alle drei Frauen wollten ihn – allerdings aus ganz verschiedenen Gründen.«

»Aber Goosie? Sophie, diesen Namen hast du erfunden, gib's zu! Und du sagst, daß sie aus seinem Holzbein ein Schiff schnitzen wollte? Daß sie schon an einem Dutzend Palmen herumgeschnitzt hatte?«

Der Graf ging neben ihr in die Hocke. »Ah, Ryder hat dir also von dem einbeinigen Piraten und seinem Inselabenteuer erzählt?«

Wäre Sophie nicht betrunken gewesen, hätte sie vor Verlegenheit bestimmt im Boden versinken mögen und ihm ein Jahr lang nicht in die Augen schauen können. So aber brachen sie und Alex wieder in schallendes Gelächter aus. Prustend rief Sophie: »Du kennst die Geschichte also auch? Erzähl uns den Schluß, Douglas. Ryder hat ihn mir noch nicht erzählt, und Alex möchte unbedingt wissen, wie die Sache ausgeht.«

»Möchtest du's wissen?« fragte Douglas seine Frau, die flach auf dem Rücken lag und ihn albern angrinste.

»Ryder hat diese Namen erfunden – Goosie und Brassy – so was Lächerliches!«

Douglas hob die Hand. »Nein, es stimmt. Ehrenwort!« Sein Blick schweifte von der fast leeren Kognakflasche zu seiner Frau. Schmunzelnd küßte er sie, bevor er ihren Kognakschwenker leerte und sich im Schneidersitz auf dem Teppich niederließ. »Nun also zu der Geschichte – Goosie war eine sehr beliebte Dame, und sie schaffte es als erste, die Insel zu verlassen, kaum daß sie damit begonnen hatte, aus dem Holzbein ein Schiff zu schnitzen. Nur der Kiel war schon zu erkennen gewesen. Goosie fuhr mit einer Mannschaft blonder Holländer nach St.Thomas, konnte sich mit ihnen aber nicht verständigen. Zum Glück war jedoch der Kapitän kein Holländer, sondern ein Däne, natürlich auch blond, aber sehr sprachbegabt. Er verstand nämlich die Weltsprache Nummer eins, und diese Sprache beherrschte Goosie ausgezeichnet.« Er küßte seine Frau wieder.

»Meinst du Französisch, Douglas?«

»Nein, nein, Alex«, rief Ryder von der Schwelle her, »mein lieber Bruder meint die Liebe.«

Sophie starrte ihren Mann an, warf einen Blick auf die Kognakflasche, rollte auf den Rücken und kniff stöhnend die Augen zusammen.

»Darf ich mich der Gesellschaft anschließen?« fragte Ryder.

»Du hast gesagt, du würdest den ganzen Tag beschäftigt sein«, murrte Sophie, ohne die Augen zu öffnen.

»Das war ich auch. Es ist jetzt schon fünf vorbei.«

»Hier.« Douglas reichte seinem Bruder die fast leere Flasche.

Aber Ryder hatte nicht die Absicht, sich zu betrinken. Das konnte für einen temperamentvollen Mann katastrophale Folgen haben. Er hatte gut zehn Minuten im Türrahmen gestanden und seine Freude an der Szene gehabt. Sophie war beschwipst, und ihr fröhliches, ausgelassenes Lachen hatte ihm das Herz erwärmt. Verdammt, morgen würden sich die Damen hundsmiserabel fühlen, aber Ryder gedachte die Stunden bis dahin auszunutzen. Er setzte die Flasche an den Mund und tat so, als würde er sie leeren; dann stellte er sie auf der Anrichte ab und holte eine neue.

»Erzähl uns, was aus dem einbeinigen Piraten wurde«, bat Alex. »Ich bin sicher, daß Douglas es nicht weiß. Ich will mehr über Brassy hören, aber Douglas weicht ständig aus und erzählt andere Geschichten.«

»Brassys Geschichte ist im Park dargestellt.«

»Was meinst du damit?« fragte Sophie, ohne ihn anzusehen.

»Tief im Garten sind Statuen verborgen. Hast du sie noch nicht gesehen, Sophie? Komm, ich zeige sie dir. Hinterher wirst du Alex' Neugier befriedigen können.«

»Eine großartige Idee!« Der Graf stützte sich auf einen Ellbogen auf, und Ryder stellte fest, daß sein Bruder keineswegs betrunken war, sondern sich nur köstlich amüsierte. Der Schelm strich mit den Fingern über Alex' Arm und Schulter und begann sie am Ohr zu kraulen. Ein hinterhältiger Bursche, gar keine Frage. Ryder grinste ihm zu, bevor er Sophie die Hand entgegenstreckte und sie so schwungvoll hochzog, daß sie an seiner Brust landete. Er drückte sie kurz an sich, küßte sie flüchtig und ließ sie los.

Leicht torkelnd, fragte sie mit gerunzelter Stirn: »Statuen, Ryder? Eine Statue von Brassy? Wie ist das möglich? Warum von Brassy und nicht von Goosie?«

»Das wirst du gleich sehen«, sagte Ryder. »Douglas, nimm dich derweilen deiner Frau an«, fügte er schelmisch hinzu, bevor er Sophie hinausführte.

»Ich nehme an, daß dieses Trinkgelage durch irgendeinen unangenehmen Vorfall ausgelöst wurde?«

»Durch deine Mutter.«

»Aha. Überaus verständlich.«

»Wirst du mir wirklich Brassy zeigen?«

»Ich zeige dir, was immer du sehen willst«, antwortete er.

Auf dem schmalen Gartenpfad, wo die Bäume über ihren Köpfen einen grünen Baldachin bildeten, seufzte sie zufrieden. »Hier ist es wunderschön. Mir ist die Abzweigung dort hinten nie aufgefallen. Warum ist das alles so versteckt?«

»Das wirst du gleich sehen.«

Er beobachtete sie aufmerksam, während sie die erste Statue betrachtete, genauer gesagt, die beiden ineinander verschlungenen Figuren. Die Frau saß rittlings auf dem Schoß des Mannes, mit gewölbtem Rücken und lose herabhängenden Marmorhaaren, und seine Hände lagen auf ihren Hüften und hoben sie etwas an.

Sophie schnappte nach Luft. »Das ist einfach widerlich!« Aber sie hörte sich nicht so an, als fände sie es widerlich. Im Gegenteil, sie hörte sich sehr interessiert an. Als sie wieder leicht torkelte, legte er ihr einen Arm um die Schultern und zog sie an sich. »Wie du siehst, sind sie mitten beim Liebesakt. Kein schlechtes Leben für eine Statue – bis in alle Ewigkeit lustvoll vereint.«

»Das sieht aber schwierig aus.«

»Unsinn! Möchtest du es ausprobieren oder vorher lieber die anderen Statuen sehen? Sie bieten eine Vielfalt von Positionen.«

Zu ihrer eigenen Überraschung nickte sie und schob ihre Hand in die seine. In Ryder stiegen vertraute Lustgefühle auf, zugleich aber eine bisher ungekannte Zärtlichkeit. Er runzelte die Stirn. Ihre Betrunkenheit auszunutzen war zweifellos unkorrekt. Doch was soll's, sagte er sich.

Er führte sie zum nächsten Prunkstück, das hinter einem halben Dutzend Eibenbüschen verborgen war, und sie schnappte wieder nach Luft, starrte die Figuren zugleich aber fasziniert an.

»Würdest du diese Position vorziehen, Sophie? Es ist für eine Frau nicht ganz einfach, dabei zur Ekstase zu kommen, aber ich glaube, daß es mir gelingen würde. Wenn die Frau auf Händen und Knien ist, dringt der Mann sehr tief in sie ein, und seine Hände haben sehr viel Bewegungsfreiheit. Komm, ich zeige es dir.«

Sie sah mit leicht umnebeltem Blick zu ihm auf und erklärte mit schwerer Zunge: »Nein, Ryder, ich möchte noch mehr sehen und dann meine eigene Wahl treffen, wenn du nichts dagegen hast.«

Ihm verschlug es vor Begeisterung über diese so ganz andere Frau fast die Sprache. »Nein«, murmelte er. »Ich habe nicht das geringste dagegen.«

Er zeigte ihr alle anderen Statuen, und sie blieb wie angewurzelt stehen, als sie zu dem Paar kamen, wo der Mann mit zurückgeworfenem Kopf und geöffnetem Mund über der Frau lag, die ihre Beine um ihn geschlungen hatte.

»Du bist also eine echte Traditionalistin«, kommentierte er.

Sie dachte darüber nach, wurde dann aber plötzlich leichenblaß, schluckte krampfhaft, riß sich von ihm los, fiel auf die Knie und übergab sich.

»Verflixt und zugenäht!« fluchte Ryder leise vor sich hin.

Sophie wollte sterben. Sie glaubte, widerlich schmeckende Watte im Mund zu haben, und ihr Kopf dröhnte so, daß sogar ihr eigenes Herzklopfen sie störte.

Ryder hatte sie ins Haus getragen und zu Bett gebracht. Auf dem Korridor traf er seinen Bruder, und sie lachten schallend, bis Ryder schließlich fragte: »Ist Alex in genauso schlechter Verfassung wie meine Frau?«

»Wahrscheinlich in noch schlechterer. Ich habe ein Heilmittel, aber ich weiß nicht, ob ich Alex dazu bringen kann, es zu trinken.«

»Vielleicht sollten wir ›Bäumchen wechseln‹ spielen und nicht der eigenen Frau, sondern der lieben Schwägerin das Zeug einflößen.«

Douglas war einverstanden, und Ryder begab sich zu Alex, die regungslos auf dem Rücken lag, einen Arm über den Augen.

»Keine Angst, Alex, ich bin's nur, Ryder. Ich werde jetzt deinen Kopf anheben, und du wirst die Medizin brav austrinken. In einer Stunde wirst du dann wieder Bäume ausreißen können, das verspreche ich dir.«

Alex starrte ihren Schwager an und war so überrascht, daß sie widerspruchslos alles schluckte.

Für Douglas war die Sache nicht ganz so einfach, aber Sophie genierte sich mittlerweile kaum noch vor ihm und stöhnte nur einmal laut, bevor sie die bittere Medizin trank.

Wieder auf dem Korridor, berichtete Douglas: »Sophie schläft jetzt und wird wahrscheinlich erst morgen früh aufwachen. Tut mir leid, Ryder, aber heute nacht wirst du deine Begierde vergessen müssen. Und jetzt erzähl mir, welchen Weg ihr zum Chadwyck House nehmen werdet und womit ich dir helfen kann.«

An einem sehr nebligen Freitagmorgen versammelte sich die ganze Familie vor dem Haus, um von Ryder und Sophie Abschied zu nehmen. Ryder entfernte sich ein wenig, als seine Frau ihren kleinen Bruder an sich drückte.

»Ich werde dich vermissen, Liebling«, sagte sie. »Sei ein braver Junge, ja? Dein Pony ist einfach wunderbar. Vergiß aber nicht, dich um das Tier zu kümmern.«

»Es heißt George, Sophie.« Jeremy ertrug klaglos alle guten Ratschläge, weil sie seine Schwester war und er sie von Herzen liebte, aber allmählich wurde er doch etwas ungeduldig. Ryder erlöste den Schwager, indem er ihn einfach hochhob und kurz umarmte. »Du mußt Sinjun hin und wieder kräftig eins auf den Deckel geben«, sagte er. »Sie braucht das. Wir sehen uns bald, Jeremy.« Er stellte ihn wieder auf die Beine, schüttelte ihm die Hand und half sodann seiner Frau beim Einsteigen in die Kutsche.

Gleich darauf rollten drei Kutschen die lange Auffahrt hinab. In der ersten saßen Ryder und Sophie, in der zweiten Tinker, Ryders steifer Diener, und ein junges Mädchen, das als Sophies Zofe angelernt werden sollte. Es war sehr schüchtern und hieß Gory.

Die dritte Kutsche war mit Gepäck schwer beladen.

Douglas blickte nachdenklich den Kutschen nach und lächelte sodann Jeremy zu, der sich verstohlen eine Träne abgewischt hatte. »Ryder wird gut auf deine Schwester aufpassen, mein Junge. Mach dir keine Sorgen. Und bald werden wir alle wieder zusammensein.«

Sophie selbst legte nicht den geringsten Wert darauf, daß Ryder auf sie aufpaßte. Sie wollte ihn nicht einmal in ihrer Nähe haben, denn sie schämte sich fast zu Tode, jene schrecklichen Statuen angestarrt und sich sogar gewünscht zu haben, daß Ryder all das mit ihr machte. Und das Schlimmste war, daß dieser Lump genau wußte, was in ihr vorging.

»Du bist ein Lustmolch«, schimpfte sie.

»Und du bist eine Traditionalistin«, sagte er vergnügt. »Aber irgendwann wirst du dann doch mit meinem armen Männerleib herumexperimentieren wollen, und ich verspreche dir, bis dahin keine der interessanten Positionen zu vergessen, die wir im Garten gesehen haben.«

»Ich habe überhaupt nicht an diese gräßlichen Statuen gedacht. Außerdem hasse ich es, wenn du weißt, was ich denke.«

»Eigensinnig wie eh und je! Gott sei Dank bin ich dein Ehemann, denn sonst würde deine Sturheit dich noch um die größten Wonnen des Lebens bringen.«

»Ich bin jetzt genauso wenig schwanger wie auf Jamaika.«

Ryder ließ sich nichts von seiner Enttäuschung anmerken. Er grinste, tätschelte ihre behandschuhte Hand und sagte nur: »Vielleicht hat ein Harem doch einiges für sich. Dann braucht man wenigstens nichts aufzuschieben.«

Chadwyck House lag ziemlich genau in der Mitte zwischen Lower Slaughter und Mortimer Coombe und nur acht Kilometer östlich von Strawberry Hill, dem Sitz des Viscount Rathmore. Ryder hatte keine Ahnung, ob Tony und die hinreißende Melissande sich noch dort aufhielten, oder ob Tony mit seiner kapriziösen Frau mittlerweile nach London gefahren war. Es interessierte ihn auch herzlich wenig. Am Spätnachmittag erreichten sie die zum Chadwyck House gehörenden Ländereien.

»Bist du je zuvor in den Cotswolds gewesen, Sophie?«

»Nein, aber ich finde sie wunderschön.«

»Du mußt diese Landschaft erst einmal im Herbst erleben, im Oktober. Die Farbenpracht der Bäume ist dann einfach überwältigend. Man könnte heulen, so schön ist es.«

Doch seine Begeisterung verflog jäh, als die Kutschen vor dem Herrenhaus hielten. Er war fast ein Jahr nicht mehr hier gewesen – elfeinhalb Monate, genau gesagt. Aber wie konnte in dieser relativ kurzen Zeit so etwas passieren?

Das reizvolle Tudorhaus sah verwahrlost und unbewohnt aus. Mehrere Fensterscheiben waren zerbrochen, Efeu rankte sich bis zum zweiten Stock empor, und überall wucherte Gras und Unkraut, sogar zwischen den Rissen der breiten Steintreppe. Ackergeräte rosteten im Freien vor sich hin, und in den Ställen waren allem Anschein nach keine Tiere mehr untergebracht.

Sophie runzelte die Stirn. »Das verstehe ich nicht«, murmelte sie.

»Ich auch nicht.«

Ryder sprang aus der Kutsche, half seiner Frau beim Aussteigen und hörte Tinker rufen: »Allmächt'ger, was is' denn hier passiert?«

»Diese Frage wird Allen Dubust mir gleich beantworten müssen«, knurrte Ryder. Sophie hatte ihn nicht mehr so wütend gesehen, seit er auf Jamaika entdeckt hatte, daß sie von ihrem Onkel mißhandelt worden war.

»Bleib hier«, befahl er, stürmte die Freitreppe hinauf und hämmerte gegen die schwere Eichentür.

Es dauerte sehr lange, bis einer der Türflügel einen Spalt weit geöffnet wurde. Ein runzeliges Gesicht spähte hinaus.

»Master Ryder! Endlich hat Gott meine Gebete erhört! Dem Himmel sei Dank!«

»Mrs. Smithers, was ist denn passiert? Wo ist Allen Dubust? Was zum Teufel geht hier eigentlich vor?«

»O Gott, o Gott!« stöhnte Mrs. Smithers, während sie beide Türflügel weit öffnete.

»Sophie, komm ins Haus. Tinker, du kümmerst dich mit Cory um das Gepäck. Ich glaube nicht, daß euch hier jemand zur Hand gehen kann.«

Die Eingangshalle war total verschmutzt, und Ryder fluchte

laut, bis ihm auffiel, daß Mrs. Smithers zwei Besenstiele als behelfsmäßige Krücken benutzte.

»Erzählen Sie mir, was passiert ist«, sagte er wieder, und als er Sophie im Türrahmen stehen sah, fügte er hinzu: »Das ist meine Frau. Sophie, dies ist Mrs. Smithers, die seit einer Ewigkeit hier ist.«

Passiert war folgendes: Allen Dubust hatte Mrs. Smithers die Treppe hinuntergeworfen, nachdem er alle anderen Dienstboten entlassen hatte, weil die alte Frau ihm nicht glaubte und mit einer Anzeige bei den lokalen Behörden drohte. »Ich habe ihm gesagt, ich hätte von jeher gewußt, daß er ein Lump sei, und er würde mich nie dazu bringen, das Haus zu verlassen. Ich habe ihm gesagt, daß ich allen erzählen würde, was er gemacht hat. Daraufhin ist er in Wut geraten und hat mich die Treppe hinuntergestoßen.« Er hatte das Haus ausgeräumt, unbefugterweise Land verkauft und mit dem Erlös in der Tasche die Gegend verlassen. »Er hat allen weisgemacht, daß Sie Chadwyck House verkauft hätten.« Unglückseligerweise hatte Mrs. Smithers niemanden benachrichtigen können, weil keine Menschenseele im Haus war und sie kaum laufen konnte. Es hatte ihr schon größte Mühe bereitet, zur Tür zu gelangen.

»Ich lasse Tinker sofort nach Lower Slaughter reiten«, sagte Sophie resolut. »Sie brauchen einen Arzt, Mrs. Smithers.«

»Aber das Haus!« jammerte Mrs. Smithers, den Tränen nahe.

»Es ist doch nur ein Haus, und wir werden es wieder in Ordnung bringen.« Sophie tätschelte die gebeugte Schulter der alten Frau. »Im Augenblick machen wir uns aber mehr Sorgen um Sie, Mrs. Smithers. Sie haben sich großartig verhalten. Findest du nicht auch, Ryder?«

Er sah sie erstaunt an. Das ängstliche, deprimierte Mädchen, das er im Haus seines Bruders erlebt hatte, war plötzlich wieder selbstsicher und tatkräftig. Er räusperte sich. »Wir werden uns um alles kümmern, als erstes um Sie, Mrs.

Smithers. Ich bin stolz auf Sie, und ich bin Ihnen sehr dankbar.«

Zwei Stunden später schlief Mrs. Smithers, nachdem Dr. Pringle ihr eine ordentliche Dosis Laudanum verabreicht und ihr gebrochenes Bein geschient hatte. Der Arzt wiederholte immer wieder kopfschüttelnd: »Ich kann gar nicht begreifen, wie sie überlebt hat. Diese alte Frau ist unglaublich zäh. Sie wollte nicht aufgeben.«

Nachdem er sich verabschiedet hatte, standen Ryder und Sophie ratlos in der schmutzigen Halle herum.

»Das ist der reinste Alptraum«, murmelte Ryder. »Oh, Sophie, es tut mir ja so leid!«

Zu seiner Verwunderung grinste Sophie. »Sehen wir mal nach, ob wir in der Küche noch etwas Eßbares finden.«

Es gab nichts Eßbares, nicht einmal irgendwelche kläglichen Reste, dafür aber Ratten, die in den vergangenen drei Wochen die Küche in Besitz genommen hatten.

Gory kreischte entsetzt. »Sei still«, befahl Sophie. »Dein Geschrei geht einem ja durch Mark und Bein. Du bleibst bei Mrs. Smithers, während Mr. Sherbrooke und ich nach Lower Slaughter fahren, um Lebensmittel einzukaufen und uns nach neuen Dienstboten umzuschauen.«

»Ja«, bestätigte Ryder, immer noch völlig perplex über die plötzliche Verwandlung seiner Frau. »Ach, Tinker, hilf dem Kutscher, die Pferde zu versorgen.«

Er rieb sich die Hände. »Es geht doch nichts über eine tüchtige Herausforderung, stimmt's?«

18

Es war kein Bett da.

Ryder stand wie angewurzelt auf der Schwelle und ließ seinen Blick völlig fassungslos durch das leere Schlafzimmer gleiten, das ihm von jeher mißfallen hatte, weil es dunkel und niedrig war. Die dicken goldfarbenen Vorhänge hingen noch an den langen Fenstern, aber sie waren so häßlich und fadenscheinig, daß Ryder wünschte, Dubust hätte sie mitgenommen.

Kein Bett! Das war nun wirklich der Gipfel. Sophie war erschöpft, er selbst war noch immer so wütend, daß er die Müdigkeit nicht spürte, und Mrs. Smithers schnarchte nach einem Festmahl im Nähzimmer, das in aller Eile für sie hergerichtet worden war. Gory schlief im selben Raum. Der Schurke Dubust hatte kein Interesse an den Möbeln der Dienstboten gehabt.

Sophie tauchte hinter Ryder auf, mit Bettzeug schwer beladen, sah die Bescherung und stöhnte: »O Gott, Ryder, du Ärmster!«

»Dubust hat angeblich überall herumerzählt, daß alle Möbel nach Northcliffe Hall geschickt würden. Das hat jedenfalls der gute Doktor berichtet. Ich kann es immer noch nicht glauben. Verdammt, Sophie, das alles ist meine Schuld.« Er nahm ihr schnell die Bettwäsche ab.

»Wir werden wohl auf Decken schlafen müssen. Du bist so müde, Liebling, daß ich weitere Schimpftiraden am besten auf morgen verschiebe. Einverstanden?«

»Dieses Schlafzimmer gefällt mir nicht besonders, Ryder.«

»Mir auch nicht. Ich fand es schon immer schrecklich. Gehen wir nach unten. Mrs. Smithers hat erzählt, daß Dubust hier geschlafen und sich wie ein Schloßherr aufgeführt hat. Verflucht, wie konnte ich nur so ein verantwortungsloser Vollidiot sein?«

»Wenn mir die grauenhaften Folgen nicht so lebhaft in Erinnerung wären, würde ich vorschlagen, daß wir uns auf die Suche nach einer Flasche Schnaps machen.«

Er mußte lachen. »Man braucht nicht unbedingt eine ganze Flasche zu leeren. Weißt du, es gibt so etwas wie Mäßigkeit.«

»Ach ja? Dieses Prinzip der Mäßigkeit befolgst du wohl auch bei deiner Weiberherde?«

War das Eifersucht? Er grinste töricht. »Herde? Hat Douglas etwas in dieser Richtung gesagt? Nein? Dann hör zu – ich habe jetzt nur noch eine einzige Stute, und sie scheint zum Glück nicht nur schön, sondern auch sehr ausdauernd zu sein. Das wird sie in einem leeren Haus und mit einem Trottel von Ehemann auch nötig haben. Komm, Sophie, bauen wir uns irgendwo ein Nest, bevor du im Stehen einschläfst. Gott sei Dank hat Dubust nicht auch noch alle Decken und Kissen mitgenommen.«

»Nein, er wollte nur die Möbel haben. So viele herrliche Sachen, hat Mrs. Smithers mir dauernd erzählt.«

Ryder mußte wieder lachen. »Sie hat recht. Und jetzt suchen wir uns ein Plätzchen, wo wir unsere müden Knochen ausstrecken können.«

Kurze Zeit später lagen sie Seite an Seite in ihrem behelfsmäßigen Bett aus drei Decken. »Nun, zumindest haben wir den Stein ins Rollen gebracht«, sagte Sophie und griff impulsiv nach Ryders Hand. Im ersten Moment war er völlig sprachlos, führte aber ihre Hand an seine Lippen und küßte sie zart.

»Ja«, brachte er schließlich hervor, »aber es wird nicht leicht sein, Liebling. Verdammt, man müßte mich auspeitschen!

»Ich muß gestehen, daß ich das in der Vergangenheit sehr

oft durchaus befürwortet hätte, aber diesmal nicht. Es ist nicht deine Schuld, Ryder.«

»Wessen Schuld ist es dann? Etwa die von Mrs. Smithers oder Dr. Pringle?«

»Also gut, du hast dich in Dubust getäuscht, aber Selbstvorwürfe nützen uns jetzt nichts, Ryder«

Er war ein verantwortungsloser Narr gewesen, und diese Erkenntnis schmerzte ihn sehr. Trotzdem hatte Sophie natürlich recht: Selbstvorwürfe brachten sie im Augenblick nicht weiter, und sie hatten den Stein zumindestens ins Rollen gebracht, indem sie in Lower Slaughter zwei Frauen gefunden hatten, die früher in Chadwyck House gearbeitet hatten und ihren Dienst gleich am nächsten Tag wieder antreten konnten. Vorläufig starrte aber noch alles vor Schmutz, auch der Blaue Salon, wo sie jetzt auf dem Boden lagen. »Verdammt, wir könnten dieses Zimmer jetzt getrost den Schwarzen Salon nennen«, knurrte er. »Von Blau ist hier jedenfalls keine Spur mehr zu sehen.« Fluchend klopfte er sein Kissen zurecht. »Das ist nun also deine erste Nacht in meinem herrlichen Haus.« Er zog Sophie näher an sich heran. »Es tut mir wahnsinnig leid, daß ich dich in diesen Schlamassel gebracht habe.«

Sie gab keine Antwort, aber das störte ihn nicht, denn er war so wütend und schämte sich seiner Trägheit und Sorglosigkeit so, daß es ihm nur darum ging, sich irgendwie abzureagieren. »Ich werde den Kerl finden. Das dürfte nicht allzu schwer sein. Alle Möbel waren katalogisiert, was unser guter Mr. Dubust zweifellos nicht gewußt hat. Onkel Brandon war nämlich ein schrecklicher Pedant, und ich glaube sogar, daß er letztlich an dieser Kleinlichkeit erstickt ist. Jedenfalls werden wir alle Sachen wiederfinden, und dann schnappe ich mir Dubust und schneide ihm höchstpersönlich die Eier... äh, ich meine, er wird mir diese Sache büßen, das schwöre ich dir!«

Erst jetzt bemerkte Ryder, daß seine Frau fest schlief. Er

küßte sie zart auf die Stirn, und kurz bevor er selbst einschlief, ging ihm durch den Kopf, daß das Leben zwar gelegentlich mit sehr unangenehmen Überraschungen aufwartete, aber andererseits auch unerwartete Tröstungen bereithielt – beispielsweise das warme und weiche Persönchen, das in seiner Armbeuge ruhte und eine Hand auf sein Herz gelegt hatte.

Die nächsten Tage ließen sich mit nichts vergleichen, was Sophie je erlebt hatte. Sie kam sich wie ein General vor, der seine Truppen befehligt, zeitweise aber auch Seite an Seite mit ihnen an vorderster Front kämpft. Weder Schmutz noch bleierne Müdigkeit vermochten jedoch ihrer Hochstimmung etwas anzuhaben, denn sie wußte, daß sie etwas Sinnvolles machte, und zum erstenmal seit sehr langer Zeit war sie sich ihres Wertes bewußt.

Sie trug ein viel zu kurzes, schmutziges Kleid und ein genauso schmutziges Kopftuch, als Doris, eine sehr dicke gutmütige Frau, von der Eingangshalle her schrie: »Mrs. Sherbrooke! Hier ist ein Herr.«

Sophie hatte kaum Zeit, ihren Besen wegzustellen, als auch schon ein sehr attraktiver Mann vor ihr stand, der eine gewisse Ähnlichkeit mit den Sherbrookes hatte. »Sie müssen Tony Parrish sein«, sagte sie und reichte ihm die Hand.

»So ist es. Und Sie sind die Frau meines Vetters.« Er drehte sich um und rief: »Komm herein, Liebling, und entfalte deinen ganzen wundersamen Charme. Unsere neue Kusine kann das bestimmt gebrauchen.«

Als Melissande Parrish, Lady Rathmore, leichtfüßig die Halle betrat, hielt Sophie unwillkürlich den Atem an. Eine so schöne Frau hatte sie noch nie gesehen. Ihr kam es fast so vor, als hätte sich eine Märchenprinzessin hierher verirrt.

»Sind Sie Alex' Schwester?«

»O ja, ich bin Melissande, und Sie müssen Sophie sein, die Riesenüberraschung für sämtliche Sherbrookes in England, wie Tony sagt. Niemand hätte es für möglich gehalten, daß Ryder ... na ja, Ryder hatte immer einen großen Bedarf an

Frauen... aber Tony glaubt, daß er seinen Mätressen jetzt den Laufpaß geben wird und...«

»Das genügt vorläufig, Liebste, würde ich sagen.« Tony Parrish verschloß seiner Frau zu Sophies Erstaunen mit einem Kuß den Mund.

Melissande errötete. »Du hättest in der Kutsche nicht damit anfangen sollen, denn jetzt...« Sie verstummte mitten im Satz, schüttelte über sich den Kopf und sagte zu Sophie: »Wissen Sie, mein Mann zieht mich für sein Leben gern auf. Aber ich sehe hier nirgends eine Sitzgelegenheit. Sollen wir hier stehenbleiben?«

Sophie wurde zum Glück einer Antwort enthoben, denn Ryder trat in diesem Augenblick über die Schwelle, und er sah in seinem weißen Hemd mit offenem Kragen, in Wildlederhose und schwarzen Schaftstiefeln so männlich und kraftstrotzend aus, daß sie versucht war, sich in seine Arme zu werfen. Er hatte sich in den letzten drei Tagen so verändert. Oder war sie es, die sich verändert hatte? Höchstens ein ganz klein wenig, redete sie sich hastig ein. Ryder war ihr natürlich nach wie vor völlig gleichgültig, trotz seines charmanten Lächelns, seiner blendend weißen Zähne und der Lachfältchen um seine blauen Augen herum. Dann begriff sie, warum er ihr verändert vorkam. Hier trug er Verantwortung, hier war er der Hausherr, und diese Rolle paßte ausgezeichnet zu ihm. Und ich bin die Hausherrin, dachte Sophie stolz.

Die Cousins schüttelten einander die Hand, klopften einander auf den Rücken und sparten nicht mit gegenseitigen freundschaftlichen Schimpfnamen. Sophie wartete ängstlich darauf, daß Ryder sich der Prinzessin an Tonys Seite zuwenden und – bildlich gesprochen – zu Füßen werfen würde.

Seltsamerweise tat er das nicht. Statt dessen lächelte er dem hinreißenden Geschöpf liebenswürdig, aber gänzlich unbeeindruckt zu. »Willkommen in Chadwyck House, Kusine. Ich hatte Tony gewarnt, daß er sich vorerst lieber nicht herwagen sollte, weil ich ihn andernfalls zur Arbeit einspannen könnte.«

»Ein solcher Faulpelz bin ich nun auch wieder nicht«, sagte Tony. »Zwei willige Sklaven stehen ganz zu eurer Verfügung.«

»Wir fahren erst nächste Woche nach London.« Melissande sah sich schaudernd um. »Tony besteht darauf, daß wir auch in der Zwischenzeit helfen sollen. Aber es ist viel schlimmer, als ich es mir vorgestellt hatte. Ich bin noch nie schmutzig gewesen, und schwarze Fingernägel müssen etwas Grauenhaftes sein.«

Sie ist sehr naiv, dachte Sophie, atemberaubend schön, aber naiv. Ihre eigenen Fingernägel waren rabenschwarz, weil sie den Kamin entrußt hatte, und sie ballte ihre Hände rasch zu Fäusten.

»Sie werden keinen Finger rühren«, sagte sie zu Melissande. »Zumindest nicht in diesem Kleid.« Sophie warf ihrem Mann einen fragenden Blick zu, aber Ryder starrte Tony an, der seine Frau grinsend neckte: »Was, du warst noch nie schmutzig? Liebling, du hast offenbar ein sehr kurzes Gedächtnis. Ich kann mich jedenfalls lebhaft an eine gewisse Situation im Park von Northcliffe erinnern – du weißt schon, unter der Venusstatue, die ihre Blöße mit einer viel zu kleinen Hand zu verhüllen versucht. Damals warst du ganz schön verschwitzt, und du bist ziemlich schmutzig geworden, aber es hat dich kein bißchen gestört.«

Melissande knuffte ihn in den Arm.

»Manche Dinge ändern sich nie«, kommentierte Ryder kopfschüttelnd, »andere hingegen ändern sich so sehr, daß es einem gewöhnlichen Sterblichen total die Sprache verschlägt.«

»Diesen Zustand hat mein trautes Eheweib noch nicht ganz erreicht«, sagte Tony, »aber manchmal ist sie schon nahe daran.«

Melissande sah völlig verwirrt aus. »Sie scheinen ja ganz hübsch zu sein, Sophie«, murmelte sie, »obwohl dieses Kleid einfach schrecklich ist, und das Kopftuch nicht minder, aber Sie sind nicht schön. Das alles ist sehr merkwürdig, und ich kann es einfach nicht verstehen.«

Sophie blinzelte.

»Ein Mann ist unberechenbar, was seinen Geschmack betrifft«, sagte Ryder vergnügt. »Vielleicht leide ich ja tatsächlich unter Geschmacksverirrung.« Er flüsterte seiner Frau ins Ohr: »Sie kann nicht begreifen, wie ein durchaus männlicher Mann wie ich dich ihr vorziehen kann.«

»Das kann ich sehr gut nachvollziehen.« Sophie lächelte der berückenden Person zu. »Sie sind wirklich sehr schön.«

»Ja, ich weiß, aber Tony möchte, daß ich nichts auf solche Komplimente gebe, daß ich sie einfach ignoriere, weil sie angeblich so vergänglich wie Schneeflocken sind. Aber Ihr Kompliment ist zweifellos ganz ehrlich gemeint, und außerdem sind Sie ja kein Mann, und deshalb ist es gänzlich unverfänglich, findest du nicht auch, Tony?«

Tony Parrish erwiderte mit todernster Miene: »Deine Logik ist bestechend, Liebste.« An Ryder gewandt, fuhr er fort: »Und jetzt sag mir, womit ich mich nützlich machen kann. Übrigens habe ich sechs Männer und vier Frauen mitgebracht, die kräftig zupacken können.«

Sophie hätte ihren neuen Vetter umarmen mögen, beschränkte sich aber auf ein strahlendes Lächeln. Er betrachtete sie mit schief gelegtem Kopf. »Ah, Ryder, ich glaube, jetzt verstehe ich dich. O ja, ich kann dich gut verstehen.«

Vier Tage später war Chadwyck House makellos sauber und völlig leer, bis auf ein breites Bett im Salon und die Möbel im Dienstbotentrakt. Mrs. Smithers hatte nach wie vor einen Riesenappetit und war überglücklich, daß Master Ryder hier jetzt seinen ständigen Wohnsitz nehmen wollte.

Allen Dubust war in einer Kneipe in Bristol geschnappt worden. Wenige Stunden später wäre er an Bord eines Schiffes nach Amerika gegangen, die Taschen voller Geld, denn er hatte nicht nur die Möbel gut verkauft, sondern auch die Pächter zur Kasse gebeten. Es war Onkel Albert Sherbrooke gewesen, der den Ganoven zufällig gesehen hatte, und dann hatte Tante Mildred die Initiative ergriffen und einigen jungen Burschen drei Guineen versprochen, wenn sie den Schurken zur Strecke bringen würden.

Bald würden die Möbel wieder im Chadwyck House stehen, und Dubust würde jahrelang im Kerker schmachten. Mrs. Smithers konnte diese guten Nachrichten gar nicht oft genug wiederholen. Nun würde alles wieder gut werden. Auch Ryder konnte sein Glück kaum fassen. Er war dumm und verantwortungslos gewesen, und trotzdem hatte sich alles zum Guten gewendet. Nun konnte er seine Versäumnisse wettmachen. Er schrieb seinem Bruder und berichtete ausführlich über all die aufregenden Ereignisse und über Sophies erste Begegnung mit Melissande, die sich zugegebenermaßen zu einer ganz passablen Frau entwickelte. Sie hatte sich sogar erboten, das Polieren des Silberbestecks – Tonys Hochzeitsgeschenk – zu beaufsichtigen.

Es war Dienstagnachmittag, ein bewölkter, kühler Tag, aber die sanften Hügel boten einen so herrlichen Anblick, daß Sophie wünschte, sie könnte einfach ziellos durch die Gegend reiten. Aber sie mußte nach Lower Slaughter, in die Tuchhandlung. Es gab noch immer so viel zu tun, was sie jedoch nicht störte. Nein, sie genoß die Arbeit sogar. Fröhlich summend dachte sie an Jeremy und hoffte zuversichtlich, daß auch er bald hier leben würde.

Mitten auf der Straße traf sie plötzlich Lord David Lochridge. Sie starrten einander verblüfft an.

»Großer Gott!« rief er. »Du bist es wirklich und wahrhaftig, Sophie Stanton-Greville! Nein, das stimmt ja nicht mehr, denn du hast diesen Sherbrooke geheiratet, nicht wahr?«

Sophie drehte es fast den Magen um, und sie konnte nur stumm nicken.

Lord Davids Augen verengten sich. »Du hast ihn doch geheiratet? Oder bist du nur seine Mätresse?«

»Nein«, brachte sie mühsam hervor.

Er lachte boshaft. »Soll ich dir etwas verraten, meine Liebe? Charles Grammond wohnt ganz in der Nähe von Upper Slaughter. Soviel ich weiß, hat er sein Glück zuerst in den Kolonien versucht, in Virginia, aber er hat sich dort nicht zurechtgefunden und ist deshalb hierhergekommen. Eine Großtante unterstützt ihn jetzt – ihn, seine gräßliche Frau und die vier mißratenen Sprößlinge. Er muß allerdings ganz schön kuschen, damit die Großtante ihn nicht enterbt. Na, ist das nicht eine schöne Überraschung – zwei ehemalige Liebhaber ganz in deiner Nähe?«

»Ich muß weiter«, sagte Sophie, die unwillkürlich die Fäuste geballt hatte.

»Wir sehen uns bestimmt bald wieder, meine Liebe. Schließlich haben wir viel zu besprechen. Ich bin sehr gespannt, was Charles sagen wird, wenn ich ihm die große Neuigkeit berichte. Übrigens bin ich hier am Ort mit einem Mädchen verlobt, das so reich ist, daß ich mindestens zehn Jahre brauchen werde, um ihr Vermögen durchzubringen. O ja, wir müssen uns bald einmal ernsthaft unterhalten. In der Zwischenzeit rate ich dir sehr, den Mund zu halten – andernfalls wirst du es sehr bedauern, du und auch dein Ehemann.«

In diesem Augenblick fielen Sophie die Worte der Jungfräulichen Braut ein, daß alles gutgehen würde, auch wenn sie kämen. Waren damit Charles und David gemeint gewesen? Aber wie könnte diese Geschichte ein gutes Ende nehmen? Es war einfach unmöglich.

Sie hatte vergeblich gehofft, fern von Westindien ein neues vielversprechendes Leben beginnen zu können.

Wie in Trance erledigte sie ihre Einkäufe. Der Tuchhändler schüttelte nur den Kopf, als sie sein Geschäft verließ. Der arme Mr. Sherbrooke hatte offenbar eine geistig behinderte Frau geheiratet. Wirklich ein Jammer!

Wieder zu Hause, zog sich Sophie ins Schlafzimmer zurück, das Ryder und sie von Grund auf verändert hatten. Die Wände waren hellgelb gestrichen, und ein herrlicher cremefarbener und blauer Aubusson-Teppich diente als Blickfang. Sie trat ans spiegelblanke Fenster und starrte auf den frisch gemähten Rasen hinab. Alles war so schön. Der reinste Garten Eden. Dies war ihr Heim. Aber nicht mehr lange. Langsam sank sie auf die Knie, vergrub ihr Gesicht in den Händen und begann zu schluchzen.

Mrs. Chivers, die neu eingestellte Haushälterin, sah sie weinen, sagte kein Wort und suchte statt dessen nach dem Hausherrn. Ryder war fast davon überzeugt, daß Mrs. Chivers sich geirrt haben mußte, aber er eilte trotzdem ins Schlafzimmer und erschrak zutiefst, als er Sophie in Tränen aufgelöst vorfand.

»Sophie«, rief er, »was in aller Welt ist denn nur passiert?«

Sie drehte sich verstört um. O Gott, was sollte sie ihm nur sagen? Daß jetzt alles vorbei war? Daß der gute Ruf der Sherbrookes bald dahin sein würde, und daß sie daran schuld war? Ryder mochte aus Leichtsinn vorübergehend sein Mobiliar verloren haben, sie aber hatte seine ganze Familie ins Unglück gestürzt.

Er kauerte neben ihr nieder, und sie spürte seine Hände auf ihren Oberarmen. Langsam und sehr sanft zog er sie an sich. Ihr Gesicht war aschfahl, ihre Augen waren vom Weinen geschwollen.

Er drückte ihre Wange an seine Schulter. »Nicht mehr weinen, Sophie«, flüsterte er. »Die Ehe hat einen großen Vorteil – man ist nicht mehr allein. Es ist immer ein Mensch da, der dir helfen kann, bei jedem Problem, in jeder Lebenslage. Bitte erzähl mir, was los ist, Liebling.«

Sie schüttelte wortlos den Kopf.

Ryder runzelte die Stirn. Sophie war es gewesen, die ihn seit der Ankunft in dem völlig verwahrlosten Haus aufgerichtet und schließlich sogar in gute Laune versetzt hatte. Sie hatte nicht nur den Dienstboten Anweisungen gegeben und sich um das Essen gekümmert, sondern auch selbst geputzt und Staub gewischt und dabei noch gelächelt. Verdammt, sie war glücklich gewesen, das wußte er genau. Was konnte nur passiert sein?

Sie hörte auf zu weinen, hatte jetzt aber Schluckauf, und die stoßweisen Bewegungen ihrer Brüste an seiner Brust ließen in ihm starke Lustgefühle aufsteigen. Ihre Menstruation war vor einigen Tagen zu Ende gegangen, aber sie war abends immer so todmüde gewesen, daß er sie nur in den Armen gehalten hatte.

Doch jetzt begehrte er sie wahnsinnig.

»Erzähl es mir, Sophie«, wiederholte er.

Sie beugte sich etwas zurück. »Mir tun die Knie weh.«

»Wozu haben wir ein Bett? Komm, setzen wir uns.«

Sie warf einen flüchtigen Blick auf das Bett. Seine Erregung war ihr natürlich nicht entgangen. Sie mochte noch so verstört sein, aber blind war sie nicht. Bilder aus der Vergangenheit überfielen sie plötzlich: Lord David, der sie geküßt und seine Zunge in ihren Mund gezwängt hatte, bevor sie ihn ablenken konnte, der sich stets vor ihr ausgezogen hatte, um ihr stolz seinen nackten Körper vorzuführen, mit seinem großen Penis zu prahlen und im voraus anzukündigen, auf welche Weise er sie nehmen würde.

Und Charles Grammond, dieser Mann mit Bauch in mittlerem Alter, im Grunde kein übler Kerl, der rührend dankbar gewesen war, als sie ihn zu ihrem Liebhaber erkoren hatte. Doch dann hatte er sich verändert, und einmal hatte er sie am hellichten Tag gegen einen Baum gepreßt, und sie hatte mit der Reitpeitsche nach ihm geschlagen, aber er hatte nur gelacht und sein Glied aus der Hose geholt und verlangt, daß sie ihn mit dem Mund befriedigte. O Gott, sie hatte mitgeholfen, ihn zu ruinieren, während sie ihm weismachte, daß er ein wunderbarer Liebhaber sei. Und er hatte überall mit seiner Potenz geprahlt – na ja, schließlich konnte er vier Kinder als Beweis anführen.

Und jetzt waren beide hier, Lord David und Charles! Beide hielten sie für eine Hure, und beide würden sie bestimmt mit wahrer Wonne ruinieren. Sie erinnerte sich lebhaft an die lüsternen Blicke, die beide Männer ihr bei jeder Begegnung zugeworfen hatten, an all die zweideutigen Bemerkungen und selbstzufriedenen Kommentare über die Nächte, die sie mit ihr verbracht zu haben glaubten …

Sie riß sich von Ryder los, sprang auf, raffte ihre Röcke und rannte aus dem Schlafzimmer.

Er starrte ihr nach und ahnte, daß der Anblick seiner Erektion in ihr Erinnerungen an Jamaika wachgerufen hatte, schreckliche Erinnerungen, wie er unschwer an ihrem Mienenspiel ablesen konnte.

Und dabei hatte er so gehofft, daß sie allmählich Vertrauen zu ihm faßte. Zähneknirschend nahm er sich vor, diesen unerträglichen Zustand bald zu beenden.

Tagsüber gab es wie immer so viel zu tun, daß eine Mißstimmung zwischen ihnen nicht aufkommen konnte, nicht einmal beim Abendessen, das sie zu zweit einnahmen. Als Ryder um zehn Uhr abends das Schlafzimmer betrat, lag Sophie noch nicht im Bett, sondern saß mit untergeschlagenen Beinen in einem Ohrensessel am Kamin, ein Buch auf dem Schoß.

»Ich habe mein Tagewerk vollbracht«, sagte er.

Das Buch – Abhandlungen von John Locke – glitt von ihrem Schoß, ohne daß sie Anstalten machte, es aufzuheben.

Er tat es an ihrer Stelle. »Wo zum Teufel hast du das gefunden?«

»Dein Mr. Dubust hat es zurückgelassen.«

»Daraus kann ich ihm keinen Vorwurf machen. Hör dir das nur mal an: ›Latein ist für einen Gentleman meines Erachtens unerläßlich.‹ Eine schreckliche Bemerkung! Mein jüngerer Bruder – Tyson, der zukünftige Kleriker – müßte Latein mittlerweile ganz gut beherrschen. Er sagt, daß die Gemeinde die Worte nicht zu verstehen braucht, daß er den Leuten den Sinn durch seinen Tonfall vermitteln kann, daß Gott vom normalen Kirchenvolk keine tiefen Einsichten, sondern nur ein Gespür für den heiligen Kern erwartet, was auch immer das sein mag. Und er ist davon überzeugt, dieses Gespür fördern zu können.«

»Hat dein Bruder das wirklich gesagt?«

»Er hat es versucht, aber ihm geht meine Beredsamkeit ab.«

»Auch deine Bescheidenheit?«

»Aha, ein bißchen Essig! Ausgezeichnet. Komm jetzt mit mir ins Bett. Ich weiß, daß du vorhin gebadet hast. Diese Ausrede kannst du diesmal also nicht gebrauchen.«

»Ich will nicht, Ryder«, murmelte sie händeringend.

Es war unfaßbar – seine starke Sophie, die in der vergangenen Woche zwanzig Dienstboten angeleitet und bei der Arbeit fröhlich gesummt hatte, rang jetzt die Hände wie ein völlig hilfloses Geschöpf.

»Und du willst mir auch immer noch nicht sagen, warum du heute geweint hast?«

»Nein. Es war wirklich nichts Wichtiges. Ich hatte nur einige Teile des Silberbestecks verloren.«

Ryder schüttelte den Kopf, zog sich aus und kehrte nackt zum Kamin zurück, wo nur noch vereinzelte orangefarbene Funken glommen.

Gegen ihren Willen starrte sie ihn an. Er streckte seine Hand aus. »Komm, Liebling, ich werde alles versuchen, um dir diesmal etwas Lust zu bescheren. Und wenn es mir heute nicht gelingt, dann eben morgen oder übermorgen. Wir haben unzählige Nächte vor uns.«

Sie schüttelte den Kopf, aber er zog sie einfach hoch, nahm sie auf die Arme, trug sie zum Bett, legte sie sanft auf den Rücken und löste den Gürtel ihres Morgenrocks.

Ohne Rücksicht auf ihre Blässe, ihre ängstlichen Augen und ihren steifen Körper zu nehmen, beraubte er sie auch des Nachthemds.

»Nein, deck dich nicht zu.« Sie wandte ihr Gesicht ab und ballte die Fäuste.

»Du bist schön, Sophie, keine Märchenprinzessin wie Melissande, aber nichtsdestotrotz sehr hübsch, wie sogar sie erkannt hat. Ich glaube, ich werde dich behalten. Und jetzt werde ich ... nein, laß es mich dir einfach zeigen.«

Sie sah ihn nun doch wieder an. »Ryder«, sagte sie, »ich weiß, daß du mich nehmen willst. Dazu brauchst du nicht vorher mit mir herumzuspielen. Bringen wir es hinter uns. Ich werde mich nicht wehren, weil ich weiß, daß es sinnlos wäre. Aber ich bin müde und möchte möglichst schnell meine Ruhe haben.«

Er lachte. »Jene gottverdammten Männer! Dich nehmen, wirklich eine großartige Umschreibung für den Liebesakt. Jetzt hör mir mal gut zu, Mrs. Sherbrooke. Du bist meine Frau, und ich möchte mit dir spielen, bis du vor Lust schreist. Ich möchte dir Genuß schenken, ich möchte, daß du lachst und mich küßt und mit mir spielst. Für dich ist das alles noch unvorstellbar, stimmt's? Aber du wirst es bald verstehen.«

Er küßte sie auf den Mund, so zart, als berührten Schmetterlingsflügel ihre Lippen, und allmählich entspannte sie sich.

»Weißt du, wie köstlich du schmeckst?« flüsterte er. »Wie ich es genieße, dich zu küssen?«

»Es ist nicht übel«, gab sie etwas besorgt zu, und im nächsten Moment schob er seine Zunge sanft zwischen ihre Lippen und berührte die ihre.

Sie wurde sofort wieder steif wie ein Brett.

Ryder hatte sich völlig unter Kontrolle. Er konzentrierte sich ausschließlich auf Sophie, auf ihre Reaktionen, ihre Mimik, auf die Farbenspiele ihrer grauen Augen. Sein sehnlichster Wunsch war, ihre schrecklichen Erinnerungen auszulöschen, sie mit seiner eigenen Lebensfreude und Sinnenlust anzustecken.

Um sie abzulenken, plauderte er mit ihr, während er sie liebkoste. Er bewunderte ihre Brüste, die so weiß wie frischer

Schnee seien und so rund, wie ihr Bauch sein würde, sobald sie sein Kind in sich trüge. Er versicherte ihr, daß ihre Hüften breit genug seien, um mühelos Kinder gebären zu können, so viele, wie sie wollte; gleichzeitig streichelte er ihren Unterleib. Als seine Finger das weiche Fleisch zwischen ihren Schenkeln berührten, rollte sie plötzlich zur Seite, und er war so verblüfft, daß es ihr gelang, aus dem Bett zu flüchten und nackt zum Fenster zu laufen, wo sie mit gesenktem Kopf stehenblieb.

Er folgte ihr, legte sanft die Hände auf ihre Schultern und zog sie an sich. »Was ist?«

»Ich komme mir so schmutzig vor!«

Allmächtiger, dachte er, endlich ist der Damm gebrochen. Es wurde auch höchste Zeit. »Endlich hast du mir die Wahrheit gesagt, Sophie. Und jetzt können wir uns damit auseinandersetzen.«

Sie schwieg.

»Meine Finger zwischen deinen Schenkeln – das war nur der Auslöser für solche Empfindungen, stimmt's? Es hat Erinnerungen wachgerufen – hast du vielleicht gesehen, wie einer der Männer das bei Dahlia gemacht hat? Oder hat einer von ihnen dich gegen deinen Willen dort berührt?« Er erhielt keine Antwort. »Also gut, laß es mich dir erklären, Sophie. Du bist anders gebaut als ich. Um wirkliche Lust zu verspüren, mußt du an jener Stelle stimuliert werden, und du brauchst dich dessen weder zu schämen noch dich schmutzig zu fühlen.«

»Das ist es eigentlich auch nicht.«

»Aha«, knurrte er. Seine eigene Begierde war längst verflogen. »Also haben dich doch irgendwelche Männer dort begrapscht? Ist es das? Soll ich weiterhin gegen Erinnerungen ankämpfen, gegen verdammte Gespenster?«

Schöne Gespenster, dachte sie, am ganzen Leibe zitternd.

»Sophie, so rede doch endlich!«

»Es tut mir leid, Ryder.«

Ihm riß der Geduldsfaden, und er schüttelte sie. »Verdammt, Weib, hör auf zu blöken wie ein Schaf! Du warst ein Satansbraten, als ich dich kennenlernte, und jetzt entwickelst du dich zu einem Jammerlappen. Hör auf damit!«

»Ganz wie du willst!« Sie riß sich los, schaute sich hektisch im Zimmer nach etwas um, womit sie zuschlagen könnte, sah nichts Passendes und raste hinaus.

»Du bist nackt!«

»Ach, hol dich der Teufel!«

Er wollte gerade in seinen Morgenrock schlüpfen, als sie zurückgerannt kam, einen Besen in der Hand. Sie ging auf ihn los wie ein Ritter, der sich im Turnier auf einen Gegner stürzt, und er hielt sich den Bauch vor Lachen, bis sie ihn am Kopf traf. Laut fluchend schlug sie immer wieder zu.

Die scharfen Borsten waren so unangenehm, daß er den Besenstiel packte, um ihr Einhalt zu gebieten, aber Wut und Entschlossenheit verliehen ihr ungeahnte Kräfte, und es kostete ihn einige Mühe, ihr die Waffe zu entwinden, ohne ihr weh zu tun.

Er warf den Besen beiseite, riß Sophie an sich und küßte sie leidenschaftlich, die Hände auf ihrem Gesäß. Sie strampelte und versuchte ihn zu beißen.

»Mein Gott, bin ich froh, den Satansbraten wiederzuhaben!« rief er, küßte sie wieder, warf sie über die Schulter und trug sie zum Bett.

»Du kommst dir also schmutzig vor? Nun, mein teures Weib, dann wollen wir doch mal sehen, wie du dich fühlen wirst, wenn ich mit dir fertig bin.«

19

Vor Anstrengung keuchend, leistete sie erbitterten Widerstand, schlug wild um sich, trat nach ihm und warf ihm alle Schimpfwörter an den Kopf, die sie je auf Jamaika gehört hatte.

Er lachte nur und hielt sie fest.

Als er ihren Bauch küßte, riß sie so heftig an seinen Haaren, daß er seufzend das Kissen aus einem Bezug herauszog und mit diesem Bezug ihre Hände an einen Bettpfosten fesselte.

Daß sie ihn mit den Beinen weiterbearbeitete, störte ihn nicht. Er machte sich wieder ans Werk, küßte ihren weißen Bauch und ließ seine Zunge in ihren Nabel gleiten, während seine Hände die Innenseite ihrer Schenkel streichelten. Dann hob er plötzlich ihre Hüften an und saugte sich an ihrer Scham fest, ohne sich um ihr lautes Jammern zu kümmern. Behutsam führte er seinen Mittelfinger in sie ein und stellte erfreut fest, daß sie feucht war. Aber immer noch so eng. Nun, das würde nichts ausmachen, sobald sie Lust verspürte.

Und sie öffnete sich ihm gegen ihren Willen, wehrlos den seltsamen Empfindungen in ihrem Unterleib ausgeliefert, und obwohl sie ihn nach wie vor laut beschimpfte, wölbte sie sich ihm entgegen. Sein Finger bewegte sich tief in ihr, und sein Mund trieb sie fast zur Raserei.

Sie wußte, daß etwas dicht bevorstand, sie sehnte es herbei, doch gleichzeitig wollte sie Ryder für das, was er ihr antat, verfluchen. Und dann stöhnte sie und bäumte sich wild auf.

Ryder hob sekundenlang den Kopf. »Na, kommst du dir noch immer schmutzig vor, Sophie?«

»Du Bastard, du verdammter Lustmolch, du...« Aber er lachte sie nur aus. »Gleich wird dir ein Licht aufgehen, Liebling. Fluch ruhig weiter – um so mehr werde ich mich über deinen Lustschrei freuen.«

Sie weinte jetzt, und er wußte, daß sie nicht verstand, was mit ihr vorging, und mit einem kräftigen Stoß seines Fingers löste er ihren Orgasmus aus. Ihre Beine versteiften sich, und ihr Körper wurde von heftigen Kontraktionen geschüttelt.

Er ließ den Höhepunkt andauern, bis sie aufhörte, sich dagegen zu sträuben, bis sie ihr Ausgeliefertsein akzeptierte. Dann spreizte er ihre Schenkel und drang in sie ein.

Ihre unwillkürlichen Muskelzuckungen genügten vollauf, um ihn selbst augenblicklich zum Orgasmus zu bringen, aber sein Lustschrei war zugleich Ausdruck eines ungeheuren Glücksgefühls, weil es ihm endlich gelungen war, ihr höchsten Genuß zu bereiten.

Ihr Atem ging schnell, und sie war verschwitzt. Immer noch mit ihr verschmolzen, legte er eine Hand auf ihr Herz, küßte ihren Mund und betrachtete sie, bis sie endlich die Augen öffnete.

Ungläubiges Staunen spiegelte sich darin.

Er küßte sie wieder, und sie hatte ihren eigenen Geschmack auf der Zunge, und sie konnte einfach nicht begreifen, was geschehen war, wie es möglich gewesen war, daß ihr Körper in wilder Lust explodierte, obwohl sie Ryder beschimpfte und haßte und am liebsten umgebracht hätte. Und er hatte sie beobachtet und genau gewußt, was sie fühlte; er hatte ihr und sich selbst demonstriert, welche Macht er über sie hatte.

Auf die Ellbogen gestützt, sagte er: »Dein Herzklopfen läßt allmählich nach.«

Sie starrte beharrlich sein Kinn an, während sie darauf wartete, daß er sie verhöhnen würde. Zweifellos würde er ihr jetzt seinen Triumph unter die Nase reiben und sich als Herr und Meister aufspielen.

Er strich ihr sanft die feuchten Haare aus der Stirn und murmelte leise, mit rauher Stimme: »Ich liebe dich, Sophie Sherbrooke. Ich habe nie geglaubt, daß es die Liebe gibt, aber offenbar habe ich nur mich geliebt. Ich liebe dich, und ich werde dich lieben, so lange ich lebe, und sogar noch, wenn ich durch die Ewigkeit schwebe. Und ich werde dich weiterhin zur Lust zwingen, bis du meine Liebe akzeptierst und mich nicht nur in deinen Körper, sondern auch in dein Herz aufnimmst.«

Er machte plötzlich ein bestürztes Gesicht. Sie fühlte, daß er tief in ihr wieder hart geworden war, und ihr Körper reagierte sofort darauf, so sehr sie sich auch dagegen sträubte.

Anstatt zu lachen und zu spotten, warf er mit geschlossenen Augen den Kopf zurück und stöhnte: »Du kannst dir ja gar nicht vorstellen, wie du dich für mich anfühlst! Komm wieder mit, Sophie, ja? Laß dich einfach gehen, vergiß die Vergangenheit und die verdammten Gespenster, denk nur an mich, denk nur an das, was meine Finger machen werden ...«

Sie wollte sich nicht wieder fallenlassen, aber ihr schien keine andere Wahl zu bleiben. Als er ihr sagte, sie solle ihre Beine um seine Hüften schlingen, tat sie es bereitwillig, um ihn so tief wie möglich in sich aufnehmen zu können, und er stöhnte, und dann wurde sie wieder von jenen barbarischen Gefühlen überwältigt, von einer fast schmerzhaften Lust, die alles andere auslöschte. Seine Hand streichelte sie, und dann preßte er seine Lippen auf die ihren, und seine Zunge drang tief in ihren Mund ein. Sie stöhnte vor Wonne und warf sich hin und her, und er ermutigte sie und leitete sie an, und dann stieß er besonders kraftvoll zu, und sie bäumte sich schreiend auf.

Ryder erlebte zusammen mit ihr den Höhepunkt, und dann küßte er ihre Nase, ihre Wangen, Brauen und Ohren und sagte ihr immer wieder, daß er sie liebe.

»Bin ich dir zu schwer?«

Das war er nicht, aber ihre Handgelenke schmerzten, weil sie in ihrer wilden Leidenschaft an den Fesseln gezerrt hatte.

»Könntest du meine Hände losbinden?« Er küßte sie erst noch einmal. »Ich kann gar nicht genug von dir bekommen«, grinste er.

»Es macht mir nichts aus, dich zu küssen«, sagte sie, während er ihre Fesseln löste, mit gerunzelter Stirn die geröteten Handgelenke betrachtete und sie sanft massierte. »Ich wollte den Knoten nicht so fest anziehen. Es tut mir leid.«

Ohne ihn anzusehen, murmelte sie: »Daran lag es nicht.«

»Woran dann?«

Sie blickte ihm nun doch in die Augen. »An diesen... diesen Gefühlen, dieser Unbeherrschtheit. Ich war animalisch.«

»Aha, weitere Selbstvorwürfe auf der Grundlage deiner wundervollen objektiven Erfahrungen? Ich gebe es nur ungern zu, Sophie, aber wir sind beide animalisch, wir sind verdammt sinnlich, und das ist herrlich, und mein sehnlichster Wunsch ist, daß du dich jede Nacht in ein wildes Raubtier verwandelst. Vielleicht auch jeden Morgen. Ah, und da wäre auch noch die Stunde nach dem Mittagessen, wenn du nur ein klein bißchen müde bist und...«

Sie lachte.

Ryder war so überrascht, daß er sie mit offenem Mund anstarrte, bevor er sie wieder küßte.

Sie erwiderte seine Küsse, war aber so matt, daß sie bezweifelte, ob sie aufstehen könnte, wenn Mrs. Chivers plötzlich »Feuer!« schreien würde. Es war eine bisher unbekannte wohlige Müdigkeit, und sie wußte nicht so recht, was sie davon halten sollte.

»Liebst du mich wirklich?«

»Ja.«

»Hast du es nicht nur gesagt, weil deine Lust... na ja, du weißt schon, was ich meine.«

»Ja, ich weiß, was du meinst. Aber jetzt bin ich nicht geil. Du hast mich zweimal erschöpft, und ich bin schlapp und ausgelaugt. Trotzdem liebe ich dich.«

»Das hast du bisher nie gesagt.« Die Stimmung zwischen ihnen hatte sich auf seltsame Weise gewandelt.

»Ich hatte es selbst noch nicht erkannt. Aber in letzter Zeit hat sich so viel verändert...«

»Du bist Herr im Haus.«

Er verstand genau, was sie damit sagen wollte. »Ja, und weißt du was? Es ist ein großartiges Gefühl. In Northcliffe Hall hatte ich nie das Gefühl, gebraucht zu werden. Die ganze Verantwortung lag bei Douglas, dem Grafen. Aber Chadwyck House gehört mir, Sophie, es gehört uns, und hier werden unsere Kinder aufwachsen, und es wird auch ihr Zuhause sein. Vielleicht könnte ich mittwochs und freitags sogar in einen Kittel schlüpfen und mich als Bauer betätigen. Was hältst du davon?«

»Du würdest in Kittel und Nagelschuhen bestimmt fabelhaft aussehen.«

Er beugte sich über sie. »Mein Gott, wie ich es genieße, dich zu küssen!«

Sag es ihm, dachte sie, erzähl ihm alles, aber sie befürchtete, daß er Lord David und Charles Grammond aufsuchen und bedrohen oder gar umbringen könnte. Jedenfalls gäbe es einen schrecklichen Skandal, und das durfte sie ihm nicht antun, weder ihm noch den anderen Sherbrookes.

Sie erwiderte seinen Kuß mit besonderer Leidenschaft, um ihren Jammer wenigstens für kurze Zeit zu vergessen, und das gelang ihr auch. Er liebkoste sie und nahm sie noch einmal, und als sie in Ekstase aufschrie, konnte er sein Glück kaum fassen. Nachts träumte er von seinen Kindern und wußte sogar im Traum, daß er Sophie jetzt bald von ihnen erzählen mußte. Er hoffte von ganzem Herzen, daß sie ihn verstehen würde.

Am nächsten Morgen konnte er ihr aber nichts erzählen, denn als er das Haus verließ, schlief sie noch fest, erschöpft von den nächtlichen Exzessen.

Er hielt sich am folgenden Nachmittag mit drei Pächtern

auf dem Nordfeld auf, als vor dem Herrenhaus eine Kutsche hielt. Der Graf, Alex, Jeremy und Sinjun stiegen aus.

Douglas griff nach der Hand seiner Frau und betrachtete staunend Haus und Hof.

»Ihr habt ja Erstaunliches geleistet«, sagte er zu Sophie, die in einem der von Mrs. Plack angefertigten Kleider kaum Ähnlichkeit mit dem ärmlichen, eingeschüchterten Mädchen hatte, das an die Tür von Northcliffe Hall geklopft hatte. Ihr Haar war allerdings etwas in Unordnung geraten, denn sie hatte einen Kronleuchter poliert, als die Kutsche vorgefahren war.

Sie breitete ihre Arme aus, und Jeremy hinkte auf sie zu und umarmte sie, während er munter drauflosplapperte, so schnell er konnte. »Hier ist es wunderschön, Sophie. O Gott, ich habe dich so vermißt. Schau dir nun mal die Ställe an, Sinjun, da ist bestimmt Platz genug für George und ...«

»Wer ist denn George?«

»Mein Pony. Es ist ein rassiger Berber, rabenschwarz mit zwei weißen Söckchen, und schnell wie der Wind, Sophie.

»Hat es seinen Namen von George dem Zweiten oder von dem verrückten dritten George?«

Douglas lachte. »Nein, dieser George ist ein Händler in Hadleigh, der Jeremys Pony unglaublich ähnlich sieht.«

»Ihr habt ein wahres Wunder vollbracht«, sagte Alex. »Wir waren ganz entsetzt, als wir erfahren haben, was dieser verfluchte Dubust angerichtet hat.«

»Die Möbel müßten in den nächsten Tagen wieder hier sein. Du lieber Himmel, im Moment haben wir unten nur drei Stühle und einen Tisch.«

»Das genügt vollkommen«, beruhigte sie der Graf. »Wo steckt denn Ryder?«

»Bei irgendwelchen Pächtern.«

Douglas starrte sie an. »Bei Pächtern?« wiederholte er ungläubig. »Was macht er denn da?«

»Ich glaube, sie sprechen über Fruchtwechsel. Dubust war

offenbar nicht nur ein Dieb, sondern auch in anderer Hinsicht ein Schuft. Er hat den Bauern keine neuen Ackergeräte genehmigt und außerdem verhindert, daß Felder brachliegen, was ja gelegentlich notwendig ist, wie du weißt.«

»Ja«, sagte Douglas bedächtig, »ich weiß. Und Ryder kümmert sich darum?«

»Es macht ihm sogar viel Freude.«

»Können Jeremy und ich Ryder suchen gehen?« fragte Sinjun ihren Bruder. »Es ist schon spät, Douglas, und eigentlich müßte er mit den Besprechungen bald fertig sein. Bitte!«

»Mach, daß du wegkommst, Göre!«

»Nehmt den Pfad dort drüben, neben den Ställen«, rief Sophie ihnen nach.

Eine Stunde später betraten Ryder, Jeremy und Sinjun den Salon, in dem es nur drei Stühle gab. Ryder ging zu seiner Frau hinüber und küßte sie. »Schau mal, wer mich gefunden hat. Leider hatte ich weder meine Nagelschuhe noch den Bauernkittel an.«

Er lächelte ihr zu und strich ihr zärtlich über die Wange. »Nein, Douglas, sag bitte nichts. Manche Dinge ändern sich eben. Aber um mir den nötigen Respekt zu zollen, solltest du mich in Zukunft Master Ryder oder Farmer Ryder nennen. Ich glaube fast, daß ich einen neuen Pflug entwerfen werde, einen ganz exquisiten, und anfertigen soll ihn dann ein Handwerker, der mindestens so berühmt ist wie Hoby oder Weston. Was hältst du davon?«

»Ich glaube, daß du verrückt bist, Ryder, total verrückt und sehr glücklich.«

»Und wie findest du unser Haus?«

»Ihr habt es in sehr kurzer Zeit in ein gemütliches Heim verwandelt.«

»Na ja, Sophie hat eigentlich nur sehr wenig dazu beigetragen, wenn ich ganz ehrlich sein soll. Aber ich will nicht, daß sie sich völlig unnütz vorkommt.«

Sophie stürzte sich in gespielter Empörung auf ihn, und er

zog sie lachend und mit funkelnden Augen an sich und wirbelte sie im Kreis herum.

Der Graf tauschte schmunzelnd einen Blick mit seiner Frau.

Es störte den Grafen und die Gräfin nicht im geringsten, daß sie in einem Gästezimmer auf einem Stapel Decken schlafen mußten. Ryder vermutete sogar – und immerhin war er in solchen Dingen ein Experte –, daß sie die Abwechslung ganz reizvoll fanden. Sein Bruder war ein einfallsreicher Mann.

Douglas und Alex blieben nur anderthalb Tage, weil sie dem Herzogspaar von Portsmouth einen Besuch abstatten mußten. Sinjun und Jeremy planten hingegen einen langen Aufenthalt. Wie Sinjun kichernd verkündete, wollte sie Ryder unbedingt im Bauernkittel sehen.

Eine knappe Stunde nach der Abreise des Grafen und der Gräfin suchte Sinjun ihren zweiten Bruder, der gerade damit beschäftigt war, seine Frau leidenschaftlich zu küssen. Sie räusperte sich kräftig. Ryder schaute stirnrunzelnd auf. »Verschwinde, Sinjun! Du bist erst fünfzehn und darfst solche Liebesszenen überhaupt noch nicht sehen.«

»Ha«, erwiderte Sinjun keck, »du müßtest nur mal Douglas und Alex sehen, wenn sie sich unbeobachtet glauben. Sie führen sich unmöglich auf, und Alex wirft dabei immer den Kopf zurück und stößt so komische Laute aus und …«

»Halt den Mund, Göre! Und wenn du keine sehr einleuchtende Erklärung für diese Störung hast, werde ich dir den Hintern versohlen.«

»Ich muß mit dir reden, Ryder. Unter vier Augen.«

Das war eine ungewöhnlich ernsthafte Sinjun, und Sophie löste sich aus den Armen ihres Mannes und ließ die Geschwister allein.

Ryder lehnte sich mit verschränkten Armen an den Kaminsims.

»Ich bin zu spät dran.«

»Wofür?«

Zu Ryders großer Verwunderung bekam Sinjun einen hochroten Kopf und rang die Hände. »Sie sind fast hier. Ich bin so schnell, wie ich nur konnte, zurückgeritten, um dich zu warnen. Oh, Ryder, es tut mir leid, aber ich konnte nichts anderes machen. Ich weiß natürlich, daß Douglas und die übrige Familie nicht wissen sollen, wie großartig du eigentlich bist, aber ...«

Ryder hatte ein komisches Gefühl in der Magengrube. »Wovon redest du eigentlich?«

»Die Kinder müßten in höchstens zwei Minuten hier sein.«

»Dann hast du genau zwei Minuten Zeit für eine Erklärung.«

»Ich habe Jeremy zu Jane und den Kindern nach Hadleigh mitgenommen. Du kannst mir später dafür den Hintern versohlen, Ryder, aber er hat sich dort sofort pudelwohl gefühlt und mit Oliver Freundschaft geschlossen. O Gott, mir bleibt nur noch eine Minute. Jane ist an Masern erkrankt. Sie hat mich sofort benachrichtigt, daß die Kinder wegen der Ansteckungsgefahr wegmüßten; und dann hat Laura, eine ihrer Assistentinnen, mir auch eine Nachricht zukommen lassen. Sie wußte nicht, was sie tun sollte. Na ja, und da habe ich ihr und Jane geraten, alle Kinder hierher ins Chadwyck House zu schicken. Was hätte ich sonst tun sollen? Douglas einweihen?«

Ryder starrte vor sich hin. »Nun, damit löst sich ein Problem ganz von allein. Höre ich da Wagenräder? Scheint fast so. Wer hat das alles bezahlt, Sinjun.«

»Ich. Meine ganzen Ersparnisse sind dabei draufgegangen, aber ich wollte nicht, daß die Kinder mit Postkutschen reisen, und deshalb habe ich vier Kutschen gemietet, eine davon für das ganze Gepäck, und es ist mir auch gelungen, vier Zimmer im Goldenen Calf Inn in Reading zu reservieren, wo sie übernachten konnten.«

Ryder tätschelte seiner Schwester grinsend die Wange. »Das hast du gut gemacht. Komm, begrüßen wir meine Kleinen. Großer Gott, hoffentlich hat keines der Kinder Masern bekommen. Eine gräßliche Krankheit.«

»Was ist mit Sophie?«

»Sophie ist nicht dumm«, sagte er, aber Sinjun, die ihren Bruder sehr gut kannte, hörte seiner Stimme an, daß er sich nicht ganz wohl in seiner Haut fühlte.

Als die beiden Geschwister aus dem Haus traten, waren Sophie und Jeremy den Kindern schon beim Aussteigen behilflich. Sie waren nur in Begleitung der sichtlich erschöpften Laura Bracken, denn die beiden anderen Helferinnen hatten sich bei Jane angesteckt. Glücklicherweise waren aber alle Kinder wohlauf.

Jaime erspähte Ryder als erster und rannte mit einem Freudenschrei auf ihn zu. Ryder wirbelte den Jungen in der Luft herum, bevor er ihn an seine Brust drückte. Im nächsten Moment war er von Kindern umringt, die einen Höllenlärm veranstalteten.

Sophie betrachtete das kleine Mädchen, das mit dem Daumen im Mund abseits stand. Seltsamerweise störte es sie nicht, daß sie keine Ahnung hatte, was hier eigentlich vorging. Sie wartete einfach ab. Daß Ryder ihren Blick zu meiden schien, lag vielleicht einfach daran, daß die Kinder wie Kletten an seinen Armen und Beinen hingen.

Sinjun packte die Schwägerin am Arm. »Ich schwöre dir, Sophie, es ist nicht das, was du jetzt vielleicht glaubst.«

»Keine Angst«, schmunzelte Sophie. »Der Junge dort drüben muß elf oder zwölf sein, und einen so großen Sohn kann Ryder unmöglich haben. Nein, ich lerne allmählich, daß bei ihm der Schein oft trügt.«

»Es sind seine Kinder, seine Lieblinge«, erklärte Sinjun geradezu verzweifelt, »aber er ist nicht ihr richtiger Vater. Weißt du, er hat sie alle nach und nach gerettet. Er liebt Kinder, und er kann es nicht ertragen, wenn jemand grausam zu ihnen ist, und...«

Zwei Kinder auf den Armen und vier weitere im Schlepptau, kam Ryder freudestrahlend auf sie zu, aber er schaute stur über Sophies linke Schulter hinweg, während er sagte: »Das sind meine Kinder.« Er stellte sie ihr einzeln vor, und sie unterhielt sich lächelnd mit ihnen.

Gleichzeitig registrierte sie verwundert, daß Ryder verlegen war.

Ein zärtliches Lächeln breitete sich auf seinem Gesicht aus, als er das kleine Mädchen betrachtete, das immer noch still abseits stand.

»So, ihr Wilden, ich möchte, daß ihr jetzt mit Jeremy und Sinjun in die Küche geht. Wir haben noch keine Möbel, aber ihr könnt auf dem Fußboden sitzen, und Mrs. Chivers und die Köchin werden euch mit Limonade und Kuchen verwöhnen. Lauft jetzt! Später erzähle ich euch von meinen Abenteuern und erkläre euch, warum wir keine Betten für euch haben.«

»Und ich erzähle euch neue Geschichten über die Jungfräuliche Braut«, versprach Sinjun. »Wer weiß, vielleicht ist sie Ryder und Sophie hierher gefolgt.«

Amy quiekte vor Aufregung.

Ryder nahm Sophie bei der Hand und führte sie zu dem kleinen Mädchen. Sie beobachtete fasziniert, wie er in die Hocke sing und seine Arme ausbreitete. Die Kleine schlang ihre Ärmchen um seinen Hals, und er küßte sie auf die Lokken und streichelte ihren Rücken. »Ah, Jenny«, murmelte er, »ich habe dich so vermißt, Schätzlein. Möchtest du jetzt vielleicht Sophie kennenlernen? Sie ist nicht so hübsch wie du, aber sie ist nett und bringt mich zum Lächeln. Vielleicht wird ihr das auch bei dir gelingen.«

Er schaute zu seiner Frau auf, und sie wußte, daß dies seine leibliche Tochter war. Seiner fast verzweifelten Miene war anzusehen, daß er befürchtete, sie könnte das kleine Mädchen anfahren.

»Du solltest ein wenig Vertrauen zu mir haben«, sagte sie, während sie neben ihr niederkauerte und der Kleinen, die sich an die Brust ihres Vaters schmiegte, die Hand hinstreckte. »Hallo, Jenny, was für ein schönes Kleid du anhast! Es ist viel schöner als meines. Ich freue mich sehr, daß du hier bist. Dein Vater hat dich sehr vermißt. Wie alt bist du denn?«

Ryder hob ihre rechte Hand hoch, bog den Daumen nach unten und zählte langsam: »Eins.«

»Eins«, wiederholte Jenny.

Er bog ihren Zeigefinger nach unten. »Zwei.«

Ihren kleinen Finger winkelte er nur zur Hälfte ab. »Jetzt haben wir's. Ich bin viereinhalb Jahre alt.«

»Ja, Papa.«

Sein Gesicht strahlte vor Stolz und Liebe. Ein ganz neuer Ryder, oder nein, nur eine neue Facette seines Wesens. »Ein so großes Mädchen bist du also schon«, sagte sie sanft. »Und was für ein herrliches Medaillon du hast. Darf ich es sehen?«

Jenny streckte langsam ihr Händchen aus und berührte mit den Fingerspitzen zögernd Sophies Hand, bevor sie ihr das Medaillon hinhielt. Sophie öffnete es. »Ah, was für schöne Bilder! Du und deine Mama, stimmt's? Du bist genauso hübsch wie sie, aber du hast die blauen Augen deines Vaters.«

»Papa«, rief Jenny und warf ihre Arme wieder um seinen Hals.

»Das ist ihr neuestes Wort«, erklärte Ryder selig.

»Komm, Schätzlein, ich trage dich jetzt ins Haus. Du möchtest doch bestimmt eine Limonade.«

In der Küche herrschte ein Tohuwabohu. Mrs. Chivers kam sich wie im Irrenhaus vor, aber zum Glück lächelte sie trotzdem.

Die Köchin, eine Mrs. Bedlock, plünderte ihre gesamte Speisekammer, und Sinjun sorgte dafür, daß schließlich jedes Kind mit einem vollen Teller auf dem Boden saß.

Mrs. Chivers betrachtete die Kinderschar. »Wir werden bald nichts mehr zu essen haben«, kommentierte sie. »Ich habe selbst drei Enkel, die immer wie die Scheunendrescher futtern.«

»Dann ist es wohl am besten, wenn Mrs. Bedlock nach Lower Slaughter fährt und den Ort leerkauft«, sagte Sophie.

Ryder warf ihr einen flüchtigen Blick zu, ohne ihr jedoch in die Augen zu schauen, und sie hätte schwören können, daß er errötete.

In den nächsten Stunden gelang es ihm, ihr aus dem Weg zu gehen. Das war nicht weiter schwer, denn jedes der Kinder beanspruchte seine Aufmerksamkeit. Er zeigte ihnen den Ostflügel und erzählte ihnen von Dubusts Schandtaten, wobei er den Mann als einen furchterregenden Bösewicht darstellte, der nun aber für seine Verbrechen büßen mußte, weil es Ryders Tante Mildred gelungen war, ihn zur Strecke zu bringen.

Sophie wartete geduldig auf eine Möglichkeit zur Aussprache und stellte ihn schließlich, als er versuchte, sich unbemerkt aus dem Haus zu schleichen. »O nein, Ryder Sherbrooke, hiergeblieben! Ich möchte mit dir reden, und zwar sofort. Andernfalls muß ich leider andere Töne anschlagen.«

Er fühlte sich in seinem männlichen Stolz verletzt. »Und welche?« knurrte er. »Willst du mich vielleicht fesseln und vergewaltigen?«

Sie grinste. »Komm, wir machen einen kleinen Spaziergang.«

Sie schlenderten nebeneinander durch den Obstgarten hinter dem Haus, wo sie zum Glück völlig ungestört waren, weil Sinjun die Kinder beschäftigte. Ryder schwieg. Sophie summte vor sich hin.

Plötzlich lachte sie laut. »Du bist verlegen! Anfangs konnte ich es kaum glauben, aber du warst wirklich und wahrhaftig verlegen. Du konntest mir nicht in die Augen schauen. War es ein so schwerer Schlag für deine Männlichkeit, daß ich keine Sekunde geglaubt habe, du wärest der Vater all dieser Kinder?«

»Hol dich der Teufel, Sophie!«

»Ich wollte dich doch nur provozieren, damit du endlich

dein verdammtes Schweigen brichst. Du warst und bist verlegen, weil niemand wissen durfte, daß du kein verantwortungsloser Wüstling bist. Du genießt deinen Ruf eines Weiberhelden, und nun ist dieser Ruf gründlich ruiniert.«

»Woher willst du das so genau wissen? Hat Sinjun etwa geplaudert?«

»Ja. Im ersten Moment vor lauter Angst, daß ich dich einfach über den Haufen schießen könnte. Und später habe ich sie mir geschnappt und ihr die ganze Wahrheit entlockt – was blieb mir anderes übrig, nachdem du mir stundenlang aus dem Weg gegangen bist. Sinjun hatte gehofft, daß du mich schon eingeweiht hättest, aber sie sagte, du würdest ein großes Geheimnis aus deinen Lieblingen machen. Die Kinder gingen deine Familie nichts an, hättest du ihr immer erklärt. Es sei *dein* Geld, und du könntest damit machen, was immer du wolltest. Sinjun meint, daß Onkel Brandon sich wahrscheinlich im Grabe umdreht, weil du so menschenfreundlich bist, daß er dadurch aber vielleicht nicht ganz so lange in der Hölle schmoren muß.«

»Die Göre scheint ja wirklich alles ausgespuckt zu haben. Verdammt, das Miststück hat dich wahrscheinlich sogar über die vierteljährlichen Bastard-Treffen informiert!«

Sophie sah ihn verständnislos an.

»Dann vergiß es. Es ist wirklich ein Wunder, daß sie wenigstens in dieser Hinsicht die Schnauze gehalten hat.«

»O nein, so leicht kommst du mir nicht davon! Was ist ein Bastard-Treffen? Das will ich jetzt sofort wissen.«

Ryder fluchte, aber sie lachte nur. »Das wird dir auch nichts nützen. Nun sag schon – was ist ein Bastard-Treffen?«

»In Gottes Namen, du Quälgeist – Douglas und ich haben ordnungshalber einmal im Vierteljahr unsere Bastarde gezählt, um ja keinen zu vergessen. Er glaubt, daß ich der Vater all der Kinder bin.«

»Dann wird er ganz schön staunen, wenn er die Wahrheit erfährt.«

»Die erfährt er nicht«, erwiderte Ryder scharf. »Es geht ihn überhaupt nichts an.«

»Du bist so gut und edel, daß ich fast zu Tränen gerührt bin«, hänselte sie ihn.

Anstatt erleichtert zu sein, daß sie die Situation so gelassen akzeptiert hatte, ärgerte er sich unerklärlicherweise darüber. »Verdammt, Sophie, ein Kostverächter bin ich deshalb noch lange nicht! Ich habe fünf Frauen – fünf! – den Laufpaß geben müssen und sogar eine Liste mit Ehekandidaten für sie zusammengestellt. Die drei, die heiraten wollen, erhalten von mir eine Aussteuer, und die beiden anderen, die ihr Glück in London versuchen wollen, gehen auch nicht leer aus. Ich bin als Liebhaber sehr begehrt, und sie sind alle todunglücklich, daß ich sie jetzt nicht mehr beglücken kann.«

Sie lachte wieder. »Weißt du, Ryder, du bist einfach köstlich! Mit deinen Mätressen prahlst du, und über die Kinder verlierst du kein Wort. Übrigens käme ich nie auf die Idee, daß ein Mann wie du mit einer Frau ins Bett geht, ohne Vorsichtsmaßnahmen zu treffen. Es wundert mich, daß dein Bruder dich so schlecht kennt.«

»Daraus darfst du Douglas keinen Vorwurf machen. Er ist erst vor einem Jahr aus der Armee entlassen worden, und weil ich weit und breit als Weiberheld bekannt bin, hat er mir aufs Wort geglaubt, daß ich meine Lust nicht zügeln kann und deshalb ein Kind nach dem anderen in die Welt setze. Er selbst hat übrigens eine kleine Tochter in Jennys Alter.«

»Nun, wenn er und Alex auf dem Rückweg von Portsmouth das Haus voller Kinder vorfinden, wird Douglas wohl zwangsläufig seine Meinung über dich revidieren müssen.«

Ryder fluchte. »Daß Jane aber auch diese verdammten Masern bekommen mußte!«

»Ein Glück, daß Chadwyck House so groß ist. Wir können alle mühelos im Ostflügel unterbringen. Ich habe mich schon um die Zimmer gekümmert – während du mich gemieden hast. Glaubst du, daß es Jane gefallen würde, hier zu wohnen?«

»Ich weiß nicht so recht. Jane liebt nun einmal ihre Unabhängigkeit.«

»Na ja, wir werden sehen. Bestimmt wird ihr und mir irgendeine Lösung einfallen.«

Er runzelte die Stirn und bekam schmale Lippen. Sophie beobachtete fasziniert, wie er nach einem Kieselstein trat. »Weißt du, als meine Ehefrau könntest du wirklich etwas Eifersucht an den Tag legen. Dein salbungsvolles Verständnis geht mir gegen den Strich. Verständnis ist schön und gut, aber in diesem Falle nicht angebracht. Verdammt, hör auf, so unerträglich tolerant zu sein!«

»Mit einem Besen habe ich dich schon attackiert, und leider fehlt mir die Kraft, um einen dieser Apfelbäume auszureißen und dir damit den Schädel einzuschlagen. Wenn du aber unbedingt auf einer Strafe bestehst – nun, das kannst du gern haben.«

Sie warf sich auf ihn und brachte ihn aus dem Gleichgewicht, indem sie ihren Fuß um seine Wade schlang. Er fiel zu Boden und riß sie mit sich. Auf ihm liegend, packte sie ihn bei den Haaren, damit er stillhalten mußte, und bedeckte sein Gesicht mit Küssen, vom Haaransatz bis zum Kinn und zu den Ohrläppchen.

»Du bist ein süßer Schatz«, flüsterte sie zwischen zwei Küssen. Als sie ihren Unterleib an den seinen preßte, stöhnte er auf. Sie hob den Kopf, betrachtete einen Apfelbaum und fragte scheinbar unbeteiligt: »Du meine Güte, glaubst du, daß wir überhaupt genug Bettzeug für alle Kinder haben?«

»Ich werde dich fürchterlich verprügeln!«

»Hoffentlich hast du deinen Mätressen nicht so viel Geld gegeben, daß wir jetzt keines mehr haben, um die vielen kleinen Mäuler stopfen zu können. Großer Gott, oder hast du dich etwa in Schulden gestürzt, um die Schneiderin bezahlen zu können? Drei Reitkostüme, Ryder – drei! Einen großzügigeren, freigebigeren Mann als dich kann es auf der ganzen Welt nicht geben, oder zumindest nicht in den ganzen Cotswolds.«

Er schlang seine Arme um sie, rollte sie auf den Rücken und drückte sie zu Boden. »Jetzt hör mir mal gut zu, du verdammter Stachel in meinem Fleisch. Nur weil du mich plötzlich nicht mehr für einen Schuft hältst, werde ich süßer Küsse für würdig befunden, aber darauf pfeife ich! Als ob ich nicht wüßte, daß die Hälfte von allem, was du sagst, der reinste Sarkasmus ist. Du glaubst doch selbst nicht, daß ich der gütige Menschenfreund und Heilige bin, als den du mich auf einmal hinstellst. Verdammt, das ist ja zum Kotzen! Ich bin kein netter Mensch, kein wertvoller Charakter, also laß gefälligst diese Küsserei und deine unverschämten Bemerkungen.«

»Wie du willst.« Sie schlang ihre Arme um seinen Hals. »Du bist ganz der alte Ryder – ein gewissenloser Schuft, ein Schwachkopf, der nur an sein persönliches Vergnügen denkt, ein …«

»Verflucht, so übel bin ich nun auch wieder nicht. Und jetzt hüte endlich deine freche Zunge, die ich Vollidiot leider selbst auf den Plan gerufen habe. Wie konnte ich dich nur bitten, wieder ein Satansbraten zu sein? Du hast jetzt lange genug die Oberhand gehabt. Höchste Zeit, daß ich die Zügel wieder an mich nehme, damit du stöhnst, anstatt dummes Zeug zu quatschen.«

»Aber, Ryder, du kannst doch nicht leugnen, daß es dir peinlich war, von deinen guten Werken im wahrsten Sinne des Wortes heimgesucht zu werden.«

Er schob ihr Kleid hoch, öffnete seinen Hosenschlitz und spießte sie auf.

Sie konnte es kaum fassen, daß ihr Körper bereit war, ihn aufzunehmen, sogar mehr als bereit, und sie wölbte sich ihm entgegen, um ihn noch tiefer eindringen zu lassen.

»Na, kommst du dir schmutzig vor?«

Sie biß ihn in die Schulter, leckte die Stelle und stöhnte an seinem Hals, während sie ihn noch fester an sich preßte.

»Fühlst du dich schmutzig?« beharrte er.

»Nein.«

Sie schrie auf, und er erstickte ihre Schreie mit seinem Mund und kam im nächsten Moment selbst zum Höhepunkt.

»Bist du immer noch verlegen?« flüsterte sie.

»Du hast nur Glück, daß ich ein sehr verständnisvoller und großmütiger Mann bin.«

»Ja, sogar deiner eigenen Ehefrau gegenüber.«

»Hör auf, mich zu verhöhnen, Weib.«

»Also gut.« Sie küßte ihn auf den Mund.

Ryder hatte größte Lust, das Liebesspiel fortzusetzen, doch daraus wurde nichts, weil plötzlich Jeremys Stimme laut und deutlich ertönte: »Ryder! Sophie! Wo seid ihr? Melissa hat sich in die Hand geschnitten und schreit nach dir.«

»Dagegen ist man machtlos.« Ryder sprang lachend auf und zog Sophie hoch.

20

Mrs. Chivers brachte Sophie den Brief. Auf dem Kuvert stand nur ihr Name in Druckbuchstaben.

»Der Meyers-Junge hat ihn gebracht, Madam«, berichtete die Haushälterin. »Ein häßlicher Bursche, ganz der Vater.«

»Danke.« Zum Glück bemerkte Mrs. Chivers nicht, daß Sophies Hand zitterte, als sie nach dem Brief griff. Sie zog sich in ihr kleines Arbeitszimmer zurück, schloß die Tür, lehnte sich dagegen und starrte den Umschlag lange an, bevor sie ihn öffnete.

»Du wirst mich heute nachmittag um drei unter der alten Ulme an der Weggabelung zwischen Lower Slaughter und Upper Slaughter treffen. Verspäte dich nicht und sag deinem Mann nichts davon. Ich würde ihn nur ungern umbringen.«

Unterschrift: »DL«. – David Lochridge. Lord David.

Sophie ging wie eine Schlafwandlerin zu ihrem zierlichen Schreibtisch, ließ sich auf den Stuhl fallen, legte den Brief auf die Schreibtischplatte und starrte ihn an. Was sollte sie jetzt nur machen?

Ihr blieben nur zwei Stunden Zeit, um einen Entschluß zu fassen.

»Sophie! Bist du hier?«

Die Tür flog auf, und Sinjun stürzte ins Zimmer, mit zerzausten Haaren und leuchtenden Augen, genauso lebenssprühend wie Ryder, wenn er im Galopp von den Feldern zurückkam.

Ihr Lachen machte aber sofort einer besorgten Miene Platz. »Was ist los? Was ist passiert?«

Sinjun sah ihrem Bruder nicht nur sehr ähnlich, sie hatte auch seinen scharfen Blick.

»Nichts, Sinjun. Gar nichts.« Sophie stand auf, faltete den Brief langsam zusammen und schob ihn in den Umschlag. Was sollte sie damit machen?

»Ich wollte dich zum Mittagessen abholen. Natürlich nur, wenn es dir nichts ausmacht, daß es bestimmt wie im Tollhaus zugehen wird. Ryder behauptet, Kopfweh zu haben, und will Ställe ausmisten. Wahrscheinlich hat Jane doch recht. Sie sagt immer, Erwachsene sollten nur mit Ehefrauen essen und Kinder nur mit Kindern und Aufsichtspersonen.«

Sophie lächelte. »Dann sollten wir uns an Janes weisen Rat halten. Mrs. Chivers soll der Köchin sagen, daß die Kinder im Frühstückszimmer essen werden. Wie viele Aufsichtspersonen hatte Jane?«

Sinjun lachte. »Mindestens fünf.«

»Gut. Kümmere dich bitte darum und hol auch Ryder aus dem Stall.« Sophie brachte sogar ein Lachen zustande.

Sinjun eilte davon, und Sophie versteckte den Brief rasch in der obersten Schreibtischschublade unter anderen Papieren.

Ryder ließ nicht lange auf sich warten, nachdem seine Schwester ihm die frohe Botschaft überbracht hatte. Sie speisten zu dritt in dem riesigen Eßzimmer und genossen die himmlische Ruhe.

»Dieser Raum ist viel zu dunkel«, sagte Sinjun, bevor sie sich ein großes Stück Schinken in den Mund schob.

»Ja«, murmelte Sophie zerstreut, ohne von ihrem Teller aufzuschauen, auf dem sie ihr Essen appetitlos herumschob.

»Wenn du dich nicht wohl fühlst, solltest du es sagen«, tadelte Ryder.

Sie zwang sich, ihm zuzulächeln. »Mir fehlt nichts. Ich bin nur etwas müde. Nach Jennys Alptraum letzte Nacht konnte ich lange nicht einschlafen.«

Ryder runzelte die Stirn, sagte aber nichts. Sie war sofort wieder eingeschlafen, während er sich wegen Jennys Alptraum solche Sorgen gemacht hatte, daß er eine gute Stunde wach gelegen war.

Was hatte Sophie nur? Bedauerte sie es schon, die Kinder mit offenen Armen aufgenommen zu haben? Gingen sie ihr womöglich auf die Nerven? Sie war nicht an das Tollhaus gewöhnt, das sieben Kinder unweigerlich veranstalteten. Oder zog sie sich wieder von ihm zurück? In der Nacht hatte es nicht danach ausgesehen, aber möglich war alles.

Zum Glück setzte Sinjun ihren Monolog über die wünschenswerte Renovierung des Eßzimmers unverdrossen fort, so daß kein unangenehmes Schweigen entstand.

Nach dem Essen gab Ryder seiner Frau einen Kuß, strich mit den Fingerspitzen über ihre Brauen und versuchte erfolglos, in ihrem Gesicht zu lesen. Dann verabschiedete er sich seufzend. Es gab so viel zu tun. In zehn Minuten wollte er mit Tom Lynch sprechen, einem Pächter, der über sehr viel gesunden Menschenverstand verfügte. Er konnte nur hoffen, daß es richtig war, nicht in Sophie zu dringen.

Auch Sinjun verschwand eilig mit der Begründung, sie wolle mit den Kindern spielen.

Genau um drei Uhr blieb Opal unter der Ulme stehen, deren Stamm so dick und knorrig war, daß sie viel älter als die umliegenden Hügel zu sein schien, vielleicht sogar älter als die Trolle, die angeblich unter diesen Hügeln lebten.

Sophie brauchte nicht länger zu warten. Lord David kam angeritten, und er sah genauso arrogant wie früher aus. Ein Engelsgesicht mit der Seele eines Teufels.

Sie wartete schweigend ab.

»Du hast mich belogen«, sagte er liebenswürdig.

»Aus deinem Munde hört sich das etwas befremdlich an. Du bist doch selbst kein Ausbund an Ehrlichkeit.«

»Du hast behauptet, die Syphilis zu haben. Du hast gesagt, du könntest nicht mehr meine Geliebte sein, weil du mich nicht anstecken wolltest. Das war eine Lüge. Wenn du die Syphilis hättest, wärest du jetzt nicht Sherbrookes Frau. Du wolltest mich also einfach loswerden.«

»So ist es.«

»Aber das ist absurd! Wirklich lächerlich! *Du* hast *mich* loswerden wollen?«

»Stimmt haargenau.«

»Aha, du wolltest also Ryder Sherbrooke, und dazu mußtest du mich loswerden, denn wenn er etwas von mir gewußt hätte, hätte er nie im Leben geglaubt, daß du ihn mir vorziehen könntest. Ja, wenn er etwas von mir gewußt hätte, wäre ihm klar gewesen, daß du weißt, was ein richtiger Mann ist, und daß er bei dir keine Chance hat.«

Sophie konnte über seine verworrenen Gedankengänge nur staunen.

»Deine Logik ist einfach umwerfend«, sagte sie. »Aber warum liegt dir heute überhaupt noch etwa an dieser alten Geschichte? Du hast mir doch erzählt, daß du eine reiche Erbin heiraten willst.«

»Ich habe mit Charles Grammond gesprochen, und wir sind uns einig.«

Zum erstenmal stieg leichtes Unbehagen in Sophie auf. Lord David konnte nur eingleisig denken; er ließ sich weder ablenken noch war er für Einwände empfänglich, geschweige denn, daß er den Standpunkt eines anderen akzeptierte. Wahrscheinlich war das der Schlüssel für seinen Erfolg im Spiel.

Seine Stimme war leiser und tiefer geworden, und plötzlich sah sie ihn wieder nackt vor sich stehen und lachend den Rumpunsch trinken, der ihn Gott sei Dank betäubte, so daß sie ihn Dahlia überlassen konnte.

»Was willst du von mir, David?«

Er warf arrogant den Kopf zurück. »Für eine Hure wie dich bin ich immer noch *Lord* David.«

»Weißt du, was du bist? Ein erbärmlicher Wicht, ein schmutziger Bastard!«

Er hob den Arm, ließ ihn aber sofort wieder sinken. »Nein, ich will dein hübsches Gesicht nicht verletzen. Das würde deinem Mann bestimmt auffallen, und ich möchte Ryder Sherbrooke nicht unbedingt zum Feind haben.«

Sophie wußte, daß sie als Frau für ihn nie ein ernst zu nehmender Feind sein würde, aber sie beschloß, ihm wenigstens die Wahrheit zu sagen. Daran würde er bestimmt ganz schön zu kauen haben.

»Ich werde dir etwas verraten, Lord David. Ich habe nie mit dir geschlafen. Allein schon bei dieser Vorstellung dreht sich mir der Magen um. Ich habe mit keinem der Männer geschlafen. Es war immer Dahlia, ein Mädchen, das du vielleicht aus Montego Bay kennst, die sich in der Hütte mit euch amüsiert hat, sobald ihr sinnlos betrunken wart.«

Er sah einen Moment lang bestürzt aus, doch dann lachte er. »Ist das die Geschichte, die du Sherbrooke weisgemacht hast?«

»Es war eine Idee meines Onkels. Er hat mich gezwungen, so zu tun, als würde ich mit euch allen schlafen, damit er seine eigenen Ziele verfolgen konnte. Der Rumpunsch, den ihr alle so begeistert getrunken habt, enthielt immer ein Betäubungsmittel.«

»Und was sollte dein Onkel von mir gewollt haben?«

»Du solltest Charles Grammond ruinieren, damit er seine Plantage meinem Onkel verkaufen mußte. Und nachdem du das getan hattest, befahl er mir, dich loszuwerden. Auch die Idee mit der Syphilis stammte von ihm, und sie hat großartig geklappt. Du warst richtig schreckensbleich.«

»Du lügst. Dein Onkel war ein Gentleman, den dein Herumhuren tief verstört hat. Kein Mensch hat geglaubt, daß du ihn nicht ermordet hast, auch nachdem Cole plötzlich behauptete, Thomas hätte deinen Onkel erdrosselt. Und dieser verdammte Sherbrooke hat dir geholfen, der gerechten Strafe durch Flucht zu entgehen. Wie kannst du nur einen Toten so verleumden? Mein Gott, eine Dame wüßte nicht einmal, was Syphilis ist. Du bist keine Dame, sondern eine billige kleine Hure, aber Charles und ich hatten unseren Spaß mit dir, und deshalb haben wir beschlossen, unsere Rendezvous mit dir wiederaufzunehmen.«

»Wenn du glaubst, daß ich einem erbärmlichen Wicht wie dir jemals erlauben würde, in meine Nähe zu kommen...«

»Ich bin jetzt ganz in deiner Nähe, und ich habe die Absicht, dir noch viel näher zu kommen.«

»Also eine Vergewaltigung?«

Er zuckte die Achseln. »Dein Mann ist an und für sich kein Dummkopf, obwohl ich mir beim besten Willen nicht erklären kann, warum er dich geheiratet hat. Er hätte dich doch einfach eine Zeitlang aushalten können, bis er dich satt gehabt hätte. Aber wenn du ihm etwas von Vergewaltigung vorjammerst, wird er dich höchstwahrscheinlich umbringen, denn eine Hure bleibt nun mal eine Hure.«

»Du redest dummes Zeug, *Lord* David. Vorhin hast du noch gesagt, daß du dir meinen Mann nicht zum Feind machen willst. Er hat mich geheiratet. Er liebt mich. Er würde nicht mich, sondern dich umbringen, weil er nicht dir, sondern mir glauben würde.«

»Kennst du deinen Mann so wenig? Er ist als Weiberheld berüchtigt. Er braucht viel Abwechslung, genau wie du. Sex hat dir doch immer sehr viel Spaß gemacht, sonst hättest du nicht mit achtzehn deine Karriere als Hure begonnen. Zweifellos bist du heute noch genauso geil wie früher. Du wirst nie einem einzigen Mann treu sein können, nicht einmal diesem Sherbrooke, der mit jeder Frau in ganz Kent geschlafen haben soll. Und jetzt wird hier in den Cotswolds keine Frau vor ihm sicher sein. Er wird sich vor deiner Nase mit seinen Mätressen amüsieren. Nun, meine Liebe, Charles und ich geben dir die Möglichkeit, dich genauso zu vergnügen wie er.«

Er lenkte seinen Hengst dicht an sie heran und streckte die Arme nach ihr aus. Sophie hob die Reitpeitsche und ließ sie auf seinen Arm niedersausen. Aufheulend wich er etwas zurück.

»Du mußt total verrückt sein!« kreischte er.

Er hatte vor Wut einen hochroten Kopf, doch bevor er etwas tun konnte, wurde die Stille von einem unheimlichen

Heulen durchbrochen, durchsetzt mit tiefem Knurren, das sich angriffslustig und blutrünstig anhörte. Wilde Hunde in den Cotswolds?

»Verdammt, was ist das?«

Sophie lenkte Opal ein Stück zurück. Plötzlich flog ein Pfeil durch die Luft und streifte an Lord Davids Oberarm entlang. Er wurde nicht verletzt, aber sein teures Reitjackett war ruiniert, und wie sollte er sich ohne Waffe eines unsichtbaren Feindes erwehren?

»Du hast jemanden mitgebracht, du verdammtes Luder!« schrie er in ohnmächtiger Wut. »Aber wir sehen uns wieder, das schwöre ich dir!«

Er galoppierte davon und war bald nicht mehr zu sehen.

Sophie saß einfach da und versuchte tief durchzuatmen. Sie war nicht einmal überrascht, als Sinjun, Jeremy und die sieben anderen Kinder aus dem Gebüsch am Straßenrand hervorkamen. Seltsamerweise waren sie nach ihrer glanzvollen Vorstellung sehr still. Sinjun hatte einen Bogen in der Hand. Sie hatte also auf Lord David geschossen. Sophie stieg ab.

Jeremy kam auf sie zugehinkt und schlang seine Arme um sie. »Das ist ein böser Mann aus Jamaika«, sagte er. »Ich habe Sinjun von ihm erzählt.«

»Das hast du gut gemacht.« Sie hob den Kopf. Alle Kinder, von der vierjährigen Jenny bis zum zehnjährigen Oliver, standen in einer Reihe und beobachteten sie schweigend. Sophie beschloß, sie lieber nicht zu fragen, woher sie von dem Treffen gewußt hatten. Mit großer Mühe brachte sie ein Lächeln zustande. »Ich danke euch allen für eure Hilfe. Ich dachte wirklich, eine Meute wilder Hunde hätte sich irgendwie in diese Gegend verirrt. Ihr wart großartig, und ich bin wirklich sehr stolz auf euch alle.«

Sinjun sagte leise: »Ich denke mir schon, daß du Ryder vorerst nichts davon sagen willst. Uns wird schon einfallen, was wir als nächstes tun können, Sophie. Du bist nicht mehr allein. Aber Jeremy versteht nicht alles, was auf Jamaika passiert ist. Du mußt mir Näheres erzählen.«

»Das werde ich tun. Hört mir jetzt alle mal gut zu. Ich weiß, daß ihr Ryder sehr lieb habt, aber ich bitte euch, ihm nichts von diesem Vorfall zu erzählen. Dieser böse Mann ist so hinterlistig wie eine Schlange, und bei einem Kampf mit Ryder würde er bestimmt unfaire Tricks anwenden. Ich möchte nicht, daß Ryder verletzt wird. Bitte sagt ihm nichts. Einverstanden?«

»Was ist eine Hure?« wollte Amy wissen.

Tom hielt ihr den Mund zu. »Das ist kein schönes Wort. Du darfst es nie wieder sagen.«

Das konnte sich Amy natürlich nicht gefallen lassen. »Du sagst doch selbst immer ganz schreckliche Wörter zu Jaime und ...«

Oliver beendete den Streit, indem er drohend eine seiner Krücken schwenkte, und dann sagte Jenny laut und deutlich: »Ich möchte mein Kleid hochheben und Mutter Natur besuchen.«

Sophies Verkrampfung löste sich, und sie mußte schallend lachen. Die Kinder stimmten ein, und Sinjun trug Jenny ins Gebüsch, damit die Kleine Mutter Natur besuchen konnte.

Erst auf dem Rückweg fiel Sophie ein, daß keines der Kinder ihr versprochen hatte, Ryder nichts zu erzählen.

Jane und ihre beiden Helferinnen waren fast wieder gesund und würden innerhalb der nächsten zwei Wochen ins Chadwyck House nachkommen.

Sophie hatte inzwischen viel über Jane erfahren, und ihr war klar, daß diese Frau sich im Haushalt einer anderen Frau auf Dauer nicht wohl fühlen würde. Aber das stellte kein großes Problem dar. Sie würden einfach auf dem kleinen Hügel, kaum hundert Meter vom Herrenhaus entfernt, ein neues Haus bauen. Ryder war von dieser Lösung hell begeistert, und die Bauarbeiten sollten bald beginnen.

Zu Sophies Verwunderung entschied Melissande nach dem ersten Besuch im »Tollhaus«, wie Ryder es immer bezeichnete, daß es vielleicht doch gar keine so schlechte Idee wäre, ein Kind zu haben. Alle Kinder, sogar Jenny, erzählten ihr immer wieder, wie wunderschön sie sei, und hatten Angst, sie zu berühren, so als wäre sie eine zerbrechliche Porzellanpuppe. Melissandes Ehemann stöhnte, es sei wirklich hoffnungslos, und er würde mit ihr sofort nach London fahren. »Ich kann es gerade noch ertragen, wenn irgendein junger Schwachkopf ihr versichert, daß ihre Augenbrauen wie von Künstlerhand gezeichnet sind, aber daß jetzt sogar schon Kinder sie anhimmeln, ist mir einfach zuviel. Nein, Sophie, ich kann es nicht mehr länger hören.«

Er stieß einen tiefen Seufzer aus. Ryder lachte. Melissande strahlte die Kinder an, streichelte ihnen die Köpfe und versprach, bei ihrem nächsten Besuch Leckereien für alle mitzubringen.

Eines Nachmittags kehrte Ryder müde von den Feldern zurück, wo er mit vielen seiner Pächter gesprochen hatte. Außerdem hatte er eine Besprechung mit Architekten gehabt und Handwerker und Arbeiter für den Hausbau angeheuert. Natürlich war ihm auch wieder das Gerede über seine Schar von Bastarden zu Ohren gekommen, und er hatte sich darüber köstlich amüsiert. Was würden die Klatschmäuler erst sagen, wenn es einmal fünfzehn Kinder oder noch mehr sein würden?

Es war ein heißer Tag, viel zu heiß für Ende September. Er hörte die Kinder, noch bevor er sie sehen konnte, und gleich darauf war er von mehreren umringt. Alle redeten auf ihn ein, sogar Jenny, die ein richtiges Plappermäulchen geworden war. Seit er erkannt hatte, daß ihre raschen Fortschritte auf seinen Einfluß zurückzuführen waren, beschäftigte er sich noch mehr als früher mit ihr. Auch jetzt vergaß er sofort seine Müdigkeit, lachte mit den Kindern, hörte ihnen zu und dankte Gott im stillen, daß alle von den gefährlichen Masern verschont geblieben waren.

Und jede Nacht lag Sophie neben ihm im Bett. Er wußte, daß sie die Liebesspiele mittlerweile genauso genoß wie er, daß sie sich auf das Alleinsein mit ihm freute und ihn gern liebkoste. In der vergangenen Nacht war es ihm sogar gelungen, sie während des Aktes zum Lachen zu bringen. Er fühlte sich großartig. Die Sterne hätten gar nicht günstiger stehen können.

Er pfiff fröhlich vor sich hin, bis er in Sophies Schreibtischschublade zwei Briefe fand. Sie war mit drei Kindern, Laura und der Zofe Gory nach Lower Slaughter gefahren, um Kleiderstoffe zu kaufen. Die drei Näherinnen des Ortes waren hocherfreut über das unerwartete Manna vom Geschäftshimmel, das ihnen allem Anschein nach sehr lange erhalten bleiben würde. Bei Ryders Nachhausekommen hatte Mrs. Chivers ihm die Ohren vollgejammert, daß der Metzger ein Betrüger sei und der Hausherr sich darum kümmern solle, anstatt seine ganze Zeit mit den schmutzigen Pächtern zu verbringen. Deshalb suchte Ryder in Sophies Schreibtisch nach den Rechnungen des Metzgers. Dabei fielen ihm zwei Briefe von David Lochridge in die Hände.

Der zweite trug das Datum des Vortages. Er las:

»Mein Entschluß steht fest. Du wirst wieder meine Geliebte werden. Charles Grammond wird selbst mit dir reden. Ich habe jedenfalls die Absicht, mich wie auf Jamaika mit dir zu vergnügen. Komm am Donnerstag um drei Uhr zur alten Scheune im Norden der Ländereien deines Mannes. Wenn du nicht kommst, wirst du es sehr bereuen.«

Unterschrift: »DL«.

Der verdammte Dreckskerl!

Und auch Sophie sollte der Teufel holen. Sie hatte ihm nichts gesagt, aber er hatte gespürt, daß etwas nicht stimmte, denn sie hatte sich am vergangenen Abend mit einer Leidenschaft ins Liebesspiel gestürzt, als wollte sie auf diese Weise etwas Unangenehmes verdrängen. Er hatte ihr keine Fragen gestellt, sondern ihr einfach gegeben, was sie zu brauchen schien. Er hatte ihr die Flucht in den Orgasmus ermöglicht.

Ohne es zu bemerken, zerknüllte er den Brief.

»Papa!«

Er schaute auf und sah Jenny auf der Schwelle stehen.

Ihr Blick schweifte von seinem Gesicht zu dem Blatt Papier in seiner Faust.

Ryder warf den zerknüllten Brief auf den Schreibtisch. »Hallo, Schätzlein, komm her und laß dich umarmen. Ich habe dich so lange nicht gesehen – seit über einer Stunde!«

Jenny rannte zu ihm hin, und er hob sie hoch und küßte sie auf die Nasenspitze. »Was möchtest du, mein Liebling?«

»Sinjun kann so gut mit Pfeil und Bogen umgehen. Kannst du es mir beibringen, damit ich dann den bösen Mann erschießen kann?«

Ihm gefror das Blut in den Adern.

»Natürlich«, sagte er. »Erzähl mir alles.«

Sie ließ sich nicht lange bitten. Wenn er nicht so wütend gewesen wäre, hätte er bei der Vorstellung, daß die Kinder heulende Wölfe gespielt und den Bastard in die Flucht geschlagen hatten, bestimmt gelacht. Sie hatten ihre Sache wirklich gut gemacht, auch Sinjun mit ihrem Bogenschuß. Trotzdem hätte er seine Schwester erwürgen können.

Und ebenso seine liebe Frau.

»Jenny, wo bist du? Jenn...« Sinjun blieb wie angewurzelt auf der Schwelle stehen. »Nanu, Ryder, was machst du denn hier? Das ist doch Sophies Zimmer und...«

Ryder starrte seine Schwester nur an. Ihm fehlten einfach die Worte.

Sinjun seufzte. »Hat Jenny etwas gesagt?«

»Gott sei Dank bist du wenigstens nicht schwer von Kapee, Sinjun, denn ich hasse langwierige Erklärungen. O ja, Jenny möchte Bogenschießen lernen, damit sie den bösen Mann erschießen kann.«

»Ojemine! Es tut mir leid, Ryder, aber …«

Er hatte sich inzwischen wieder unter Kontrolle. Behutsam löste er Jennys Ärmchen von seinem Hals. »So, mein Schatz, Sinjun wird dir jetzt Limonade und Kekse geben. Papa hat noch zu arbeiten. Einverstanden?«

»Papa«, rief Jenny, lief aber sofort zu Sinjun.

»Verschwinde!« knurrte Ryder seine Schwester an. »Und halt ja den Mund meiner Frau gegenüber!«

»In Ordnung«, murmelte Sinjun, und ihre Stimme war so leise und demütig, daß er fast geschmunzelt hätte.

Am Donnerstag band Ryder um halb drei sein Pferd etwa dreißig Meter von der Scheune entfernt an. Er hoffte, daß der Hengst sich am Geißblatt gütlich tun und darum ruhig sein würde.

Sein Zustand war eine seltsame Mischung aus Zorn, Aufregung und freudiger Erwartung. Er wollte David Lochridge zu Brei schlagen.

Während er hinter den dicken Ulmen wartete, die um die Scheune herum wuchsen, stieg seine Spannung ins schier Unerträgliche. Er konnte es kaum erwarten, Sophie und Lochridge auftauchen zu sehen.

Statt dessen hielt völlig unerwartet ein altmodischer Einspänner vor der Scheune. Eine Frau stieg aus und führte das Pferd hinter den Schuppen, so daß das Gefährt nicht mehr zu sehen war. Irgendwie kam die Frau Ryder bekannt vor, aber er wußte nicht, wo er sie schon einmal gesehen haben könnte. Sie war korpulent, trug ein teures Kleid und eine Haube, die für ihr Alter – sie mußte mindestens Mitte Vierzig sein – viel zu jugendlich war. Verdammt, was hatte sie hier zu suchen? War dies etwa ein Treffpunkt für Schmuggler?

Sophie und Lord David trafen zur selben Zeit, aber aus verschiedenen Richtungen ein. Ryder beobachtete von seinem

Versteck aus, wie Sophie abstieg und mit gefährlich ruhiger Stimme sagte: »Ich bin hergekommen, Lord David, um dir ein letztes Mal zu erklären, daß ich nichts mit dir zu tun haben will.«

»Ah, es macht dir also immer noch Spaß, einen Mann etwas zappeln zu lassen«, erwiderte er, sah sich aber mißtrauisch nach allen Seiten um, so als könnten wilde Hunde oder Wölfe im düsteren Gebüsch lauern, und behielt sodann die Reitpeitsche in Sophies rechter Hand im Auge.

»Nein, das ist kein Spiel. Bei unserer letzten Begegnung habe ich dir die volle Wahrheit gesagt. Alles, was auf Jamaika passiert ist, war das Werk meines Onkels, und ich hatte in der Hütte nie Intimverkehr mit dir, weder mit dir noch mit einem der anderen Männer. Und wenn du mir immer noch nicht glauben willst, bleibt mir wohl keine andere Wahl als dich zu erschießen.«

Ryder traute seinen Augen kaum. Sie zog eine kleine Derringer aus ihrer Tasche und richtete die Waffe auf seine Brust.

Lord David lachte. »Ah, eine Dame mit Pistole! Was soll das, meine Liebe? Wir wissen doch beide, daß du nie auf den Abzug dieses Spielzeugs drücken wirst.«

»Du hast doch selbst gesagt, daß du mich für die Mörderin meines Onkels hältst. Wie kannst du dann so sicher sein, daß ich nicht abdrücken werde?«

Lord David sah sich in einer verzwickten Lage. Er rutschte nervös im Sattel hin und her, fluchte laut und beschloß einzulenken. »Komm, laß uns in Ruhe darüber reden. Es gibt gar keinen Grund zur Gewaltanwendung. Ich biete dir doch nur meinen Körper an, um dir Lust zu bescheren, wie schon auf Jamaika. Warum bist du so unvernünftig?«

»Unvernünftig? Und was ist mit dem lieben Charles Grammond? Will auch er weiterhin an euren törichten Illusionen festhalten? Werde ich auch ihm ganz brutal die Meinung sagen müssen?«

»Charles wird tun, was er selbst für richtig hält.«

Sophie blickte plötzlich nachdenklich drein. »Mir scheint, daß wir in einer Art Sackgasse stecken«, sagte sie bedächtig. »Du willst eine reiche Erbin heiraten, und Charles Grammond muß sich vorsehen, um nicht von seiner Tante enterbt zu werden. Das hast du mir doch erzählt, stimmt's? Also gut, ich werde dich nicht umbringen, wenn du endlich mit diesem Blödsinn aufhörst. Verschwinde, David! Heirate diese arme reiche Erbin. Ich wünschte, ich könnte sie vor dir warnen, aber das ist leider nicht möglich, weil ich meinen Mann und seine Familie nicht in einen Skandal verwickeln möchte. Geh also deiner Wege und laß mich in Ruhe. Einverstanden?«

Statt einer Antwort pfiff Lord David plötzlich, und im nächsten Moment tauchte ein älterer Mann hinter Sophie auf, packte sie bei den Armen und entwand ihr die Pistole.

»Ah, Charles, du kommst wie immer genau zur rechten Zeit«, rief Lochridge und stieg endlich ab.

»Natürlich«, sagte Charles. »Du sitzt in der Falle, Sophie. Ich hatte fast vergessen, wie schön du bist, aber nachdem ich dich jetzt wiederhabe, werden David und ich dich wie früher brüderlich teilen.«

»Du Narr!« schrie Sophie. »Du Vollidiot! Glaub David kein Wort, er ist ein Betrüger, ein Gauner, der dir auf Jamaika dein ganzes Geld abgenommen hat, bis du deine Plantage verkaufen mußtest.«

Großer Gott, dachte Ryder, wie kommt jetzt auch noch Charles Grammond hierher? Aber er wollte noch nicht ins Geschehen eingreifen. Sophie hatte für ihre Perfidie Strafe verdient. Ein bißchen Angst würde ihr durchaus guttun.

Aber er stellte fest, daß er es nicht ertragen konnte, sie auch nur einen Augenblick ihrer Angst auszusetzen, wenn es in seiner Macht stand, dem grausamen Spiel ein Ende zu bereiten. Er machte einen Schritt vorwärts, doch jene korpulente Frau kam ihm zuvor.

Bei ihrem Anblick fühlte er sich lebhaft an ein schnaubendes Schlachtroß erinnert. Ihre Wangen waren hochrot, ihr Busen wogte. Sie war sichtlich in Rage.

»Laß sie sofort los, Charles!«

Der Mann starrte sie wie ein Gespenst an und stammelte mit der kläglichsten Stimme, die Ryder je gehört hatte: »Wo kommst du denn her, Almeria?«

»Laß sie los, du alter Trottel! Alles in Ordnung, Sophie?«

»Ja, Madam.« Auch Sophie starrte Almeria Grammond völlig perplex an. Charles ließ sie los, und sie wich rasch einige Schritte vor ihm zurück und rieb sich die schmerzenden Arme.

Die resolute Dame wandte ihre Aufmerksamkeit Lord David zu. »Ich werde höchstpersönlich dafür sorgen, daß dieses arme Mädchen, das Sie heiraten wollen, Ihnen den Laufpaß gibt, Sie schändlicher Betrüger! Einen Nachbarn wie Sie will ich nun wirklich nicht haben.«

Ryder lachte, er konnte einfach nicht anders. Seine ganze Vorfreude, David Lochridge die Fresse polieren zu können, war wohl umsonst gewesen. Was sich jetzt ereignete, war eine Farce, die durchaus aus einem Stück der Restaurationszeit hätte stammen können.

Alle Blicke wandten sich ihm zu, als er in Erscheinung trat. »Jetzt sind wir vollzählig«, sagte er trocken, »das heißt, bis auf Lord Davids Verlobte.«

»Das ist doch nicht möglich«, murmelte Lochridge, blaß und nervös. »So etwas darf es doch nicht geben.«

»Ich bin ganz Ihrer Meinung«, stimmte Ryder ihm freundlich zu. »Sie sind Mrs. Grammond, nehme ich an. Ich bin Ryder Sherbrooke, Sophies Mann. Guten Tag.«

Sie deutete einen Knicks an und musterte ihn sodann eingehend. Sophie beobachtete fasziniert, wie die Wangen der Dame sich wieder röteten, diesmal allerdings vor Freude über Ryders Aufmerksamkeit. Offenbar müßte eine Frau schon auf der Schwelle des Todes stehen, um gegen seinen Charme gefeit zu sein. »Sehr... sehr erfreut, Mr. Sherbrooke«, stammelte Almeria. »Verzeihen Sie meinem Mann. Er ist ein Dummkopf, andernfalls hätte Lord David ihn ja auch nicht ruinieren können. Aber er wird Ihre arme Frau in Zukunft bestimmt nicht mehr belästigen.

»Woher wußtest du etwas von dieser Sache?« fragte Charles, dem die Angst vor seiner Frau ins Gesicht geschrieben stand.

Sie warf ihm einen herablassenden Blick zu. »Ich lese alle Briefe, die du erhältst. Die meisten kommen ja von irgendwelchen Geschäftsleuten, und du hast von Geschäften keine Ahnung, im Gegensatz zu mir. Deine Tante und ich haben ausführlich darüber gesprochen und sind uns völlig einig. Als ich aber den Brief dieses kleinen Ganoven, der uns ruiniert hat, gefunden habe, wurde mir schlagartig vieles klar. Er hatte es natürlich nicht lassen können, dir Sophies seiner Ansicht nach völlig lächerliche Version der Ereignisse mitzuteilen.

Nun, ich kannte Theo Burgess schon als jungen Mann, und deshalb glaubte ich sofort an Sophies Unschuld und seine Schuld. Er war von jeher ein frommer Heuchler. Er gehörte zu jenen Männern, die sonntags die reinsten Tugendapostel sind und montags betrügen. Außerdem bin ich dir eines Abends zu jener Hütte am Strand gefolgt und habe das andere Mädchen gesehen. Du bist ein seltener Dummerjan, Charles, aber ich lasse nie wieder zu, daß die Kinder und ich die Auswirkungen deiner Torheit zu spüren bekommen. Du wirst dich jetzt bei Mrs. und Mr. Sherbrooke entschuldigen und sofort nach Hause reiten. Wir beide sprechen uns noch.«

»Entschuldigung, Sophie, Mr. Sherbrooke.« Charles sah Lord David stirnrunzelnd an. »Jetzt wirst wohl auch du nicht mehr darauf beharren, daß sie eine Hure ist.«

»Verdammt, sie ist eine!«

Endlich, dachte Ryder, rieb sich die Hände und ging auf Lord David zu, der mit geballten Fäusten in Boxstellung gegangen war. Mit wahrer Wonne schlug Ryder ihn zu Boden.

Mrs. Grammond klatschte ganz begeistert in ihre plumpen Hände.

Sophie fühlte sich noch immer leicht benommen von der unerwarteten Entwicklung und stand deshalb stumm und starr da.

Lord David stützte sich auf die Ellbogen auf und schüttelte den Kopf. »Ich bin ein ausgezeichneter Kämpfer. Wie kommt es, daß Sie mich trotzdem niederschlagen konnten? Wer hat Ihnen so was beigebracht?«

»Stehen Sie auf und zeigen Sie, was Sie können«, sagte Ryder und streckte ihm die Hand hin.

Lord David war jedoch kein kompletter Narr. Er blieb lieber auf dem Boden sitzen, rief aber Charles Grammond zu, der sich zum Gehen wandte: »Du darfst nicht zulassen, daß deine Frau meiner Agnes – so heißt die verdammte Erbin! – alles erzählt! Ihr Vater würde mich ruinieren. Er würde dafür sorgen, daß ich aus der Grafschaft gejagt werde.«

Charles ignorierte ihn und verschwand zwischen den Ulmen. Statt dessen drehte sich Almeria nach dem geschlagenen Lord um.

»Sie sind eine Memme, Sir. Ich mache Ihnen ein Angebot. Wenn Sie die Gesamtsumme, die Sie meinem Mann auf Jamaika abgenommen haben, zurückerstatten, werde ich den Vater Ihrer Verlobten nicht aufklären.«

Lord David wurde leichenblaß. »Ich besitze keinen roten Heller, Madam. Was glauben Sie denn, warum ich diese schreckliche Agnes heirate?«

»Das ist Ihre Sache, Mylord«, schnaubte Almeria. »Innerhalb von drei Tagen möchte ich das Geld sehen, andernfalls werden Sie es bereuen. Und glauben Sie nur nicht, den Sherbrookes mit irgendwelchen Enthüllungen drohen zu können. Mein Mann und ich werden dafür sorgen, daß Sie jedem als Lügner bekannt sind.«

Die resolute Dame wandte sich noch einmal Ryder und Sophie zu. »Mr. Sherbrooke, Mrs. Sherbrooke, ich hoffe wirklich, daß diese beiden Schwachköpfe kein großes Unheil gestiftet haben. Von nun an werden sie Ihnen bestimmt keine Probleme mehr bereiten. Auf Wiedersehen.« Sie schenkte Ryder ein strahlendes Lächeln, nickte Sophie zu und marschierte hinter die Scheune, wo ihr Einspänner auf sie wartete.

Ryder brach in schallendes Gelächter aus.

Sophie murmelte plötzlich verwundert: »Die Jungfräuliche Braut hatte also doch recht. Du weißt ja – sie hat gesagt, daß alles gutgehen würde, auch wenn sie kämen.«

»Dieses verdammte Gespenst existiert nicht«, widersprach Ryder. »Du hattest einen Alptraum, weiter nichts.« Er drehte sich nach Lord David um, der jetzt mit gekreuzten Beinen dasaß und kopfschüttelnd seine staubigen Stiefel betrachtete. »Und Sie werden den Mund halten. Im Gegensatz zu Mrs. Grammond werde ich mich nämlich andernfalls nicht damit begnügen, Sie zu ruinieren. Ich werde Sie umbringen. Haben Sie mich verstanden?«

Lord David nickte seufzend, machte aber einen zerstreuten Eindruck. Nach einem weiteren tiefen Seufzer sagte er: »Vielleicht kann ich Agnes überreden, mit mir durchzubrennen. Das ist die einzige Möglichkeit, innerhalb von drei Tagen an ihr Geld heranzukommen.«

Sophie und Ryder tauschten einen beredten Blick.

EPILOG

Chadwyck House
Januar 1804

Ryder bückte sich und küßte sie auf den Nacken. Ihre Haut war warm und weich. Sie seufzte wohlig und lehnte den Kopf an seinen Bauch. Er küßte ihre Stirn und ihre Ohren, während er mit den Daumen ihre Kinnpartie streichelte. Sie seufzte wieder und wollte sich nach ihm umdrehen, aber er hielt sie fest.

»Du riechst so gut«, murmelte er, küßte noch einmal ihren Nacken und ließ seine Hände über ihre Arme gleiten. Dann gab er sie mit einem tiefen Seufzer frei. »Ein Jammer, daß ich keine Zeit habe, dir zu zeigen, wozu eine Schreibtischplatte gut sein kann.« Nach einem zweifelnden Blick auf das zierliche Möbelstück fügte er hinzu: »Wenn wir dieses wackelige Ding jemals benutzen, werden wir sehr vorsichtig sein müssen. Vielleicht solltest du dich nur leicht daran abstützen und ...«

»Ryder!«

Mit einem weiteren herzerweichenden Seufzer lehnte er sich an den Schreibtisch und verschränkte die Arme vor der Brust. »Ich teste nur schon mal seine Stabilität. Für den späteren Gebrauch.« Er warf einen Blick auf die Zahlenkolonnen, mit denen sie beschäftigt war. »Was machst du da?«

»Eine Aufstellung der Gesamtkosten für Brandon House. Der Exodus ist jetzt nicht mehr fern, Ryder. Wahrscheinlich wird es schon nächste Woche soweit sein. Jane und ich wollen ein großes Fest veranstalten. Sie kann es kaum erwarten.«

»Verständlich, daß sie sich auf den Umzug in ihr neues

Haus freut, obwohl sie ja nie geklagt hat. Auch die Kinder freuen sich.«

»Ich werde sie vermissen.«

»Sie sind ja nicht aus der Welt, sondern kaum hundert Meter entfernt. Wann immer du dich nach dem Tollhaus sehnst, bist du im Nu dort.«

»Wie geht es dem kleinen Garrick?«

Ryders Miene verdüsterte sich. Sophie tätschelte seine geballte Faust. »Er ist jetzt in Sicherheit.«

»Gott sei Dank. Wie konnte dieser Mistkerl ein vierjähriges Kind nur so behandeln?«

»Er ist durchaus kein Einzelfall. Am schlimmsten finde ich, daß Kinder sogar als Lehrlinge an solche Rohlinge wie diesen Kaminkehrer Ducking verkauft werden. Aber Garrick hast du immerhin gerettet, und nun wird er lernen, daß das Leben nicht nur aus Schmerzen und Tränen besteht. Heute morgen hat er mich angelächelt. Er und Jenny sind schon dicke Freunde. Ich liebe dich, Ryder.«

Er grinste. »Das hoffe ich doch sehr stark, Weib, nachdem ich dir jeden Abend meinen armen Männerleib für deine Vergnügungen zur Verfügung stelle.«

»Das hört sich fast so an, als wäre mein Appetit unnatürlich.«

»Dein Appetit ist einfach wundervoll. Hast du eigentlich inzwischen deine Periode bekommen?«

Seine unverblümte Art verschlug ihr mitunter noch immer die Sprache. Sie schüttelte den Kopf.

Er strich mit der Handfläche zärtlich über ihren Bauch. »Vielleicht ist unser Sohn oder unsere Tochter schon im Werden.«

»Vielleicht.« Unwillkürlich starrte sie auf seinen Mund. Im Laufe der Monate hatte sie genausoviel Geschmack am Küssen gefunden wie er.

»Hör auf, Sophie. Wir haben leider keine Zeit.« Trotzdem konnte er es nicht lassen, ihren weichen Mund wenigstens kurz zu küssen. Nie würde er jene Nacht vergessen, als er an ihrer Unterlippe geknabbert und ihr zwischendurch die Geschichte von dem Farmer erzählt hatte, der sich in sein prämiiertes Schwein verliebte. Sie hatte plötzlich gekichert, ihn ins Kinn gebissen und gesagt, sie bevorzuge einen prämiierten Bullen. Damals war ihr Liebesspiel erstmals von Lachen und Herumalbern begleitet gewesen.

»Mein Bruder, Alex und Sinjun werden gleich hier sein«, sagte er, konnte dann aber der Versuchung nicht widerstehen, sie noch einmal zu küssen. »Der Teufel soll ihn holen!«

Sie zwinkerte ihm zu. »Sei doch kein solcher Neidhammel, Ryder, und laß dem armen Douglas die Freude, sich auch nützlich machen zu können.«

»Er soll mir nicht meine Kinder wegnehmen.«

»Du mußt doch zugeben, daß es für Oliver eine einmalige Chance ist. Eines Tages wird er Assistenzverwalter des Grafen sein, vielleicht sogar sein Verwalter oder Sekretär. Oliver wird eine gute Erziehung erhalten, und Douglas hat ihn wirklich sehr gern.«

»Zum Teufel mit ihm!«

Sophie grinste. »Ich werde nie vergessen, wie Douglas und Alex unerwartet bei uns auftauchten, und alle Kinder spielten in der Eingangshalle, weil es draußen regnete. Sie veranstalteten wie üblich einen Höllenlärm, und Douglas stand ganz ruhig da, wie ein Fels in der Brandung, und sagte nur: ›Ich scheine mich im Haus geirrt zu haben.‹«

Ryder schwieg eigensinnig und trommelte mit den Fingern auf der Schreibtischplatte.

»Douglas hat deine Beichte doch erstaunlich gut aufgenommen, Ryder, obwohl er gekränkt über deinen Mangel an Vertrauen war. Er hat dich nicht einmal angebrüllt.«

»Nur deshalb nicht, weil Amy an seinem Bein hochgeklettert ist und ihm gesagt hat, daß er sehr hübsch sei. Daraufhin mußte er sie natürlich auf den Arm nehmen.«

»Deine Familie ist sehr stolz auf dich.«

»Ich wollte nie, daß sie stolz auf mich ist. Kannst du das nicht verstehen? Ich tue das doch nur, weil es für mich wichtig ist. Mit Edelmut hat das nichts zu tun. Ich wünschte wirklich, daß meine liebe Familie endlich Ruhe geben würde. Es wird mir langsam peinlich.«

»Nun, deine Mutter bringt dich jedenfalls nicht in Verlegenheit.«

»Nein, sie weigert sich, mit mir zu sprechen, weil ich mir die Hände mit Bälgern aus den Slums schmutzig mache. Es ist eine erfrischende Einstellung, und das habe ich ihr auch gesagt. Aber sie hat nicht einmal gelacht, als ich sie aufforderte, bei ihrer kritischen Haltung zu bleiben. Von wem ist eigentlich der Brief dort?«

»Von Jeremy. Ich habe ihn erst vor einer Stunde erhalten. Es geht ihm gut, und die Schule macht ihm Spaß.«

Ryder nahm den Brief zur Hand und begann zu lesen. Gleich darauf nickte er lächelnd. »Ausgezeichnet. Er hat diesen verdammten kleinen Angeber verdroschen, Tommy Mullards Sohn. Tommy war auch ein Feigling, ein Großmaul, das wüste Drohungen ausstieß, bis man ihm dann die Faust in seinen Fettwanst rammte. Dann wurde er ganz klein. Du siehst, Sophie, daß ich recht hatte, als ich Jeremy beibrachte, richtig fies zu kämpfen. Himmel, ich habe ihm sogar beigebracht, mit seinem lahmen Fuß Tritte auszuteilen, und er hat es darin wirklich zur Meisterschaft gebracht. Die arme Sinjun hatte lauter blaue Flecke an den Schienbeinen, weil er mit ihr trainiert hat. Aber es hat sich gelohnt. Weißt du, Jungen im Internat können ganz schön grausam sein. Und bedauerlicherweise wird das auch noch gefördert. Na, du kennst ja diese alte Theorie, daß unsere jungen Aristokraten abgehärtet werden müssen wie die Soldaten. Aber Jeremy läßt sich nicht so leicht unterkriegen. Natürlich ist es sehr hilfreich, daß er der beste Reiter von ganz Eton ist.« Ryder rieb sich vergnügt die Hände.

Sophie glaubte, vor Liebe zu ihm platzen zu müssen. Er

war ein bemerkenswerter Mann, aber sobald ihn jemand auch nur andeutungsweise lobte, wurde er rot vor Verlegenheit und verschanzte sich hinter Gebrüll. Deshalb sagte sie nur:

»Es ist auch hilfreich, daß er zur Sherbrooke-Familie gehört.«

»Natürlich.«

Ryder hatte den Brief noch in der Hand, als die Tür aufflog und Sinjun hereinstürzte. Sofort schien der Raum heller zu werden.

»Meine Liebe«, rief Sophie und sprang auf, um ihre Schwägerin zu umarmen.

»Douglas und Alex sind mir dicht auf den Fersen. Ich bin vorgerannt, um euch als erste begrüßen zu können. Ihr seht beide fabelhaft aus. Ist das ein Brief von Jeremy? Ich habe vor drei Tagen auch einen bekommen. Er hat ausführlich beschrieben, wie er dieses miese kleine Dreckschwein zu Brei geschlagen hat und ...«

»Das reicht erst mal, Göre! Hallo, ihr beiden.«

Der Graf trat ins Zimmer, seine Frau im Arm. »Du wirst nicht glauben, was ich dir zu erzählen habe, Ryder. Oliver hat meinen Verwalter und alle Pächter sehr beeindruckt. Ich habe ihn überall vorgestellt, und er hat unheimlich intelligente Fragen gestellt. Himmel, war ich stolz auf ihn! Und er hinkt jetzt überhaupt nicht mehr. Hallo, Sophie, du siehst großartig aus.«

Sophie mußte lachen, während sie das wechselnde Mienenspiel ihres Mannes beobachtete.

»Ich habe noch eine Neuigkeit auf Lager«, fuhr Douglas fort, noch bevor Ryder seinem Ärger Luft machen konnte. »Alex ist schwanger. Im Mai werden wir ein Kind haben. Na, was sagt ihr dazu?«

Niemand konnte sich dazu äußern, denn Alex wurde plötzlich weiß im Gesicht, schnappte nach Luft und warf ihrem Mann einen vorwurfsvollen Blick zu. »Ich kann immer noch nicht glauben, daß du mir so etwas angetan hast. Mir ist schon wieder schlecht.«

Sie rannte aus dem Zimmer. Douglas schüttelte den Kopf. »Hoffentlich übergibt sie sich nicht ausgerechnet auf euren herrlichen Aubusson-Teppich.« Er eilte ihr nach.

»Alex ist schwanger«, murmelte Sophie. »Na so was!«

»Weißt du, das kann passieren, wenn Mann und Frau alle erforderlichen Prozeduren ausführen«, neckte Ryder sie. »Sophie ist übrigens vielleicht auch schwanger«, berichtete er seiner Schwester stolz.

»Ryder! Sinjun ist noch keine sechzehn!«

Sinjun zuckte die Achseln und setzte eine abgeklärte Miene auf. »Ich habe drei Brüder, Sophie, und zwei von ihnen sind leider zügellos. Mich kann so leicht nichts mehr schockieren.«

»Trotzdem solltest du von nun an in Gegenwart deiner Schwester deine lose Zunge im Zaume halten«, tadelte Sophie ihren Mann.

»Aber ich wollte ihr gerade die Geschichte von dem exzentrischen Mr. Hootle aus Bristol erzählen, der jede Frau geheiratet hat, die ihn haben wollte. Das war bei ihm einfach zwanghaft – sobald eine Frau ihm zulächelte, verlor er den Verstand, fiel auf die Knie und machte ihr einen Heiratsantrag.«

»Das scheint eine anständige Geschichte zu sein«, lobte Sophie. »Du darfst fortfahren. Hoffentlich wird sie noch erbaulicher.«

»Als er wieder einmal vor einer Frau auf den Knien lag, ertappte ihn eine seiner Gemahlinnen. Die beiden Frauen setzten sich zusammen und tauschten ihr Wissen aus und schmiedeten sodann ein Komplott. Sie brachten ihn in ein kleines Zimmer, beraubten ihn seiner Kleider und sperrten ihn ein. Dann schickten sie all seine anderen Frauen zu ihm, jeweils zu zweit und splitternackt, und sie stolzierten vor ihm herum, und der arme Mann war gefesselt und konnte deshalb nicht auf die Knie fallen und Heiratsanträge machen oder sonstwas tun …«

»Hör auf! Du bist einfach schrecklich!« Sophie warf sich lachend in seine Arme und küßte sein Kinn.
Ryder warf einen sehnsüchtigen Blick auf den Schreibtisch. Sinjun seufzte. »Ich sehe schon, daß eine vernünftige Unterhaltung mit euch vorerst nicht mehr möglich ist. Na, dann gehe ich eben zu Jane und den Kindern.«

Nachdem sich die Tür hinter ihr geschlossen hatte, sagte Ryder: »Ich habe letzte Nacht die Jungfräuliche Braut gesehen.«

Sophie starrte ihn an. »Du hast das Familiengespenst gesehen? Wirklich? Aber Douglas und du, ihr behauptet doch immer, daß Männer nicht an sie glauben.«

»Ich habe mich eben geirrt«, erklärte Ryder. »Sie ist letzte Nacht in unser Schlafzimmer geschwebt, wahrscheinlich nur zu einem Kurzbesuch, denn normalerweise verläßt sie Northcliffe Hall überhaupt nicht. Sie hat mir zugelächelt und etwas gesagt, aber ohne die Lippen zu bewegen. Trotzdem habe ich ihre Worte ganz deutlich gehört.«

»Ja, genauso ist es bei mir gewesen. Und was hat sie gesagt?«

»Sie schimmerte geheimnisvoll, und sie sagte, wir hätten die Möglichkeit, vierzehn Kinder zu bekommen. Es würde allein von meiner Entschlossenheit abhängen.«

»Das wirst du mir büßen, Ryder, ich schwör's dir!«

»Schwörst du's wirklich?« Er küßte seine Frau und hätte vor Lust schreien können. Trotzdem ließ er sie noch einmal los, verschloß die Tür und schürte das Feuer, bevor er sich ihr wieder näherte. »Die Jungfräuliche Braut muß es schließlich wissen. Und ihr Frauen glaubt ja jedes Wort, das sie *nicht* sagt. Also gut, fangen wir an, Weib!«

Weltbild Buchverlag –Originalausgaben–
Genehmigte Lizenzausgabe 2006 für
Verlagsgruppe Weltbild GmbH,
Steinerne Furt 67, 86167 Augsburg

Sonderauflage

Projektleitung: Dr. Ulrike Strerath-Bolz
Übersetzung: Alexandra von Reinhardt
Umschlaggestaltung: Hauptmann & Kompanie
Werbeagentur GmbH, München
Umschlagabbildung: © Ennis, John via Agentur Schlück GmbH
Satz: Uhl + Massopust, Aalen
Druck und Bindung: CPI Moravia Books, s.r.o.,
Brnenská 1024, CZ-69123 Pohorelice

Gedruckt auf chlorfrei gebleichtem Papier

ISBN 3-89897-593-2